La memoria

856

DELLA STESSA AUTRICE

Lumen
Il cielo di stagno
Luna bugiarda
La strada per Itaca

Ben Pastor

Il Signore delle cento ossa

Traduzione di
Paola Bonini

Sellerio editore
Palermo

2015 Terza edizione

Questo volume è stato stampato su carta Palatina prodotta dalle Cartiere di Fabriano con materie prime provenienti da gestione forestale sostenibile.

Pastor, Ben <1950>

Il Signore delle cento ossa / Ben Pastor ; traduzione di Paola Bonini. - Palermo : Sellerio, 2011.
(La memoria ; 856)
Tit. orig.: Master of One Hundred Bones
EAN 978-88-389-2556-5
I. Bonini, Paola.
813.54 CDD-22

CIP - *Biblioteca centrale della Regione siciliana «Alberto Bombace»*

Titolo originale: *Master of One Hundred Bones*

Il Signore delle cento ossa

Era il tempo migliore, era il tempo peggiore, era il momento della saggezza, era il momento dell'ottusità, era l'epoca della fede, era l'epoca dell'incredulità, era la stagione della Luce, era la stagione delle Tenebre, era la primavera della speranza, era l'inverno della disperazione, avevamo tutto dinanzi a noi, non avevamo nulla dinanzi a noi, eravamo tutti diretti al cielo, eravamo tutti diretti dall'altra parte...

CHARLES DICKENS, *Le due città*

Nessun popolo sulla terra aspira alla pace più di quello tedesco.

ADOLF HITLER, discorso per la celebrazione del suo 50° compleanno, aprile 1939

Personaggi

TEDESCHI

MARTIN BORA: tenente dell'Esercito, assegnato all'*Abwehr*
JOHANNES «HANS» KINZEL: colonnello dell'*Abwehr*
EWALD LÜTTWITZ: general maggiore dell'Esercito
FRIDO HABERMEHL: tenente colonnello dell'Aviazione
PETER SICKINGEN: sottotenente pilota dell'Aviazione
KLAUS ROLAND DORTMÜLLER: industriale
LUDWIG KOSTNER: sacerdote cattolico
EMIL WEIDLICH: capo della polizia di Lipsia-Schleussig
HOHMANN: vescovo cattolico

GIAPPONESI

ISHIRO KOBE: generale dell'Esercito
TAYAMA NOGI: capitano, aiutante di Kobe
TETSURO OI: ammiraglio della Marina imperiale
NAGISHA HONDA: tenente, aiutante di Oi
MATSUO KITAMURA: biologo e farmacologo
SOZEN IKEDA: industriale farmaceutico
UEDA FUJIWARA: storico dell'arte
KEIKO DESHIMARU: segretaria di Fujiwara

ALTRI

ANCHISE DE DOMINICIS: capo della delegazione italiana
ILARIO COLLOREDO: orientalista italiano
ROALD JOHANSSEN: giornalista svedese
MARINA ASHWORTH-DOUGLAS: nonna materna di Bora

I

> Ci rassegniamo all'ombra, invero, e senza disgusto. È la luce fievole? Lasciamo che il buio ci ingoi, e scopriamo in esso la bellezza.
>
> JUNICHIRO TANIZAKI

Döberitz, nei pressi di Berlino
martedì 4 aprile 1939

Il buio prendeva forma, se faceva attenzione. Aveva una qualità plastica di coesione e dissoluzione, si dilatava, esitava un istante e si ritraeva di nuovo in un nucleo di oscurità nell'oscurità. C'erano notti in cui Martin Bora amava l'insonnia proprio per questo avvicendarsi di forme, per questa mutabilità. Non aveva mai avuto bisogno di dormire molto, anche se a volte, da adolescente e poi da volontario in Spagna, i suoi momenti di sonno equivalevano quasi a una perdita di sensi e lo lasciavano riposato, lucido, impaziente di muoversi.

Se chiudeva gli occhi, forme geometriche sembravano staccarsi dal basso per galleggiare verso l'alto, oscillando e tremolando, a tratti inabissandosi per un attimo o incurvandosi come aquiloni gonfi di vento. Se cercava di seguire i loro movimenti lo prendeva una vertigine lieve, tanto piacevole da spingerlo a indugiare.

Seduto sul letto – che senso aveva sdraiarsi quando era del tutto sveglio? – Bora passò in rassegna le possibili cause della sua riluttanza a dormire. C'era la luna piena, ma la notte piovosa la celava allo sguardo. Fisicamente stava più che bene; il corso speciale di controspionaggio si avviava alla conclusione con pieni voti. Anche la partenza di Dikta Coennewitz per una lunga vacanza in Francia era stata compensata dalla notte che avevano trascorso insieme, prima che lei decollasse da Tempelhof. *Le ragazze perbene non dovrebbero viaggiare da sole*, avrebbe sentenziato il generale von Sickingen, suo patrigno, ma c'era da aspettarselo da un ingessato ufficiale del XIX secolo. Fare l'amore con Dikta significava continuare fino a che non si erano sfiancati, disfatti, lontani anni luce dal concetto che il generale aveva delle ragazze perbene e del loro modo di comportarsi in certe situazioni. Aspetto ancora più promettente, se le cose fossero andate come dovevano – se cioè si fossero spinte ben oltre l'invasione della Cecoslovacchia – la promozione a capitano sarebbe arrivata prima della fine dell'anno.

Il mattino seguente, un treno superveloce gli avrebbe fatto coprire i 180 chilometri che lo separavano da Lipsia (e da un colloquio riservato) in poco più di un'ora. Fantasticando sulle ipotesi di un glorioso incarico, Bora lasciò che le forme evanescenti migrassero verso l'alto davanti ai suoi occhi, in un lento caleidoscopio simile alla nascita di cristalli in un piattino di coltura. Che fosse troppo felice per dormire?

Lipsia, giovedì 6 aprile

Poteva ben dirsi che fosse stato un destino ironico a far nascere il colonnello Kinzel con quel cognome: il signor *titillamento* era diventato un ufficiale del controspionaggio, anche se indubbiamente aveva subìto la sua dose di scherni quando era entrato nell'Esercito. In sua assenza, i colleghi si riferivano a lui grattandosi significativamente il naso o altre parti del corpo, in base alla rispettiva posizione e all'opinione sul suo conto. Così, «*il colonnello* (grattata sul mento) *è fuori per una riunione con il personale*», oppure «*Hans* (grattata sotto la cintola) *è andato a sciorinare un'altra delle sue filippiche*».

Kinzel amava gli aforismi. Il suo eloquio aveva un tono lapidario e presuntuoso; quasi si sentiva il cesello al lavoro, mentre scandiva ogni locuzione. Le frasi gli stavano appese addosso come targhe ricordo. Si diceva che stesse scrivendo le sue memorie; aveva cominciato dall'epoca in cui era cadetto, ed era a buon punto del secondo volume. A Bora, ritto al suo cospetto e impeccabile come ci si aspettava da un militare di famiglia Junker, quel giovedì aveva detto: – Taluni vengono da noi perché sono intelligenti; talaltri perché sono ambiziosi. Alcuni sono intelligenti *e* ambiziosi. Lei è anche curioso. La curiosità è una qualità rischiosa nella vita civile; nel nostro ramo è invece un dono del cielo, come l'orecchio assoluto per un musicista. Sappia che anche nel controspionaggio la curiosità porta con sé una dose di rischio, se non è al servizio esclusivo del proprio esclusivo signore.

Bora riteneva fosse stato il saggio scritto al corso di specializzazione sul ruolo della diplomazia francese e britannica durante l'assedio giapponese di Shanghai a sollecitare quella convocazione. Si trattenne dal rispondere: non era richiesto alcun commento e neppure il benché minimo cenno di assenso (scontato) o la manifestazione del desiderio di apprendere i dettagli (inappropriata in quel momento). A un certo punto della sua adolescenza aveva imparato ad esibire un contegno di tacita comprensione, dietro al quale, naturalmente, si affollava ogni sorta di domanda e ansia inespressa. Convocato nella sua città natale dalla scuola dell'*Abwehr* (il servizio segreto dell'Esercito), in un'ufficiosa stanza del vecchio *Hotel Wartburg* sulla Rossplatz, nascose piuttosto bene il fervido desiderio di essere spedito in missione all'estero, come la delusione cocente di scoprire di dover trascorrere due settimane a Lipsia, mentre alcuni dei suoi colleghi assaporavano l'azione nella Praga appena occupata.

Guardandosi intorno, Bora fece del suo meglio per accettare le cose. Decise che la scelta di incontrarlo in un luogo tanto impersonale non era casuale, affatto. Gli ufficiali nella posizione di Kinzel ci sguazzavano, nel finto anonimato; abiti civili e un aspetto comune erano i primi requisiti del loro incarico. Ma in certi casi – in *quello,* magari – era anche un pretesto per esercitare il potere in maniera meno ortodossa. *L'uniforme che indosso è la preziosa estensione di me stesso e il mio limite ben accetto*, pensò guardando il colonnello negli occhi.

Kinzel gli restituì l'attenzione. Le parole sgorgarono da sotto i baffi azzimati, non più di un accenno di peluria nocciola a nascondere l'incavo del labbro superiore.

– Il fatto che già al suo arrivo da Berlino lei si sia procurato un certo numero di volumi sulla cultura giapponese le rende merito, tenente Bora. Il Giappone storico, a ogni modo, ha ben poco a che vedere con la natura contemporanea della grande nazione asiatica. Un Paese che in meno di diciotto mesi è passato da 355.000 a oltre un milione e mezzo di uomini sotto le armi non è da sottovalutare. Le parole chiave ormai sono *Nissan, Mitsubishi, Toyota*. Inoltre l'ambasciatore Togo ha concluso un accordo con la sua controparte sovietica, Litvinov, sui diritti di pesca giapponesi in acque russe, un riavvicinamento che dovrebbe farci riflettere. Quindi, in quest'ordine, dovrebbe dimenticare ogni cosa su *samurai, geishe,* cerimonie del tè e fatue opere italiane come la *Turandot.*

Bora gli assicurò che l'avrebbe fatto.

– Si scordi anche delle gare di inchini; questa gente si è del tutto occidentalizzata. Nondimeno, deve rendersi edotto di pittura e cultura giapponese, quel tanto necessario a non apparire troppo ignorante in materia.

Visto che suo nonno è un collezionista d'arte ed è stato console a Kyoto fino a pochi anni fa, sono certo che riuscirà a racimolare il minimo indispensabile di nozioni sull'argomento senza gravare troppo sulle casse dei Servizi.

– Dopo la sua telefonata sono arrivato a leggere fino all'apprendistato di Hokusai con Shunsho, *Herr Oberst.*

– Bene. Saprà certo che la mostra di Dresda sulla pittura giapponese del XIX secolo, che si terrà nell'ambito del festival dell'arte e della conferenza commerciale di Lipsia, subito dopo sarà allestita a Roma. Questo spiega perché, al di là degli interessi mercantili dell'Italia nella conferenza, il ministro degli Esteri conte Ciano abbia mandato come capo-delegazione il suo amico De Dominicis. De Dominicis ha coperto in passato un ruolo onorario nell'amministrazione della *Manzoni Farmaceutica*, a Milano. Insieme a lui viaggia il professor Ilario Colloredo: niente a che fare con il committente di Mozart, è il maggior orientalista italiano dopo Tucci, ricercatore all'*Ismeo*. Naturalmente noi – lei – partecipiamo per motivi che non hanno niente a che fare con i rotoli di seta, e riguardano solo tangenzialmente la *Società Farmaceutica Ikeda*, che si trova qui per vendere le nuove scoperte scientifiche del dottor Kitamura. L'Esercito tedesco è interessato in particolare ad acquisire la formula del *Samadhil*, un potente anestetico della famiglia dei barbiturici, sperimentato con successo sulle vittime di mutilazioni e ustioni gravi durante la recente campagna del Manchukuo. Quanto all'industria tedesca, il nostro *Herr* Dortmüller avrà il suo bel da fare, con i suoi amici che svendono i beni occidentali al 30-60% del loro valore di mercato. Ma le acciaierie nel Manchukuo richiamano gli investimenti, poco importa del terreno e dei campi di sorgo in quella parte dell'impero giapponese. Abbiamo ragione di credere che nell'accozzaglia di alti gradi militari e rappresentanti della scienza, dell'arte e dell'industria che sono qui per il *Mese della Cultura Giapponese,* si nasconda un individuo che è sul libro paga degli americani. Il pittoresco nome in codice della presunta spia è il *Signore delle cento ossa*, o solo *Signore.*

All'improvviso la delusione per l'incarico in patria si fece meno acuta. Era possibile che le familiari strade di Lipsia, appena fuori dalle finestre dell'albergo, potessero rivelare angoli ignoti o addirittura pericolosi? Troppo bello per essere vero! *Cento ossa*... perché ossa, e perché cento? Lo strano nome in codice lo faceva smaniare per una spiegazione, ma Bora immaginò che avrebbe trovato i dettagli nel dossier. Chiese: – Abbiamo già un'idea di chi, fra gli ospiti, potrebbe essere il nostro uomo?

– Ce l'abbiamo. Il principale sospetto è questo –. Era estremamente improbabile che ci fossero microfoni nascosti nella stanza, quindi fu forse solo per abitudine che Kinzel indicò, senza pronunciarlo, un nome sulla lista. Bora guardò. Ishiro Kobe, il generale dell'Esercito che aveva conquistato la fama di eroe nel Manchukuo e sulla stampa inglese veniva chiamato *il macellaio di Nanchino*, e che si diceva detestasse l'Occidente: una copertura perfetta per una spia al soldo degli americani. Da un cassetto della scrivania Kinzel estrasse un incartamento e glielo porse. – Ecco il dossier di pertinenza, che mi aspetto lei mandi a memoria entro la fine della giornata.

Una volta fuori dall'albergo, il colonnello parlò con maggiore libertà. Pioveva leggermente, una pioggia fresca di primavera che sapeva ancora di neve ma era già carica della fragranza dei boccioli pronti ad aprirsi nelle aiuole all'altro capo della piazza, nei rigogliosi parchi cittadini.

– Siamo a conoscenza di un considerevole conto bancario a Ginevra, che il fratello del sospetto, diplomatico accreditato in Svizzera, tiene a suo nome, ma solo per coprire Kobe. Sul conto viene depositato regolarmente denaro, ben più di quello che riceve normalmente un ufficiale con il grado di generale nell'Esercito giapponese, non importa quanto mosso da interesse personale possa essere stato durante la sua permanenza in Manciuria. I segreti militari pagano meglio dei saccheggi.

Annuendo, mentre si allontanavano dalla piazza a piedi, Bora sentì l'odore lieve e gommoso della pioggia sull'asfalto. Era difficile immaginare l'intrigo proprio lì, in una mattina come quella; tutto ciò che poteva fare era desiderarlo. Appese ai lampioni si alternavano bandiere con la svastica e il Sol Levante, che appesantite dall'umidità del tempo conferivano alle strade un senso di festività andata storta. Quando raggiunsero la fantasiosa fontana sulla Augustusplatz, una banda dell'Esercito stava provando, uno dopo l'altro, *Kimigayo* e *Deutschland Über Alles*.

Kinzel agitò criticamente l'indice. – Nella mia esperienza, i soldati tradizionali sono spie mediocri. Nel loro addestramento ogni cosa richiama alla lealtà, alla fedeltà e così via. C'è da aspettarsi che vacillino, per quanto poco, e siano sempre ad un passo dal commettere errori. Spetta a lei tenere un occhio discreto sul generale, alla precisa ricerca di quell'esitazione. Kobe potrebbe essere *o meno* il nostro uomo, di conseguenza non dovrà ignorare gli altri suoi compatrioti. I particolari delle loro carriere sono nel dossier, per sua informazione. Ufficialmente lei sarà presente come aiutante del general maggiore Lüttwitz, che peraltro è all'oscuro della faccenda. Su di lui ho poco da dire, visto che le è noto e che ha preso il posto del suo patrigno, quando cinque anni fa ha rassegnato le dimissioni. A proposito, come sta suo padre, quella personificazione stessa del soldato vecchio stile?

A Bora non sfuggì la frecciata, ma tenne sotto controllo ogni minima reazione. – A parte la ferita nella campagna galiziana, che gli fa male quando piove, sta benissimo.

Con grande fluidità, le note solenni dell'inno tedesco si stemperarono negli accordi iniziali della sua controparte giapponese, a sua volta scritta da un tedesco. I cavalli di bronzo nella fontana sembravano ascoltare, cristallizzati nella loro impennata. Kinzel, come molti comandanti, sapeva valutare con lo sguardo, e probabilmente si accorse dell'impegno che Bora metteva nel dissimulare le emozioni.

– Bene – commentò – allora la vecchia ferita del *Generaloberst* deve far male in questi giorni –. Ora che si trovavano faccia a faccia, le differenze fra loro spiccavano. Il colonnello nel suo soprabito di raglan idrorepellente su abiti nei toni neutri del marrone, senza cappello, un aspetto civile contraddetto dal taglio tattico dei capelli; Bora, incurante della pioggerella spruzzata sull'impeccabile grigio militare della sua uniforme, la bella immagine delle buone maniere sotto le armi.

– In verità, tenente, ho esitato prima di raccomandarla per quest'incarico. Lei è troppo alto per essere accolto con agio fra i nostri ospiti orientali. L'aiutante dell'ammiraglio barone Oi, il tenente Honda, che fra di loro è il più alto, non arriva a 170 centimetri; per non parlare degli altri, che viaggiano intorno ai 165 centimetri. Lei ha una spanna in altezza da farsi perdonare. Faccia del suo meglio. Quando ci sono delle scale, stia due gradini al di sotto del suo interlocutore, specialmente se di rango superiore. Altrimenti si mantenga ad un paio di passi di distanza, per contenere l'effetto dello sguardo dall'alto in basso. E non li fissi; i giapponesi non amano il confronto occhi negli occhi. Nella loro cultura le donne hanno un ruolo subordinato, quindi non usi cortesie alla signora del gruppo quando sono presenti i suoi compagni di viaggio: non raccolga fazzoletti caduti, non apra alcuna porta. Abbiamo assegnato i posti intorno ai tavoli della conferenza e della cena facendo in modo che la sua sedia sia sempre più bassa delle altre. Venga, mettiamoci sotto le tende del *Café Corso*.

Senza accelerare, anche se stava cominciando a piovere sul serio, si diressero verso il caffè. La banda dell'Esercito rimase dov'era, e in quel momento le prime note dell'inno reale italiano risuonarono fragorose fra i suoi membri. Kinzel si voltò verso i musicisti: – *Vaudeville* musicale di marca Savoia – li derise a beneficio di un Bora prudentemente poco reattivo. – Bisognerà fare di tutto affinché i nostri ospiti si sentano a loro agio, tenente, fin nei minimi dettagli. Il generale Kobe e il suo aiutante Nogi non fumano, ma si assicuri che Kobe abbia cognac francese e acqua ghiacciata sul comodino. L'ammiraglio, che per il suo valore militare dal 1905 è stato fatto barone, è un fumatore accanito di tabacco della Virginia; la sua scelta ricade sulle sigarette *Chesterfield*, bocchino in foglia d'oro. Fujiwara, lo storico dell'arte, consuma *Gitanes* in quantità industriali, quindi gliene procuri dodici stecche; e anche del cioccolato amaro *Riquet*. Ikeda, l'imprenditore farmaceutico, apprezza il vino; in effetti sia lui che Colloredo preferiscono il vino ai liquori; a Colloredo piacciono i sigari toscani. Il dottor Kitamura gradisce il porto *Sandeman*. Provveda. De Dominicis fuma le *Mentola* italiane, che potrebbe trovare in città, o forse no. Grazie a Dio il nostro rappresentante industriale Dortmüller soggiornerà presso la sua residenza di Ehrenberg, quindi non è a nostro carico per le sue esigenze personali: per sua informazione, si fa selezionare il tabacco e produrre a mano le sigarette in Turchia.

– Sissignore –. Sotto quella valanga d'istruzioni, mentre si riparavano sotto la tenda, Bora infilò una mano nel taschino della giacca in cerca di un taccuino. Era colpito. Come faceva Kinzel a ricordarsi tutti quei particolari? Era un talento degno di essere emulato, a riuscirci.

Un civile aprì la porta del locale per uscirne, e portò con sé una folata al caffè. Con la sua valigetta salda fra le caviglie stivalate, Bora prendeva freneticamente appunti. – La signorina Deshimaru?

– Vino solo ai pasti, non fuma. E tanto per essere chiari, visto che lei è scapolo, non ci faccia alcun pensiero.

La matita di Bora esitò sulla pagina a righe sottili.

– Prego il colonnello di considerare che sono consapevole dei limiti dei miei doveri, e che inoltre coltivo già un interesse affettivo.

– Sì, sì, la figlia del console Coennewitz. Ma è a Parigi con il paparino, e le informazioni che abbiamo su di voi indicano che i vostri accordi concedono delle libertà, finché le cose non si faranno ufficiali, se mai succederà. Ho sentito che la sua famiglia è contraria.

A labbra strette, Bora girò la pagina del taccuino.

– Quanto al tenente Honda, signore... quali omaggi possiamo prevedere per lui?

– Oh, si arrangerà. Abbiamo fatto in modo che ci siano le ragazze giuste in albergo.

Kinzel non diede alcun cenno di voler entrare nel caffè. Infilò una mano nel soprabito di raglan, spingendo Bora a chiedersi se il lieve gonfiore sulla sinistra del petto fosse una pistola o un grosso manuale di qualche specie. Ne emerse solo un foglio di carta ripiegato.

– Ecco una piantina dell'*Hotel Schlösschen,* con le uscite e i portavivande segnati in rosso. C'è solo un'altra dozzina di ospiti, al momento, tutti europei: direttori commerciali del tipo *libidinoso zietto alla fiera*, con giovani dattilografe al seguito, e una coppia olandese in luna di miele. Essendo appena finita la fiera di marzo siamo in un momento di calma degli affari; per giunta, tutti gli ospiti civili dovrebbero andarsene entro tre giorni, fatta eccezione per gli sposini novelli. Per quanto riguarda i *nostri* affari, i militari staranno ai due capi del corridoio al piano superiore, in quest'ala. Vede? Kobe qui, con Nogi di fronte. Oi davanti a Honda, all'altra estremità. La sua stanza, Bora, è di fronte a quella del generale Lüttwitz, al centro. Al piano di sopra è rispettato lo stesso ordine per i civili: *Herr* Ikeda opposto al dottor Kitamura, il professor Fujiwara alla signorina Deshimaru, e al centro abbiamo De Dominicis e il professor Colloredo. Naturalmente abbiamo badato a che nessuna delle testate dei letti sia orientata a nord, posizione malaugurante nella superstizione giapponese. Non abbiamo potuto sostituire il personale dell'albergo con uomini in uniforme, ma abbiamo scelto con cura le nostre persone. Ci occupiamo noi delle linee telefoniche. Non deve trapelare il benché minimo sospetto sul nostro conto: lei è qui per assistere il generale Lüttwitz, cui riferirà solo per quanto concerne i suoi incarichi di aiutante, e per accertarsi che tutti gli ospiti siano ben assistiti. Anche i rapporti che farà a me dovranno essere limitati: mi contatti se ha qualcosa da riferire, altrimenti si attenga ai suoi doveri. La convocherò quando lo riterrò opportuno. Ed è necessario che glielo dica? Niente cinema, niente teatro, niente concerti, niente convegni amorosi, in questo periodo, per lei solo: andrà agli spettacoli, alle mostre, alle conferenze e agli eventi pubblici cui si recheranno gli ospiti, separatamente o tutti insieme. Al cinema, in caso qualcuno degli ospiti volesse andarci, questa settimana danno *Ramona*, *Camille* e *L'ultimo dei Mohicani*. Fuori dall'albergo potrebbero muoversi in gruppo, ma non è detto, dati i loro gusti differenti. Esibisca questa carta ogni volta che le presentano un conto, le spese sono a carico del Ministero degli Esteri.

– Intesi. Posso andare a cavallo prima dell'alba?

– Sì, visto che lo *Schlösschen* si affaccia sul parco. Ma non più di trenta-trentacinque minuti, a meno che non sia in compagnia di uno degli ospiti. Nel dossier troverà anche il mio biglietto da visita personale. Lo porti sempre con sé, ma non lo mostri se non in caso di emergenza –. Kinzel disse di no al cameriere del *Corso* uscito sulla soglia per offrire un tavolo. Fece invece cenno all'autista di una macchina che silenziosamente si era avvicinata al punto in cui si trovavano. L'autista scese e fece il giro per aprire la portiera posteriore. – Fuma, tenente?

– No, *Herr Oberst*.

– Veda di iniziare. Si sforzi di sembrare più adulto e mondano. D'altro canto so bene che effetto fanno sulle donne le braghe rifinite in pelle e il cordone d'argento sul petto degli aiutanti, quindi si tenga alla larga dalle tentazioni, come sopra.

– E se... per fatalità... la signorina Deshimaru non fosse al di sopra di ogni sospetto?

Kinzel lo guardò per cinque secondi buoni, coprendosi il labbro superiore con quello inferiore. Non pensò nemmeno per un istante che la domanda di Bora potesse *non* essere riferita al suo monito sulle avventure galanti.

– In quel caso, tenga presente che è mezzo metro più bassa di lei.

I dossier e le altre carte erano già passate di mano al *Wartburg*. A quel punto Bora si tenne stretta la valigetta, anche se avrebbe potuto farla scivolare sul sedile posteriore attraverso la portiera aperta. Kinzel visibilmente approvò, ma la sua voce restò sul limite della scortesia.

– Lei, così amante della musica, perché non mi ha corretto quando ho commesso l'errore plateale di menzionare la *Turandot* invece di *Madama Butterfly*? *Turandot* non è ambientata in Giappone.

– Il fatto che debba dimenticarmi della storia di Cho Cho San non esclude che io metta da parte anche la *Turandot*, di per sé. Se è utile per il mio incarico, *Herr Oberst*, scorderò con rimpianto anche tutto il resto dell'opera italiana.

Da un sottile astuccio di tartaruga Kinzel sfilò una sigaretta e la offrì a Bora, che la prese senza protestare.

– Ben detto. Ma avrebbe dovuto rispondere semplicemente che non si corregge un superiore in rango. La pratica, come sa, rende perfetti. Consideri questo il suo esame finale, tenente. Sa bene di essere stato adocchiato per una promozione, e questo suggerisce che la otterrà entro l'anno; faccia l'impossibile per essere degno della fiducia che i suoi superiori ripongono in lei.

Ieri (importante ricorrenza in Giappone, Hana matsuri *o Festa dei Fiori, quando si celebra la nascita del Buddha) la Germania, l'Italia e il Giappone hanno confermato la validità del patto anti-Comintern (con l'adesione ormai certa della Spagna), tuttora l'accordo più significativo che riesco a immaginare.* I paesi religiosi e affamati, *come li definiva il mio professore di storia, «avranno giustizia contro gli imperi internazionali». Come se il mondo moderno fosse ancora teatro di quelle guerre contadine che i miei avi schiacciavano o, se serviva, sostenevano.*

Il colonnello K. mantiene un assoluto distacco in proposito. Lui, però, è uno di quegli ufficiali che negli anni scorsi è stato spedito in Unione Sovietica per addestramento, quindi la sua prospettiva potrebbe essere falsata da quell'esperienza. «Aspetti che finisca l'estate», dice. A che scopo? Fra la Germania e i rossi non si potrà mai chiudere un accordo, non dopo il sangue che abbiamo versato in Spagna! Non è stata forse la Germania a mettere la palla in gioco quando ha firmato il primo patto di cooperazione anti-bolscevica con il Giappone nell'autunno del '36? In ogni caso, è un fatto che sin dal mio ritorno dall'Aragona, l'anno scorso, mi è stato ordinato di imparare il russo.

Gli ospiti del Kokusai Bunka Shinkokai *– l'Istituto Giapponese per le Relazioni Estere – cominceranno ad arrivare oggi pomeriggio nella nostra magnifica Stazione Centrale. L'ingresso più appropriato, potrei aggiungere, per far colpo su di loro con la potenza dei successi tecnici del Reich. Gli alti ufficiali e i loro aiutanti, l'industriale* *di spicco, il suo biologo e lo storico dell'arte saranno qui alle cinque e trenta. La segretaria di quest'ultimo, la signorina Deshimaru, è stata trattenuta a Dresda per l'allestimento della mostra d'arte, e arriverà alla stazione di Paunsdorf stasera tardi. La delegazione italiana volerà da Berlino all'aeroporto di Dessau, ad un'ora da Lipsia. Il capo delegazione De Dominicis e il professor Colloredo hanno girato per la Germania per le ultime due settimane, partecipando a vari eventi culturali, e hanno perso un giorno (nonché il loro treno) in seguito alle notizie dell'attacco italiano in Albania il 7 del mese. Sono attesi per le sette e trenta, tempo permettendo. In qualche modo cercherò di essere presente a tutti gli arrivi.*

Grazie a Dio viaggiano in forma semi-privata, altrimenti avrei da trascinarmi in giro anche banda e fotografi ufficiali. Allo scopo di evitare gaffe culturali ho telefonato al consolato del Giappone per sapere che fiori sono adatti per il bouquet *di benvenuto alla signorina Deshimaru. Visto che arriverà da sola, il gesto non dovrebbe offendere i suoi connazionali.*

*È ora di andare al quartier generale della Quattordicesima Divisione Granatieri Corazzati per incontrare il general maggiore Lüttwitz, e poi di corsa all'*Hotel Schlösschen. *Dettaglio significativo: «quattro» –* ishi *in giapponese, un sostantivo che significa anche «morte» – è considerato di cattivo augurio nella cultura dei nostri ospiti, dunque dovrò essere io a occupare la stanza con quel numero.*

Poiché mi era stato ordinato di procurare tre marche diverse di sigarette, le ho provate tutte (oltre a quella che mi ha dato il colonnello K.). Alla fine dell'esperimento mi girava un po' la testa, ma posso dire con certezza che le più buone sono le Chesterfield. *Mio padre mi tirerebbe il collo se sapesse che sono un fumatore, benché al servizio del mio Paese.*

Fino a ora sembra essere tutta routine, eppure mi è stato ordinato di portare con me un'arma carica. Forse perché «cento ossa» è anche una metafora giapponese per il corpo umano, e dunque chiunque ne sia signore ha il dominio della vita e della morte?

Il generale Lüttwitz era a due mesi dalla pensione, preoccupato della sua salute – gli avevano diagnosticato una patologia cardiaca – e pessimista incallito. Aveva un volto compunto da maggiordomo, lo stesso modo cerimonioso di annuire e distogliere lo sguardo, la stessa camminata remissiva. Battezzato col nome di un nonno caduto durante la guerra franco-prussiana settant'anni prima, l'agitar di spade contro i francesi del presente non lo rendeva fiducioso riguardo al futuro, né lo faceva la casuale condivisione del cognome con un'estranea dinastia guerriera. La sua egoistica visione del tempo a venire era circoscritta al suo personale benessere: in assenza di quest'ultimo, il diavolo poteva portarsi all'inferno tutto il resto. Conosceva Bora fin dall'infanzia, e Bora, abituato a sentirsi dare confidenzialmente del tu da Lüttwitz, ricordava l'impressione profonda di essere improvvisamente divenuto *Herr Oberleutnant* appena tornato dalla sua missione di volontario in Spagna.

– Lei ha smesso di chiamarmi *zio Ewald* a sette anni – aveva commentato il generale. – A sessantasette, è tempo che io smetta di trattarla come un ragazzino.

Era successo l'anno prima.

Appena accolto Bora al quartier generale, gli domandò di accompagnarlo all'ospedale di Sankt Jakob per ritirare i risultati di certi esami. Nel preciso istante in cui uscì dalla porta si lamentò del tempo, effettivamente freddo.

– Quanto è lontana la sua automobile?

– Appena attraversata la strada, *Herr Generalmajor*.

– Dica all'autista di portarla qui; io vi aspetterò dentro.

Subito dopo, Lüttwitz chiese di alzare tutti i finestrini dell'auto. Tamponandosi il volto con un fazzoletto anche se la pioggia non l'aveva affatto bagnato, disse:

– C'è una casetta a Weiler Weidach, vicino a Nussdorf, dove è nata mia moglie. È lì che me ne andrò fra due mesi; originariamente è stata costruita per due famiglie contadine, tutta in legno, solo letti e cassapanche per i vestiti, e passatoie rustiche sul pavimento. Vado lì per morire, sa.

Era una vecchia solfa, e Bora aveva i suoi dubbi. – E se lei non dovesse morire, *Herr Generalmajor*?

La domanda dovette sembrare paradossale all'anziano, a giudicare da come sbatté le palpebre, una possibilità che non aveva preso in considerazione e che per lui era fonte di sorpresa. – Allora in quel posto impazzirò di noia. Ma morirò, vedrà. Il fato non mi risparmierà durante la pensione –. Arrivati all'incrocio trafficato davanti al Tribunale di Stato, Lüttwitz si coprì la bocca con il fazzoletto, come se i gas di scarico potessero insinuarsi in un veicolo chiuso. – Questi orientali, quanto sa di loro?

Dalla valigetta al suo fianco Bora estrasse una foto di gruppo degli ospiti, scattata con il console tedesco alla loro partenza da Yokohama, e la mostrò al generale. – Questa ci è appena stata fatta pervenire. I militari più anziani hanno carriere distinte, che risalgono al conflitto russo-giapponese del 1904; il capitano Nogi, aiutante del generale Kobe, ha portato a termine un'azione brillante nel Manchukuo, mentre, per quanto ne so, il tenente Honda non è ancora stato messo alla prova. Tutti hanno abitato in Germania, o in quella che un tempo è stata l'Austria. Anche i civili, seppure per motivi diversi. Il dottor Kitamura e *Herr* Ikeda per i loro interessi farmaceutici, mentre il professor Fujiwara ha frequentato circoli accademici a Berlino a cavallo del secolo; è maestro di calligrafia, oltre ad essere un esperto dell'arte giapponese più rappresentativa. *Fräulein* Deshimaru gli fa da segretaria, ma è laureata a sua volta – una rarità per il Giappone, a quanto capisco.

Lüttwitz si tolse gli occhiali per scrutare da vicino l'immagine. Sospirò. – Questa gente mi rende nervoso. Le loro dimensioni, voglio dire. Ha visto le loro mani e i loro piedi in confronto a quelli del nostro console? La ragazza gli arriva alla cintola.

– Sì, ai loro occhi dobbiamo apparire mostruosi.

– Beh, non mi aspetto di avere molto da fare durante questa conferenza, oltre che parlare a vuoto dell'apparato industrial-militare in caso qualcuno me lo chieda. Mi voglia cortesemente sollevare da tutte le altre incombenze, *Herr Oberleutnant*. Lei assomiglia a Gulliver più di me, quindi i Lillipuziani sono tutti suoi.

Una volta giunti di fronte al grande complesso delle cliniche, l'umore del generale migliorò. Disse che avrebbe discusso per esteso le sue condizioni cardiache «con i professori», e lasciò andare Bora. A sua volta Bora congedò l'autista dell'Esercito e guidò da solo lungo la Adolf Hitler Strasse per il giardino botanico, e da lì verso il suo incarico successivo.

La scelta di risiedere nel sobborgo di Schleussig, in un albergo piccolo ed esclusivo sulla Jahnstrasse, con vista sul parco boscoso al di là della strada, era intesa a creare un cuscinetto fra i partecipanti alla conferenza e il cuore frenetico della città. Durante le fiere industriali di inizio marzo e fine agosto ospitava i rappresentanti politici inviati da Berlino; negli stessi periodi, come in altri momenti dell'anno, vi soggiornavano anche editori stranieri, ingegneri e funzionari.

Gli uomini di Kinzel avevano già scrupolosamente ispezionato il luogo, ma Bora fece comunque una passeggiata solitaria per acquisire familiarità con l'albergo. Partendo dall'atrio con il lucernario del pianterreno, rivestito di piastrelle a disegni geometrici grigi e rosa pallido, esaminò le stanze «ufficiali», decorate da tappezzerie scure, caminetti d'ottone e ceramica, mobilio eclettico, trofei di caccia, tavoli da biliardo e tappeti orientali su pavimenti intarsiati. Gli angoli e gli spazi fra le porte erano occupati da quadri e statue. I corridoi dei piani superiori dell'ala est, comunque, erano lineari, nei toni del verde pallido, ingentiliti da vasi di ciliegi in fiore: le stanze da letto erano imbiancate a calce, senza tappeti.

Dietro la semplicità delle camere c'era senza dubbio la mano di Kinzel, pronta a minimizzare la possibilità di nascondere qualunque cosa. Ogni stanza, corredata di bagno, aveva un letto matrimoniale con comodini, una scrivania con sedia, un armadio e un divano davanti a un tavolino basso dal ripiano di vetro. Fatta eccezione per quest'ultimo, ogni pezzo era eseguito in mogano su tradizionale disegno Biedermeier, comprese le cornici intorno alle vecchie stampe di Lipsia colorate a mano, una diversa in ogni stanza: l'Augustusplatz, il vecchio Municipio, e così via. In quella che sarebbe stata la stanza del generale Kobe c'era una veduta del glorioso e opprimente Memoriale alla Battaglia delle Nazioni, una mole alta quasi cento metri nello stile che il nonno materno di Bora, che abitava nei pressi, definiva assiro-germanico.

Kinzel gli aveva procurato le chiavi delle stanze di tutti gli ospiti; l'esame delle veline informative su quest'ultimi – schematiche ma utili – furono il tour de force più leggero che Bora si sobbarcò quarantott'ore prima degli arrivi.

Gli angoli della bocca dell'ammiraglio Oi sembravano piegati all'ingiù da punti invisibili. Il volto dalla mascella volitiva, cosparso di macchie d'età, contrastava con la vivacità nervosa degli occhi sporgenti.

– Non le nascondo – disse immediatamente a Bora – che per quest'incarico avrei preferito un ufficiale della Marina del Reich.

– Mi auguro che la Cavalleria tedesca la soddisferà in pari misura, ammiraglio.

– *Dovrà* –. La voce di Oi, gutturale e precipitosa, accentuava ogni sillaba, piantando paletti imperiosi intorno al grado inferiore del giovane. Seguito dall'aiutante inamidato e impenetrabile, rispose con un grugnito d'approvazione al saluto di Bora, e senza aspettare che i colleghi dell'Esercito scendessero dal treno si avviò dritto verso l'automobile che lo attendeva.

Abbronzato, plastico e vigoroso, il generale Kobe sembrava in tutto e per tutto un conquistatore. Mentre balzava giù dai gradini della carrozza ferroviaria sembrava pronto a impadronirsi della banchina con un colpo di mano. La natura ufficiosa dell'accoglienza non lo irritò come era accaduto con Oi. Lusingò Bora informandosi concisamente sui nastrini della campagna di Spagna e, in virtù delle sue mostrine di cavaliere, sui maneggi di Lipsia. Soddisfatto delle risposte, disse:

– Anch'io apprezzo una bella passeggiata al piccolo galoppo la mattina. Venga a prendermi alle sei in punto, domani. Mi piacerebbe saggiare il terreno del parco. Mi alzo sempre in orario, ma nel caso non la dovessi sentire bussare entri direttamente: non chiudo mai la porta.

Ikeda e Kitamura, impegnati a rivedere certi loro documenti, furono sintetici e garbati nel replicare al benvenuto del tedesco, e chiesero di essere portati insieme in albergo; il professor Fujiwara, d'altro canto, malgrado le parole di Kinzel sul Giappone contemporaneo, obbligò Bora a uno scambio profuso di inchini e formalità, dopo i quali si lasciò condurre a un'auto e portare fuori dalla stazione.

Quella sera, per lo sconcerto di Bora, invece che alla prevista stazione di Paunsdorf, Keiko Deshimaru arrivò a quella Centrale, e per giunta sul treno precedente. Da lì chiamò l'albergo, scusandosi per il cambio di programma, con il risultato che Bora dovette scapicollarsi per andarla a recuperare con la BMW consegnatagli da Kinzel.

Aveva spesso sentito dire che certi volti di donna erano a forma di cuore, ma era la prima volta che ne vedeva uno davvero conforme alla descrizione. La signorina Deshimaru assomigliava ben poco alle bellezze dai visi a mandorla delle antiche stampe giapponesi: aveva la fronte larga, come gli zigomi, che davano alla sua espressione un senso di piattezza come di un cucciolo di carlino. Solo il mento si stringeva fino ad appuntirsi sotto la bocca minuta (aveva denti irregolari, quindi restava quasi sempre chiusa), e questo, complice la riga in mezzo della capigliatura a forma di V, marcava l'impressione di un cuore color cipria. Arricciati ad arte, i capelli le stavano sulla testa come una ciotola di prezzemolo. La lunghezza della gonna rispetto agli standard occidentali era indietro di dieci anni, e sfiorava la metà del polpaccio. Anche così, però, gli stinchi formavano un tale angolo acuto, quando se ne stava con i piedini uniti, che non era difficile immaginare la distanza fra le ginocchia sotto i vestiti. Ci poteva anche essere una sorta di richiamo sessuale in tutto ciò, ma Bora non ne era per nulla attratto. Dimenticandosi di doversi dimenticare di Madama Butterfly, pensò che il tenente Pinkerton non si sarebbe mai innamorato di

Cho Cho San, se solo avesse indossato abiti occidentali del XX secolo.

Le due valigette degli effetti personali di Keiko, una frazione minima di quello che la madre o la ragazza di Bora si sarebbero portate dietro per un fine settimana, non rappresentarono un problema; la sua cassa di libri d'arte, però, non sarebbe mai entrata nel bagagliaio dell'auto, quindi Bora la lasciò al deposito della stazione con la promessa di farla recuperare nel giro di un'ora. La portò in macchina allo *Schlösschen* sotto la pioggia, intrattenendola con chiacchiere da salotto e indicandole le maggiori attrazioni lungo la strada. La signorina Deshimaru annuiva educatamente, tenendo le mani guantate sulla borsa in grembo come una scolaretta.

Diario per l'11 aprile, martedì, ore 22:43

La situazione è più complessa di quanto non mi aspettassi. Non si può esercitare alcun controllo effettivo in un albergo, dove per definizione c'è un ricambio continuo di persone e messaggi; per giunta il colonnello K. si ostina a voler tenere un profilo basso, quindi lo Schlösschen *è aperto ai viaggiatori cui ha accennato e agli ospiti di passaggio del ristorante. Eppure devo riuscire a mantenere un occhio su ogni cosa, mentre i nostri ospiti devono sentirsi liberi di muoversi, nei limiti della ragionevolezza.*

*Incidentalmente, la stanza in cui alloggio è la stessa in cui, così dicono, l'*Obergruppenführer *delle SA Adam, allora funzionario di polizia a Lipsia, si sarebbe impiccato* *cinque anni fa, una volta saputo che il governo era sulle sue tracce nella cosiddetta «Notte dei lunghi coltelli». Potrebbe essere vero oppure no, ma resta il fatto che è stato trovato morto in questi locali. Le travi di legno lungo il soffitto si prestano al compito, e dato che la mia è l'unica stanza da letto ad averne, è ben possibile che sia successo qui. Dopotutto, come direbbero i giapponesi, il numero quattro porta sfortuna.*

Durante la giornata, mentre la conferenza è in corso, a costo di passare per un giovane idiota messo qui a temperare le matite del suo comandante, osservo i partecipanti più attentamente che posso. Come se osservare i giapponesi servisse a qualcosa! Fatta eccezione per la signorina Deshimaru – che, da quanto evinco dalle mie letture, è ciò che nel suo Paese si definisce mogà, *o «ragazza moderna», e fa sfoggio di alcuni comportamenti occidentalizzati – sono impenetrabili anche quando sorridono educatamente e mi chiamano* Bora-san, *o con il mio rango,* Chu-i Bora-san.

Alla stessa impenetrabilità si attiene pure il civile Ikeda, che stando ai miei appunti avrebbe legami con il crimine organizzato nel suo Paese e con la società nazionalista del Dragone Nero *di Uchida. I miei documenti dicono che è un* oyabun, *termine ambiguo che indica sia il capo di un'azienda, sia il leader di una banda. Il primo giorno ha smarrito la chiave della sua stanza, e ha fatto una sfuriata tale alla cameriera che sono dovuto intervenire prima che la prendesse a schiaffi. Sbraitava che non avrebbe mai pagato per la chiave perduta, anche se nessuno gli aveva chiesto di farlo, ed è un milionario (in marchi tedeschi!)*

che potrebbe comprarsi l'albergo con gli spiccioli che tiene in tasca.

Al contrario, l'ammiraglio Oi insiste che nessuno si rivolga a lui con il titolo di barone, ed è l'immagine del contegno militare. Dal momento che il generale Lüttwitz mi ha dato carta bianca, mi rendo disponibile per visite e passeggiate, perfettamente cosciente del fatto che ogni volta che sono con un ospite gli altri sfuggono alla mia sorveglianza. Ma questi sono gli inconvenienti che il tempo di pace oppone a chi fa il mio lavoro.

Fino a ora ho intravisto il tenente Honda con due signore piuttosto attraenti, nessuna delle quali, scommetterei, mandata dal colonnello K. I professori Fujiwara (che non si vede mai senza le sue sigarette francesi, la sua guida Duden blu o una barretta di cioccolato) e Colloredo si calano in conversazioni fitte a ogni pausa, come in effetti fanno anche i due magnati dell'industria, Ikeda e Dortmüller. Ikeda ha chiesto di far visita al quartiere delle pelletterie, una delle glorie della manifattura di Lipsia, per arricchire la sua impressionante collezione di guanti di pelle. De Dominicis passa al telefono un tempo interminabile. Il dottor Kitamura scatta fotografie di qualunque cosa si muova (o meno) con la sua Agfa Karat. I nostri gradi più alti, Kobe e Oi, si comportano in maniera molto cerimoniosa l'uno nei confronti dell'altro, un atteggiamento che potrebbe in realtà dissimulare un'antipatia o una sfiducia reciproche.

Tai-i *(capitano) Nogi è un tipo simpatico, che malgrado le medaglie della campagna di Manciuria non si riesce a far vantare delle sue azioni, e sembra sinceramente inte-*

ressato a quel che abbiamo fatto in Spagna, specialmente alla presa di Bilbao. Mi ha mostrato su carta come in giapponese i caratteri che indicano un primo tenente assomiglino a quelli di un tenente generale: a me sembrano entrambi un rettangolo orizzontale diviso da una linea verticale, ma una pennellata lievemente più lunga rappresenta una differenza di sei gradi! Mi ha confessato di amare le comiche americane, che nel suo Paese si chiamano nansensu mono, *per la loro assurdità.*

A Sua Eccellenza De Dominicis non garbano né il tempo uggioso né l'albergo, che trova scarso dal punto di vista della servitù (non gli dirò che il numero di cameriere e fattorini è stato ridotto di proposito), troppo lontano dal centro e angusto. Beh, è atterrato con tanti bagagli che ho dovuto mandare una seconda auto! Nel giro di un'ora dal suo arrivo allo Schlösschen *ha chiesto una suite e un veicolo privato con autista, ha inoltrato una protesta ufficiale al consolato italiano, aggredito verbalmente il personale dell'albergo e cercato di intimidirmi. Ho fatto una telefonata riservata al colonnello K., che ha chiamato direttamente l'ufficio del Duce, e questo, almeno per il momento, ha messo fine alle lamentele di De Dominicis.*

Seccature a parte, come da programmi il primo giorno è stato dedicato agli scopi della conferenza, e il secondo a illustrare lo stato di ognuna delle nazioni partecipanti: sessioni plenarie, cui hanno partecipato tutti. Domani entreremo nel vivo dell'incontro: la collaborazione fra l'industria e i militari (dalla terza alla sesta giornata, guidate da ufficiali e imprenditori, più De Dominicis). La settima e l'ottava giornata prevedono un dibattito strettamente economico (alla tavola rotonda ci saranno Dortmüller e Ikeda, mentre Kitamura, Kobe e De Dominicis saranno a portata di mano), mentre gli ultimi due giorni vedranno protagoniste l'arte e la cultura (Fujiwara, Colloredo, Deshimaru ed io, in rappresentanza tedesca grazie alla collezione dei miei nonni).

Altra notizia: oggi l'Ungheria è uscita dalla Lega delle Nazioni, che è ciò che volevamo.

Mercoledì, 12 aprile

I primi tre giorni della conferenza erano andati bene, fatti salvi il tedio di tutte quelle statistiche e il fatto che Bora non poteva mai abbassare la guardia, attento come doveva essere a ogni parola e condotta.

Non che gli atteggiamenti dei giapponesi fossero intelligibili, anche solo alla lontana. Stava imparando che l'espressione risentita degli ufficiali superiori faceva parte della loro immagine compassata, e non aveva altro significato. Le labbra di Oi restavano serrate all'ingiù. Con la testa rasata e i baffetti alla Hitler, Kobe sembrava sempre aver appena succhiato un limone, anche quando verbalmente esprimeva soddisfazione.

Il capitano Nogi era un uomo affascinante per i parametri giapponesi, tanto che una sua foto – così Bora aveva letto nelle veline informative di Kinzel – era stata usata per un manifesto di reclutamento durante la guerra di Manciuria. Ogni volta che l'etichetta lo consentiva sorrideva apertamente, in maniera consapevole. Occhi luminosi, gradevole, parlava tanto bene tedesco che sentendolo Bora doveva sforzarsi di ricordare che era uno straniero. In virtù della sua missione di volontario all'estero, che lui stesso aveva vissuto due anni prima in Aragona, sentiva di condividere con lui esperienze che avrebbero autorizzato future conversazioni, se ce ne fosse stata occasione.

In quel senso, il tenente Honda era esattamente l'opposto. Non era bello né piacevole, aveva la rigidità tipica degli ufficiali di Marina di tutto il mondo, e per giunta il suo tedesco era incerto. Il suo inglese, a ogni modo, era eccellente, al punto che Kinzel si era raccomandato di tenere d'occhio anche lui, per sicurezza.

La maggior parte dei presenti fumava una sigaretta dopo l'altra, e se le porte della terrazza non fossero state aperte sulla giornata nuvolosa, Lüttwitz non avrebbe trovato un posto dove stare. In privato Bora gli aveva domandato se desiderava che fosse richiesto di astenersi dal fumo durante le sessioni, ma per tutta risposta si era sentito dire che, considerato il suo stato di salute, ormai faceva poca differenza. Il generale se ne stava con le gambe larghe ben piantate a terra e le spalle al terrazzo, nella posa del guerriero al suo ultimo duello.

Nel suo diario – un Walker a fogli mobili rilegato in stoffa, appositamente ordinato in Inghilterra da sua nonna – Bora annotò:

Le cene sono faccende particolari. I giapponesi ostentano maniere impeccabili nel maneggiare le stoviglie occidentali, e non ho dubbi che l'ammiraglio Oi e il suo aiutante po-

trebbero incidere un pasticcio di carne gonfio di sugo senza inzaccherarsi le uniformi con una sola goccia. In effetti sembrano uniformi fatte per non macchiarsi mai, accecanti nel loro impeccabile biancore.

Al confronto il generale Kobe, diplomato all'Accademia Militare Toyama, *nella sua blusa kaki assomiglia a una creatura del sottosuolo, il genere di soldato che guida avanzate impetuose camuffato da elemento della natura. È facile credere alla sua reputazione di specialista della terra bruciata, e al suo assoluto disinteresse per le perdite. L'espressione che usa più spesso è* teki, *completo annientamento del nemico. In questo quattordicesimo anno del periodo Showa, stando al loro calcolo del tempo dinastico, per come parla della politica europea è evidente che prova un grande disprezzo per la razza bianca, con la sola eccezione dei tedeschi. È in grado, e stasera l'ha fatto, di recitare un intero monologo del* Faust. *Non siamo forse nella città giusta? ha scherzato. Ha insistito nel voler imitare Bismarck mangiando salsicce spalmate di burro, come il Cancelliere di Ferro, e, accompagnato da Nogi, ha cantato a squarciagola le note di* Hohei no honrio, *«Il cuore della fanteria»! Credo che sia stato per il vino fatto servire, perché di solito dal loro tavolo si leva appena una conversazione sottovoce.*

Sono gli ospiti italiani a compensare il silenzio generale durante i pasti, anche se si ascolterebbe molto più volentieri il professor Colloredo (che parla oltre quindici lingue, fra quelle vive e quelle morte) di Sua Eccellenza De Dominicis, che con le millanterie riguardo alle sue frequentazioni ci mette poco ad annoiare. Ufficialmente incaricato di fare da interprete, Colloredo deve essere presente ogni giorno, anche se tutti quanti qui parlano tedesco e lui rischia di essere di troppo. D'altro canto il professor Fujiwara e la signorina Deshimaru non parteciperanno attivamente agli incontri fino al nono giorno, quindi i pasti, per il momento, saranno le uniche occasioni per fare conversazione con loro. Ho già detto che l'ambito accademico di Keiko è la letteratura francese, e che il suo accento parigino è più grazioso di quanto non lo sia lei?

Differenze nelle dimensioni fisiche: ho avuto un'esperienza simile in Spagna, dove la maggior parte delle persone era molto più bassa di me. Eppure mai come ora sono imbarazzato dalla mia altezza. Credo, in un certo senso, che sia più semplice per una persona piccola gonfiarsi e dissimulare la sua minutezza, che per un uomo alto cercare di ridurre l'effetto della sua statura. A casa siamo tutti alti, il generale è addirittura massiccio – i suoi uomini durante la Grande Guerra l'avevano soprannominato «il Bastione». Qui, eccettuati Dortmüller e Colloredo, il più alto dei partecipanti mi arriva alla spalla. Mi fa sentire goffo.

Per il resto, delle opere italiane devo dimenticarmi, eppure porteremo i nostri ospiti ad ammirare le attrazioni più trite di Lipsia. Una volta reso omaggio alla trinità Bach-Schiller-Wagner, alla Thomaskirche *e ai padiglioni della Fiera del libro, come altro definire* l'Isola dei morti *di Böcklin, o* Auerbach *sulla Grimmaische Strasse, con i suoi soffitti a volta, il vino e la soffocante esposizione di cimeli faustiani?*

Visto che del gruppo l'unico di Lipsia sono io, tutti sembrano pensare che io sappia praticamente tutto della città e dei suoi dintorni, e questo è vero solo in parte. Anche spiegare che ho trascorso le mie estati a viaggiare all'estero, nella Prussia orientale o a Roma, e che negli ultimi tre anni gli incarichi dell'Esercito mi hanno tenuto lontano dalla Sassonia, non basta a convincerli. Mi piacerebbe dire loro: «Il silenzio è assai raro in una città dedita agli affari come Lipsia. Dunque, ringraziamo Dio per i parchi e la grande volta di pietra del nostro Memoriale alle guerre napoleoniche!». Se i miei genitori non fossero via per tutto il mese, potrebbero essere un valido aiuto per quanto riguarda i giri turistici. Mal che vada, posso portarli a vedere il tiglio nella nostra tenuta di Borna, un albero che ormai ha seicento anni. Ho promesso al professor Fujiwara un invito per il tè – o-cha, *«l'onorevole tè», come lo chiamano loro – a casa di mia nonna non appena tornerà dal lago di Garda alla fine della settimana, anche perché i due cartigli di Hiroshige che saranno esposti a Dresda provengono dalla sua collezione privata.*

Ho vegliato per la maggior parte delle ultime due notti, e questo – conoscendomi – significa che stanotte dormirò come un sasso. Farò bene a puntare la sveglia, voglio essere in piedi e pronto per andare a cavalcare con il generale Kobe prima che il mio attendente venga a bussare alla mia porta alle cinque e mezza.

Giovedì, 13 aprile

Fuori dalla sua finestra, quando Bora si alzò, si stendeva un blu sbiadito, piatto e per una volta senza nuvole. Si fece la doccia e la barba con l'acqua fredda, come aveva fatto il suo patrigno cinquant'anni prima all'Accademia Militare, si vestì, infilò i guanti da cavaliere e uscì dalla stanza. *Mi chiedo cosa direbbe Dikta se le chiedessi di sposarmi*, pensò oziosamente. *Non ha ancora liquidato del tutto il suo pretendente di Amburgo, ma il fatto che lui non sappia nulla di equitazione mi fa ben sperare.* Attraversò il corridoio in diagonale per raggiungere la porta di Kobe, e bussò con discrezione. Non ci fu alcuna risposta, quindi, dopo quello che considerò un intervallo appropriato, bussò di nuovo.

– Generale Kobe – specificò a voce bassa – sono il tenente Bora, per la cavalcata mattutina...

Fra i candelieri che diffondevano aloni giallastri, il corridoio era buio abbastanza perché la luce della stanza di Kobe filtrasse sotto la porta ai piedi di Bora. Dunque il generale era sveglio; probabilmente si stava facendo la barba con un rasoio elettrico nel bagno, ecco perché non l'aveva sentito bussare. Ricordando l'incoraggiamento a entrare, Bora abbassò la maniglia, pronto ad annunciare la sua presenza per la terza volta.

La prima, folle impressione fu che Kobe avesse appeso una bandiera del Sol Levante sulla parete sopra al suo letto. La mente stava già elaborando l'improbabilità del fatto quando Bora realizzò che si trattava di una grande macchia di sangue, schizzata e irradiata dal centro in una corona di spruzzi e gocce contro l'intonaco bianco. Il corpo rigido del generale era a faccia in giù sul letto sfatto, nudo, le gambe leggermente divaricate, le braccia spalancate, i palmi all'ingiù. Lo sparo, come testimoniava un bossolo sul pavimento, l'aveva raggiunto al cranio rasato da dietro, apparentemente mentre era inginocchiato o accucciato su un asciugamano sul materasso. Il sangue copriva la testiera e aveva intriso cuscino, lenzuola e coperte. Una specie di bastone snello – no, un frustino da cavallo – giaceva ai piedi del letto. Da esso, gli occhi di Bora si spostarono inconsapevolmente al caotico reticolo di staffilate sulle natiche senza grasso di Kobe, incomprensibile fino a quel momento.

Il respiro che gli scoppiava in petto lo avvertì che lo aveva trattenuto fino a quel preciso istante. Bora memorizzò i dettagli della scena di morte, dicendosi che a volte il termine «pietrificato» era davvero il più indicato. Fu con difficoltà che spostò la sua attenzione dal letto insanguinato al divano, ai panni ripiegati su di esso, ai due berretti dell'Esercito giapponese posati sul tavolino. Stava di nuovo trattenendo il respiro.

Sapeva di essere diventato pallido, perché aveva le mani e il volto freddi. L'odore del sangue gli faceva rizzare i capelli, la pelle sulla nuca gli formicolava forte. Come se ci fosse spazio per dei dubbi, Bora si sfilò il guanto destro per sentire il polso del generale, e – accortosi di un secondo bossolo sulla soglia del bagno – si diresse con lo stomaco chiuso verso quest'ultimo, la cui luce era accesa. Lì, il capitano Nogi era riverso nella vasca colma di quello che sembrava sangue puro, ma che probabilmente era acqua in cui era stata recisa un'arteria. Che avesse cercato di uscire dalla vasca era chiaro dalla scivolosa inondazione del pavimento, nel punto in cui stava abbandonato sul bordo come Marat nel quadro di David. Il gabinetto era aperto e l'acqua non era stata tirata.

Bora contò sette respiri profondi, poi usò l'apparecchio sul comodino di Kobe per fare una concisa telefonata a Kinzel, che commentò la notizia con una lapidaria bestemmia. Leggermente impedito dai guanti, che aveva infilato di nuovo a costo di perdere in destrezza, accostò la porta della stanza e iniziò un'ispezione, per quanto tardi potesse essere. Dove non sarebbero rimaste impronte – la biancheria del letto, i vestiti – usò le mani nude. Kobe custodiva i suoi documenti in una valigetta nella cassaforte dell'albergo, per quanto ne sapeva.

Un quarto d'ora più tardi Bora aveva appuntato sul suo taccuino la posizione dei bossoli sul pavimento, aveva perquisito l'uniforme dell'ufficiale, esaminato lo scarso mobilio, la bottiglia di cognac quasi finita accanto al letto, con due bicchieri vuoti vicino. Il solo dettaglio che gli apparve dissonante fu un pizzico di cenere di sigaretta sulla superficie lucida del tavolino, quando il posacenere era proprio lì accanto, vuoto. Strappò una pagina dal taccuino e raccolse attentamente il residuo sulla carta, che ripiegò e infilò in tasca. Prima di uscire lanciò un rapido sguardo allo specchio dell'armadio per verificare se era sufficientemente in ordine nell'aspetto da andare ad allertare il generale Lüttwitz.

Nei pochi passi percorsi nel corridoio silenzioso si ricompose abbastanza da bussare alla porta del suo superiore con la stessa discrezione usata con Kobe. Lüttwitz mugugnò una risposta dall'interno. Gli ci volle quasi un minuto perché andasse ad aprirgli in pigiama. Apprese le notizie, date in un sussurro, non si preoccupò di vestirsi prima di seguire Bora nella stanza accanto.

– In nome di Dio, cosa...? – fu la prima frase che pronunciò, riferendosi più alle circostanze che alle morti in sé. Sembrò paralizzato dalla presenza del frustino sul letto e dalle scudisciate sul fondoschiena del generale, già segnato da precedenti cicatrici. Continuò a muovere la bocca per esprimere il suo sgomento, ma senza emettere alcun suono. Dalla soglia del bagno, poi, disse: – Chiami immediatamente al telefono il direttore dell'albergo, e poi la polizia... *Regno d'Iddio!* – gli uscì di nuovo in un balbettio sdegnato, mentre Bora si occupava freddamente dei dettagli.

Quando arrivò il capo della polizia, dalla vicina Rochlitz Strasse, Bora aveva già informato l'ammiraglio Oi, e Lüttwitz aveva telefonato a Dortmüller presso la sua residenza.

La stanza del capitano Nogi, efficientemente perquisita alla presenza dell'ufficiale, non rivelò alcunché di straordinario, al di là del letto in cui non aveva dormito. La colazione in albergo era programmata non prima delle otto, quindi rimaneva quasi un'ora per preparare una dichiarazione a beneficio degli ospiti civili. Fu scartato un piano teso a spostare il cadavere di Nogi nella sua stanza, allo scopo di «salvare le apparenze», ma con lo sconvolto direttore dell'albergo si addivenne al compromesso di rivestire almeno in parte il corpo di Kobe prima di portarlo fuori. – Tutta la biancheria del letto naturalmente verrà gettata via – disse in tono grave, come se importasse. – Entro stasera la stanza sarà pulita e imbiancata. Bisognerà intonacare di nuovo, lo so. Sul sangue non basta passare una mano di bianco.

L'ispettore capo Emil Weidlich indossava bretelle rosse sotto la giacca aperta, la risposta di un uomo pingue alla costrizione di fibbie e cinture. Mentre sul letto il cadavere di Kobe veniva fotografato da ogni angolazione, si agganciò i pollici alle bande elastiche come Bora aveva visto fare agli investigatori americani del cinematografo. Si rivolse agli ufficiali con la voce che sapeva di sbadiglio:

– Qui ci sono due possibilità, signori. O le vittime, di certo freddate con l'aiuto di un silenziatore, sono state assassinate da persona a loro nota e ospite di questo albergo, oppure ci ha pensato una conoscenza occasionale – magari qui a Lipsia per adescare clienti nell'ambito della fiera – appartenente a uno dei due sessi, o a quello in mezzo.

La terza possibilità, si disse tetramente Bora, era che lo spionaggio americano, una volta ottenuto da Kobe quel che voleva, avesse fatto uccidere il generale – incidentalmente in compagnia del suo aiutante – per assicurarsi il suo silenzio eterno. D'istinto tenne per sé la scoperta della cenere sul tavolino. Quando Weidlich, che l'aveva studiato dagli stivali speronati ai guanti da equitazione, gli chiese: – A proposito, dov'è il suo frustino, tenente Bora? – trasalì. Trovando oltraggiose le implicazioni della domanda, quasi sorrise, nervosamente divertito:

– Non lo uso mai.

– Qualcuno ha controllato che gli altri partecipanti alla conferenza siano nelle loro stanze?

Il tono sonnolento è una posa, pensò Bora, *come le bretelle rosse e i modi da piedipiatti.* – Tutti, tranne il professor Fujiwara, che fa una passeggiata igienica alle sei. Il concierge lo può confermare. Deve essere uscito mentre io mi trovavo nella stanza. Su consiglio del generale Lüttwitz, dopo aver chiamato la polizia ho bussato alle porte degli altri con il pretesto di un'importante comunicazione da farsi prima di colazione, e hanno risposto tutti.

Weidlich tirò in dentro la pancia da bevitore. – Non che significhi molto. A mio parere le vittime erano morte da almeno cinque ore. Chiunque su questo piano dell'albergo o su un altro potrebbe aver commesso il crimine ed essersene tornato sotto le coperte, o essere uscito all'esterno. Chiunque potrebbe essere entrato da fuori e aver atteso il momento giusto. Il medico legale ci darà indicazioni più precise riguardo l'ora della morte, ma vedrete che non sono molto fuori strada. Tenente Bora, ha detto che il generale Kobe non chiudeva mai la porta: questo particolare era noto a tutti?

– Non ne ho idea. In ogni caso le vittime di omicidio a volte aprono la porta, se conoscono il loro futuro assassino.

Lo sguardo di Weidlich diceva: *Cerchi di insegnarmi il mestiere, giovanotto?* – E lei non ha sentito niente? – fu invece quello che disse a voce alta.

– Non ho sentito niente.

– E nemmeno lei, *Herr Generalmajor*?

Lüttwitz si scosse da uno stato fra il torpore e la malinconia. – No, niente. Ma avevo preso una medicina, quindi avevo il sonno pesante. Il tenente Bora può confermare che ero ancora molto assonnato quando mi ha avvertito.

Alle sette e un quarto il direttore dello *Schlösschen* aveva già avuto modo di contestare che «conoscenze occasionali», del genere cui si riferiva Weidlich, avessero accesso all'albergo, anche se naturalmente gli ospiti paganti rientravano a qualunque ora della notte, e il ristorante rimaneva aperto ad avventori esterni. Che altro? I tre direttori commerciali ancora presenti avrebbero lasciato le loro stanze quel mattino stesso, mentre la coppia olandese sarebbe rimasta per le celebrazioni del 20 di aprile, compleanno del *Führer*. Sul senso di riservatezza dello staff garantiva di persona. Lüttwitz e Weidlich stavano concordando riguardo la necessità di mantenere il silenzio sull'evento, quando Bora uscì per fare il suo rapporto.

Alle spalle dell'albergo, Kinzel aspettava in strada, sul sedile posteriore di un'auto senza segni distintivi, con la valigetta di Kobe al fianco. Quando Bora salì, si limitò a indirizzare un cenno all'autista perché partisse. – Faccia il giro dell'isolato, lentamente –. Dopodiché si rivolse a Bora:

– Bene, questo sì che è un eccellente inizio. Perdiamo la balena ancor prima che si apra la stagione della caccia. Il nostro principale sospettato morto nel giro di settantadue ore. Dovrà essere eseguita un'autopsia, malgrado le inequivocabili apparenze. Faccia in modo che se ne occupi l'ospedale militare; io mi accerterò che Weidlich sia saggio a sufficienza da capire che deve stare fuori dai piedi. Entro questa sera dovrà aver raccolto dagli ospiti tutte le informazioni possibili per gettare luce su quel che è accaduto, ricordandosi che non può dare ordini a nessuno e che deve far apparire tutto come la solita prassi d'ufficio che segue una disgrazia –. Dalla modesta mancanza di frasi a effetto Bora dedusse che Kinzel era troppo preoccupato per partorirne. – Mi rendo conto che la stanza debba essere stata nel caos, ma ha notato nulla che valga la pena di essere riferito?

– Non ne sono certo. C'era un pizzico di cenere di sigaretta sul tavolino, stranamente fuori posto in una stanza in cui giacevano morti due non fumatori. È qui, in questo pezzetto di carta. Le analisi di laboratorio potrebbero farci scoprire da che tipo di tabacco proviene –. Lungo uno dei viali che portavano al parco, Bora notò una giovane a cavallo che da lontano assomigliava a Dikta, e sospirò. – L'altra cosa è meno rilevante, solo macabra. Nel sangue rappreso sul collo del generale Kobe sono rimaste intrappolate diverse formiche, morte stecchite, le fotografie della polizia lo confermeranno. Ne ho contate undici.

Kinzel fece una smorfia. – Bene, abbastanza per una squadra di calcio. Andiamo, Bora, è primavera e lei è ospite di un albergo che il comitato d'accoglienza ha riempito di piante in vaso. Sicuramente ci saranno insetti in tutte le stanze –. A passo d'uomo l'auto svoltò l'angolo fra Stieglitz e Brockhaus; l'alba trovò una fessura fra le nuvole e gli alberi, e per un attimo il marciapiedi si tinse di rosa. – Quel che conta è come interpretare la faccenda. Disgraziatamente solo il tempo ci dirà se gli americani hanno ottenuto quel che volevano –. Consapevole dell'attenzione di Bora alla valigetta di Kobe, Kinzel anticipò domanda e risposta: – Non c'è niente di utile qui dentro. Verificheremo eventuali doppi fondi e tutto il resto e le farò sapere. Siamo certi si tratti di omicidio in entrambi i casi?

– Così ritiene Weidlich. Se il capitano Nogi ha ucciso il suo comandante e poi si è sparato allo stomaco, ha fatto un ottimo lavoro per nascondere l'arma con un'arteria saltata. L'unico nascondiglio logico – la tazza del gabinetto – conteneva rifiuti più convenzionali.

– L'arma potrebbe essergli scivolata di mano nella vasca.

– Beh, l'acqua era troppo intorbidita dal sangue per dirlo.

L'auto era tornata nel punto originale, l'angolo di strada dopo l'ingresso dell'albergo. Kinzel consultò l'orologio e fece segno all'autista di fermarsi. – Torni dentro, tenente. Voglio che sia lì quando Lüttwitz annuncerà la notizia al gruppo.

Scritto durante un breve intervallo della conferenza. Reazioni? Se il mio comandante avesse annunciato ai giapponesi che dopo cena non ci sarebbe stato il dessert, probabilmente non avrebbero reagito in modo diverso. Gli ufficiali della Marina non hanno battuto ciglio; Ikeda e Kitamura hanno deglutito, e questo è stato tutto. Il professor Fujiwara ha abbassato lo sguardo, e solo la signorina Deshimaru ha emesso un suono lieve, come di un palloncino per bambini che si sgonfi.

Grazie al cielo gli italiani hanno reagito a tono. Il professor Colloredo è impallidito e ha pronunciato un'acconcia frase di dispiacere. De Dominicis si è lanciato in una convulsa serie di Ma che? Ma come? Ma cosa? *incolpandoci di «negligenza» nel servizio d'ordine e minacciando di lasciare la conferenza se non lo rassicuriamo sulla tutela degli ospiti. Interessanti recriminazioni, per uno che ha discusso animatamente con Kobe il primissimo giorno. Allora non ci avevo fatto caso, ma ora tutto conta – glielo domanderò in separata sede.*

Dortmüller, appena raggiuntici per colazione, ha reagito alla maniera di Colloredo. Privatamente mi ha detto di essere molto dispiaciuto di aver perso Kobe come interlocutore, ma comprende che dobbiamo continuare anche senza di lui: dopotutto il generale aveva solo una posizione di minoranza nella società farmaceutica che Ikeda guida con pugno di ferro. Le sessioni del giorno sono iniziate con un ritardo di soli dieci minuti sull'orario previsto, le nove, e questo solo perché la signorina Deshimaru, com-

prensibilmente turbata, per errore aveva confuso le sue carte con quelle del dottor Kitamura. I colloqui di oggi erano riservati all'industria e ai militari, quindi gli intellettuali (Fujiwara, Keiko e Colloredo) sono rimasti per conto loro.

Quanto segue è stato aggiunto più tardi: dato che il colonnello K. non lo vuol dire, mi sto lambiccando il cervello per capire cosa stiamo cercando ufficialmente. Chi è il Signore delle cento ossa, *perché si chiama così? E cosa c'è in gioco? Tecnologia nipponica, penso (a meno che non sia qualcosa di completamente diverso), legata alla politica asiatica. Ma perché dovrebbe importarci di quel che gli americani e i giapponesi fanno in Estremo Oriente? I nostri interessi sono più vicini a casa. Per quanto ne so, agli americani piacciamo più noi dei giapponesi.*

A proposito, ho sbagliato a contare le formiche intrappolate nel sangue di Kobe. Non sono undici. Dopo pranzo mi sono precipitato alla stazione di polizia per esaminare gli ingrandimenti fotografici della ferita: mostrano tre file di insetti, otto sopra, quattro al centro, tre sotto. Come quindici formiche possano essersi allineate in un modo del genere per morire, trascende la mia comprensione. Se non fosse di cattivo gusto, direi che sul cadavere di un generale morto anche le formiche si mettono in riga.

Quando stasera alle sei si chiuderanno i lavori ufficiali, per me arriverà la parte più delicata. Dovrò usare tutta la cortesia possibile per interrogare i partecipanti individualmente, con la scusa di voler garantire la loro sicurezza. Resta da vedere quanti di loro fiuteranno la verità sul mio conto. In fondo mi muovo in maniera più libera di quanto non faccia la maggior parte degli aiutanti.

L'ammiraglio Oi aveva il volto di un bulldog ostinato quando entrò nella stanza di Kobe, unico fra gli ospiti a insistere per farlo. Una pulizia accurata aveva eliminato la maggior parte delle tracce più raccapriccianti delle due morti, fatta eccezione per la macchia scarlatta sulla parete. Privato del materasso, il letto mostrava il telaio. Il bagaglio del generale era già stato messo da parte, compresa la valigetta, i cui contenuti Kinzel aveva considerato privi di interesse.

Guardandosi intorno dal suo punto di osservazione ai piedi del letto, l'ammiraglio riprese una questione già esposta la mattina. – Questo sventurato evento ha inferto un colpo durissimo alla nostra delegazione, e bisogna valutare se è il caso che la conferenza continui in queste circostanze. Chiedo che i resti del generale Kobe e del capitano Nogi siano immediatamente riconsegnati alle autorità consolari giapponesi per i rituali appropriati e la restituzione al suolo imperiale.

Su ordine di Kinzel, Bora rispose come aveva già fatto quando Oi aveva sollevato l'argomento. – Il *Generalmajor* Lüttwitz lo autorizzerà non appena la polizia avrà accertato le circostanze che hanno condotto a questa tragedia.

– Tenente, non meni il can per l'aia. È così che dite quando si gira intorno a una questione, no? Le perifrasi non sono necessarie. Nel nostro Paese le relazioni private discretamente intrattenute fra distinti ufficiali non hanno tutto il peso che gli attribuite in Occidente. Non sono motivo di vergogna, e in particolar modo non richiedono riparazioni violente.

Bora si sarebbe preso a calci, perché si sentì arrossire.

– Con il permesso dell'ammiraglio, siamo in Germania, dove questo peso è avvertito.

– Allora, se ritiene che il movente sia la passione, cerchi il colpevole fra i suoi.

Di certo era quello che Weidlich stava facendo al momento. Eppure Bora si sentì legittimato a piegare la verità. – Personalmente non credo che il movente sia stato la passione – disse, malgrado non avesse motivo di pensare altrimenti e il ricordo del corpo di Kobe, nudo e frustato sul letto, lo turbasse non poco.

Chinandosi leggermente in avanti, Oi passò l'indice guantato sulla superficie del tavolino di vetro, come per sondarne la pulizia. Stava tentando di distogliere lo sguardo o era in cerca delle prove che non c'erano più? Quando si voltò di nuovo verso Bora, aveva un'aria meno ostinata e amara.

– Il generale Kobe e io avevamo opinioni diverse su molte cose. Lui apparteneva a una generazione più giovane, sedotta dalle promesse degli estremisti, e il capitano Nogi ancor di più. Io sono della vecchia scuola, quella di Tsushima e delle nostre campagne vittoriose contro l'aggressione zarista. Nessuno oggi nega il sacro diritto del Giappone di aspirare a un ruolo egemone in Asia, simile a quello che la Germania – non senza incontrare resistenze – ha assunto in Occidente. Siamo un Paese dalle risorse scarse. Abbiamo bisogno di materiali e tecnologie. Stiamo affiorando al mondo e meritiamo rispetto. Tuttavia le azioni di Kobe nel Manchukuo non hanno portato onore né all'Esercito né all'Impero; per questo non posso piangere la sua dipartita più di quanto la Germania di oggi pianga il capitano Röhm e le sue SA ribelli. L'ambizione e l'intransigenza fuori controllo, ai miei occhi sono macchie imperdonabili.

Era più (e meno) di quel che Bora aveva sperato di sentire. Si rese conto di aver incautamente superato il limite, incalzandolo con un: – Dunque l'ammiraglio ritiene che un processo di epurazione interno al governo giapponese... – perché Oi, ancor prima che avesse finito la frase, si voltò rigidamente per lasciare la stanza.

De Dominicis era uscito a cena con Lüttwitz, Dortmüller e Ikeda, apprese Bora informandosi presso il concierge. Era in programma, quella sera in città, una degustazione di birra *Gose* e liquore *Allasch*: semplicemente se ne era dimenticato, o aveva supposto che non ci sarebbero andati. Il dottor Kitamura, dal canto suo, era seduto con i due professori e la signorina Deshimaru al *Wintergarten*, il caffè al pianterreno con le palme dipinte sulle pareti in onore della serra esotica d'inizio secolo, ormai smantellata, a un chilometro di distanza.

– Non si vuole unire a noi, Bora-san? – Kitamura si alzò per invitarlo. L'aria pensierosa dietro agli occhiali spessi, il fisico snello di mezza età sembrava fuori luogo nel completo occidentale di taglio comune, mentre Fujiwara, in abiti tradizionali giapponesi, era chiaramente a suo agio anche con una tazza di cioccolata calda e panna montata fra le mani.

Bora si avvicinò. – Grazie.

Chinò appena il capo quando Colloredo rispose:

– Prego – facendogli posto sul divano esageratamente imbottito. Alto e spigoloso, tutto gomiti e ginocchia, l'italiano sembrava un ragazzino occhialuto invecchiato di colpo. Era sulla quarantina, ma i capelli diradati e il pallore da studioso lo facevano sembrare più anziano.

– Ci metteranno senza dubbio in ultima fila quando verrà il momento di scattare le foto di gruppo – aveva buttato lì con un sorriso la prima volta che aveva incontrato Bora – come i ripetenti allampanati che si trovano ancora in prima elementare a dodici anni.

Oi e il suo aiutante non scesero mai di sotto nell'ora in cui Bora fece compagnia agli ospiti stranieri. Allorché la signorina Deshimaru si congedò con la scusa di un'emicrania da curare con un buon sonno, anche lui colse l'occasione per andarsene. Col favore della notte, stava contravvenendo all'etichetta dell'Esercito facendo pratica con una gustosa *Chesterfield* mentre camminava su e giù per il marciapiedi, quando la macchina lussuosa di Dortmüller riportò in albergo il gruppo uscito a cena.

A mezzanotte, dopo che gli ospiti si erano ritirati, Bora attraversò in auto la città fino al *Wartburg*, dove alloggiava Kinzel.

– Non sono stato in grado di ottenere alcunché di significativo dai giapponesi, *Herr Oberst*. L'ammiraglio sostiene fra le righe che Kobe era un estremista. Ikeda, che è nato nella stessa prefettura ed è cresciuto con Kobe, aveva bevuto un po' troppo e ha fatto l'offeso.

– Sì, mescolare birra e liquore alle mandorle a qualcuno fa questo effetto. Pessima combinazione per i turisti.

– Ha liquidato le mie domande dicendo che erano fuori luogo, e che è responsabilità del Reich se due eroi nazionali sono stati assassinati mentre si trovavano in missione di pace. Il dottor Kitamura è stato meno ostile, ma non più utile. Sostiene di aver conosciuto Kobe solo come detentore di una partecipazione di minoranza della società farmaceutica di Ikeda; provengono da ambienti sociali molto diversi, hanno frequentato circoli del tutto differenti, e non riesce a pensare a una ragione per la sua morte, per non parlare di quella di Nogi. Il professor Fujiwara e la signorina Deshimaru hanno mantenuto il silenzio sull'intera faccenda. In mattinata sono partiti per Dresda, un incontro programmato sulla mostra d'arte da tenersi lì. Farò quel che posso appena tornano.

– A Dresda, eh? Li terremo sotto sorveglianza. L'alibi di Dortmüller per la notte del 12, fra l'altro, per quanto detto a Weidlich è di ferro: è stato a un ricevimento del Partito fino alle ore piccole. Mi dica che ha ottenuto qualcosa di utile almeno dagli italiani, tenente.

– De Dominicis si è nascosto in una nuvola di fumo al mentolo, piuttosto brillo dopo la serata in città. Ha chiesto a *me* i dettagli della scena del delitto, probabilmente perché ha subodorato qualcosa di scandaloso nel legame tra le vittime.

– Oh, di certo –. Kinzel, in maniche di camicia, parlava con una sigaretta spenta fra le labbra, misurando avanti e indietro il pavimento. – Il salotto del conte Ciano è un ricettacolo di tutti i pettegolezzi più oziosi, e questo sarebbe un bel bocconcino. Non gli dica una parola. È tutto?

– No. Il primo giorno della conferenza, a un certo punto, ho visto De Dominicis conversare fitto con il generale Kobe: una discussione animata, che Kobe ha bruscamente interrotto con un gesto di stizza, o di rifiuto. Stasera, malgrado i miei sforzi, chiedere spiegazioni sull'episodio è servito solo a irritare Sua Eccellenza. Mi ha soffiato il fumo in faccia, blaterando qualcosa riguardo ai diritti di concessione per certe sartorie toscane in Giappone, e mi ha liquidato sentenziando che non erano affari miei. *Andate all'inferno*, mi ha detto in effetti.

– Ma lei non è andato all'inferno, voglio credere –. Il senso dell'umorismo di Kinzel aveva la forza di un filo d'erba spuntato in un terreno arido. – Cosa ne pensa?

– È possibile che stesse dicendo la verità. Sotto l'abbronzatura da villeggiante era lievemente verdastro, per via dell'alcol, e forse era troppo annebbiato per inventare delle scuse –. Bora osservò Kinzel allentarsi il nodo della cravatta. L'impersonale stanza d'albergo era ancora più anonima per la mancanza di segni della presenza del colonnello. Tutti i vestiti erano rigorosamente nascosti alla vista, compresa la giacca del suo completo; niente chiavi, niente spiccioli, nessun mozzicone nel posacenere, nessuna carta nel cestino. Sì, c'era qualcosa da imparare da quell'anonimato.

– Il professor Colloredo, dal canto suo – riprese senza essere stato sollecitato – mi ha tenuto un'esauriente lezione sul concetto di vergogna in Giappone, che né Kitamura né Fujiwara hanno contraddetto. Da essa ho dedotto che l'ammiraglio Oi ha ragione: per quanto riguarda i nostri ospiti orientali, l'omosessualità non sembra costituire un problema rilevante.

– A meno che qualcun altro non stesse aspirando alle grazie dell'affascinante capitano Nogi, e la gelosia non abbia contribuito al movente. A proposito, abbiamo trovato la pistola con il silenziatore.

Bora ebbe l'impressione che mentre si sfilava freddamente la cravatta, Kinzel avesse lasciato esplodere una bomba fra di loro. Ne fu come accecato. – Dove?

– Nella vasca, come immaginavo –. Il colonnello arrotolò la cravatta e se la infilò nella tasca destra dei pantaloni. Facendo scattare il coperchio di uno degli accendini americani all'ultima moda, si accese la sigaretta e aspirò il fumo. – Era nascosta sotto il didietro del capitano, dove sono certo lei non abbia guardato troppo da vicino.

– Ah.

Vedendo il tenente cercare le sue sigarette, Kinzel gli porse l'astuccio in tartaruga; ma Bora stava solo cercando qualcosa da fare perché era confuso, e declinò.

– *Herr Oberst*, ho difficoltà a far quadrare l'apparente dinamica del crimine, le rispettive posizioni dei corpi e…

– È dunque un esperto? Il calibro della pistola corrisponde ai proiettili estratti dai cadaveri. Un modello *Nambu 94*, adottato di recente dall'Esercito giapponese. Forse non lo sa, ma il dente di scatto sporge dal lato sinistro dell'arma, ed è successo che fossero esplosi colpi accidentali senza che fosse stato nemmeno tirato il grilletto. Weidlich non può fare altro che convincersi che Nogi ha ucciso il suo comandante e poi se stesso; e fra di noi è lui l'autorità.

– Non mi ero reso conto che i nostri ospiti militari viaggiassero armati, e con i silenziatori, per giunta.

– Non ha mai sentito dire che le vie del Signore sono infinite, e in ultima istanza misteriose? – Kinzel annunciò la fine della conversazione sedendosi sul letto e iniziando a slacciarsi le scarpe. – Ho messo al corrente il generale Lüttwitz degli sviluppi mentre lei stava venendo qui. Li condividerà con il gruppo a colazione, domani mattina.

Bora raccolse il berretto dal tavolo e se lo infilò sotto il braccio. – Dove ci conduce tutto questo in relazione al *Signore delle cento ossa*?

– Beh, o il capitano Nogi aveva delle ragioni personali per uccidere il suo comandante, oppure ha saputo del tradimento di Kobe e l'ha fermato in tempo. Il suicidio in questo caso non sarebbe da attribuire al senso di colpa, ma sarebbe una forma di espiazione tutta giapponese per essere stato il sottoposto di un traditore.

– Ma il generale Kobe poteva anche non essere la spia.

– Vero. In questo caso, veda di scoprire chi è.

Diario per il 14 aprile, venerdì

L'una e un quarto del mattino, allo Schlösschen. *Nella stanza di Kobe l'ammiraglio Oi ha pronunciato una parola,* shudo, *che non si è preoccupato di spiegarmi. Più tardi, mentre andavamo insieme a cena, ho chiesto lumi al professor Colloredo, che si è reso cortesemente disponibile per le informazioni riguardo al Giappone. Ha ascoltato con la massima serietà e mi ha detto che indica «la via dell'amicizia particolare». Si tratta forse dell'equivalente nipponico di ciò che nell'antica Grecia si chiamava pederastìa? ho voluto insistere. Colloredo ha ammesso che non ero lontano dalla verità; nella cultura giapponese «l'amicizia» che spesso deriva dalla relazione fra un giovane e un uomo più anziano prosegue ben oltre lo sfumare dell'elemento sensuale, e addirittura dopo che uno o entrambi gli amanti hanno contratto regolare matrimonio.*

Non mi aiuta affatto, stando così le cose. Per motivi suoi, il colonnello K. è determinato a sostenere la teoria per cui Kobe sarebbe stato assassinato dal suo aiutante. Non sa che sono riuscito a dominare il disgusto, mi sono arrotolato una manica e ho frugato nella vasca insanguinata, senza trovarvi alcuna pistola. *È dunque una nostra mossa per minimizzare l'impatto delle due morti sulla conferenza.*

È impressionante come due cadaveri possano essere portati via da un albergo senza che nessuno se ne accorga, e lo stesso vale per la biancheria insanguinata. È stata chiamata una squadra di tecnici telefonici per fingere che la necessità di intonacare di nuovo il muro dipenda da lavori d'installazione e non dalla rimozione di una macchia di sangue. Non è meno strano che per tutto il giorno, durante gli incontri, nessuno abbia menzionato i due ufficiali morti. Il personale dell'albergo ha eliminato le loro sedie, sistemando le altre in modo da non far notare i vuoti. Incredibilmente, per errore, hanno portato via la mia sedia, così che a pranzo mi sono trovato a incombere sulla signorina Deshimaru alla mia sinistra, e sul professor Fujiwara alla mia destra. Oserei dire comunque che Keiko è stata la più colpita dalle morti, ancor più dal momento che il brillante capitano Nogi in Giappone era salutato come un campione di mascolinità.

Ma su una cosa il colonnello K. ha ragione, sui vasi di ciliegi in fiore (sakura) *che portano le formichine in albergo. Sono creature minute, innocue, che non mi sento di schiacciare sotto il piede; disciplinate nella loro routine, escono in fila durante il giorno (in cerca di che? Non c'è nulla da mangiare nella stanza) e al tramonto ritornano nel loro covo sotto i boccioli di ciliegio. Non sembrano quasi il tipo di insetto ingordo che nuotava nel sangue denso di Kobe.*

II

> Giovani! Quel che dite non ha significato
> finché non sentirete il suono dell'applauso
> di una mano sola.
>
> HAKUIN

Venerdì, 14 aprile

Il quinto giorno il tavolo della conferenza era allestito per Oi e il suo aiutante, il generale Lüttwitz, De Dominicis, Dortmüller, Ikeda e Kitamura. Bora, che aveva ricevuto ordine da Lüttwitz di ritirare altri risultati di esami all'ospedale di Sankt Jakob, era assente giustificato dalla prima parte dell'incontro.

A colazione bevve solo caffè nero. Aver dormito poco lo rendeva meno lucido; non era fisicamente stanco, ma le cose perdevano un confine preciso, le parole che sentiva gli attraversavano la mente senza elaborazione critica. I discorsi informali prima degli incontri su concessioni, licenze e investimenti gli sfuggivano come pagine di calendario strappate man mano e buttate via.

A quell'ora, pensò, all'ospedale dell'Esercito – e non nell'edificio circolare della scuola di anatomia presso l'ospedale di Sankt Jakob, dove un'iscrizione latina dichiarava la morte «al servizio della vita» – il corpo di Kobe, insieme a quello del suo aiutante, ormai era stato sottoposto all'intera sequenza del lavaggio, della preparazione, delle misurazioni e dell'autopsia. I risultati sarebbero arrivati di lì a poco.

Il particolare delle formiche nel sangue, in apparenza tanto irrilevante, continuava ad affiorare nei recessi più incerti della sua mente. Kinzel aveva acconsentito con un ghigno derisorio alla sua richiesta che fossero estratte e tenute da parte, ma chissà... Sulla tovaglia, bianco su bianco, un motivo jacquard a onde lo affascinava. Si trovò a seguire rapito le linee del tessuto. Era possibile che insetti abituati a nutrirsi di ogni tipo di sostanza, vegetale o animale, spesso in decomposizione, restassero intrappolati nel sangue coagulato di una ferita, e vi morissero? Sì, certo: bastava pensare ai moscerini catturati dalla resina, che vi rimanevano per sempre a causa del processo di indurimento della sostanza in ambra. Ma quindici formiche, tutte insieme? Il mistero macroscopico della morte di Kobe si concentrava in un nucleo indivisibile di curiosità, come una goccia di ambra scura in cui le minuscole creature significavano qualcosa.

Briciole di pane punteggiavano la trama a disegni opachi e lucidi della tovaglia, creando un senso di disordine. Il fumo di sigaretta si levava e fluttuava a strati, i volti seri masticavano dolciumi e parole. E se il dettaglio avesse indicato una circostanza che non aveva considerato - se la loro presenza non fosse stata casuale? Difficile giudicare a occhio nudo o attraverso lo scatto *post mortem* della ferita, ma le formiche sul collo di Kobe sembravano più grandi di quelle che infestavano i boccioli di ciliegio nella sua stanza.

Intorno a lui il brusio degli scambi d'affari si attenuò, malgrado le labbra degli uomini continuassero a muoversi e ne emergessero dei suoni. Si spense anche l'acciottolio dei cucchiaini contro le tazze e i piattini, perché Bora aveva smesso di ascoltare.

In quel nebuloso raccoglimento - o nella sua assenza, una sorta di deconcentrazione - il bisogno di far esaminare e identificare gli insetti divenne un impulso fisico, un'urgenza, una scossa elettrica. Come si fosse ricordato all'improvviso di un appuntamento, con gli occhi sull'orologio Bora scattò in piedi e chiese il permesso di lasciare la tavola. Corse al piano di sopra, in camera sua, per telefonare a Kinzel, che ascoltò e disse solo: - D'accordo.

Prima della sessione mattutina era già uscito alla volta dell'ospedale di Sankt Jakob. Lì, un ritardo nella consegna degli esami gli diede l'occasione di spazientirsi con il personale, e così svegliarsi completamente.

Lo stato d'allarme risultò utile. Preparandosi a rientrare ebbe l'impressione che il taxi parcheggiato alle sue spalle, dopo essere partito insieme a lui, avesse seguito per un tratto la sua BMW lungo l'ampia Nürnberger Strasse. Come in tutta la città, anche lì erano stati appesi stendardi e bandiere in vista del compleanno del *Führer* – il rosso-bianco-nero chiazzava, si estendeva e si sviluppava lungo finestre, lampioni e cavi. Quando di proposito imboccò la strada per Schleussig, svoltando a destra, il taxi gli venne dietro. Girò di nuovo a destra, per raggiungere la Albertstrasse, e continuò ad averlo al seguito. Allora Bora accostò, aspettando in folle di essere superato, ma lo specchietto retrovisore gli mostrò il taxi che lentamente prendeva la direzione opposta, per scomparire all'angolo, verso la Eilsen.

Non tornò in albergo prima di metà mattina, mentre i partecipanti alla conferenza si concedevano una pausa. L'ansioso Lüttwitz aspettava nell'atrio, dove il lucernario di vetro colorato gli faceva piovere addosso un arcobaleno di raggi. Strappò la busta sigillata dalle mani del giovane, l'aprì lacerandola e si allontanò per leggerne il contenuto. Intanto, approfittando del bel tempo, tutti gli altri erano usciti, avevano attraversato la strada ed erano entrati nel parco. Bora fece lo stesso.

Un sentore verde di gemme pervadeva l'aria con una punta acida e fresca. Le nuvole si libravano alte, come galeoni panciuti. I civili passeggiavano in sella, levando un suono di zoccoli lungo il sentiero per i cavalli; fra di loro, le ragazze facevano finta di non vederlo, ma si voltavano per dare un'occhiata a Bora nella sua uniforme elegante. Gli scoiattoli rossi sfrecciavano su e giù dagli alberi, merli e cardellini cinguettavano acuti, l'intero apparato locale della primavera era al lavoro.

Il pensiero di essere stato pedinato da un taxi, lì e in quel momento sembrava ridicolo. Per quanto costretta si sentisse la Germania nei suoi confini, era una nazione in pace, e anche se un giapponese stava lanciando un'esca a un americano, o viceversa, quanto poteva importare? Quei due Paesi avevano scopi così diversi che perfino l'eventualità di un loro futuro conflitto armato era ipotizzabile. E poi il colonnello Kinzel non aveva mai menzionato l'oggetto del supposto spionaggio. A partire dal macabro titolo dato al dossier, Bora stava imparando che nei servizi segreti il desiderio di riservatezza dava vita a risibili nomi in codice. Il suo senso di avventura rischiava di essere stroncato sul nascere.

C'era, naturalmente, il trascurabile dettaglio di due ufficiali morti.

Poco più avanti, dove il bosco lasciava spazio a un prato, il dottor Kitamura stava scattando una fotografia quando Bora lo raggiunse. Di tutti gli ospiti orientali presenti, salvo forse Keiko Deshimaru, era quello più sospeso fra Oriente e Occidente, un ibrido per interessi e condotta. Era uno di quei giapponesi con i capelli ritti e ribelli al pettine, e incarnava la cortesia sommessa tipica della sua cultura. Se Bora non avesse saputo del suo genio scientifico, l'avrebbe preso per un maestro di campagna al suo primo viaggio all'estero, come senza dubbio facevano i passanti, che sembravano divertiti dal suo incessante scattare.

Tirando a indovinare, o forse a causa dell'atteggiamento pensoso di Bora, Kitamura non si sbagliò sul motivo che l'aveva spinto ad avvicinarsi. Lasciando penzolare la macchina fotografica dalla cinghia intorno al collo, rispose cordiale al saluto del tedesco. – Mi sbaglio, Bora-san, o lei a colazione era indisposto? Ancora turbato per la dipartita del generale Kobe?

– Non si sbaglia, dottore.

– Ma perché? All'inizio dell'incontro di oggi il suo comandante ha condiviso con noi le scoperte della polizia: se ci fosse stato anche lei, avrebbe saputo che il caso è risolto. A ogni modo, la nostra cultura ha una visione differente di faccende inevitabili come la morte.

– Così ho intuito.

– Vuole cortesemente rimanere lì sul prato, in piena luce? Mi piace fotografare le mie conoscenze quando viaggio.

Bora lo assecondò, cercando di non sentirsi stupido.

– Sa, tenente, durante la mia specializzazione a Vienna, ai tempi della gioventù, mi meravigliavo della facilità con cui gli studenti austriaci si toglievano la vita per ragioni diverse dall'onore... Allora erano in voga le pene d'amore. È la *forma mentis* romantica degli europei che rende perplessi i miei connazionali. E pensare che in Giappone noi universitari cantavamo *De-kan-sho* per celebrare il nostro debito intellettuale nei confronti di Cartesio, Kant e Schopenhauer! Povero me –. Ammiccando nel sole, il biologo prese a maneggiare la sua Agfa, riavvolgendo la pellicola. – Ho finito il rullino. Le dispiace se andiamo dentro? Vorrei estrarlo dalla macchina prima della ripresa dei lavori.

Di ritorno in albergo, salendo le scale verso la sua camera, Kitamura decantò la capacità evocativa di una fotografia ben scattata. – Concisa come un *haiku*, tenente Bora, precisa come una formula chimica. E che dire di quella che ritrae la donna amata? Non di rado è meglio dell'originale!

La stanza di Kitamura aveva assorbito il dualismo culturale del suo ospite. Sul tavolino erano ordinatamente sovrapposti testi originali di filosofia francese e tedesca, da un commento sulla «scommessa» di Pascal relativa all'esistenza di Dio a *La volontà nella natura* di Schopenhauer. Eppure sulla scrivania era stato innalzato un piccolo altare, tipico della devozione privata shintoista, con tanto di bastoncini d'incenso aromatico e figurine di ceramica. A Bora sembrava di ricordare che si chiamasse *kamidana.* Osservò lo scienziato rimuovere cautamente la pellicola dalla macchina fotografica, farla scivolare nel suo contenitore cilindrico e scartare un nuovo rullino della sua ampia collezione.

– Perché non ci ha detto di aver visitato il Giappone, Bora-san? A colazione il suo comandante ci ha sorpreso tutti con la notizia.

La domanda, pur espressa cortesemente, imbarazzò Bora. – Ho visitato solo l'isola di Honshu, ed è accaduto prima che compissi dieci anni.

– Come mai?

– Non c'è molto da dire, dottore. Mi è stato concesso di terminare in anticipo l'anno scolastico, per accompagnare i miei nonni laggiù. Il viaggio di una vita, per un ragazzino, su una nave britannica nuova di zecca. Per mia sfortuna ho preso l'influenza due giorni dopo aver lasciato il porto di Napoli, e sono stato tanto dannatamente male da non ricordare alcunché della traversata. Mi sono svegliato nel porto di Kobe, comunque, e per due settimane ho scorrazzato quanto mi è stato consentito. Naturalmente la mia grande ambizione era vedere il monte Fuji, le rive del lago Biwa e le pescatrici di perle. I miei nonni hanno fatto anche in modo che visitassi il tempio di Izumo, dove ho raccolto i pinoli, e il grande santuario di Ise. Mi hanno caricato su un piroscafo per tornare a casa non appena sono state accettate le credenziali consolari del nonno, nulla di più. Ammetto di aver capito poco del Giappone, per quanto abbia preso appunti e scattato fotografie, fatto schizzi e raccolto souvenir; fossi stato più grande di soli tre anni, avrei tratto maggior beneficio dall'esperienza. Di fatto ho mancato di una settimana il grande terremoto e l'incendio di Tokyo. Mia madre è restata in preda al terrore fino a quando il capitano non le ha mandato un telegramma assicurandole che stavo bene, come i miei nonni rimasti a Kobe. Vede lei stesso, dunque, che non valeva la pena di parlarne.

– Invece sì –. Kitamura sorrise stringendosi nelle spalle. Un sorriso a trentadue denti, una di quelle manifestazioni di cortesia che agli occhi occidentali assomigliavano al sottomesso rotolarsi di un cane. – Viaggiare per mezzo mondo a un'età così giovane! Mi deve considerare un provinciale per tutte le fotografie che faccio.

– Niente affatto.

Una volta posizionato il rullino e richiusa la macchina fotografica, Kitamura tirò la leva d'avanzamento per far scorrere la pellicola all'interno. Attraverso le lenti spesse dei suoi occhiali gli occhi sembravano stanchi, o malinconici. – Il nostro generale Kobe era un uomo complicato, tenente, anche per i parametri giapponesi. C'è chi dice che incarnava lo spirito nazionale – *Yamato damashii* – e chi critica le sue azioni contro i banditi del Manchukuo (pare che fossero oltre trecentomila); altri vedono un conflitto d'interessi nel suo intascarsi una quota della ferrovia della Manciuria meridionale. Hanno ragione? Hanno torto? Nel nord-est della provincia di Kirin c'erano infiltrazioni comuniste: fu dunque una sorpresa che Kobe volesse acquisire grandi distese di terra proprio laggiù, in nome dell'Esercito del *Kwantung* che rappresentava? Forte anche del suo interesse personale, egli riuscì a pacificare l'area di Kirin in breve tempo.

Se era il modo di Kitamura per giustificare i conti correnti esteri di Kobe, aveva il merito di complicare, se non di smontare, la teoria dello spionaggio cara all'*Abwehr*. Bora scelse di stare dalla parte della prudenza.

– Parlando da soldato, è un destino bizzarro, per un uomo che ha corso tanti rischi, finire come è finito.

Le spalle si strinsero di nuovo, fino a sollevarsi. – Sia il generale Kobe che il capitano Nogi discendevano da *samurai*: uomini cui, più che a chiunque altro nel mio Paese, si attaglia la massima di Tsunetomo per la quale *bushido* significa morte: «Quando davanti a te si aprono due strade, scegli quella che porta alla morte». Vogliamo scendere di sotto? I lavori ricominceranno presto.

Qualunque cosa l'ipocondriaco Lüttwitz avesse letto nei risultati delle analisi mediche, chiese di essere sollevato dalle sue incombenze per il resto della mattinata. Ciò significava che l'impreparato Bora avrebbe dovuto rappresentarlo al tavolo della conferenza, un cambiamento che indusse Dortmüller a dargli consigli non richiesti. – Legga la dichiarazione preparata da Lüttwitz e annoti le loro domande senza rispondere – gli sussurrò mentre si recavano alla conferenza. – Soprattutto, assuma l'aria di chi non concederà nulla a questi piccoli musi gialli. Hanno bisogno dei nostri prodotti, e con tutto il loro grugnire e adulare prima o poi si scopriranno.

Bora rispose che avrebbe fatto del suo meglio. Dopotutto «il Partito non sarebbe dov'è senza i Dortmüller», era stata la perla di saggezza di Kinzel. Che l'industriale fosse membro onorario delle SS si evinceva già dal distintivo sul bavero, per non parlare del soprannome affibbiatogli da Speer per i cannoni da panzer che fabbricava: *Herr 75 millimetri.* Sfoggiando una testa di capelli biondi su due spalle da sollevatore di pesi, camminava accanto all'ufficiale con l'aria dell'eroe ben pasciuto di una saga nordica, dispensando esortazioni. Bora annuiva. Dortmüller aveva ereditato le acciaierie di famiglia un anno prima, prendendo immediatamente il posto del compianto padre grazie alla sua abilità, al fascino, e specialmente alle entrature politiche. Ben noto alla famiglia di Dikta, introdotto nei circoli più esclusivi e con un debole per le signore sposate, trasudava ottimismo da tutti i pori. – È una buona cosa, a conti fatti, che Kobe se ne sia andato nel *Valhalla* nipponico – confidò a Bora sottovoce mentre entravano nella sala delle conferenze. – Sarebbe stato un osso più duro da masticare di Oi, che abbaia e non morde.

Diario per il 14 aprile, venerdì

Appunti alla fine dell'intervallo di mezzogiorno, mentre la stanza accanto, a forza di sigarette, sembra una fucina. Fuma specialmente l'ammiraglio Oi, che nelle ultime due ore non ha smesso di fulminarmi con gli occhi malgrado sapesse che ero solo latore dei desideri del mio comandante.

Per tutto l'incontro, malgrado il mio stato di tensione, ho cercato anche di percepire, dalle espressioni intorno al tavolo, come le due morti abbiano inciso sui membri di questo gruppo. Ho notato che l'abitudine di fumare di De Dominicis si è intensificata; deve aver già consumato la metà delle sue scorte di sigarette (ho mandato a prendere altre Mentola*). Honda non lascia trasparire nulla. Non batte ciglio senza il consenso dell'ammiraglio; è rigido, sgradevole, e quando parla tedesco il suo tono gutturale è oltremodo fastidioso per le orecchie. Dopo i lavori, quando siede nel giardino d'inverno con questa o quella signora compiacente, Honda si abbandona a una risata arrugginita, come di un vecchio. Gioca a rigirarsi in continuazione sul dito l'anello con rubino che la Marina giapponese l'ha autorizzato a portare in virtù della vittoria del 1904 sui russi... Alla faccia della tradizione! A quei tempi Honda non era ancora nato e porta l'anello, mentre Oi, che ha combattuto a Tsushima, non lo fa.*

Ikeda sembra perennemente soddisfatto di sé, estraneo alle tragedie dei suoi compatrioti; sul suo volto, più giallastro di quello degli altri, si leggono l'attaccamento al potere e la brama di accaparrarsi la mano più alta in questo incontro: una rana che si gonfia per sfidare il bue. Dortmüller ha l'aria di giocare a poker invece che di discutere di armamenti; ben vestito, informale, sembra uno che vince senza nemmeno provarci. Sono stato sorpreso di apprendere dal colonnello K. che ha perso la moglie «tre anni fa, quando si è schiantato quell'aereo civile in Turingia», e che ha un figlio menomato (per dirla tutta, K. ha aggiunto: «Vivaddio, altrimenti la sua fortuna sarebbe insopportabile»). Il povero Colloredo, sotto quella valanga di dati macro e micro economici, ha dovuto fare del suo meglio per astenersi educatamente da ogni sbadiglio.

Altra notizia: quando ho telefonato all'ufficio di Weidlich, un momento fa, mi hanno risposto che non c'era. Forse è così, oppure non vuole parlare con me. Avrei voluto vedere la pistola e il silenziatore, e sapere da lui come avrebbe fatto il colpo che ha ucciso Nogi a essere esploso da dentro la vasca, in posizione eretta o seduta, quando il bossolo è stato trovato sulla soglia del bagno. Non ho visto alcuna fondina appesa alla spalliera del sofà. È pur vero che la Nambu 94 *è appena più larga della nostra* PPK *da tasca. Inoltre, è stato trovato qualcosa degno di rilievo durante l'ispezione nella stanza di Nogi? Sia il colonnello K., sia Weidlich non ne hanno fatto parola. Mi è stato detto che un membro selezionato del personale dell'albergo, di provata fiducia, ha discre-*

tamente ispezionato le venti stanze della struttura nel corso delle operazioni quotidiane di pulizia e rifacimento dei letti. Non essendomi stato comunicato alcun particolare, immagino che non sia stato scoperto alcunché degno di essere riferito.

Presumo che il generale Kobe non si aspettasse di morire prima dell'alba, avendomi chiesto di andarlo a prendere la mattina; nella stessa ottica, devo supporre che il capitano Nogi dovesse lasciare la stanza prima del mio arrivo. Non ho trovato tracce della presenza di un'altra persona le tre mattine precedenti. Nota: se i loro giochi sadomasochistici avevano luogo a letto, il personale dell'albergo dovrebbe poter riferire di sangue e altre tracce organiche sulle lenzuola – Weidlich ha verificato?

Ora, consideriamo, tanto per farlo, l'ipotesi fantasiosa per cui una terza persona sia entrata nella stanza dell'omicidio prima di me, e per ragioni ignote abbia rimosso dal locale la pistola usata da Nogi: non ho trovato tracce d'acqua sul pavimento vicino al letto, quindi Nogi è entrato nella vasca dopo l'omicidio. Perché avrebbe dovuto spararsi nella vasca da bagno del suo amante, e non nella sua stanza? Possibilità numero uno: lo stato del corpo di Kobe era talmente sintomatico della loro relazione che sarebbe stata mera ipocrisia fingere altrimenti. Possibilità numero due: fra i fattori c'è stato l'alcol, che ha contribuito all'assurdità degli eventi. Possibilità numero tre, che ancora prevale nella mia mente: entrambi gli uomini sono stati uccisi da un terzo.

Il generale Lüttwitz non ci ha raggiunto per pranzo, ma ora sta arrivando, quindi devo concludere.

– Ho parlato con il primario, e mi sento molto meglio –. Con voce sollevata, Lüttwitz chiese superficialmente della conferenza, ricevette le note di Bora e arrivò quasi a sorridere. – Grazie per avermi sostituito, *Herr Oberleutnant.* La dispenso per il pomeriggio.

L'opportunità di andare a cercare Weidlich in persona alla stazione di polizia, a due sole strade di distanza, gli balenò davanti agli occhi. Bora batté i tacchi con riconoscenza. – *Zu Befehl, Herr Generalmajor.*

– Sì, e visto che nemmeno il professor Colloredo parteciperà ai lavori, voglio che si metta a sua disposizione come guida.

– Naturalmente. *Zu Befehl, Herr Generalmajor.*

Ottenere il massimo con ciò che ha sotto mano è la virtù di un soldato.

Con la sua lista di attrazioni, monumenti e librerie locali, Bora si presentò obbediente allo studioso, che se ne stava seduto da solo a leggere un giornale giapponese al giardino d'inverno. Colloredo lo ascoltò e sorrise.

– Sembra che lei e io non siamo destinati a molta azione durante questa conferenza. Tutti si capiscono agevolmente a vicenda, le mie competenze di interprete sono del tutto inutili. D'altra parte, la mia conoscenza dell'Oriente è superflua in presenza di esperti giapponesi –. Siccome Bora non cedeva, aggiunse: – Vedo che essere l'aiutante di un generale non è cambiato molto dalla mia breve esperienza durante la Grande Guerra. Per favore, non si senta obbligato a intrattenermi.

In un italiano impeccabile, Bora rispose: – La prego di lasciarmi insistere.

Il giornale frusciò mentre veniva ripiegato. – D'accordo, allora – il tempo è gradevole. Se per lei fa lo stesso, preferirei respirare un po' d'aria fresca.

Bora gli mostrò una mappa di tutti i parchi cittadini.

– Intendevo i giardini dall'altra parte della strada, tenente.

Seguì una descrizione dettagliata del *Die Nonne*. – A piedi o a cavallo?

Colloredo stava ancora sorridendo quando seguì Bora attraverso l'atrio. – È efficienza tedesca o le hanno ordinato di tenermi d'occhio?

Sistemandosi il berretto in testa, Bora non batté ciglio. – Mi è stato detto di rendermi disponibile come guida. La verità è che speravo avvenisse il contrario, data la sua esperienza di orientalista. Il suo saggio sui paradossi zen – credo si chiamino *koan* – è stato molto acclamato in Giappone.

– Beh, è un commento a *La porta senza porta*; per forza era destinato a riscuotere interesse, essendo il testo originale così rinomato. Tenga però presente che lo Zen non gode di molta fama presso l'attuale governo giapponese.

Mentre si trovavano ancora sui gradini dell'albergo, Colloredo tirò fuori un paio di occhiali da sole. Indossandoli acquisì l'aspetto distaccato di un cieco, al riparo da ogni osservazione critica. – Stamattina presto abbiamo sentito del suo viaggio a Honshu. Devo dedurne che il concetto di *koan* le è familiare?

Bora seguì con lo sguardo un taxi proveniente da sinistra, che passava diretto a sud, dove il corso del fiume abbracciava il parco. Il senso di allerta ritornò. Lo cacciò, lo tenne a bada. – Solo la sua definizione di massima – rispose mentre attraversavano la strada verso il sentiero alberato detto Jahnweg. – Quando ho lasciato Kobe, un amico locale dei miei nonni – un monaco che in gioventù era stato attaché militare a Berlino – mi ha dato un foglio di carta con un disegno a inchiostro che ricordava il profilo evanescente degli alberi su un burrone. Mi ha detto che l'iscrizione ideogrammatica a corredo rappresentava una celebre questione filosofica: il suono dell'applauso di una mano sola.

– Era uno *zen-ga*, allora, uno schizzo che illustra un *koan* –. Sulle lenti scure di Colloredo delle chiazze verdi rispecchiavano i cespugli. Bora alzò lo sguardo dal riflesso, dove le carene abbaglianti delle nuvole gonfie di vento creavano una flotta illusoria sopra Lipsia. Respirò nell'aria fresca una consapevolezza di tempeste a venire, che lo rese piacevolmente irrequieto. Disse: – Oggi so che un paradosso resiste alla logica. Allora, durante il viaggio di ritorno per mare mi sono lambiccato il cervello, senza ovviamente trovare né capo né coda alla questione: le mie idee sull'Oriente venivano dai romanzi di Salgari e Karl May. Ieri come oggi, la risposta ovvia del *koan* sembra essere: nessun suono.

– Davvero. E perché?

– L'applauso è il risultato di un'azione composta, generata dal battere insieme due mani, e dal suono sordo dell'aria compressa fra di loro. In teoria, una mano che applaude ha la metà del potenziale del suono (o più o meno, certo, in base alla sua velocità paragonata a quella dell'altra mano, all'angolo d'incontro, alla sua posizione piatta oppure a conca). Ma potenzialmente il risultato non è identico. Di tanto in tanto la domanda mi è tornata in mente nei mesi che hanno seguito il viaggio. Poi ho lasciato perdere. Fino a questa mattina erano molti anni che non mi ci confrontavo.

Con le mani allacciate dietro la schiena, Colloredo camminava in modo accorto, posando i piedi dove il sole, filtrando fra le foglie, creava macchie frastagliate di luce. – La logica non aiuta, come ha sperimentato lei stesso. Se si ha una formazione logica, tutto lavora contro la possibilità di *vivere* la soluzione di un *koan* – che è ben diverso dal capirla.

– Oh, mi rendo conto che ci sia un fondamento intuitivo alla base dello Zen. Dovrebbe parlare con la mia nonna scozzese, che si è convertita al buddhismo oltre trent'anni fa. Sì, davvero: appartiene fin dal principio alla *Società della Missione Buddhista* di Lipsia, la prima in Germania. Per quanto mi riguarda, sembra che io continui a cadere nei vecchi schemi della causalità aristotelica; e non sono religioso abbastanza per fare il salto fideistico con cui D'Aquino e altri sono riusciti a riconciliare la ragione con l'Ineffabile.

Colloredo si levò gli occhiali da sole. Forse era sorpreso di non trovarsi di fronte un militare ottuso? – La logica a volte ci inganna. Anche lo studio nozionistico lo fa.

– Ha ragione. In Spagna parlavano in modo simile del *duende*, che indica la felice infallibilità dell'artista «posseduto» che rinuncia alle regole. Ma io sono tedesco, soldato e laureato in filosofia: le regole sottintendono tutto ciò che conosco. Quando seguo le mie intuizioni mi sento in colpa, anche se sono giuste.

– Se non stesse sorridendo mentre lo dice, proverei pena per lei. Scommetto che il suo intuito è più acuto di quanto lei ammetta.

– Forse.

– Consideri questo. Una volta compreso intuitivamente che suono produce una mano sola, potrà fare a meno dell'altra.

A quel punto scoppiarono a ridere entrambi. Con lo stivale lucido Bora scalciò un ciottolo sul cammino. – Lo terrò a mente, dovessi mai restare senza una mano.

Camminando si erano trovati nel punto in cui tutti i sentieri di quel segmento del parco convergevano in un disegno a stella.

– Qualcuno le ha mai detto cosa significa il suo cognome in giapponese?

– No –. Bora si voltò incuriosito verso l'italiano. – Nulla d'imbarazzante, spero.

– Significa *cefalo*.

– Mmm. Non il più gradevole dei pesci.

– Perché lotta per non farsi catturare? – Colloredo scosse il capo. – Credo sia una qualità. In mare aperto solo il barracuda lo caccia.

I sentieri che si aprivano a ventaglio davanti a loro portavano tutti alla riva del fiume. I due continuarono a camminare fino a raggiungerla, e si fermarono a guardare le barche a remi che fendevano il flusso dell'Elster, e il maneggio sull'altra sponda.

– Elster – disse l'italiano. – Il termine *Elster* significa gazza, non è vero?

– Sì. Suppongo che se un fiume tedesco può essere intitolato a una gazza, un tenente dell'Esercito tedesco possa ben avere il nome di un pesce –. Bora non smise di sorridere, anche se si preparava a chiudere quel momento di levità. Parlò con gli occhi sul ponte pedonale, non distante da loro, dove una ragazza in rosso ricordava una fiamma snella. – Mi dica, professore, cosa crede sia successo con il generale Kobe e il capitano Nogi?

Ebbe tempo di contare solo fino a tre, prima che gli giungesse la risposta tranquilla di Colloredo.

– Sono morti. Levano la loro morte innanzi ai nostri occhi come un *roshi* – cioè un maestro, un autentico Signore dello Zen – mostra un bocciolo ai discepoli per alludere alla «buddhità» implicita in ognuno di loro.

La menzione della parola «signore», anche se riferita chiaramente a un contesto spirituale, fece trasalire Bora. Per una frazione di secondo fu come se fra loro fosse passato un fulmine, senza calore o suono, senza nemmeno cambiare la consistenza dell'aria tutto intorno. Non sapeva cosa fare di quella sensazione, come governarla, quindi l'accantonò. – Ciononostante, dovranno pur essere morti per un motivo...

– Non necessariamente. Il mondo è pieno di morti senza senso. Una causa non deve per forza essere un motivo. Che dire delle persone uccise per errore o per incidente? *Inga ichinyo*: causa ed effetto sono una cosa sola. Perché fa segno di no, tenente? Ci hanno detto che un ufficiale ha ucciso l'altro e poi si è tolto la vita. Ma «nel Grande Vuoto», per parafrasare un detto zen, «non c'è assassinio, assassino o assassinato».

– Esatto, e il professor Heidegger insegna che, strettamente parlando, alla morte possiamo ascrivere «solo» una certezza empirica. Ma non siamo nel Grande Vuoto. Siamo a Lipsia, la città natale di Leibniz.

– Ah, sì, l'*identità degli indiscernibili* e il *mondo possibile* –. Placidamente Colloredo voltò le spalle al fiume, sistemandosi il nodo della cravatta. – Nella sua lista di meraviglie di Lipsia, prima, quale ha detto che era il nome della libreria ben fornita? *Althoff?* Andiamoci.

Diario per il 14 aprile, venerdì, ore 18:20

*Il professor Colloredo afferma di essere apolitico, come se si potesse essere apolitici di questi giorni e in questo secolo, e per giunta nel mondo accademico. In libreria, mi ha chiesto di punto in bianco del nostro precedente sindaco, il dottor Gördeler: può forse ignorare che si è dimesso dopo aver protestato per la rimozione della statua di Mendelssohn dalla piazza? Era curioso o voleva essere provocatorio? Come faccio a sapere che non lavora per l'*intelligence *del suo Paese? Mi ha chiesto dove abitano i miei a Lipsia. Ho esitato solo un istante; dopotutto se è un agente segreto ha già quest'informazione, e dicendogli* la verità avrei potuto conquistare la sua fiducia. Se non lo è, rivelarglielo non avrebbe comportato nulla di male. «Lindenau», ho risposto, «Birkenstrasse».

Come altri borghesi, pensa alla casa come a un posto esclusivo, il luogo dei ricordi. Ma io sono cresciuto fra qui e Borna, Monaco e Trakhenen, Roma ed Edimburgo, che per inciso è dove sono nato; trova strana la diluizione del mio senso di casa fra tutti questi luoghi. La verità è che intendo come casa gli angoli precisi che mi vengono in mente: il cantuccio fra la finestra e il pianoforte Blüthner del mio defunto padre in Prussia orientale, dove mi sedevo sul pavimento per leggere; la nicchia in fondo al corridoio a Monaco, dove nonna Ashworth-Douglas teneva un'anfora romana; la data – 1668 – incisa sul muro delle cucine nella sua casa inglese.

Da noi sulla Birkenstrasse, la mia stanza è solo quella di un ragazzo cresciuto. Vero, dietro al letto, sotto la tappezzeria, si può leggere «11-11-1923» e il mio nome per esteso sull'intonaco. L'ho scalfito il giorno del mio decimo compleanno, prima che gli operai incollassero la tappezzeria in quel punto. Era domenica, quindi ho avuto il tempo di farlo per bene, in grafia gotica, vicino al pavimento e invisibile a chi avrebbe steso la colla. È solo per quest'abitudine d'infanzia di cercare luoghi raccolti e osservare le piccole cose che ho notato le formiche sul collo di Kobe.

È un tratto breve e gradevole dalla Jahnstrasse a Birken, in effetti, quindi in auto siamo passati di fronte alla casa dei miei prima di andare in centro da Althoff. Colloredo ha osservato che Lindenau sembra il centro ordinato del *mondo. Ordinato, sì, a parte i disordini degli affamati dopo la Grande Guerra; molto fotogenico, addirittura, con le sue strade ampie e le schiere di appartamenti mansardati. Gli ho spiegato che le chiamiamo «case Mayer», e che sono state costruite una quarantina d'anni fa, quando un distinto quartiere periferico si è trasformato in una borgata operaia e la popolazione è aumentata di dieci volte. Nelle rare strade residenziali, come Birken, quando le mattine sono ancora fredde sale una fragranza di camini accesi e giardini rastrellati, mentre le cameriere lucidano le maniglie delle porte e lavano i vetri delle finestre. Nel pomeriggio si portano a passeggio i cani e si serve il tè; quando sono a casa, è facile sentirmi suonare Schubert nella sala della musica. Ma Lindenau non è nemmeno il centro del* mio, *di mondo.*

Inutile dire che ho continuato a prestare discreta attenzione ai veicoli che ci seguivano: invano, fatta eccezione per una Škoda che ci è rimasta dietro per tutta la lunghezza di Könneritz dopo che abbiamo svoltato a sinistra al ponte di Bismarck. Ho superato di proposito la nostra svolta, e quando ho visto arrivare il tram gli ho tagliato la strada all'altezza di Öser, seminando l'aspirante pedinatore. Un istante ancora, e avrei fatto più che impressionare Colloredo con la mia guida spericolata. Mi ha chiesto se, a parte i miei nonni materni, abbia mai desiderato frequentare qualcuno che avesse familiarità con il Giappone. Ho risposto di no, vergognandomi di ammettere che l'unica persona del genere che conosco è il tenente colonnello Habermehl, ex attaché della Luftwaffe *a Tokyo, e irrimediabile beone.*

Stasera si va al Kaffeebaum *per una cena giapponese: qualunque cosa ne dica il colonnello K., in programma c'è anche uno spettacolo di* geishe.

Sabato, 15 aprile

– Ho pensato che avremmo risparmiato tempo incontrandoci prima che inizi la giornata lavorativa.

In sella a un bel roano castrato, Kinzel lo accolse alle sei e mezza nell'ombra dello Jahnweg, dove negli ultimi cinque giorni l'attendente aveva portato il cavallo di Bora per la sua cavalcata mattutina. Osservò il tenente montare con un unico, fluido gesto in sella al baio con cui si era qualificato per le Olimpiadi di Berlino nel '36, senza mostrare traccia del fastidio che doveva provare per quella compagnia non richiesta. Fece strada verso destra, dove il sentiero per i cavalli correva parallelo alla pista ciclabile. – Al Bosco del Prete, tenente – disse. – Il suo rapporto, per favore.

Bora riferì minuziosamente, decidendo su due piedi di tenere per sé il sospetto di essere stato seguito da ignoti per le strade della città.

Dalle cupe macchie d'alberi del parco gli uccelli lanciavano richiami e cinguettavano; più vicino, il tonfo attutito degli zoccoli, il respiro tranquillo e vaporoso dei cavalli. Kinzel ascoltava senza interrompere, apparentemente in pace con il mondo. – Sì, sì – disse alla fine, e inspirò profondamente l'aria fredda. – Questo prova che fare un gregge con dei gatti è un lavoro difficile. Mentre intratteneva il nostro orientalista italiano, un altro degli ospiti ha marinato la scuola, ieri pomeriggio. Il professor Kitamura è stato visto lasciare lo *Schlösschen* mezz'ora dopo di lei, e rientrare tre ore più tardi, mentre lei stava ancora saccheggiando gli scaffali della *Althoff*. Il nostro biologo aveva bisogno d'aria fresca o si è lasciato contagiare dall'ipocondria del generale Lüttwitz?

– Il professor Kitamura sembrava in ottima salute alla festa di ieri sera, e ha addirittura chiesto un bis di musica per *koto*.

– Chieda a Dortmüller che scusa ha usato per assentarsi. Dev'essere stata buona, perché ha lasciato Ikeda a lottare tutto solo in nome della sua società farmaceutica.

– Ikeda non sembra aver bisogno di sostegno in quel senso, *Herr Oberst*.

– D'ora in poi, se un partecipante alla conferenza abbandona il tavolo dei lavori senza dichiarare la sua destinazione, tenti di seguirlo. Mi occupo io di giustificarla con Lüttwitz.

– Non cominceranno a interrogarsi sugli scopi del mio vero incarico?

– Che lo facciano.

A quell'ora dal corso dell'Elster si levava un vapore diffuso; anche quando raggiunsero il ponte, l'acqua rimase invisibile sotto la bruma. Tracimando dalle rive, il velo latteo si era adagiato sul prato, insinuandosi fra gli alberi nell'alba nuvolosa. Bora scrutò il cielo prima di imboccare il sentiero che portava nel fitto dei boschi.

L'aria era carica di elettricità, ammassi di nuvoloni dal ventre scuro affollavano il meridione come un'appendice della notte. Per quel giorno era attesa la risposta del *Führer* alle richieste americane di rassicurazione riguardo alle intenzioni pacifiche della Germania. *Significherà guerra o pace*, pensò Bora. *Ufficialmente, pace in ogni caso. Eppure mi è stato detto di accelerare lo studio del russo...*

– *Herr Oberst*, posso chiedere se sono arrivati i risultati delle autopsie?

– Può farlo. Sono arrivati, e confermano la morte per colpo d'arma da fuoco in entrambi i casi. Non sono state raccolte ulteriori informazioni per quanto concerne la dinamica dei decessi, quindi non c'è motivo per cui lei abbia copia del referto del patologo. O che veda l'arma –. In un completo da equitazione marrone scuro, al suo fianco Kinzel sembrava un'estensione del suo cavallo, un centauro urbanizzato. – Ora, a proposito delle formiche... beh, lei è innegabilmente fortunato. Il fratello del patologo che ha svolto l'autopsia è il preside della facoltà di Scienze Naturali della nostra Alma Mater. Essendo l'entomologia la sua specializzazione, al contrario di me non ha considerato una follia la faccenda delle formiche nel sangue di Kobe.

– Mi tiene sulla corda, *Herr Oberst*: cosa ha detto?

– Giudichi da sé. Le formiche in questione, quindici in tutto, non sono originarie della Germania, o addirittura dell'Europa. Vede cosa ha scritto qui? Gli studiosi occidentali classificano il tipo come *Formica Japonica*.

– Formiche giapponesi!

– *Kuroyama-ari,* come apparentemente le chiamano in patria –. Con due dita, da un taschino della giacca Kinzel estrasse un foglietto di carta ripiegato. – Una pagina ciclostilata che illustra la *Japonica*. La prenda. Ora, anche se volessimo essere aperti di mente e supporre che gli insetti possano essere arrivati con i bagagli di Kobe, oppure scappati da una pianta d'importazione di quelle disseminate per l'albergo, staremmo forzando all'estremo le leggi della probabilità. Ma non è tutto. Si fa ancor più strano.

– Non vedo come...

– Le formiche erano state uccise in precedenza, con dell'etere.

– Cosa? Ma, colonnello, è assurdo! Vorrebbe dire che qualcuno ha portato quindici formiche conservate dal Giappone per sistemarle sul collo del defunto generale Kobe – usando cosa? Pinzette e lente d'ingrandimento?

– *Qualcuno* vuol dire il capitano Nogi.

Bora si trattenne per tempo, a un soffio dal ribattere: *Sa bene anche lei che entrambi gli ufficiali sono stati uccisi da un terzo. La* Nambu *è stata buttata nella vasca dopo che ci avevo guardato io. Da chi, e perché... probabilmente sa bene anche questo.*

– Può essere stato un rituale; il Giappone abbonda di cerimonie stravaganti –. Gli occhi nocciola di Kinzel, coordinati con tutto quello che indossava, non deviarono la loro attenzione da Bora, possibile segno che la perplessità inespressa di quest'ultimo fosse stata in qualche modo tradita dal suo contegno. – Non dimentichiamo che Nogi apparteneva alla generazione di giovani ufficiali coinvolti nel cosiddetto «Incidente del 26 febbraio», tre anni fa.

– Che vuol dire? Abbiamo informazioni sul coinvolgimento del capitano nel tentativo di colpo di Stato militare?

– Colpo di Stato *militaristico*, tenente, per essere precisi. Sto solo dicendo che qui le cose possono essere più complesse di quanto non sembri. Anche di fronte a una rivolta dei ranghi, Hirohito ha rispettato cerimoniali e tradizione, vietando al centinaio di capi ribelli condannati alla pena capitale di trovare una morte onorevole nel *seppuku.* Riguardo al pizzico di cenere rinvenuto nella stanza di Kobe, le interesserà sapere che viene da una sigaretta – non un sigaro, non una pipa. E contiene mentolo.

Diario per il 15 aprile, sabato, ore 7:50

Scritto di fretta prima della sessione di sabato mattina. Mi girava la testa, quando mi sono congedato dal colonnello K. Chi fuma sigarette al mentolo? De Dominicis. Chi ho visto discutere con Kobe? De Dominicis. Ma cosa avrebbe a che fare De Dominicis con delle formicae japonicae*? Potrebbe Sua Eccellenza aver dato una delle sue sigarette a qualcun altro, poi entrato nella stanza di Kobe? Questo qualcuno e l'assassino sono la stessa persona? E l'assassino di Kobe è la sua controparte spionistica? L'identità degli* *indiscernibili! In apparenza la quantità di mentolo varia talmente poco da una marca all'altra da non poter provare che la cenere venga dalle* Mentola *italiane.*

Per andare sul sicuro ho richiesto al colonnello K. un dossier esauriente su De Dominicis. È d'accordo sul fatto che sia prudente crearne uno; ha fiducia che si possa prepararlo in trentasei ore, forse meno. Mi ha raccomandato di continuare a svolgere con impegno il lavoro per cui sono qui, invece di investigare sulla morte di Kobe. Come se credessi che non c'è relazione fra le due cose!

Resta il fatto che, fosse o meno Kobe la spia, questo non è un omicidio ordinario. Chiunque abbia ucciso lui e il suo aiutante non si è preoccupato (o non ha temuto) di essere scoperto, poiché nel caso di Nogi non ha fatto alcuno sforzo per farlo sembrare un suicidio (quello l'abbiamo fatto noi). *Al contrario, si è lasciato alle spalle la prova oscura delle formiche sul collo di Kobe. Perché? A beneficio di chi?*

Di certo far credere che si sia trattato di una tragedia privata auto-esplicativa ha contenuto il livello di ansia fra gli ospiti. Ma l'assassino, se è fra noi, probabilmente si sta chiedendo perché abbiamo manomesso la scena del crimine. In effetti sono io *che me lo sto chiedendo. Il colonnello K. forse crede che l'assassino di Kobe e la controparte del* Signore *siano la stessa persona, e spera che si tradisca? Perché dovrebbe? Se ha avuto quel che voleva da Kobe, si terrà da parte, o comunque starà attento a ogni sua mossa finché rimane in Germania. D'altra parte, se l'assassino di Kobe aveva un altro movente, qual era? Ed è questa l'ultima morte di cui saremo testimoni?*

Il colonnello K. non lo dice espressamente, ma è certo che debba accadere qualcos'altro. Io devo continuare a tenere d'occhio i cambiamenti di condotta, i lapsus, le attività individuali non programmate e gli spostamenti dei nostri ospiti: più facile a dirsi che a farsi. Onestamente, chi dice che «quando cerchi un ago nel pagliaio, capita che tu debba radere al suolo il pagliaio» non ha tutti i torti.

*Quanto alla breve trasferta a Dresda del professor Fujiwara e di Keiko, il colonnello K. sostiene non ci sia niente da riferire sulla loro attività all'*Accademia delle Arti. *Tutto si è svolto come da copione. La sola deviazione dal programma è stata la seguente: nel primo pomeriggio, un occidentale è andato a prendere la signorina Deshimaru all'*Accademia, *e lei l'ha seguito fino alla sua residenza, non lontana dalla zona della mostra. Il colonnello K. considera la circostanza degna di essere approfondita, ma non troppo. La persona in questione, infatti, è un reporter dell'agenzia* Reuters, *svedese di nascita, di nome Roald Johanssen. Stando alle nostre informazioni, nei suoi articoli ha sempre manifestato grande simpatia nei confronti del Reich; di più, ha militato nei ranghi dell'anticomunista* Lega Nazionale dei Giovani Svedesi, *una sorta di* Hitlerjugend *scandinava. Oltre che sui cuscinetti a sfera, pare che possiamo contare anche sui giornalisti, quando si tratta di Svezia.*

Il detto Johanssen ha fama di apparire irresistibile alle donne (per citare il colonnello K., «un dongiovanni che fa sfigurare persino il nostro Dortmüller»). Negli ultimi due anni ha viaggiato per lavoro in tutta l'Asia. Potrebbe aver conquistato la signorina Deshimaru in patria, e averla semplicemente cercata di nuovo a Dresda? Il Mese della Cultura Giapponese *è stato promosso talmente bene che non ci sarebbe da stupirsi se avesse saputo della sua presenza in Germania. Con tatto, cercherò di scoprire se è andata così.*

*A ogni modo, la signorina Deshimaru ha lasciato l'appartamento di Johanssen un'ora più tardi, ha raggiunto il professor Fujiwara all'*Accademia *ed è tornata con lui a Lipsia. (Nota: aveva l'aria lusingata, ieri sera a cena. Addirittura graziosa, per una giapponese).*

Nessuno si allontanò dalla sessione mattutina. Essendo sabato, però, l'intervallo di mezzogiorno durò più a lungo. Dopo pranzo i partecipanti fecero passeggiate, chiacchierarono, si misero in pari con la corrispondenza. Dortmüller e la signorina Deshimaru andarono a giocare a tennis nei dintorni, e Bora riuscì a materializzarsi di fronte a loro al caffè dell'impianto sportivo, a sorseggiare tranquillamente dell'acqua minerale.

Nel suo completino bianco, Keiko aveva la grazia sfarfallante di una camola, e rimandava la palla al suo avversario con insospettabile energia. Il *poc!* elastico del caucciù sul budello echeggiava sul muro alle spalle della ragazza, mentre Dortmüller sembrava tutto forza e poca precisione. Era un giocatore scarso, pensò Bora, oppure la stava facendo vincere – una vecchia tattica da seduttore per ingraziarsi la preda.

Keiko vinse la partita. L'industriale incassò un sorriso consolatorio, chiese la rivincita e trottò atletico al caffè per una bibita fresca, mentre la ragazza scelse di aspettarlo in campo, facendo rimbalzare la pallina sulla racchetta.

Bora lasciò che ordinasse del succo d'arancia e ne bevesse il primo sorso, prima di rivolgersi a lui: – *Herr* Dortmüller, devo farle una domanda.

Ancora con il fiatone, Dortmüller sorrise. – Sulla partita? Non si preoccupi, non sta assistendo alla sconfitta di un maschio tedesco per mano di una segretaria giapponese. Faccio solo finta.

– Non riguarda il tennis.

Ascoltando la richiesta d'informazioni di Bora riguardo all'assenza di Kitamura il giorno precedente, l'industriale sembrò moderatamente sorpreso. Posando il bicchiere mezzo vuoto assunse l'espressione accigliata del *protégé* politico. Non era stata fornita alcuna giustificazione, rispose. Kitamura si era semplicemente alzato dalla sua sedia con un cenno, «come si fa per andare alla ritirata», ed era rimasto fuori.

– Perché me lo domanda, tenente? – Sul volto accalorato di Dortmüller, lo sguardo obliquo degli occhi azzurri indicò la volontà sia di provocare che di ridimensionare il suo interlocutore. – Come sa dell'assenza del dottor Kitamura, tanto per cominciare, e perché non chiede direttamente a lui?

Bora lo fissò di rimando. Aveva scoperto che se abbassava la voce invece di mostrare irritazione, otteneva il doppio risultato di calmarsi e obbligare l'altro ad ascoltare con attenzione.

– È presto detto, *Herr* Dortmüller. Abbiamo già avuto un evento calamitoso, fonte di imbarazzo per il Reich.

Pur senza apparire eccessivamente inquisitori, tutti noi desideriamo vigilare sulla sicurezza dei partecipanti.

– A chi vorrebbe alludere con *tutti noi?* – Rovesciando indietro la testa, Dortmüller si ravviò le ciocche scomposte di capelli chiari in un'acconciatura ordinata. Sorrise, cercando in apparenza di minimizzare le cose. Ma la sobrietà severa di Bora e la consapevolezza di una competizione fra poteri e protezioni all'interno del sistema politico lo fecero tornare sui suoi passi.

– Beh, tenente, significa che mi devo preoccupare?

Ci fu una sorta di perversa gratificazione nel poter rispondere sinceramente: – Non lo so.

Un piccolo asciugamano a righe verde menta stava assorbendo la copiosa traspirazione di Dortmüller. A quel punto se lo sfilò dal collo, per tamponarsi impazientemente il volto.

– Insomma, certo non mi sono preoccupato per l'assenza di Kitamura. Ha finito la sua presentazione sugli anestetici e le loro applicazioni negli ospedali da campo, quindi per lui non vi era alcuna necessità di restare. Dopo un po' ho immaginato che fosse andato di sopra a fare un pisolino, o fosse uscito dall'albergo per una passeggiata. Verso la chiusura dei lavori io stesso ho ricevuto una telefonata interurbana che mi ha tenuto lontano dalla conferenza per circa mezz'ora. Dica, questa sua curiosità implica che saremo tenuti sotto osservazione fino a giovedì prossimo? In caso affermativo, sappia una cosa, tenente Bora: a meno che lei non mi fornisca una spiegazione accettabile, solleverò la questione direttamente a Berlino.

– Può certamente sollevarla a Berlino, *Herr* Dortmüller –. Bora controllò l'ora sul suo orologio per nascondere l'insicurezza e la rabbia che provava. – L'ho sentita chiedere la rivincita alla signorina Deshimaru. Sarebbe tanto cortese da darsi momentaneamente per vinto, in modo che io possa scambiare qualche parola in privato con lei?

– Ah, chi se ne importa –. Dortmüller chiamò il barista del caffè, gettò una moneta accanto al bicchiere vuoto e si allontanò dal banco. – Comunque mi ha rovinato il pomeriggio, quindi farò qualcosa di meglio. Torno in albergo a farmi una doccia e qualche telefonata importante. Può scortarla indietro lei, la signorina Deshimaru.

In attesa della rivincita, Keiko si era seduta sulla panca dei giocatori. Da lontano Bora osservò Dortmüller esporre le ragioni che lo obbligavano ad andare via presto, poi fece il giro del campo per raggiungerla. Notò che la pelle sudata della ragazza emanava un odore non sgradevole, ma estraneo, lontanissimo da quello di Dikta, o della sua passione dei giorni di Spagna, Remedios. Si era buttata sulle spalle una blusa bianca con i bordi blu, e al momento si stava sistemando la banda che le liberava la fronte dai ricci. Con la racchetta in grembo, stirò le gambe sotto la lunga gonna a pieghe.

– Che umido – disse facendosi aria.

– Posso sedermi?

– Prego.

Viste da lì, le nuvole tempestose, statiche sull'orizzonte meridionale, formavano un orlo netto e frastagliato nel cielo terso. Sul loro sfondo tutti i colori acquisivano una sorta di fosforescenza e si facevano crudi, quasi dolorosi allo sguardo. I tetti, le guglie e gli abbaini sembravano brillare incerti, minacciati dall'impellente cambio nell'aria. Bora si sedette accanto alla ragazza. La felicità che provava in quei giorni aveva una specie di radiosità transitoria, lo sapeva. Si chiedeva non *se*, ma *quando* si sarebbe affievolita, alla maniera dei colori accesi quando arriva la pioggia.

– Stasera, al più tardi domani, ci sarà un temporale –. Chiese il permesso di fumare prima di accendersi una sigaretta. – Le mie congratulazioni per il catalogo della mostra che ci ha fatto vedere ieri sera: è splendidamente eseguito.

– Grazie, è stata una mia idea. Un'edizione speciale in cartoncino di riso e seta, cento copie numerate. La numero uno è andata all'onorevole *Führer* a Berlino, e la numero due al dottor Goebbels, che tanto graziosamente ci ha invitati in Germania –. Arrossato dall'esercizio fisico, il pallore di Keiko aveva acquisito l'uniformità rosa di un volto di bambola. Parlava annuendo appena a ogni frase, l'ombra beneducata di un inchino. – La numero tre, naturalmente, al direttore dell'*Accademia delle Arti* di Dresda.

– Il suo viaggio a Dresda è andato bene?

– In modo eccellente. Per completare l'installazione ci è voluta la metà del tempo che avevamo calcolato. Il professor Fujiwara è rimasto molto colpito dall'efficienza del personale dell'istituzione, e – per quanto diffidi delle amicizie interrazziali – mi ha concesso addirittura un'ora per recuperare un vecchio amico. *Recuperare,* è così che dite?

L'allusione a Roald Johanssen arrivò così in fretta e in tono tanto casuale da poter essere uno stratagemma per attenuare il suo interesse. Bora fu attento a non commentare.

– Sì.

Abbassò lo sguardo al residuo di terra rossa sul bordo delle scarpette telate di Keiko, di un numero da bambina. – I miei nonni tornano da Riva stasera. Non rimarranno a lungo a Lipsia, perché all'inizio del mese prossimo devono essere a Roma per la *Mostra del Libro Tedesco.* Quindi stavo pensando di telefonare loro per organizzare il tè che ho promesso al professor Fujiwara. Potremmo invitare il suo amico di Dresda a unirsi a noi.

Keiko rise coprendosi la bocca con la mano con gesto molto giapponese. – Suona fantastico, ma non farebbe che infastidire il mio austero superiore. Vede, il mio amico – che non è tedesco, fra l'altro – è stato qualcosa di più di un amico, in passato.

– Oh.

– Già –. Keiko prese la racchetta e la fece roteare per il manico. Le mani delicate, con le unghie corte e senza smalto, avevano la motilità nervosa di quelle di una dattilografa. – Mi piacciono gli uomini occidentali. Ho studiato a Parigi, dove la differenza del colore della pelle non è un impedimento alla vita sociale. Mi piacciono in particolare le loro dentature. Non si curano molto della bocca nel mio Paese –. Di nuovo quella risata civettuola orientale dietro le dita intrecciate. – Mia sorella mi trova un po' perversa.

– La questione della razza è complicata. A volte credo che con essa ci riferiamo alla cultura, alla differenza culturale...

– Specialmente dal momento che la sua nazione e la mia affermano la loro superiorità razziale sul resto del mondo. O la possediamo *ex aequo*, o uno di noi è inferiore all'altro. Prenda se stesso, tenente Bora: visto attraverso occhi giapponesi, a parte i capelli scuri, denota le pecche estetiche delle proporzioni europee e della struttura ossea del volto... oltre al fatto che si rade le tempie e ha gli occhi verdi. La maggior parte dei giapponesi trova poco attraenti le iridi chiare. So però che lei è il tipo che le ragazze occidentali trovano molto affascinante.

– Così crede mia madre.

– Non sia modesto. Ho visto il modo in cui le donne l'adocchiano nei luoghi pubblici –. Keiko si mise la racchetta in piedi sul palmo della mano, tenendola in equilibrio dal fondo dell'impugnatura. – Io, d'altro canto, non sono una gran bellezza, neppure in Giappone; così compenso i miei limiti fisici con la vivacità –. Seguì con gli occhi i movimenti ondulatori della racchetta, attenta a mantenerla in equilibrio. – Ho le cosce troppo magre, anche se ho un fondoschiena niente male. La metto in imbarazzo con questi discorsi?

– No, affatto –. Ma era così.

– Sono solo sincera, non sto facendo la civetta con lei. Per giunta in Giappone sono fidanzata e sto per sposarmi.

Bora distolse il capo per evitare di soffiarle addosso il fumo. Kinzel aveva ragione, una sigaretta era utile per darsi un contegno. – Anch'io – mise in chiaro – ... per modo di dire. Insomma, non abbiamo fatto piani specifici. Ma siamo molto vicini.

– Capisco cosa intende. Vivete insieme?

– No, niente del genere.

– Però andate a letto?

– Beh, sì. Di tanto in tanto.

La racchetta oscillava e danzava. Contro le nuvole nere, un aeroplano diretto a Dessau fece un'ampia virata e per un momento divenne un punto di luce vivida.

– Stia attento se c'è una guerra, tenente! Nel 1915 i miei genitori si sono sposati d'istinto, sull'onda della passione, e da allora non fanno che litigare. Come dice la canzone francese, *Chagrin d'amour...*

– ... dura tutta la vita, lo so. Per come vanno le cose, non ci sarà alcuna guerra.

– Meglio così –. Keiko smise di giocare con la racchetta. Con destrezza se la fece ricadere in grembo, poi la posò obliqua sulla panca. – Molto meglio. Durante il mio soggiorno in Francia ho visitato la regione della Marna, dove ho visto le orribili trincee di vent'anni fa. Stavolta, se si combatte di nuovo, nessuno sarà risparmiato –. Si alzò, imitata dal tedesco. – Credo faremmo meglio a tornare.

Mentre uscivano dal campo da tennis lei alzò lo sguardo su di lui, schermandosi gli occhi con la mano.

– È stato il primo per la sua fidanzata?

– Che strana domanda –. Bora cercò un posto per gettare il mozzicone della sigaretta, ma non ne trovò. Era inconcepibile lasciarlo cadere a terra, o schiacciarlo per metterlo in tasca. Lo tenne con noncuranza fra il pollice e l'indice, a rischio di bruciarsi.

– Dunque?

– Dice che sono stato il settimo, *fino in fondo.*

– A Parigi è opinione diffusa che per una donna il numero magico sia dieci.

– Cercherò di non esserne scoraggiato.

– Non si preoccupi. Magari è il suo decimo, dopotutto. Non diciamo sempre la verità ai nostri fidanzati. Ecco, guardi –. Indicò un cestino della spazzatura, non lontano dal parcheggio dove sostava la macchina del tedesco. Bora schiacciò il mozzicone sul guscio di metallo e lo buttò via, pericolosamente vicino a bruciargli le dita com'era. – A ogni modo, non è poi una regola così ferrea. Roald è stato il mio decimo ragazzo, e per quanto lo trovi attraente, dai tempi in cui era reporter a Tokyo io sono andata avanti con la mia vita. Ieri ne ho avuto la conferma.

– Credevo che fosse il capitano Nogi l'ideale per una donna giapponese.

– Lo era. Quando le mie amiche hanno scoperto che stavo andando in Europa con lo stesso gruppo dello splendido Tayama Nogi, sono diventate gelosissime. Si figuri lei!

– Beh, la morte lo conserverà per sempre in un santuario ideale.

– Lei crede? – Keiko salì sull'auto di Bora e aspettò che lui prendesse posto al volante, prima di rispondere alla domanda che lei stessa aveva posto. – Io credo che i santuari siano fatti per uomini migliori del capitano Nogi.

Quando le sessioni del pomeriggio giunsero a conclusione anticipata, alle cinque, le nuvole di bufera avevano divorato il cielo fino a renderlo tumultuoso e nero. In albergo tutte le lampade erano in funzione, mentre fuori la visibilità era calata a un tetro crepuscolo in cui le auto dovevano avanzare con i fari accesi come fosse notte fonda. Eppure la pioggia non arrivava. Il programma della serata prevedeva tempo libero fino alle sette e mezza, e poi partenza nelle auto di servizio per Dresda. Laggiù, alle nove, i partecipanti avrebbero assistito a un'anteprima speciale della mostra d'arte, seguita da una cena con accompagnamento di *Lieder* tedeschi al Belvedere Reale.

Bora era inspiegabilmente ansioso. Ultimo in sala riunioni, raccolse i documenti del generale Lüttwitz sulla produzione di carbone e acciaio, i promemoria dell'Ufficio per le materie prime tedesche e una manciata di appunti scritti a mano. Aveva provato una simile inquietudine prima dei temporali in Aragona, che sgretolavano metà della sierra in correnti intrecciate di fango giallo. Quei mesi pericolosi da volontario franchista in Spagna erano stati il suo meglio, la sua impresa più coraggiosa fino a quel momento: idealismo puro, che non chiedeva nulla e dava tutto senza riserve. Al confronto, questi fogli sottili fitti di numeri, in una sala intrisa di fumo, sembravano una svendita della sua carriera di soldato; e a che cosa serviva studiare il controspionaggio, una volta finiti i giorni in cui si resisteva a un assedio o si sfondavano le linee nemiche? Si sentiva defraudato del suo potenziale, e vestirsi di tutto punto per una banale serata mondana era un compito odioso.

Lüttwitz infilò l'azzimata testa grigia nello spiraglio della porta. – *Herr Oberleutnant*, stasera desidero viaggiare con l'ammiraglio Oi. Ci sono alcune questioni che lui e io dobbiamo discutere con *Herr* Dortmüller, quindi approfitteremo della sua automobile. Non avrò bisogno di lei finché non arriveremo a Dresda.

– *Zu Befehl, Herr Generalmajor*. Il tenente Honda avrà necessità di un passaggio? – (Bora sperava di no).

– No. Va con De Dominicis, Ikeda e Kitamura. Il professor Fujiwara e la sua segretaria invece sono d'accordo con il professor Colloredo –. Il generale lanciò un'occhiata agli appunti e alle altre carte accuratamente ordinate sul tavolo, pronte a essere inserite nelle cartelle, e provò una punta di pena per il tenente. – *Si vis bellum, para pacem* –. Rovesciò la massima latina con una smorfia. – Se vuoi la guerra, prepara la pace. Lo tenga a mente.

Alle cinque e un quarto sembrava già impossibile che il buio si facesse più profondo. Qui e là, nella grande distesa del parco accanto, cadevano fulmini. Bora, la cui stanza si affacciava sul retro dell'hotel, sentiva i tuoni riverberare contro le case dall'altra parte della strada, un suono foriero di guerra. Sapeva bene che non si tiene la finestra aperta durante un temporale, ma lo fece ugualmente, perché anche il minimo accenno di rischio era benvenuto. La folgorazione, se proprio doveva essere, l'avrebbe colto nella sua linda uniforme da città.

Fu solo la raccomandazione di Kinzel di star dietro a chiunque fra gli ospiti stranieri uscisse per conto suo che lo convinse a scendere nell'atrio, dove i lunghi divani dietro ai tavolini offrivano altrettanti punti d'osservazione su chi andava e veniva.

Si portò dietro il diario che aveva iniziato la notte della partenza per la Spagna, un quaderno spesso, rilegato in stoffa, fitto di un minuto corsivo gotico. Un esercizio di disciplina, per una persona dalla calligrafia nervosa e spavalda, un risparmio di carta nella speranza di riferire di grandi azioni nelle pagine a venire.

Ore 17:21, nell'atrio dell'albergo in attesa che succeda qualcosa, risparmiato dai fulmini che infuriano di fuori e che un momento fa devono aver colpito un albero sulla Jahnweg. Il fattorino ha fatto un salto praticamente fino al soffitto.

E se la guerra non dovesse scoppiare? Il pensiero è intollerabile. In coscienza – e visto che dopotutto in un conflitto ci sono stato, seppur combattuto da fazioni interne di un paese straniero – riconosco la debolezza etica della propaganda guerrafondaia, come a volte la chiamano i più anziani.

La gente muore, i luoghi vengono devastati, le economie sgretolate: tutto questo lo so. Ma dove saremmo se non avessimo combattuto i francesi nel 1870? Mio padre mi ricorda che appena un anno prima la Sassonia era al fianco dell'Austria contro la Prussia, ma quel che conta è che contro l'arroganza francese eravamo tutti uniti. Se quest'estate francesi e inglesi dovessero cedere sulla faccenda di Danzica, come hanno fatto per la Cecoslovacchia, sbatterei la testa contro il muro per la delusione. Sono stato cresciuto da un soldato. Mio nonno paterno ha combattuto con lo zio del generale Lüttwitz a Sarreguemines, e anche se suo fratello, mio nonno materno, all'epoca era ancora un bambino, più tardi anche lui ha prestato onorato servizio nell'Esercito, in tempo di pace, prima di intraprendere la sua vita professionale. Così ha fatto il mio padre naturale. Tutti i miei avi scozzesi erano comandanti. È nel sangue. Cristo stesso ha detto di essere venuto per portare una spada.

Questo pomeriggio, quando ho sentito il monito velato dell'ammiraglio Oi per cui di questi tempi qualunque conflitto rischia di diventare mondiale, mi sono fatto così impaziente da dimenticare quasi la differenza di rango che ci separa, e mi sono letteralmente morso la lingua appena in tempo. Lui l'ha notato, e si è voltato verso di me quando tutti gli altri erano usciti dalla stanza. Ha fatto la faccia feroce, ma a questo sono abituato. Quindi mi ha redarguito senza giri di parole: «Lei è su questa terra sì e no da un quarto di secolo, e si sente già tanto saggio. Profetizzo che nel giro di cinque anni le saranno caduti i paraocchi».

Con il permesso dell'ammiraglio, ho risposto di dubitarne, davvero. Peggio ancora! Ha alzato l'indice in segno di rimprovero come un maestro. «Mio figlio soffre della stessa sordità, della stessa cecità, e mai una generazione di giovani ufficiali ha potuto godere di orecchie e occhi più sani. Che delusione che nessuno di voi sia puro di cuore riguardo la vita militare. Gli eserciti politicizzati non portano a niente di buono. Le nuove leve lo impareranno sulla loro pelle».

Non volevo dargli la soddisfazione di far trasparire il mio subbuglio interiore. Ho fatto il saluto e sono rimasto sull'attenti finché non è uscito dalla porta. E poi il mio stesso comandante mi viene a dire: «Se vuoi la guerra, prepara la pace». Spero si riferisse a Versailles, una pace tanto ingiusta che la Germania fatica ancora a sopportare il suo peso vigliacco.

Perché non possiamo fare delle belle trasfusioni a questi vecchi, in modo che il calore del nostro sangue possa risvegliare le loro vene? I campi di manovra mi entusiasmano, preferirei una carica di cavalleria a cento altre cose! Che diavolo c'entra con questo un cuore puro? Buon per lui, la prima cosa che il generale Kobe voleva vedere a Lipsia era il Memoriale della Battaglia delle Nazioni, mentre l'ammiraglio Oi l'ha depennato dalla lista, sostituendolo con il lago Auen. Mi sono cascate le braccia. Ce lo porterò, naturalmente, ma solo per dovere.

Quattro ore di sonno, la notte scorsa. A volte penso che forse resto sveglio per non perdere nulla di quanto mi offre la vita. O forse è perché ho messo a dormire un'altra parte di me. Posso farci qualcosa? In questi giorni ho più emozioni che pensieri. È piacevole lasciare che siano gli altri a dirmi cosa devo fare.

Per ora basta. Un tassista con l'impermeabile fradicio è in attesa proprio di fronte ai vetri della porta principale. Chi è venuto a prendere? Se dovesse essere il dottor Kitamura, da solo...

Era il dottor Kitamura, da solo. Senza lasciare che l'inchiostro si asciugasse sulla pagina, Bora chiuse di scatto il diario. Il tempo necessario al giapponese per consegnare la sua chiave al concierge fu più che sufficiente perché il tenente si precipitasse per primo fuori dalla porta, raggiungesse la sua auto e avviasse il motore in vista dell'inseguimento.

III

Nebbia fitta! Invisibile, eppure evocativo,
è il monte Fuji.

BASHO

Sabato, 15 aprile, tardo pomeriggio

Il taxi di Kitamura e la BMW di Bora, che lo seguiva a discreta distanza, erano arrivati alla Hindenburgstrasse, accanto ai grandi spazi aperti degli stadi sportivi e del campo *Adolf Hitler*, irto di bandiere. Alla Casa della *Hitlerjugend* svoltarono a destra uno dopo l'altro, entrarono nel parco Rosenthal e proseguirono verso nord. Bora non riusciva a immaginare dove stessero andando, visto che si erano lasciati alle spalle le attrazioni del centro cittadino: una curva dopo l'altra, scartò la casa di Schiller e i vecchi mulini; considerò per un attimo che la loro destinazione potesse essere la *Friedenskirche*, ma stavano già girando a sinistra verso Mencke. In quella direzione c'erano le fabbriche di birra e la stazione ferroviaria di Möckern; prima di raggiungere le une o l'altra, il taxi svoltò a destra e si diresse ancora a nord, verso il quartiere di Gohlis.

Tutto intorno l'aria era animata dai lampi, si poteva immaginare un sentore di zolfo nel vento. Gonfio di pioggia, sempre più scuro, il cielo tratteneva il respiro, abbassandosi ogni momento di più. Nuvole sospese a forma di mammelle color vinaccia drappeggiavano le cime dei tetti. Il traffico si era rarefatto; da un certo punto in poi, a parte un camion che continuò a procedere lento dietro Bora, i due avanzarono da soli. Cosa c'era a Gohlis (o chi) che un giapponese volesse visitare?

Davanti a loro, oltre due ordini di binari ferroviari, si ergeva il vecchio distretto della guarnigione, dove strade disposte geometricamente portavano nomi di corpi militari – cacciatori, ulani, artiglieria – fra viali che rendevano omaggio all'Esercito e a von Clausewitz. Bora teneva d'occhio le luci di posizione che lo guidavano, e solo quando il taxi cominciò a rallentare lasciò una distanza maggiore fra questo e la sua BMW.

Fu un errore. Un treno merci proveniente da sinistra attraversò Treitschke e lo tagliò inesorabilmente fuori. Era un convoglio militare che portava rifornimenti al Protettorato di Boemia-Moravia, sferragliando senza fretta verso quello che appena un mese prima era stato un Paese indipendente.

Bora ribolliva dietro al volante, lambiccandosi il cervello in cerca di un modo rapido per superare la ferrovia, e perdendo rapidamente la speranza di pedinare Kitamura fino alla sua destinazione. Certo, poteva tornare indietro, fare un'inversione a U e imboccare la parallela a sinistra della strada che aveva seguito, trovando il tunnel o il passaggio sopraelevato più vicino per proseguire, ma un cambio di direzione rischiava di fargli perdere la strada. In ogni caso, il camion l'aveva raggiunto e al momento era in folle a pochi passi dal suo paraurti. Bora era combattuto fra l'impulso di precipitarsi fuori e ordinare al camionista di dargli spazio per fare manovra, e quello di restarsene seduto ad aspettare che i vagoni blindati finissero di transitare. Mezzo minuto di sgradita pausa più tardi, coprì con la mano lo specchietto retrovisore per evitare il bagliore accecante dei fari alle sue spalle.

Dopo, cercare il taxi non aveva senso. Bora, comunque, attraversò puntigliosamente a zig zag il quartiere militare. Gli sfilarono davanti facciate di condomini, case private, edifici pubblici grandi e indistinti. Caserme, una scuola, una chiesa, una piazza alberata. Fece attenzione ai vialetti nei giardini e ai parcheggi dove il taxi potesse essersi fermato ed essere rimasto in attesa di Kitamura, invano. Nel suo girovagare incrociò altre due volte il camion, un autobus quasi vuoto, due automobili, ma nessun'auto a ore. Riluttante a rinunciare, guidò oltre l'ospedale di San Giorgio e superò i limiti della città fino a Wiederitzsch, distante dal centro quasi quanto l'autostrada per Dresda.

Quando secondo i suoi calcoli, ovunque fosse andato, Kitamura sarebbe rientrato in albergo, ritornò accigliato sui suoi passi e fece lo stesso. Erano quasi le 18:20, ed era buio come fosse notte, allorché parcheggiò di fronte allo *Schlösschen.* Sopra gli alberi ai lati dello Jahnweg, dietro le nuvole lampi e tuoni formavano uno spettacolo così fragoroso e palpitante da fargli bramare la pioggia.

L'aria si era fatta fredda, il vento era percorso da un sentore di ultima neve. Con le luci di posizione accese, le auto di servizio erano già accostate al marciapiede in attesa degli ospiti. Era impensabile che Kitamura non si presentasse all'appuntamento per andare a Dresda, quindi avrebbe dovuto essere di ritorno in fretta dalla sua misteriosa incombenza; o forse aveva preceduto Bora e si trovava già all'interno.

Sui gradini dell'albergo, con i *loden* coordinati e gli ombrelli nell'incavo del braccio, c'era la coppia in luna di miele. Mentre si affrettava a entrare, alle orecchie di Bora il loro chiacchiericcio olandese risuonò come un tedesco approssimativo. Nell'atrio, solo avventori esterni del ristorante. Nessuna traccia del dottor Kitamura. Un uomo con le scarpe di vacchetta stava seduto su uno dei divani dietro un giornale aperto; i professori Colloredo e Fujiwara, rispettivamente in *smoking* e in un sobrio *kimono* indossato con un cappello fedora, scambiarono un saluto con Bora e si diressero verso il caffè.

L'unico trambusto era al banco del concierge. Lì, la testa ossuta e fitta di capelli ispidi di Ikeda sussultava in cima a un impermeabile bianco mentre arringava l'impiegato. Non alzava la voce, ma i suoi toni erano striduli, e l'accento giapponese si era fatto stretto al limite dell'incomprensibilità. Assomigliava a un cagnetto che abbai a scatti e non voglia mollare.

– Posso essere d'aiuto?

L'approccio di Bora e le parole rivolte direttamente a Ikeda, ignorando il concierge, erano un tocco di riguardo inteso a placare il giapponese. Per un momento quest'ultimo chiuse cupo la bocca, levando uno sguardo irato sull'ufficiale. Accentuato da uno schiaffeggiare del guanto sul banco, seguì uno sfogo rancoroso sulla vecchia storia della chiave perduta, e del pessimo servizio dell'intero personale dell'albergo, malgrado l'oggetto attuale della sua protesta non fosse chiaro.

– L'insoddisfazione di *Herr Industrieritter* Ikeda riguarda la posta – si azzardò a interpretare il concierge. *Herr Industrieritter* Ikeda, si sentì dire Bora, desiderava che sulla busta di tutti i messaggi a lui indirizzati fossero segnate a matita l'ora di arrivo e la modalità di consegna.

– È così che mi occupo della mia posta in Giappone! – La lamentela dell'industriale, in una brusca esplosione di sillabe, assomigliava più a un *èco-sì-cocpò-dimmia-posta-i-giapòne*. – La mia corrispondenza è importante, desidero sapere in che ordine ricevo le lettere, se arrivano per posta ordinaria o per corriere, e l'ora *esatta* della consegna. Tutti i miei impiegati lo sanno, tutti quelli che lavorano per me devono attenersi alle mie regole. Mi aspetto che mentre sono qui, in un Paese noto per la sua precisione, quel che chiedo sia rispettato!

– In che modo non è stata rispettata la richiesta di *Herr* Ikeda?

A giudicare dall'espressione penosamente paziente, la domanda di Bora poteva ben aver esasperato il concierge. Continuando a sforzarsi di sorridere, garantì che il personale del fine settimana poteva essere stato negligente – no, il signor tenente aveva del tutto ragione, *era* stato negligente. Sarebbe stata sua personale premura che l'errore non si ripetesse mai più, e così via. Ikeda grugnì un assenso, agguantò una manciata di buste dal banco e si allontanò. Da come Bora aveva imparato a leggere le reazioni dell'industriale durante le riunioni, era un segno di soddisfazione. Bene. A Dresda, quella sera, avrebbe potuto spendere il piccolo credito guadagnato con lui tornando sull'argomento della morte del generale Kobe con tutta la leggerezza consentita dallo champagne più costoso.

Nel frattempo la vista della chiave della stanza di Kitamura, ancora appesa al pannello dietro il concierge, lo dissuase dall'indagare direttamente sul suo ritorno. Ormai erano le 18:25. Nel giro di un quarto d'ora gli ospiti si sarebbero radunati per il trasferimento a Dresda. Alzando gli occhi verso lo specchio sulla parete dietro il banco, inclinato così da riflettere l'atrio e la porta girevole, Bora osservò come la sera, fuori, fosse ancora carica di lampi, un pallore intermittente d'un verde fioco paragonato al bagliore delle lampade sui tavolini all'interno. Sì, c'era ancora speranza di sapere dove fosse andato Kitamura. Se avesse aspettato sui gradini dell'albergo e fermato il taxi da cui fosse sceso lo scienziato, interrogare il conducente con l'incentivo di una mancia sarebbe stato facile. Bora controllò quanto denaro avesse in tasca, ma proprio allora – la sua bassa statura era ulteriormente ridotta dall'angolazione dello specchio – il dottor Kitamura spuntò tranquillo dalla porta girevole alle sue spalle.

Una corsa poco dignitosa nell'atrio per fermare il taxi prima che se ne andasse era fuori questione, eppure... D'impulso Bora si allontanò dal banco con un paio di energiche falcate, non aspettandosi certo che il lettore con le scarpe di vacchetta abbassasse il quotidiano e pronunciasse un disincantato: – Tenente Bora, una parola, prego –. Era l'ispettore capo Emil Weidlich, camicia a righe e bretelle rosse in vista sotto il soprabito aperto, come se l'avesse indossato senza preoccuparsi della giacca.

Bora fu alquanto sorpreso di trovarsi davanti l'uomo che aveva cercato di contattare per ore; lo fu ancora di più, e in maniera piuttosto spiacevole, quando Weidlich si alzò e discretamente lo prese per il gomito, come fosse un poliziotto da film intento a eseguire un arresto. – *Herr Inspektor*, apprezzo il fatto che abbia accolto la mia richiesta di un incontro – disse asciutto – ma al momento non ho molto tempo, pochi minuti al massimo. Possiamo rinviare?

Stizzito, fece per divincolarsi, ma Weidlich, malgrado l'apparente goffaggine dell'uomo grasso, aveva una presa d'acciaio, e stringendo l'osso con due dita mandò una scossa di dolore su per l'arto di Bora.

– Faccia il piacere di seguirmi fuori, tenente.

Fuori significava precisamente questo: fuori. Non un'auto in attesa, non l'ufficio di Weidlich sulla Rochlitzstrasse. Passando per la porta girevole, in cui il poliziotto entrò occupando lo stesso cuneo di Bora, lasciarono l'edificio nello stesso momento. – A sinistra –

ingiunse soltanto, e continuando furtivamente a pilotare l'ufficiale scese la breve rampa di gradini, andò oltre le auto di servizio in attesa, svoltò l'angolo dello *Schlösschen* e si diresse verso il cortile della scuola vicina, a quell'ora deserto.

Fra un lampione e l'altro, disse: – Se ha telefonato al mio ufficio per dare spiegazioni, tenga a mente che io faccio domande solo quando voglio risposte.

– *Dare spiegazioni*? – Bora sentì attenuarsi la pressione sul gomito, e bruscamente si liberò. – Io non ho nulla da spiegarle: è esattamente il contrario!

Weidlich si fermò nel cono di luce del lampione successivo. Quando si voltò verso Bora, il testone fulvo lucido di brillantina sembrò un mucchio di fieno incollato dalla brina. Dalla sua voce, pacata e impassibile, trapelava più intelligenza che dal suo aspetto.

– Ho fatto esaminare tutti i vestiti mandati in lavanderia di recente dagli ospiti dell'albergo. Di conseguenza, sono certo che vorrà spiegarmi il sangue sulla sua camicia.

Bora si sentì il cuore sprofondare in fondo allo stomaco. Pulsava all'impazzata da quello strano recesso, e qualunque fosse il legame organico, gli si inaridì anche la bocca. Non aveva avuto tempo, nell'intervallo convulso fra le morti di Kobe e Nogi e l'inizio della sessione giornaliera, di cambiarsi la camicia della divisa. Arrotolarsi la manica per frugare con la mano dentro la vasca piena di sangue non gli aveva impedito di bagnarsi un lembo di stoffa sopra il gomito; durante la pausa di metà mattina l'aveva sciacquata in fretta nel lavabo del bagno, ma la macchia non era svanita del tutto. Così aveva messo la camicia insieme al resto della biancheria da lavare. Rispondere *non c'è nulla da spiegare* gli parve troppo impertinente, così tenne la bocca chiusa.

– ... Ora, perché mai pensavo che avrei ottenuto una risposta da lei, tenente Bora? Dopotutto mi è stato detto di badare agli affari miei e lasciar perdere quei due omicidi, e non sono sordo –. Lo spadino da cerimonia al fianco di Bora sembrava affascinarlo, ma inspiegabilmente era una certa ironia a illuminare i suoi occhi. – D'altro canto, sono pur sempre un onesto funzionario del nostro benamato Reich. Alcuni chiarimenti li vorrei ricevere, seppure in via confidenziale, per la mia pace interiore. Ci ho pensato, sa. In questa faccenda hanno tutti un grado superiore al mio, eccetto lei, un reduce della campagna di Spagna di grado inferiore e mio concittadino: la persona adatta cui chiedere della morte di un generale straniero.

Bora bluffò con tutte le sue forze, perché non riusciva a pensare a un'altra risposta. – Cosa dovrebbe obbligarmi a renderle una dichiarazione, ispettore?

– Oltre al sangue sulla sua camicia, vuol dire? Mi faccia riflettere. Beh, per esempio il fatto che – al contrario di lei – cinque mesi fa io ero a Lipsia.

– Non so a cosa intenda riferirsi.

Cinque mesi prima... cos'era, il novembre del 1938? *Quando,* in novembre? Dall'intollerabile umidità del cielo carico, finalmente stava iniziando a piovere. Una goccia, tre, cinque. Bora sentì che gli cadevano addosso una a una.

– Lo chieda ai suoi genitori.

– Ai miei genitori? È assurdo –. Ma il battito del cuore di Bora rimase nel suo nuovo cantuccio sopra l'ombelico. Osservò Weidlich girare il palmo verso l'alto per sentire la pioggerella. L'oscuro riferimento, così estraneo al tema, poteva essere uno stratagemma per catturare la sua attenzione, una mera tecnica. Non ci doveva cascare. Il poliziotto stesso cambiò subito discorso.

– Riguardo alla macchia di sangue, immagino che confermerà di essere stato il primo sulla scena del crimine, essendo andato – come ha detto quella mattina – a prendere il generale giapponese per una cavalcata nel parco. Le voglio dar fiducia, e credere che sia tutto quel che ha fatto: entrare prima di chiunque altro e avvisare la polizia. Ma se si fosse sporcato accidentalmente di sangue toccando uno dei cadaveri, avrebbe delle macchie sui polsini dell'uniforme, *non* sulla manica destra della camicia dell'Esercito. La macchia, che lei ha cercato di rimuovere senza riuscirci del tutto, era a metà dell'avambraccio, come se si fosse arrotolato la manica dopo essersi levato la giubba. Quindi, a meno che lei non sia sonnambulo e commetta crimini dei quali poi non si ricorda, ne segue che ha trovato gli ufficiali morti, ha perquisito la stanza per conto suo, e – dato che non credo affatto che l'arma del delitto fosse già lì – si è arrotolato la manica per mettere la *Nambu* nella vasca prima di chiamarmi.

– Non sono sonnambulo – protestò Bora.

– … E non mi dirà se ha fatto tutto quel che credo abbia fatto, sì. Ne sono consapevole. Volevo solo informarla dei miei dubbi, perché, *Herr Freiherr Oberleutnant von* Bora, non siamo sempre intelligenti quanto pensiamo di essere.

Weidlich parlava come un vecchio funzionario di polizia, a metà strada fra un burocrate e uno zio burbero che potrebbe tranquillamente spezzarti un braccio per inculcarti una lezione. Anche il velato riferimento alla *Notte dei cristalli* di novembre sembrava rispondere allo stesso criterio intimidatorio. Bora contava le gocce che gli cadevano addosso.

– Chiunque abbia perquisito la scena del crimine prima del mio arrivo ha fatto un ottimo lavoro nell'occultare il suo passaggio, tenente, ma io non sono nato ieri. Questi dettagli mi confondono, anche se tutti quanti possono essere spiegati con facilità (poche cose nella vita non possono essere spiegate con facilità, che è come dire che possono essere *spiegate*). Tralascerò le incongruenze di minor rilievo – perché l'aiutante non abbia tirato l'acqua prima di suicidarsi, come ha fatto il bossolo a finire all'ingresso del bagno quando lui si è sparato nella vasca, e come è stata trasportata la pistola, visto che non abbiamo trovato una fondina. Non c'è dubbio, la balistica ha le sue peculiarità, le armi possono viaggiare a pezzi in valigie di persone diverse. Ma perché sparare a un altro e poi a se stessi con un silenziatore? Il silenziatore non fa parte della dotazione comune di un soldato. Eppure, per ipotesi, diciamo che nulla in sé lo vieta. Nogi non desidera che si senta il colpo quando uccide Kobe, perché vuole restare indisturbato finché non si toglie la vita. L'ora approssimativa della morte dei due uomini, mezz'ora più, mezz'ora meno, è l'una del mattino di giovedì. Sono morti uno immediatamente dopo l'altro, o il più giovane ha atteso fino a venti-trenta minuti prima di ammazzarsi? Mi disorienta.

Novembre 1938. A dispetto di sé, l'attenzione di Bora era divisa fra quel che stava sentendo e il ricordo della sua ultima visita a Lipsia. In licenza per il suo compleanno, quella sera d'autunno aveva viaggiato da Berlino a Lipsia su un treno stranamente in ritardo, uno spostamento protratto fino alle ore piccole, bloccato dai controlli di sicurezza e da lunghe fermate non annunciate in campagna o in periferie desolatamente buie. Che cosa aveva a che fare con il poliziotto trasandato di fronte a lui? Stava ponendo tutte le domande giuste riguardo all'omicidio, senza avere la minima coscienza dei dettagli più inquietanti (la cenere di sigaretta al mentolo sul tavolino, le formiche sistemate di proposito sul collo di Kobe). Chiaramente, Weidlich dubitava che la pistola appartenesse a Nogi, o fosse stata usata da lui; Bora, da parte sua, era ben consapevole che l'arma era finita nella vasca da bagno fra il suo primo arrivo sulla scena e la rimozione del cadavere di Nogi dall'acqua. Quel che aveva detto Weidlich era vero: se una persona qualunque (una qualunque, Nogi compreso?) avesse messo le formiche morte sul collo di Kobe immediatamente dopo la sua esecuzione, il flusso di sangue fresco le avrebbe fatte scivolare via. Doveva essere passato abbastanza tempo fra la morte di Kobe e la sistemazione degli insetti nella massa in via di coagulazione.

– Quel che voglio sapere, tenente, è se la pistola del delitto è in suo possesso.

Quindi la pistola non è alla stazione di polizia. Le gocce di pioggia si moltiplicavano, si univano, cadevano a grappoli, divenendo uno scroscio intenso e fresco. Bora rimase lì a prenderla, ascoltando, ma in realtà era lontano da quel marciapiedi e da quella conversazione, e pensava. A novembre, l'allarmante riverbero degli incendi sul profilo controluce di villaggi e città, uno dopo l'altro, nel buio, aveva spinto lui e alcuni altri colleghi dell'Esercito a chiedere di poter scendere alla stazione successiva; inspiegabilmente, nelle locomotive accanto ai macchinisti avevano trovato degli uomini dei servizi segreti, e a nessuno era stato consentito di lasciare il treno.

– Non sono sotto inchiesta, dunque non ritengo di essere obbligato a fare dichiarazioni o commenti – si azzardò a dire.

Weidlich non replicò *Vedremo*, o *le ricordo la confusione a Lipsia e in tutta la Germania la notte del 9 novembre.*

– Molto bene –. Si strinse nelle spalle e si allacciò il soprabito; un solo bottone, che tirava l'asola. La pancia doveva esserglisi bagnata. Senza fretta si voltò per tornare verso l'albergo: la scena finale di un film di detective, completa di poliziotto disilluso che svanisce sotto il chiarore dei lampioni.

Uno spettacolo pulsante di lampi danzava sopra il parco quando raggiunsero la Jahnstrasse. Le auto di servizio avevano lasciato il marciapiedi, solo la BMW di Bora aspettava, lucida come una foca.

Weidlich sollevò il doppio mento e annusò l'aria.

– Sa, avrei dovuto denunciarli, i Weiss, il 10 novembre. Erano miei vicini sulla Nordstrasse a Rudnitz; so tutto di loro. Sono sfuggiti alla giusta rabbia del popolo solo perché se la sono squagliata dall'altra parte della città, a Lindenau. Ma che dire, tenente, non si possono prendere tutti gli ebrei in una volta sola. Non volevo sollevare un polverone sui Weiss allora, e nemmeno lo voglio adesso. Non ricordo chi ha dato loro ospitalità, o li ha portati al consolato polacco su un'auto privata. Il vecchio Weiss insegnava pianoforte fra le famiglie più in vista in quel quartiere della città. Comunque, prima delle leggi razziali, lui e io prendevamo lo stesso tram per la Karl-Heine Strasse a Lindenau, poi lui scendeva e io proseguivo verso il mio ufficio.

Bora si rese conto che stava tremando nell'uniforme estiva, indossata troppo presto. Ai suoi piedi una piccola pozzanghera rifletteva la luce proveniente dalla porta girevole, frammentata e scomposta dal disegno delle gocce di pioggia. Era arrivato alla Stazione Centrale di Lipsia nella tarda mattinata del 10 novembre, nel fetore di legno carbonizzato e vernice in fiamme; l'auto che i suoi avrebbero dovuto mandargli non c'era, quindi si era diretto a piedi verso Brühl, dove gli incendi divampavano ancora.

Il quartiere del commercio al dettaglio, di solito sempre congestionato a quell'ora nei giorni feriali, era deserto, annebbiato dal fumo, irriconoscibile. Un caleidoscopio di lastre di vetro accumulate come ghiaccio rotto ingombrava i marciapiedi e impediva il passaggio. Libri, manichini nudi, registri di cassa e sedie girevoli ingombravano il lastricato. C'erano i pompieri, intenti a spegnere il fuoco in questa ma *non* in quella casa, in questo ma *non* in quel negozio sventrato. A casa, i suoi genitori erano insolitamente silenziosi: compreso il suo patrigno, il cui commento più gentile nei confronti dei membri del Partito Nazionalsocialista era stato, fino ad allora, «bestie da letame». Sul letto nella camera di sua madre c'era un alto cumulo di pellicce. Un regalo di Natale anticipato, aveva detto, ma nemmeno la più elegante delle donne avrebbe comprato quindici visoni in una volta sola. La macchina non era in garage, e nessuno aveva fatto parola dei Weiss, o di chiunque altro. Non vedeva il suo vecchio insegnante di musica da due anni. Ma i parenti della signora Weiss, ricordò, sulla Grimmaische Strasse avevano una piccola, raffinata bottega in cui si applicavano bottoni decorativi e si foderavano di raso gli interni delle pellicce.

– La pistola non è in mio possesso – disse.

– Grazie –. Weidlich rimase a gambe larghe sul marciapiedi, le mani nelle tasche del soprabito. Si era slacciato di nuovo il bottone, e la circonferenza prominente era disperatamente esposta alla pioggia. Fece un sorrisetto tirato, che a Bora parve una smorfia amara piuttosto che un segno di soddisfazione. – E già, tenente, così è andata la nostra gloriosa *Reichskristallnacht* –. Era una strana forma di ricatto da parte di un pubblico ufficiale che ammetteva la sua deliberata negligenza nella faccenda. – E con questo la lascio. Dal suo abbigliamento intuisco che deve partecipare a una qualche cerimonia.

Diario per il 16 aprile, domenica, ore 01:23

Non riesco a dormire, quindi posso anche mettermi a riassumere la serata.

Dato il ritardo nella partenza dall'hotel ho dovuto guidare verso Dresda ad alta velocità; in autostrada ho raggiunto e superato gli altri, sono arrivato in tempo per assicurarmi che fosse tutto pronto per gli ospiti e – mi succede spesso quando sono teso – mi è parso di svegliarmi da un sogno confuso solo in un momento imprecisato dell'anteprima della mostra d'arte. Ero di fronte a una grande stampa di un'ottantina di anni fa, una scena che ho riconosciuto dalle mie letture come una delle tante Vedute di luoghi famosi intorno a Edo *(l'antico nome di Tokyo). Si tratta di un'opera di Hiroshige, nei toni dell'azzurro, ruggine e verde pallido, una copia firmata che mia nonna tiene nel suo studio alla* Bora Verlag. *È una veduta augurale, per il nuovo anno, dell'insenatura di un porto, con il monte Fuji innevato all'orizzonte, rami d'abete in primo piano e cinque aquiloni che volano alti. Il più vicino, parzialmente nascosto dal margine superiore della stampa, è del tipo* yakko, *dalla forma che ricorda un* kimono *corto (lo so perché ne ho comprato uno a Kobe). Di fatto le due code di carta che ne pendono assomigliano a due gambe tozze nelle calze, come se uno gnomo bidimensionale stesse cercando di liberarsi da una corda.*

In contrasto stridente, alla sua sinistra era appeso un lungo trittico del 1840, che non mi è piaciuto affatto. Si intitola Mitsukami e il fantasma. *Su uno sfondo nero, un gigantesco scheletro ghignante strappa un sipario per acquattarsi minacciosamente in primo piano, dove due omini vestiti con* kimono *cerimoniali reagiscono alzando le braccia. La struttura intricata del teschio, delle costole bianche e delle vertebre è particolarmente inquietante: se ci fosse un* Signore delle cento ossa, *ho pensato, dovrebbe essere questo. Keiko Deshimaru ha notato il mio interesse. Mi ha spiegato che rappresenta la scena di un tradizionale spettacolo* kabuki, *basato sulla leggenda di una principessa maga e dell'eroico ufficiale imperiale Mitsukami, che alla fine prevale, uccidendo l'essere mostruoso. «Ma come si fa a uccidere un fantasma?» ho obiettato. È parsa divertita. «Questo dimostra quanto poco sa dei fantasmi giapponesi».*

Alla parete sul lato opposto della sala, in cui gli ospiti si muovevano con in mano coppe di champagne e sakè, *mi ha mostrato la didascalia sotto l'immagine di uno snello pesce grigio-azzurro dall'occhio vivo; steso sul ramo di una pianta di camelia in fiore, sembrava piuttosto stoico. Ma* Kaminari no Naruto no bora, *e gli altri ideogrammi vergati a pennello sullo sfondo, significavano più o meno:* anche i cefali delle acque turbinose di Naruto alla vista degli ami scintillanti sentono una spina nel fianco.

Qualcosa su cui riflettere, forse. «Quali sono gli ideogrammi di bora*?» ho chiesto, e lei me li ha mostrati. Mi sto abituando all'odore del corpo di Keiko, che ora alle mie narici sembra solo speziato. Ridendo ha detto che* *anch'io ho un odore, come tutti gli uomini occidentali. Non ero certo fosse il caso di chiedere ulteriori dettagli, ma lei ha aggiunto che sappiamo di latte. Ah, beh. La sua pelle ha la trama più fine che abbia mai visto; come paragoni scontati vengono alla mente la seta o la cera. Non fa mistero del fatto di avere una completa intimità con il suo fidanzato in Giappone; e io, qui, che sto a chiedermi se sia giusto andare tanto spesso a letto con Dikta! Keiko stasera mi ha preso in contropiede quando mi ha detto che sta curando la sezione di arte erotica giapponese di una mostra riservata a un pubblico selezionato a Roma (qui è vietata). Comprenderà* Spasmi d'amore, *delle immagini che a quindici anni ho visto riprodotte in un negozio di libri usati a Trastevere, e che hanno precipitato la mia indimenticabile prima volta con la migliore amica della mia madrina. Non l'ho detto a Keiko per paura di sembrare provinciale. D'altra parte mi sono ben guardato dal chiederle di mostrarmi le stampe che ha scelto per la capitale italiana.*

Credevo che lo spumante avrebbe ammorbidito Herr *Ikeda, ma probabilmente aveva passato perfino il suo limite. Potrebbe essere uno di quelli con la sbronza triste. A un certo punto ha vacillato, ed è stata una fortuna che il tenente Honda fosse abbastanza vicino da aiutarlo. Il generale Lüttwitz mi ha rimproverato per non aver previsto che accadesse, e mi ha messo al fianco di Ikeda. Il che ha comportato la conclusione della mia serata dedicata all'arte. Non sono riuscito a impedire all'industriale di svuotare altre sei coppe di champagne, ma almeno l'ho convinto a condividere con me, domani, quanto ancora sa sul generale Kobe. Resta da vedere se è uno che si ricorda di quel che ha promesso da brillo. In lacrime, mi stava confusamente illustrando il ritratto di un attore* kabuki *con i pugni serrati e gli angoli della bocca all'ingiù, quando Keiko l'ha preso gentilmente per un braccio e mi ha consentito di ammirare in pace la serigrafia di Hiroshige della nonna.*

Al ritorno il generale Lüttwitz e io eravamo dietro la Mercedes di Dortmüller, su cui viaggiavano insieme Ikeda e Kitamura. Prima dell'uscita di Meissen, nella pioggia battente, abbiamo visto l'auto mettere la freccia a destra, frenare e fermarsi nella corsia d'emergenza, dunque abbiamo fatto lo stesso. Un falso allarme, o meglio, un'emergenza di poca importanza. L'autista di Dortmüller è corso fuori ad aprire la portiera posteriore di destra per il povero Herr *Ikeda. Speriamo sia stato in grado di contenere il vomito prima di sciupare gli splendidi interni!*

Riscal Amargo, Spagna. Estate 1937. Il piano superiore della casa in pietra dove dormiva aveva un'intelaiatura di travi annerite dal tempo lungo il soffitto. La stanza spoglia si affacciava su un'aspra sporgenza di granito, e questa sul panorama vertiginoso della sottostante piana di Teruel.

Steso sulla branda, Bora aveva coscienza di ogni singola trave del soffitto, anche a occhi chiusi. Dal giaciglio alla finestra erano solo pochi passi, ma la notte doveva essere di luna nuova e nuvolosa, perché altrimenti lo scheletro di travi squadrate, sconquassato dai colpi di mortaio dei repubblicani, si sarebbe distinto nel buio della stanza. Mezzo addormentato, Bora si alzò. Camminò scalzo sul pavimento in cerca dell'invisibile davanzale della finestra e del profumo asciutto della notte di montagna. Un passo, due, tre.

Andò a sbattere contro la parete abbastanza forte da rimbalzare e vedere le stelle. Dovette muoversi ancora a tentoni per trovare, riconoscere e armeggiare con la finestra per aprirla. Quando i battenti si spalancarono, fu accolto dal crudo baluginare delle luci della città; i lampioni avevano aloni di un chiarore accecante, la geometria degli angoli delle strade quasi lo spaventò. Gli ci volle un attimo di pesante confusione per ricordarsi che si trovava a Lipsia, non in Aragona, e che dalla guerra di Spagna era trascorso più di un anno.

La mattina, prima che riuscisse a svegliarsi, il telefono accanto al letto aveva già fatto almeno dieci squilli. Una voce apprensiva all'altro capo – quella del concierge – chiese subito: – Tenente Bora?

– ... Sì.

– Sono quasi le sette, tenente Bora!

Bora consultò l'orologio da polso, e fu la sua unica reazione.

– L'attendente ha bussato alla sua porta un'ora fa, e di nuovo mezz'ora fa. Non ottenendo alcuna risposta ha avvisato il generale Lüttwitz, che ha chiamato me. Ho il generale in linea.

L'impazienza di Lüttwitz tradiva tracce d'irritazione.

– *Herr Oberleutnant*, ma cosa succede? Le sembra il

luogo e il momento di non rispondere quando viene chiamato?

Con le lenzuola che lo impedivano, Bora si mise seduto. – Le mie scuse, *Herr Generalmajor*... Immediatamente, *Herr Generalmajor*.

Radendosi in bagno vide che aveva un livido sulla fronte, come una moneta bluastra.

Riconoscere che nel corso di una settimana aveva dormito forse venti ore in tutto non suscitò alcuna comprensione nel suo comandante. – Una situazione deplorevole, tenente. E se domani venisse dichiarata la guerra e lei avesse bisogno di tutta la lucidità mentale che riesce a raccogliere? Fissi un appuntamento all'ospedale della riserva e veda di farsi guarire dall'insonnia.

L'idea di ospedale che aveva Bora era legata ai controlli richiesti e nient'altro. Nel suo intimo si ribellava all'idea di andare da un medico per un malessere, anche se l'abile riferimento di Lüttwitz a un conflitto imminente lo incoraggiò a considerare la visita (puntualmente fissata per il lunedì) come un servizio reso alla patria.

A colazione c'erano tutti tranne Ikeda. Questo spinse Lüttwitz ad aspettare cinque interminabili minuti prima di chiedere notizie ai civili che dividevano il piano superiore con l'industriale. Nessuno di loro, emerse, aveva visto o sentito Ikeda dalla sera precedente. Keiko, in un abito verde bordato di pizzo che le conferiva un colorito malsano, dall'altra parte del tavolo lanciò uno sguardo apprensivo a Bora – un segno imprevisto di fiducia o complicità che lo lusingò, e fece schiarire severamente la voce all'ammiraglio Oi.

Lentamente Lüttwitz risistemò accanto al piatto il tovagliolo che si era dispiegato sulle ginocchia. – Tenente Bora, chiami la stanza di *Herr* Ikeda, verifichi che vada tutto bene.

Non ci fu risposta alla telefonata dal banco del concierge. Bora restò per un istante con il ricevitore contro l'orecchio, lanciando occhiate attraverso lo specchio alla calvizie incipiente sul capo dell'impiegato, come la chierica di un monaco. Deciso a non far trasparire disagio, si incamminò misurando i passi verso la scala – non c'era ascensore, allo *Schlösschen* – e salì le quattro rampe come nulla fosse. Indirizzò un cenno di saluto agli allegri sposi olandesi e fu svelto a slacciarsi la fondina appena uscirono di vista. Al piano sopra il suo, fu accolto dal *déjà vu* del corridoio verde pisello, dei ciliegi in vaso, i cui fiori iniziavano ad avvizzirsi, delle lampade a muro perennemente accese.

– *Herr* Ikeda?

Niente. Di fronte agli occhi gli passarono visioni foriere di morte; si fece animo per prepararsi alla vista che probabilmente lo attendeva dietro la porta chiusa e al protocollo da seguire nel dare la notizia di sotto.

– *Herr* Ikeda!

Prima di usare il *passe-partout* per entrare, Bora bussò forte col pugno, di taglio: una tempesta di colpi secchi che non avrebbe dovuto risuonare agli altri piani, ma che avrebbe svegliato chiunque all'interno avesse ancora fiato in corpo.

E infatti, finalmente, rispose una voce impastata dal sonno e irritata, seguita da un borbottio che poteva esprimere alla stessa stregua una sequela d'insulti o l'ordine di lasciarlo in pace.

– Permetta che me ne occupi io.

Era l'odioso tenente Honda, mandato senza dubbio da Oi, che con un gesto del guanto bianco invitò Bora a farsi indietro. Prese il suo posto sulla soglia della porta, sparando una raffica di frasette in giapponese, alla fine della quale dalla stanza si levarono mugugni, rumore di passi e piedi trascinati, e infine il rumore metallico della chiave dentro la serratura.

– *Gomen kudasai?* – Honda chiese il permesso di entrare.

La proposta di Lüttwitz di chiamare un medico fu scartata quando si fece chiaro per tutti che Ikeda stava smaltendo i postumi di una sbronza. Prese un tè forte nella sua stanza, comunicando in modo burbero che non gli andava di fare colazione di sotto, per non parlare delle attività domenicali programmate a beneficio del gruppo.

Durante la notte la pioggia era diminuita di poco, quindi i giri turistici previsti erano stati modificati a favore di attività ricreative al coperto. L'ammiraglio Oi, naturalmente, insistette invece per andare al lago Auen malgrado le condizioni del tempo, ed espresse il desiderio di vedere anche la darsena dell'Elster. Così Bora dovette mettergli a disposizione la mattinata, mentre Lüttwitz si occupava del resto del gruppo. – Vedremo come si mettono le cose per l'Opera stasera – gli disse il generale con la testa rovesciata indietro per mettersi il collirio negli occhi. – A meno che il tempo non migliori, i cantanti potrebbero non riuscire ad arrivare in volo da Vienna. Questa *Iris* è un'opera della quale non possiamo fare a meno?

Bora non ebbe esitazioni. – È la risposta di Mascagni alla *Madama Butterfly* di Puccini, *Herr Generalmajor*, con riferimenti espliciti alla stampa erotica di Hokusai della giovane rapita da una piovra...

– Che? Una piovra? – brontolò fra sé e sé Lüttwitz.

– ... meno filologica nel suo utilizzo dei cromatismi musicali giapponesi, ma molto in stile Secessione, con grande enfasi sul culto solare. L'*Inno del Sole* dovrebbe entrare in risonanza con i nostri ospiti.

– Allora sarebbe meglio non rinunciarci, nonostante le piovre. Molto bene, non pioverà all'infinito. Darò disposizioni di spostare lo spettacolo a domani sera, se necessario.

– Devo cercare di rientrare in albergo entro mezzogiorno, per controllare *Herr* Ikeda?

– Sì, sarebbe opportuno. Questo pomeriggio mi occuperò della fabbrica della BMW. Mi pare naturale che lei guidi il giro nel quartiere degli editori. Avrà con sé i professori e la ragazza: sono i soli a essersi iscritti.

Mentre aspettava che Oi e Honda lo raggiungessero nell'atrio, Bora si trovò a camminare avanti e indietro davanti al divano su cui la sera prima era seduto Weidlich. I suoi nonni sarebbero arrivati dall'Italia nel pomeriggio: era il caso di chiedere loro se sapevano cosa fosse accaduto a novembre, quando il suo patrigno aveva imposto il silenzio assoluto sugli eventi? Al suo arrivo, quel dannato giorno, l'atmosfera in famiglia era così pesante che solo per amore di sua madre non era tornato subito a Berlino, senza nemmeno celebrare il suo venticinquesimo compleanno. Finora, le poche occasioni in cui si era azzardato a rispondere al *Generaloberst* Sickingen riguardavano invariabilmente questioni politiche; le relazioni fra loro di questi tempi erano tese. Ancor più in odore di ribellione era suo fratello minore, figlio di Sickingen, che aveva frequentato la scuola di volo per entrare nella *Luftwaffe*, altamente politicizzata. Quanto a sua madre, all'educazione britannica di Nina andava reso il merito di farle mantenere sotto controllo il temperamento dei suoi uomini, almeno finché si trovavano in sua presenza.

Pensare alle implicazioni delle parole di Weidlich lo angustiava. Per chi aiutava gli ebrei erano previste carcerazione e rovina, e lo stesso valeva per i funzionari di polizia che non li perseguivano. Col senno di poi, la minaccia dell'ispettore era anche un'ammissione autolesionista di complicità, ma in fondo Weidlich poteva mentire, i Weiss potevano essere stati arrestati, e Dio sa cos'altro...

– Quel vecchio rospo ha fatto un bel disastro, nella mia macchina! Blaterava col moccio al naso dell'*ora del topo* dopo la mezzanotte, che porta disgrazia a chi va in giro, e scemenze giapponesi del genere. Perché non ve lo scarrozzate in uno dei vostri veicoli, voi dell'Esercito?

Bora si voltò. Dortmüller, in piedi alle sue spalle in

un elegante completo di tweed alla John Barrymore, sputò sottovoce quel che aveva trattenuto a colazione.

– Ha scelto lei i suoi ospiti, *Herr* Dortmüller. Con il permesso del mio comandante, se me lo avesse chiesto avrei portato io *Herr* Ikeda.

– Io *non* ho scelto i miei fottutissimi ospiti! Kitamura ha insistito per accompagnare Ikeda perché non stava bene, e ha chiesto di viaggiare sulla mia macchina per sua comodità. Ha detto che avrebbe risparmiato al suo principale contrattempi sgradevoli – e ha visto che cosa è successo!

– Beh, abbiamo tutti i nostri problemi.

Nel commento di Bora, Dortmüller lesse più di un accenno di arroganza. – Non prenderò parte ad alcuno dei suoi giretti domenicali, tenente Bora. Se stasera c'è l'Opera, lasci un messaggio alla tenuta di caccia di Grillenburg. Pranzerò con i Mutschmann.

Tanto per farmi sapere che è intimo amico del capodistretto della Sassonia. – Voglia scusarmi... – Bora si congedò andando verso l'ammiraglio Oi e l'onnipresente tenente Honda, entrambi armati di binocolo e pronti a uscire.

A mezzogiorno, dopo una gita in barca sotto la pioggia battente, Bora lasciò gli ospiti della Marina nella sala da pranzo dell'albergo, si cambiò rapidamente e salì a controllare Ikeda. Trovò un cameriere che con destrezza spingeva un carrello fuori della stanza dell'industriale; sulla tovaglia inamidata, i piatti coperti, il tovagliolo e le posate d'argento non erano stati toccati.

– *Herr Industrieritter* non ha fame – rispose il cameriere alla domanda di Bora. – No, signore. Ha tenuto lo champagne –. Quando Bora gli fece cenno di non chiudere la porta, lasciò aperto abbastanza perché il tenente vedesse la bottiglia, ridotta a un terzo, sul comodino accanto al letto vuoto. – *Herr Industrieritter* al momento si sta facendo la barba.

Il primo discreto colpetto di Bora sul montante della porta non suscitò alcuna risposta. Al secondo, la testa irsuta del giapponese spuntò dalla stanza da bagno, seguita dal torso.

– Vada via.

Tornato al lavandino, di certo non si aspettava che la porta si spalancasse e il volto austero del giovane aiutante tedesco apparisse accanto al suo, riflesso nello specchio.

– Cosa vuole? – Ikeda parlò con voce così allarmata che Bora capì di essere stato preso, chi lo sa, per l'assassino di Kobe. E questo era il capitalista reso milionario dalla sua spietata mancanza di scrupoli, che stava ingaggiando un braccio di ferro con il governo tedesco per la vendita di brevetti farmaceutici!

– Signor Ikeda, ieri sera a Dresda mi ha promesso che mi avrebbe dato la sua versione sui motivi che hanno portato alla morte il generale Kobe. Dato che questo pomeriggio sarò occupato e l'opera durerà fino a notte fonda, le sarei grato se mi concedesse un po' di tempo ora.

Nello specchio, gli occhi iniettati di sangue di Ikeda rimasero fissi su quelli di Bora. Radendosi si era tagliato;

la schiuma sulla guancia destra era rigata di sangue. Difficile dire che ruolo avesse svolto l'alcol nella crisi notturna del rigido vecchietto. In qualche modo sembrava svuotato. A Bora venne in mente un'aringa salata su un piatto, con le carni sode e giallastre aperte e spinate. Era un effetto della sbronza, e non della paura? Forse semplicemente non reggeva l'alcol. Quando si passò distratto il rasoio sulla guancia destra, la piccola lacerazione della carne prese a sanguinare liberamente.

Le parole gli uscirono con difficoltà, scandite una a una; ma l'accento e i tratti stranieri si potevano leggere come indicativi di qualunque cosa, dall'amarezza al rimorso, dalla complicità a una semplice, brusca constatazione di fatto.

– Kobe era un brav'uomo che è stato tradito.

– Tradito? Da *chi*?

Con un gesto incerto, Ikeda posò il rasoio. – Non ho niente da aggiungere –. Il rasoio bagnato scivolò dal bordo alla conca di ceramica del lavandino, ma lui non fece alcuno sforzo per recuperarlo. Dal tedesco, la sua attenzione si era spostata di nuovo alla sua stessa immagine scarmigliata nello specchio. – Se non... se non esce di qui, tenente, chiamo la direzione dell'albergo o la polizia.

Anche «i cefali delle acque turbinose di Naruto» non avrebbero sopportato di vedersi sventolare una preda sotto al naso per poi vederla sparire. Bora perse la pazienza. – Con quale accusa, *Herr* Ikeda? Forse perché sono venuto a sincerarmi del suo stato di salute?

– Lei è... lei è un *impudente*. Stia certo che riferirò del suo comportamento molesto al suo comandante.

– È stato il mio comandante a dirmi di venire.

Era vero, ma Lüttwitz aveva inteso una visita di cortesia.

A quel punto Ikeda fece qualcosa che Bora avrebbe ricordato a lungo, e considerato un'ammirevole lezione. Come se fossero stati tirati i fili giusti sotto la pelle, lungo i muscoli, fra le ossa, il giapponese si ricompose: volto, collo, curvatura delle labbra e natura dello sguardo, ogni cosa riconquistò un controllo preciso. Anche il rilassamento della carne vizza sul torace e sul ventre sembrò diminuire mentre raddrizzava il busto; con le pieghe svanì l'incertezza. Da quel momento prese il sopravvento. – Allora riferirà al suo comandante che *Herr* Ikeda, della *Società Farmaceutica Ikeda*, non intende lasciarsi seccare da lui, da lei o da chiunque altro in questo Paese maleducato e inospitale. Desidero essere lasciato solo per il resto della giornata.

Bora fece un passo indietro. No, pensò, questo ometto non era mai stato timoroso o debole: semplicemente l'alcol aveva stemperato la sua fermezza, e la provocazione l'aveva fatta condensare di nuovo. Si pentì allora della sua assenza di tatto; e ancor più di non aver torchiato Ikeda la sera prima. Attraversando la stanza per uscirne, l'unica cosa che notò fu il completo diplomatico blu appeso fuori dall'armadio. Deliberatamente, ad alta voce, disse: – *Herr Industrieritter* potrebbe trovare interessante una visita al quartiere degli editori, oggi pomeriggio.

Ma Ikeda non si fece pungolare oltre. – Non prendo lezioni di editoria da gente che brucia i libri – rispose con disprezzo dal bagno, chiudendo la questione, almeno per il momento.

– I miei nonni erano fratelli. C'era una differenza di vent'anni fra loro, e il più grande si è sposato a quarant'anni, mentre l'altro a ventuno. Quindi, al momento del loro matrimonio, fra il mio defunto padre naturale e mia madre, sua cugina di primo grado, c'erano trent'anni di differenza. Sono un Bora da entrambi i lati della famiglia, di discendenza sassone, fatta eccezione per i Douglas, scozzesi, da parte della nonna materna. Il mio fratello uterino Peter, che Nina ha avuto in seconde nozze dal *Generaloberst* Edwin von Sickingen, ha cinque anni meno di me. Tutti, salvo la nonna, siamo cattolici. Da duecento anni la famiglia si occupa di editoria con la *Bora Verlag*, con qualche eccezione. Mio padre era un noto direttore d'orchestra; da giovane è stato lodato da Wagner, ha conosciuto Scriabin, Balakirev e Bruckner, è andato in tournée e ha diretto nella Russia zarista per quasi dieci anni. Il mio bisnonno materno è morto col grande Gordon a Khartoum.

– E cosa mi dice di lei, Bora-san? – insistette Keiko.

– Non c'è molto da dire.

Alla richiesta di parlare di sé, Bora aveva raccontato dei suoi parenti. Mentre conduceva i suoi ospiti per la città cercò di essere accattivante, di stare attento agli indizi e cogliere le reticenze. Deviò di proposito per passare di fronte alla *Chiesa americana* e al vicino consolato statunitense, per vedere se quei luoghi suscitavano qualche reazione: non lo fecero, a meno che non si volesse considerare il noncurante gesto di Colloredo di inforcare gli occhiali da sole.

Il temporale accerchiava Lipsia, lasciandosi fendere di tanto in tanto da un raggio di sole. A Bora fece venire in mente un trionfo di nuvole barocche, mentre Keiko Deshimaru lo paragonò a quanto di più vicino a un «acquarello di cielo napoletano» si potesse trovare tanto a nord. Viaggiava davanti insieme a lui, mentre i professori chiacchieravano sul sedile posteriore.

Era stato l'arzillo e cerimonioso Fujiwara a chiedere informazioni su Bora, in previsione del tè a casa di sua nonna, più tardi. Per il resto, nel suo infantile interesse in qualunque cosa, dai cartelli stradali ai colori delle case, preferiva chiedere a Colloredo che all'ospite tedesco. Bora non ne fu offeso. Dopotutto Fujiwara era più prossimo agli ottanta che ai settanta; proveniva dall'Era Tokugawa, quando il Giappone era ancora chiuso alle influenze esterne. Quello shogunato aveva retto il Paese dall'inizio del XVII secolo, quando i marinai olandesi venivano rappresentati nell'arte nipponica con il naso grosso, in goffe braghe da pagliaccio. Come conversare, per quanto Bora potesse provarci, con una persona cresciuta in un sistema feudale fondato su esecuzioni atroci e disprezzo dei *diavoli stranieri*?

Glielo avesse pur chiesto dieci volte, Fujiwara non avrebbe mai detto che cosa pensava *lui* della morte di

Kobe. Era impenetrabile a qualunque approccio che superasse il confine della formalità astratta, intriso di tradizione come un pennello nell'inchiostro nero per il *sumi-e*. Eppure da studente era stato fra i primi, nel 1870, ad allontanarsi dal Giappone, allorché (come aveva raccontato Keiko) i giovani intellettuali recitavano invidiosi: «Chi a un cranio occidentale busserà / sentirà echi di Illuminismo e civiltà!».

Seguendo il programma, dalle due alle cinque girarono per gli edifici storici legati all'editoria, anche se, in omaggio alla modestia giapponese, Bora sorvolò sul ruolo della famiglia in quel campo. Si limitò, su richiesta, a passare in auto davanti agli uffici della *Bora Verlag* lungo la Reichsstrasse, un antico edificio sulla cui facciata un cartiglio recitava: *Soli Deo Gloria.*

Poi – la pioggia aveva ricominciato a battere, e le nuvole nere si accalcavano all'orizzonte meridionale – si avviarono alla grande casa dei suoi nonni a Stötteritz. Colloredo e Fujiwara erano immersi nella conversazione. Quando cambiava le marce, lo sguardo di Bora di tanto in tanto andava alle mani guantate di Keiko. Lei, dal canto suo, osservava le case eleganti, i giardini curati lungo le vie che attraversavano l'antico campo di battaglia su cui «l'arroganza napoleonica» (parole di Bora) si era infranta contro la risolutezza sassone. Piccole e delicate nel grembo di Keiko, quelle mani si erano dimostrate forti e precise nella partita a tennis; quelle dita minute e sode avrebbero benissimo potuto raccogliere delle formiche morte da un vasetto e disporle in accurate file da 8, 4 e 3. E non aveva forse detto: «Io credo che i santuari siano fatti per uomini migliori del capitano Nogi»?

Quattordici minuti dopo le sette, rientrato allo *Schlösschen*, Bora scoprì che il gruppo di Lüttwitz aveva preceduto il suo arrivo. Kitamura, De Dominicis, Oi e Honda stavano riposando nelle loro stanze, come il generale. *Herr* Ikeda, disse il concierge, aveva chiamato dieci minuti prima per chiedere altri alcolici; durante il pomeriggio era uscito per una passeggiata «alle quattro meno un quarto, tornando mezz'ora dopo per uno spuntino leggero», e non aveva ancora dato istruzioni riguardo la sua presenza quella sera.

Bora guardò il quadro delle chiavi, e le due lettere infilate nello spazio dell'industriale. – La posta non era ancora arrivata quando *Herr* Ikeda è passato?

– Era arrivata, tenente. Vede? Qui abbiamo segnato l'esatta ora di consegna sulle buste. Quando è tornato dalla sua passeggiata, *Herr* Ikeda ha depositato quattro lettere d'affari da spedire, poi ha chiesto la sua chiave, ma non la posta. Spero di poter contare sul buon cuore del signor tenente per confermare che l'ho messo al corrente dell'arrivo delle lettere, se si dovesse presentare la questione.

– Sì, intesi. Indossava un completo blu?

Il concierge non mostrò alcuna sorpresa per l'insolita domanda. – No, signore. Un abito gessato, grigio scuro –. Allungò il braccio sotto il banco. Fra le mani curate, che spuntavano da polsini con le iniziali dell'albergo in caratteri gotici, apparve una grande busta marrone sigillata e senza indirizzo, che posò di fronte a Bora.

– Questa è stata consegnata a mano per lei alle tre e mezza, *Herr Oberleutnant*.

La busta era identica a quella in cui a Berlino gli erano state recapitate le informazioni sul suo incarico a Lipsia; anche quella, priva di scritte, era arrivata per corriere. Kinzel forse era stato di parola nel raccogliere particolari su De Dominicis. Soppesando la busta sul palmo della mano sinistra, Bora valutò che il dossier comunque doveva essere scarso, o estremamente conciso.

– Notizie dello spettacolo di questa sera?

– L'ultima informazione è che dopo le due nessun aereo è decollato da Vienna. Il *Generalmajor* Lüttwitz è stato avvertito e ha dato disposizioni che gli ospiti trascorressero la serata a loro discrezione.

Dunque era stato cancellato. Bora aveva fatto affidamento sullo spettacolo previsto per sgattaiolare via dall'Opera e perquisire approfonditamente le stanze di tutti, ma avrebbe dovuto aspettare: al di là di quello che avrebbe deciso di fare il volubile Ikeda, non c'era da giurare che gli ospiti sarebbero usciti di nuovo, o che sarebbero rimasti fuori per quanto tempo eventualmente avessero comunicato. Controllò l'ora e andò ad aprire il messaggio di Kinzel nella riservatezza della sua stanza. Subito dopo si disse che se non fosse riuscito a convincere De Dominicis a cenare con lui, o almeno a fargli compagnia per bere qualcosa, avrebbe potuto anche restarsene a leggere un'edizione commentata dei *Racconti di Sebastopoli* di Tolstoj in lingua originale.

Diario per il 16 aprile, domenica, ore 20:21

Scritto nell'atrio, in attesa della comparsa in abiti da sera dell'amico di Ciano, cui vorrei offrire un'irresistibile uscita a cena. La maggior parte dei pettegolezzi su di lui nascono nell'ufficio di Sua Eccellenza Giuseppe Bottai al Ministero dell'Educazione italiano, e siccome fra i due c'è antipatia, apprenderli non è servito a niente. Ho telefonato al colonnello K. per ringraziarlo delle informazioni che mi ha mandato e per chiedergli di raccogliere un gruppetto di atlete dell'area di Lipsia per una possibile serata fuori.

De Dominicis è molto diverso da Colloredo, sembra impossibile che siano figli della stessa cultura. Ogni cosa, in Colloredo, è lustra, è come una penna d'acciaio che avrebbe potuto essere una spada ma ha deciso di essere l'arma dell'uomo pensante. La sua conoscenza delle lingue è impressionante: sa citare Schiller, Milton e Racine con la stessa facilità, conosce a memoria i sutra *buddhisti, e la sua resa dei vari dialetti italiani (ne ha dato una dimostrazione a cena, completa di pantomima, la seconda sera della conferenza) è un diletto che spinge a riflettere. Come possono lombardi e siciliani, toscani e campani ritrovarsi su concetti astratti quando non pronunciano allo stesso modo neppure la parola «mamma»? Abbiamo dei dialetti anche in Germania, ma la nostra gestualità è molto più unitaria e contenuta. Quando gliel'ho chiesto, il professore è stato tanto cortese da regalarmi un libro di Sergi sull'antropologia italiana.*

De Dominicis è una noia, finché parla di politica. Quando parla di qualunque altra cosa, in compenso, diventa uno zotico. Il ministro Ciano, che ho conosciuto a Firenze circa un anno fa, sarà anche un rampollo viziato, ma è ragionevolmente colto ed elegante: questo suo protégé *ha imparato il tedesco perché suo padre era direttore di un ufficio postale a Bolzano. La cosa migliore che si può dire di lui è che nella Grande Guerra ha combattuto per l'Esercito austro-ungarico, se si può definire «combattere» starsene seduto in ufficio dietro le linee. All'inizio del 1918 è stato fulminato sulla via di Damasco (leggi: interessi personali) e ha cambiato schieramento, valicando il confine italiano con parecchi documenti segreti imperialregi. Per questo è stato salutato come un patriota.* Importante: *si dice abbia l'abitudine di girare armato di pistola (modello e calibro non specificati) «per difesa personale». Non ha interesse nella letteratura e nell'arte, per quanto ho potuto vedere; tutto quello che lo affascina a Lipsia sono i centri sportivi e gli stadi. Stando a Bottai, De Dominicis rimpiange che non ci siano stati roghi di libri in Italia, e sostiene che abbia proposto di cambiare il motto fascista «Libro e moschetto» in «Stivali e moschetto». Nel suo umorismo caustico, Bottai commenta che quando in una stanza piena di fascisti giunge l'ordine di mettere insieme le idee, De Dominicis batte i tacchi.*

Ma è su un'altra faccenda che il colonnello K. vuole che lo inchiodi, laddove necessario, per cui provo vergogna in anticipo.

IV

> In verità non ci sono segreti, né misteri:
> tutto è magia creata dalle ombre.
>
> JUNICHIRO TANIZAKI

Domenica, 16 aprile, ore 22:07

– *Voi lavorate per i Servizi.*

De Dominicis pronunciò le parole come un'accusa, sorseggiando un bicchiere di vino frizzante che le ragazze avevano insistito per ordinare. Fino a quel momento le cose erano andate bene: le statuarie finaliste olimpioniche, la bistecca fiorentina importata, la scelta della conversazione lasciata all'italiano... Ma a quel punto, la schietta attribuzione di un suo ruolo nel controspionaggio da parte di Sua Eccellenza obbligò Bora a un'acrobazia di condotta. Per qualche secondo si scervellò per indovinare quali errori avesse commesso, non trovandone alcuno; qualunque giovane aiutante avrebbe agito esattamente come lui. Oggettivamente aveva fatto un lavoro superbo, indulgendo anche nella forma di cortesia fascista che imponeva il «voi» invece del «lei» cui era abituato, ma restava il fatto che De Dominicis aveva parlato come se l'informazione fosse giunta da fonte affidabile.

Al diavolo la diplomazia, pensò Bora. Dopo due ore di chiacchiericcio sterile sui programmi di educazione fisica nell'Italia mussoliniana, e ben lungi dall'aver raggiunto lo scopo che si era prefisso, ne aveva abbastanza di passatempi. Ricorrere all'argomento che aveva trovato tanto privo di gusto divenne necessario per mettere dei paletti intorno alle sue affermazioni.

Dato che le ragazze non capivano l'italiano, amabilmente replicò: – *E voi avete un'amica pericolosissima.*

Fra uomini, un commento espresso con un sorriso su un'amica pericolosa normalmente avrebbe suscitato una lusingata stretta di spalle, o poco più. De Dominicis, invece, la prese male. A dispetto delle luci soffuse nell'angolo privato del ristorante, cambiò vistosamente colore. Bora non credeva possibile che il sangue potesse salire al volto di un uomo come se le vene tracimassero sottopelle. Le narici dell'italiano si fecero bluastre, come il completo che aveva indossato per quel ristorante informale ma costoso, e gli si velarono gli occhi. Posò il bicchiere con un gesto volto a controllare l'impaccio.

– Ora la signora risiede in Svizzera – continuò Bora nel suo tono beneducato da accademia militare – ma prima ha vissuto molti anni a Firenze, in via della Spada. Vi incontrate ancora, almeno una volta al mese, davanti a San Miniato, in collina, prima di andare insieme a Bellosguardo. Di questi tempi usa un nome cristiano, Glorietta Annoni. Le iniziali sono ben scelte, visto che ogni cosa, dai suoi bagagli ai fazzoletti, porta la stessa cifra, che in realtà sta per Giuditta Anichini.

De Dominicis aprì e chiuse la bocca. Il suo volto, scuro e iniettato di sangue, aveva preso la sfumatura della *fiorentina* adagiata nel suo piatto. E siccome quell'uomo non gli piaceva affatto, Bora si stizzì di provare disagio per aver alluso alla sua amante ebrea e ai danni politici che gli potevano derivare grazie alle leggi razziali di Mussolini.

– Di cosa spettegolate voi uomini? – Una delle due ragazze cercò di intervenire, ma De Dominicis la zittì e insultò allo stesso tempo: – *State zitta, oca!*

Bora – che non voleva camerieri intorno al tavolo – riempì il bicchiere della giovane nuotatrice. Avrebbe preferito portare Sua Eccellenza a un livello di convivialità più rilassato prima di sollevare la questione del diverbio fra lui e il generale Kobe cui aveva assistito, ma – che l'italiano bluffasse o meno sull'appartenenza del tedesco all'*Abwehr* – ormai le carte erano irrimediabilmente in tavola.

– Tenente Bora, non sareste tanto canaglia da colpire sotto la cintura.

– No? Dipende.

– Siete uno spregevole furfante!

– Che invettiva fuori moda, Eccellenza.

Restare sereni non era facile. L'ansia di Bora per la *Kristallnacht* e il ruolo dei suoi genitori nel salvare i Weiss pesavano su uno dei piatti della bilancia. La relazione di De Dominicis con una ricca ebrea che viveva sotto falso nome al confronto pesava poco sull'altro piatto, ma sembrava piombo. – Non so cosa direbbe il ministro conte Ciano, se ne fosse informato, ma so cosa *farebbe* il Duce in proposito.

De Dominicis rimescolava nervoso la mollica sul piattino del pane. A giudicare dal suo aspetto avrebbe potuto essere pronto, indifferentemente, a lanciarla, schiacciarla o ficcarsela in bocca; invece continuò a modellarla con la punta delle dita, rivolgendo sguardi velenosi a un punto intermedio fra il busto e il volto del tedesco. *Mi prenderebbe a pugni, se potesse*, pensò Bora. *Giuro su Dio che se solo accenna a fare una cosa del genere, lo stendo davanti a tutti.*

– Siete uno svergognato, tenente.

– Lo svergognato sarete voi, a intrattenere simili amicizie.

Cogliendo l'irritazione nelle voci degli uomini, le ragazze rimasero fuori dallo scambio. Le spalle troppo larghe nei graziosi abiti da sera, spiluccavano il cibo con gli occhi bassi. Quando dal pianoforte nell'altra stanza si levarono le note sentimentali di *'O surdato 'nnammurato*, il tintinnio vibrante risuonò grottesco.

– Se è un ricatto, immagino di dover chiedere che cosa volete – ribatté De Dominicis fra i denti.

– È presto detto, Eccellenza. Anzitutto voglio conoscere l'esatto motivo del contrasto fra voi e il generale Kobe il giorno d'apertura della conferenza.

Certo non era quel che si aspettava De Dominicis. Sembrò fugacemente sollevato, e ogni richiesta implicava una contrattazione. – In cambio di cosa?

Sta cercando di calcolare perché lo chiedo, se ha perso

i nervi senza motivo. Davvero non sa che cosa c'è in gioco? Bora decise di tenere a freno l'ottimismo dell'altro. – Lo deciderò poi.

– Ebbene, tenente, vi ho già detto che si trattava d'affari.

– I «diritti di concessione per le sartorie toscane»? La possibilità di dotare il regio esercito italiano di orologi che in Giappone costano sei delle vostre lire al chilo? No. *Non* si trattava di affari.

– Erano questioni private.

Bora guardò la ragazza alla sua destra sistemarsi un ricciolo biondo dietro l'orecchio, un movimento ripetuto e nervoso che la faceva sembrare indifesa in tutto il suo vigore atletico. – Eccellenza – disse – sarò franco. Avete debiti di gioco: non ci interessa. Avete una moglie titolata stanca di finanziarvi: ci interessa ancora meno. In compenso avete un'appassionata amante ebrea e noi possiamo provarlo: conti, ricevute d'albergo, fotografie... abbiamo solo l'imbarazzo della scelta. Ora, cos'è successo fra voi e il generale Kobe martedì 11 aprile?

– Dio vi danni, ho chiesto un anticipo sulla mia commissione.

– La vostra *commissione*? Da quando un rappresentante governativo riscuote una commissione sulle acquisizioni pubbliche?

Era una domanda futile anche per lo stesso Bora. Aveva sentito parlare del modo italiano di condurre le transazioni, ma voleva mettere sotto pressione De Dominicis. Quel che venne fuori fu la storia banale ma credibile di una grossa cifra necessaria per placare certi casinò svizzeri, finita nel goffo tentativo di proporsi come intermediario in una vendita che di intermediari non aveva alcun bisogno. Aveva chiesto a Kobe, Kobe aveva risposto di no. Nessun anticipo, nessuna commissione. Era possibile. Bora finse scetticismo per lucrare altri dettagli.

– Insomma, tenente, cos'altro volete sapere? Prima ho provato con Ikeda, ma il vecchio è un orso, uno spilorcio e un delinquente. Nel mio Paese lo chiameremmo *mafioso*. Staccherebbe una testa a morsi per molto meno. Quel finocchio di Kobe mi ha ignorato bellamente, anche se so per certo che con altri si è dimostrato più ricettivo.

– *Altri*? Chi?

Con disprezzo, De Dominicis rispose ad alta voce: – Chiedete al vostro Ministero per gli Affari esteri.

Sotto l'uniforme, Bora stava sudando. Anche quello era possibile. La risposta non gli fece perdere del tutto la calma solo perché pronunciata in italiano. Si sforzò di mantenere se stesso e il suo interlocutore in argomento. – Quindi avete incontrato il generale Kobe nella sua stanza mercoledì sera, per vedere se dopotutto riuscivate a convincerlo.

Ora che la prima ondata di rabbia si era esaurita, fu un robusto senso di autoconservazione animale a impossessarsi di De Dominicis. – Aspettate un momento, tenente Bora. *Aspettate-solo-un-momento*. Che cosa significa? Non vorrete insinuare che ho avuto qualcosa a che fare con la morte di Kobe! Insomma, è follia, è stato il suo aiutante a ucciderlo.

– Nella stanza del generale è stata trovata la cenere di una sigaretta al mentolo. A un certo punto, quella notte, siete stato lì.

– No! – De Dominicis urlò la negazione quasi alzandosi dalla sedia. Le ragazze trasalirono; i pochi altri ospiti, seduti nella sala contigua, si distrassero dalle loro cene per sbirciarli attraverso il passaggio ad arco.

– Io non ero *lì* – cosa dite, cosa intendete! Quelli erano pervertiti, non sarei mai andato nella stanza di uno dei due; questo è un vile complotto!

– *Sedetevi.*

L'italiano si accasciò sulla sedia.

– Abbiamo fatto esaminare il residuo di cenere, Eccellenza. Ora voglio che mi diciate tutto quel che sapete del generale Kobe, delle sue faccende private e dei *vostri* affari andati storti.

De Dominicis chiuse gli occhi. – Devo ringraziare quel bastardo di Bottai per questo, lo so –. Bevve subito il vino che Bora gli versò, ma non si levò in piedi come fece il tedesco quando le due ragazze, mortificate, andarono alla toilette con le borsette del trucco in mano. Riprendendo posto, Bora si sentì la camicia incollata allo stomaco per il sudore, il prezzo per mantenere l'immagine della freddezza esterna.

Diario per il 16 aprile, domenica, ore 00:12

Scritto qui in albergo. Sgradevole, sgradevole – è la sola parola che posso usare per l'episodio di stasera. Spero che il mio nervosismo non sia emerso. Le povere ragazze ci penseranno due volte prima di accettare un altro invito a cena con dei politici italiani – o con degli ufficiali della Wehrmacht, se per questo. Non hanno aperto bocca quando le ho riaccompagnate alla pensione dove alloggiano. Sua Eccellenza, a ogni buon conto, mi ha garantito una nota di protesta diplomatica, la rovina della mia nascente carriera, eccetera eccetera (non farà nulla, di fatto: sa benissimo che riferirò ai miei superiori tutto ciò che ha detto).

Ora, mi piacerebbe poter affermare il contrario, ma sembra davvero che De Dominicis non abbia idea di come la cenere della sua sigaretta sia finita nella stanza di Kobe. Non ha contestato la prova, ma insiste che i suoi nemici al Ministero italiano per l'Educazione lo vogliono distruggere, come se il suo conflitto personale con Bottai fosse degno di un intrigo internazionale. Ma qualcun altro potrebbe aver cercato di incastrarlo? Io credo che non sia da lui uccidere qualcuno con le sue stesse mani; è il tipo d'uomo che preferisce rovinare il suo prossimo, piuttosto che ammazzarlo. Appena ha avuto la sensazione che avrei potuto non divulgare la sua tresca con l'ebrea fiorentina, si è fatto di nuovo arrogante. Credo non gliene importerebbe molto, si arrivasse a una scelta, se fosse lei a doverci rimettere. Quindi ho dovuto avvertirlo che lo tengo d'occhio, in ogni caso.

Sul fronte personale, al banco del concierge mi aspettava una lettera di mia madre, consegnata da un corriere dell'Esercito. Mio padre non comunica con me neppure per iscritto. Nina mi dice che devo portare pazienza, che il *generale ha bisogno di tempo per digerire la mia reazione del Natale scorso, quando abbiamo discusso la situazione mondiale e io ho detto che noi (riferendomi alla Germania) non siamo mai stati tanto pronti a vincere. «Vincere cosa?» è esploso lui. «Ho sentito le stesse assurdità nel 1914!». Questi Junker hanno un ottuso senso di appartenenza elitaria, come se essere soldati fosse uno sport esclusivo per latifondisti o gentiluomini di campagna. Il mio patrigno è nato in una guarnigione della Prussia orientale, discende da una famiglia di militari della Westfalia, è entrato nel corpo dei cadetti a tredici anni. Fatta eccezione per Nina e la musica classica, il «maledetto dovere» è tutto ciò che ha mai conosciuto. Non concepisce un soldato politicizzato, consapevole, addestrato a compiere il volere del popolo. Non riesce a perdonare il Partito per essersi appropriato del motto di von Kleist «meglio essere che apparire», come se le massime fossero protette dal diritto d'autore. «Mandami una cartolina dalla Polonia» mi ha detto con disprezzo. E ha aggiunto di esserci stato durante la Grande Guerra, e di sapermi dire esattamente come si conquista e si perde, la Polonia. Il povero Peter se la passa anche peggio di me, perché il generale per principio disdegna gli aerei, e il fatto che mio fratello ora sia assegnato a un ubriacone come il colonnello Habermehl non aiuta.*

Naturalmente Dikta è parte del problema con il mio patrigno. Ma più insiste nel disapprovarla, più mi sento spinto a cercare la sua compagnia. In questo Nina dice che sono uguale al lacrimato Maestro (come chiamano il mio padre naturale in famiglia), testardo fino all'eccesso.

Alle sette meno un quarto, all'ospedale della riserva sulla Danzigerstrasse, l'ufficiale medico lo ascoltò con palese scetticismo, per metà irritato e per metà divertito.

– Insonnia, alla sua età? È ridicolo –. Ma quando Bora rimase sull'attenti senza aggiungere nulla (e fissando il pacchetto di sigarette al mentolo sulla scrivania), passò alla lista delle domande formali. – D'accordo, allora. Lei assume *Pervitin*, benzedrina o altri stimolanti? Cena con cibi indigesti a ore tarde? Beve quantità eccessive di caffè? Visiona materiale pornografico e/o si masturba prima di coricarsi?

– Non faccio alcuna di queste cose, *Herr Feldarzt*.

Lo sguardo alzato su di lui stavolta esprimeva dubbio, ma l'ufficiale medico non lo contraddisse apertamente. Era appena sopra i quaranta, miope, con mani brutalmente grandi per essere uno che esercitava quella professione. – Pensieri ansiosi o a carattere ossessivo?

– No.

– Fa sogni erotici più spesso del normale?

– Non saprei. Che cos'è normale? Comunque la mia insonnia non ha niente a che vedere con i sogni erotici.

– Spetta a me giudicarlo, tenente. Descriva i sintomi che avverte quando non riesce ad addormentarsi.

– Vedo delle sagome.

– Ah. Che tipo di sagome? Donne?

– No, forme geometriche. Quadrati piatti, rombi...

– Non figure tonde, incurvate?

– No.
– … protuberanze, proiezioni simili a mammelle?
– *No.*
– Come vuole. In famiglia qualcuno soffre di epilessia?
– Ma no.
– Tumori al cervello? Apoplessia?
– *Herr Oberarzt*, fatta eccezione per il mio padre naturale, siamo tutti molto longevi in famiglia, sia ora che in passato. E non abbiamo neppure casi di follia, grazie. La discendenza scozzese ha perso alcuni dei suoi elementi per tubercolosi, ma in epoca vittoriana era quasi obbligatorio.
– Nessuna ferita alla testa; colpi, cadute, uso di forcipe alla nascita?
Bora scosse il capo.
– E quel livido che ha in fronte?
– Ho urtato la parete al buio, ma *non sono sonnambulo*. E vedevo le sagome anche prima.
L'ufficiale medico tirò indietro la sedia per accavallare le gambe stivalate. – D'accordo. Ha mai considerato di farsi prete?
– Cosa?
– Voi Bora siete papisti. Da ragazzo ha mai inclinato verso trasporti mistici o devozionali?
– Ho paura di no. Il massimo che ho fatto è stato servire Messa. Però mi hanno detto che una volta ho visto un fantasma.
– Un fantasma. Le hanno detto. Non sa se è successo o no?

– Avevo quattro anni. Sembra che abbia visto qualcuno o qualcosa che saliva le scale. È probabile che me lo sia inventato, o che abbia scambiato un gioco di luci per una figura. L'Uomo Sanguinante, lo chiamavo.

Dal cassetto il medico prese uno stetoscopio. – Questo faremo meglio a ometterlo dalla sua cartella clinica, tenente.

Seguì una breve visita, al termine della quale una pacca pesante su un fianco segnalò a Bora che poteva rimettersi l'uniforme. – Bene, non c'è niente fuori posto; lei è sano come un pesce. Un po' fantasioso, ma questo lo attribuisco al temperamento artistico che deve aver ereditato dal suo defunto genitore. Probabilmente è qualcosa alla retina, corpi mobili, *musculae vagantes*. La vitamina A è quello che le serve per la vista, insieme alla B e alla C per l'insonnia. Bagni caldi prima di coricarsi, e bromuro –. Scarabocchiò due righe su un ricettario senza alzare lo sguardo. – Da uomo a uomo, accetti un consiglio: dovrebbe assolutamente smetterla con quest'assurdità di vedere sagome la notte.

– Non lo faccio di proposito. Sono qui solo perché mi ci ha mandato il mio comandante.

– Bah! Ai miei tempi i comandanti ordinavano ai loro subalterni un po' nervosi di trovarsi una donna, invece di spedirli in infermeria –. L'ufficiale medico timbrò la ricetta che aveva davanti con più energia del necessario e gliela passò dall'altra parte della scrivania.

– Abbiamo preso Verdun dopo una bella scopata.

Bora prese il foglietto e fece il saluto. – Credo sia onesto informare il *Feldarzt* che non ho intenzione di assumere alcuna delle sostanze che mi ha prescritto. E aggiungere che dopo una bella scopata io ho preso Bilbao.

In albergo erano tutti presenti, compreso Ikeda, nel completo blu diplomatico fin troppo formale per la mattina. A colazione la sua scontrosità difensiva impedì agli altri di chiedergli come stesse; anche il bentornato alla conferenza del generale Lüttwitz suscitò solo un brontolio di risposta. Dortmüller lasciò intendere di aver trascorso una giornata gloriosamente stancante alla tenuta del *Gauleiter* Mutschmann, e il tenente Honda – fosse importato a qualcuno – non avrebbe avuto bisogno di accampare scuse per il suo aspetto leggermente sciupato. (Bora, che dormiva nella stanza accanto, aveva un'idea piuttosto chiara e parecchia invidia per quello che l'aveva impegnato fino alle ore piccole). Kitamura e gli ospiti più anziani – Oi, Fujiwara, gli italiani – sembravano ben riposati. Di fronte a Bora, malgrado l'abitino rosa acceso, Keiko Deshimaru aveva invece il pallore di chi ha preso un raffreddore dopo una partita a tennis.

La sessione mattutina si svolse senza contrattempi. Il compito più gravoso di Bora era ricordare a Lüttwitz ogni trenta minuti di ingoiare una sfilza di medicine con e senz'acqua, in un ordine specifico.

A mezzogiorno i lavori furono aggiornati. Nel giro di quindici minuti, come sempre, i partecipanti si sarebbero riuniti per il pranzo. Eppure, mentre si apprestavano a raggiungere la sala ristorante, Ikeda chiese a Bora se poteva approfittare di lui per un passaggio in auto. Non era nelle corde dell'industriale, per quanto potesse giudicare Bora, chiedere qualcosa con garbo. Immaginò che l'approccio più indulgente volesse correggere la durezza dimostratagli il giorno prima, e tale era il desiderio di rimanere da solo con Ikeda per un po' – non si sa mai dove può portare una conversazione in macchina, in termini di possibili confidenze – che si rese immediatamente disponibile. Il dottor Kitamura li sentì. Diretto verso le scale, con voce amichevole disse: – Non starà saltando il pasto, tenente! I giovani non dovrebbero saltare il pasto.

I pasti, però, erano l'unico momento in cui Lüttwitz lo lasciava libero dagli obblighi, quindi Bora non doveva annunciare o spiegare la sua assenza da tavola. Seguì allegramente Ikeda fuori e giù dai gradini fino al marciapiede, dove era parcheggiata la sua BMW. La giornata grigia prometteva pioggia, ma, alla luce della gita in barca di Oi sotto un acquazzone, non c'era modo di spiegare i gusti orientali. Avvolto nel suo ampio impermeabile bianco, Ikeda si accomodò sul sedile posteriore.

Bora chiuse la portiera. Prima che avesse il tempo di pulire i vetri annebbiati dalla condensa, l'industriale lo richiamò indietro. Aveva abbassato il finestrino abbastanza da lasciar passare la sua vocetta petulante. – Bora-san, ho dimenticato i miei guanti in camera. Devo assolutamente averli. Me li vada a prendere –. Tenendola fra indice e pollice, attraverso la fessura gli passò la chiave della stanza. – Sono in pelle di vitello grigia con le cuciture nere. Ho paura che dovrà frugare in giro per trovarli... ho spostato un po' di cose nelle ultime ore.

Se intendeva scusarsene, dal tono di voce non trasparì. Eppure era un'ulteriore fortuna, avere l'opportunità di visitare la stanza del vecchio irascibile. Bora annuì cercando di apparire tanto controllato quanto obbediente, e ritornò sui suoi passi verso la porta girevole.

Malgrado l'ora tarda, la stanza di Ikeda era in disordine. Aveva dimenticato di togliere il cartellino «Non disturbare» dalla maniglia, quindi la cameriera non era ancora entrata a pulire. Bora colse alcuni dettagli al primo sguardo: le luci ancora accese, la bottiglia vuota accanto al letto, calze di diversi colori sparse sulla coperta, il pigiama sul pavimento, l'armadio spalancato... Una rapida occhiata dalla finestra alla BMW parcheggiata di sotto, e la vista del finestrino posteriore che veniva alzato, gli assicurarono che Ikeda non lo aveva seguito – la commissione non era una trappola.

Bora cominciò a cercare i guanti nei posti più ovvi, i cassetti, in cui una sovrabbondanza di biancheria era appallottolata accanto a sciarpe e fazzoletti di seta. C'erano diverse paia di guanti anche lì, alcuni acquistati a Lipsia e con l'etichetta ancora attaccata, ma nessuno in vitello grigio con le cuciture nere. Poi venne il turno dei numerosi completi accalcati sulle grucce, che Bora tastò uno per uno in cerca di rigonfiamenti nelle tasche. Nella confusione dei vestiti il solo oggetto interessante che colpì lo sguardo del tedesco era in fondo all'armadio, incuneato sotto una pila di scatole di scarpe. Nulla fuori dall'ordinario, in realtà: una scatola rettangolare di mogano, di quelle che la gente usa per conservare documenti o altri oggetti di valore. Era improbabile che dei guanti venissero riposti così in basso, dove sarebbe stato disagevole prenderli. A ogni modo la chiavetta non era nella serratura e il coperchio non si aprì con la sola pressione delle dita guantate, quindi, per quanto fosse curioso, Bora lasciò perdere.

Attento allo scorrere del tempo – l'irritabile Ikeda avrebbe potuto cambiare idea e salire le scale – sollevò coperta e lenzuola, diede un'occhiata nel cassetto della scrivania e nell'ammasso di giornali giapponesi sul tavolino, controllò sotto il letto e addirittura nel mucchio di asciugamani umidi in bagno, finendo per decidere che probabilmente l'anziano si era messo in tasca i guanti senza accorgersene.

Sei minuti dopo aver iniziato a cercare, Bora cedette e si risolse ad andarsene. Solo per caso, entrando in bagno per spegnere la luce sul lavandino, la sua attenzione cadde sulla mensola di ceramica con gli strumenti da barba di Ikeda. Lì, bianco su bianco, qualcosa che non aveva visto prima lo paralizzò con la mano sull'interruttore. Sulla superficie stretta era sistemata una piccola quantità di riso in un disegno inequivocabile: tre file di otto, quattro e tre grani ciascuna. La vista lo ipnotizzava, come se i quindici chicchi traslucidi fossero latori di chissà quale messaggio. *8-4-3. 8-4-3.* All'improvviso Bora sentì un'inquieta fretta di andarsene. Precipitandosi di sotto, mentre attraversava l'atrio riprese il decoro che ci si aspettava sempre da un ufficiale. *8-4-3... come faccio a chiedere a Ikeda di questa sequenza numerica?* stava pensando. *Gli dico prima dei suoi stupidi guanti o lo affronto subito? E «affrontare» è la parola giusta?*

La BMW era l'unica macchina parcheggiata lungo il marciapiede. Bora non riusciva a leggere l'espressione sul volto del giapponese per via dei finestrini offuscati, quindi aprì la portiera posteriore e iniziò a dire: – *Herr* Ikeda...

Ikeda era accasciato sullo schienale del sedile, la testa riversa e il mento in su, gli occhi e la bocca aperti. In grembo aveva un tubetto di non meglio specificati medicinali, vuoto. Contro il pallore rugoso e livido di guance e mascelle, l'interno della sua bocca sembrava nero, e la lingua che ne sporgeva era rivestita di un residuo bianco e gessoso. Un aspro odore chimico riempiva la macchina. Che fosse morto sarebbe stato ovvio anche a un occhio non esperto, e Bora si risparmiò la briga di dubitarne. Rimase chino verso l'interno della BMW per non più di dieci secondi. Poi, con estrema freddezza, si tirò indietro e chiuse a chiave tutte le portiere.

Non c'era nessuno sul marciapiede, in entrambe le direzioni. Passò un autobus senza fermarsi, una ragazza in impermeabile portò il cane fuori dal parco lungo lo Jahnweg. Nessuno aveva visto, o stava prestando attenzione. Girando con indifferenza intorno all'auto, Bora si sincerò che l'umidità offuscasse i vetri su tutti i lati.

Fortunatamente, data l'ora, dentro lo *Schlösschen* tutti gli ospiti si trovavano nella sala da pranzo, e un cambio della guardia nella reception gli rese le cose più semplici. Ingoiando l'ansia, Bora salì in camera sua e si chiuse dentro per telefonare a Kinzel.

Kinzel era appena uscito per pranzo. Bora chiese che fosse immediatamente rintracciato; con ogni probabilità si trovava ancora nei dintorni del *Wartburg*. Poi contò i secondi col cuore in gola. Meno di tre minuti dopo, la voce distaccata del colonnello si sentì all'altro capo del filo. In maniera non diversa dalla prima volta in cui Bora l'aveva chiamato per avvisarlo della morte di Kobe, ascoltò in silenzio. Forse era il tempo delle dichiarazioni composte, più che degli aforismi, perché disse semplicemente: – Guidi fino al parco Rosenthal, l'aspetto lì – come se attraversare la città con un cadavere in macchina fosse la faccenda più ordinaria del mondo. – Troviamoci al ponte di Leibniz, dall'altra parte della strada, sulla sinistra.

Kinzel arrivò solo cinque minuti dopo che Bora ebbe raggiunto il ponte, ma a quest'ultimo sembrarono ore. Nello specchietto retrovisore il corpo riverso di Ikeda non si vedeva, se non per le ciocche di capelli grigi ritte sulla testa come punte di foglie avvizzite. Non che provasse desiderio di vedere di più. Una volta spenti i tergicristalli, il parabrezza si offuscò in fretta. Evitò di passarci sopra la mano, scegliendo di star seduto in un'ignoranza velata di quel che aveva intorno. Era mezzogiorno, era umido e coperto; improbabile che passasse qualcuno. Oppure no? Ci sarebbe mancato proprio un gendarme in giro per il quartiere, o semplicemente intento a prendere una scorciatoia per il bosco di Schiller.

Kinzel non si preoccupò di annunciare la sua presenza bussando al finestrino. Quando spalancò la porta posteriore e disse: – Presto, mi dia una mano – Bora emerse da dietro il volante e senza pensare si unì a lui. Il colonnello raccolse le poche pillole rimaste in grembo a Ikeda e insieme al loro contenitore se le ficcò in tasca. Sollevando l'uomo da sotto le ascelle, ordinò: – Gli afferri le gambe. Non c'è nessuno in giro, si muova.

Trascinarono il corpo – non era pesante, solo poco maneggevole per la sua flaccidità – per un breve sentiero di ghiaia verso l'albero più vicino, in un angolo reso discreto dai cespugli. Era un luogo verde, umido, freddo, e non c'era nessuno in vista nel parco.

– Lo metta seduto contro il tronco, in questo modo. Non importa se è passato poco tempo dalla morte, le macchie ipostatiche possono rivelare che era in posizione seduta, quindi non possiamo stenderlo. Le mani abbandonate sui fianchi, così. La testa un po' indietro, ecco. E le chiavi della sua stanza? Le ha lasciate dal concierge o le ha con sé?

– Le ho io.

– Gliele rimetta in tasca.

Cosa stavano facendo, in nome di Dio, come erano arrivati a questo? Bora era nauseato dal distinto odore medicinale che saliva dal cadavere. Infilando una mano nella tasca interna dell'impermeabile di Ikeda, le punte delle dita guantate incontrarono qualcosa di simile, che tirarono fuori. Erano i guanti di vitello grigio con le cuciture a contrasto. Accanto a lui Kinzel era forte, efficiente. Elegante nel suo soprabito color ruggine, si chinò a sistemare il tubetto e le pillole avanzate sul ventre di Ikeda. – Si accerti che non ne siano rimaste nell'auto, Bora. E porti qui il suo cappello.

Nel giro di pochi istanti, Kinzel fu soddisfatto della messinscena. – Sta iniziando a piovere... bene, l'erba sotto di lui sarà più asciutta, come dev'essere. Lei farebbe meglio a tornare alla macchina, perché si suppone che l'abbia solo lasciato qui, e non si bagnerebbe molto per andare dal parcheggio all'albergo.

– Dov'è la sua auto, *Herr Oberst*?

– Mi sono fatto portare da uno dei miei uomini; sono a piedi –. Dandosi un'ultima occhiata intorno, sollevando il bavero del soprabito, Kinzel entrò nella BMW con Bora. Guidarono fino in centro, apparentemente senza meta, finché il colonnello non ordinò di raggiungere la piazza della Stazione Centrale, dove fra i numerosi veicoli che sostavano o circolavano molti erano apprezzabilmente simili a quello di Bora. Gli disse di fermarsi vicino a una delle fioriere e spegnere il motore. – Si ricomponga –. Kinzel lo guardò. – È calmo?

– Sono calmo.

– Avanti, avanti! Dovrà abituarsi a questo genere di cose se vuole lavorare con noi. Avrebbe potuto ricevere l'ordine di ammazzare qualcuno alla stessa maniera. La sua arma è carica?

– Sì, signore.

– Estragga il caricatore e me lo dia.

Bora obbedì. Kinzel soppesò il serbatoio delle pallottole nella mano guantata e se lo infilò in tasca. – Quando c'è in giro un cadavere, qualunque ne sia la causa, è meglio non apparire armati. Ecco un caricatore vuoto, lo inserisca nella pistola.

Bora eseguì. Lo sorprese che le mani non gli tremassero, che la voce fosse controllata, perché dentro si sentiva piuttosto agitato. Avendo taciuto a Kinzel i dettagli dei chicchi di riso e della scatola di mogano, si sentì in colpa, ma non abbastanza da parlarne.

– Ora cosa succede, *Herr Oberst*?

– Ora torni in albergo e si comporti come se non fosse accaduto nulla. Partecipi alla sessione, svolga i suoi compiti per il generale Lüttwitz. Quando si renderà conto che Ikeda non è semplicemente in ritardo ma è assente, cosa che non tarderà a succedere, dica spontaneamente che l'ha accompagnato in auto al parco Rosenthal, senza che le avesse dato un motivo specifico per la sua richiesta. Spieghi che Ikeda le ha intimato di essere lasciato da solo per una passeggiata, o qualunque altra cosa – sia convincente – e che per il ritorno aveva in animo di prendere un taxi. Al riguardo, aggiunga che le ha domandato dove fosse la stazione di taxi più vicina al luogo dove verrà trovato il cadavere.

– E *qual è* la stazione di taxi più vicina?

– Sulla Sedanstrasse, di fronte al parco. In risposta a domande dirette dica di non avere idea di cosa avesse in mente Ikeda, eccetera eccetera. Lüttwitz avrà da ridire, ma continuerà la sessione ricorrendo alle competenze di Kitamura laddove il dibattito dovesse focalizzarsi sui brevetti farmaceutici. Se Kitamura esprime curiosità sull'assenza del suo principale, faccia il tonto. Ai tenenti viene sorprendentemente bene. Se lui o un altro degli ospiti si spingono oltre la mera preoccupazione per il benessere di Ikeda, date le sue recenti intemperanze con l'alcol, lasci che il suggerimento di rivolgersi alle autorità venga da qualcun altro, probabilmente sarà il generale Lüttwitz.

– Devo offrirmi di svolgere delle ricerche, visto che dopotutto sono stato io a portare *Herr* Ikeda al parco?

– No. Aspetti che sia Lüttwitz a mandarla. Si ricordi che a questo punto nessuno intorno a lei sospetterà che sia successo qualcosa a Ikeda. Probabilmente è da qualche parte ubriaco, per quanto ne sanno i partecipanti alla conferenza. Tenga d'occhio le loro reazioni, in ogni caso.

– Perché? Ikeda si è ucciso!

– Giusto –. Kinzel tirò fuori l'astuccio in tartaruga, e da esso una sigaretta. L'accese, porgendo l'astuccio al giovane. – E questo cosa le suggerisce?

Bora non aveva voglia di fumare, ma accettò comunque l'offerta. – Non so... non ho pensato in maniera molto lucida nell'ultima ora.

– Male –. Con aria critica, Kinzel lo osservò accendere e aspirare. – Provveda seduta stante a schiarirsi le idee e mi risponda.

– Beh... Ikeda è sembrato turbato negli ultimi due giorni. Potrebbe essersi suicidato per un mucchio di motivi a noi ignoti. Se devo credere a quel che ho letto della cultura giapponese, mi azzarderei a dire che potrebbe trattarsi di una questione d'onore, per esempio, o di vergogna...

– Prosegua.

– La vergogna per aver fallito in qualcosa... o per aver commesso un errore imperdonabile, o addirittura un reato... un'azione o un'omissione redimibili solo con la morte, ai suoi occhi. Potrebbe essere il tradimento, *Herr Oberst*?

Kinzel non rispose. Socchiuse il finestrino per lasciar uscire dall'abitacolo il fumo della sigaretta. Era arrivato il momento per una delle sue massime. – L'*origami* si è fatto più complicato. Dobbiamo continuare a osservare per capire cosa rappresenta la carta ripiegata –. Con la mano destra, con calma, raggiunse la tasca interna del soprabito. – Ora, ecco una domanda imbarazzante: *lei* cosa ha fatto da quando ha lasciato Ikeda al parco? Non mi guardi così, tenente. Se glielo chiederanno, dovrà avere una risposta. Che sarà la seguente: si è fermato a prendere un boccone in un caffè. Qui c'è una busta di carta con dentro una frittella mangiata a metà.

– Signore, non mi porterei mai dietro del cibo in un sacchetto, e tantomeno lo mangerei mentre sono in uniforme.

– Stavolta l'ha fatto. Viene da una piccola rivendita sulla Niklachplatz. Lo lasci in macchina, nel caso qualcuno controlli.

Nel giro di un'ora successe tutto quello che Kinzel aveva predetto. Quando Bora tornò allo *Schlösschen*, il generale Lüttwitz aveva appena ricevuto conferma che l'aeroplano con a bordo i cantanti lirici era finalmente atterrato a Halle. – Quindi l'*Iris* è in programma per stasera alle ventuno. Uno spettacolo su commissione, visto che il ministro della Propaganda in persona, il dottor Joseph Goebbels, dovrebbe essere presente!

Agitazione ed emozione fra gli ospiti, Dortmüller in piedi, raggiante. Dal corridoio, invisibile agli altri, Bora lanciò uno sguardo all'eccitato gruppo intento a bere caffè e cordiali. Con indifferenza andò verso le scale, salì alla stanza di Ikeda – che ancora non era stata rifatta – e aprì con il *passe-partout*. Una a una, energicamente, tolse tutte le scatole di scarpe accatastate nell'armadio fino a liberare il contenitore di mogano. Prendendolo in mano (era troppo pesante per racchiudere solo documenti) vide che sullo scaffale più basso, su cui era posato, c'era la delicata chiavetta della sua serratura, un oggetto minuto, quasi femminile, con un tassello rosso.

Ancor prima di aprire la serratura, Bora sapeva che all'interno c'erano una pistola *Nambu* e un silenziatore. Il cuore gli batteva dal fondo dello stomaco, sulle tempie. Eppure agì automaticamente. Controllò la pistola giapponese in cerca della stella a cinque punte che la identificasse come arma militare (non trovandola), svitò il silenziatore dalla canna e posò entrambi sul letto di Ikeda; dalla fondina sul fianco sinistro sfoderò la *Walther*, che si lasciò scivolare nella tasca destra delle braghe da equitazione, e mise la *Nambu* al suo posto. Dato che la *Nambu* era un centimetro più lunga, fermò la cinghia un foro più su. Il silenziatore, lo infilò nella tasca sinistra delle braghe. Poi rimise la chiavetta sullo scaffale, ci piazzò sopra il contenitore vuoto e risistemò le scatole da scarpe come le aveva trovate. Andò in bagno a togliere i chicchi di riso dalla mensola spazzandoseli nel palmo del guanto e poi infilandoseli cautamente nel taschino della giubba, sopra il cuore.

Nella sua stanza si fermò il tempo necessario per nascondere il silenziatore, riprendere fiato e lasciarsi scorrere sulla testa l'acqua fredda del lavandino; asciugandosi il volto evitò i propri occhi nello specchio. Di sotto si fermò per depositare la *Walther* scarica al concierge, e dal banco della reception andò a raccogliere i documenti per la sessione pomeridiana, che avrebbe dovuto riprendere in meno di quindici minuti.

Il generale Lüttwitz lo trovò a disporre meticolosamente dei fogli dattiloscritti davanti a ogni sedia. – Oh, bene, è qui. Graffetti separatamente i fogli sulla Marina, *Herr Oberleutnant.*

Fortunatamente, all'inizio dell'incontro, Lüttwitz non commentò quando Bora rispose alla sua domanda sull'assenza di Ikeda facendo riferimento a un passaggio in auto. Lasciò trascorrere un'ora e mezza prima di decidere che non sarebbe stata una violazione della riservatezza di *Herr* Ikeda andare a controllare che fosse tutto a posto.

Cominciò mandando Bora a informarsi presso il concierge su eventuali telefonate da fuori di *Herr* Ikeda. Ovviamente non ce n'erano, ma Lüttwitz non ravvisò motivo di contattare la polizia prima di aver escluso tutte le possibilità più ragionevoli. Aspettò altri trenta minuti, poi acconsentì alla proposta di Colloredo, che, non dovendo partecipare alla sessione pomeridiana, si era offerto di accompagnare il tenente Bora al parco Rosenthal. – Buona idea. Quando vede *Herr* Ikeda, gli assicuri che potrà finire la sua presentazione domani mattina. Quanto a lei, *Herr Oberleutnant*, non abbia quell'espressione preoccupata; il dottor Ikeda sa badare a se stesso.

Mentre Colloredo era in camera sua a prendere cappotto, cappello e ombrello, la stazione di polizia della Gustav-Adolf Strasse chiamò l'albergo per avvertire che un individuo straniero, probabilmente di nazionalità giapponese, era stato rinvenuto morto, in apparenza per avvelenamento volontario, nei giardini non lontano dal ponte di Leibniz. In tasca l'uomo aveva una chiave dello *Schlösschen*, motivo per cui l'albergo era stato avvisato. L'agente assegnato si stava già attivando, eccetera.

Weidlich era l'ultimo poliziotto che Bora aveva voglia di vedere, ma – come l'ispettore spiegò a un accigliato generale Lüttwitz – la residenza temporanea del deceduto era nel suo distretto, e siccome sembrava fuor di dubbio che si trattava di un suicidio, «i ragazzi in centrale» avevano deciso di lasciargli l'onore. La prima cosa che fece fu chiedere a Bora le chiavi della BMW.

Prontamente Bora gliele consegnò, e per i successivi quindici minuti tutto ciò che si sentì nella sala riunioni fu l'angosciata mancanza di conversazione immaginabile in simili circostanze.

– Ed è certo che *Herr* Ikeda fosse di umore normale quando l'ha accompagnato al Rosenthal? – chiese Lüttwitz tutto a un tratto, solo per dire qualcosa.

– Sì, certo, *Herr Generalmajor*. Aveva dimenticato i guanti, quindi prima di partire mi ha chiesto di andarglieli a prendere nella sua stanza. Non sono riuscito a trovarli, ma è venuto fuori che ce li aveva sempre avuti nella tasca dell'impermeabile.

– E non ha detto nulla lungo il percorso?

– Nemmeno una parola.

– Beh, proprio un bel colpo di scena.

Keiko era sul punto di piangere. Dortmüller prese un fazzoletto inamidato e glielo porse. Oi, Colloredo e Fujiwara parlavano sottovoce, e il tenente Honda si fissava le ginocchia. De Dominicis camminava avanti e indietro per la stanza, una sigaretta in bocca, lanciando di tanto in tanto uno sguardo di disprezzo nella direzione di Bora.

Kitamura, seduto alla sinistra di Bora, fino a quel momento era rimasto a labbra serrate, chiuso nella sua riservatezza a passare un rettangolino di pelle di daino sugli occhiali. A quel punto, però, si rivolse a Lüttwitz con un cenno ossequioso del capo. – Essendo l'uomo più vicino a *Herr* Ikeda fra tutti noi, probabilmente sono quello che può identificare la sostanza che ne ha provocato la morte. Serve che io dica che quasi certamente si tratta del narcotico che il suo governo è interessato ad acquisire, generale? Al di là di qualunque timore che la sua formula sia sconsideratamente rivelata, vi prego di consentirmi di vedere i resti del mio compatriota e di fare quanto va fatto. Bisognerà telegrafare alla vedova il prima possibile, e anche al consiglio d'amministrazione della società.

– Sono certo che la polizia verrà incontro alle sue legittime richieste, dottor Kitamura. Quanto alla formula chimica, se sta parlando del brevetto del suo *Samadhil*, sarà tutelato dal segreto militare.

– Mi fido delle sue parole, generale.

Bussarono alla porta, e quando apparve la faccia larga e scontenta di Weidlich, Lüttwitz gli mostrò lo sguardo stizzito del soldato che per principio si risente di qualunque interferenza da parte delle autorità civili.

– Sì, ispettore?

Weidlich fece scorrere lo sguardo intorno al tavolo.

– Tenente von Bora, vuole seguirmi fuori?

Pochi minuti dopo, un Bora sgomento si trovò a un soffio dall'accusare Weidlich di aver piazzato delle false prove nel retro della sua auto. Su ordine di Kinzel aveva ispezionato con assoluta meticolosità il sedile posteriore, ed era matematicamente certo che la pillolina bianca non fosse stata lì dove il poliziotto sosteneva di averla trovata.

Dato il suo ruolo nell'intera faccenda, però, si limitò a replicare di essere molto sorpreso.

Weidlich scosse la testa. – Sono certo che lo sia. A ogni modo apprezzerei se mi dicesse come, a suo parere, un uomo che avrebbe aperto un tubetto di medicine per ingurgitare la maggior parte del suo contenuto sotto un albero sia riuscito a perderne parte nella sua auto.

– Ovviamente *Herr* Ikeda ha aperto il tubetto in auto, e una delle pillole è rotolata fuori.

– *Ovviamente*, eh? Quindi lei non l'ha visto prendere quella roba.

Fu facile dire la verità. – No.

– Certo, lei stava guidando. E Ikeda, una volta arrivato a destinazione, è sceso dall'auto con le sue gambe.

– Precisamente.

– Bene. Bene. Da dove sbuca fuori la frittella mangiucchiata?

Bora ripeté quel che Kinzel gli aveva ordinato di rispondere. – Niklachplatz.

– La rivendita vicino all'ex sinagoga? – ribatté Weidlich, fissandolo.

L'ex sinagoga? C'era un caffè vicino all'ex sinagoga? Bora non lo sapeva. – Beh, non ci ho prestato molta attenzione – si risolse a rispondere.

– D'accordo, per ora è tutto. Devo perquisire la stanza del morto...

Weidlich non aggiunse altro. Era da lui lasciare in sospeso delle cose. Bora si rincuorò pensando che era stato visto uscire dall'albergo con Ikeda vivo e vegeto, e anche quando era andato e tornato dalla stanza dell'industriale in cerca dei guanti che non c'erano, si era premurato di non apparire troppo in affanno.

Il resto della giornata volò. Lüttwitz accompagnò Kitamura all'ospedale dell'Esercito, dove era stato portato il cadavere di Ikeda, lasciando Dortmüller e Oi a condurre una sessione pomeridiana abbreviata. Un incontro piuttosto spopolato, visto che anche Colloredo, Keiko e Fujiwara trovarono una scusa per non parteciparvi. Riluttante ad ammettere di essere divorato dalla preoccupazione, Bora attribuì il mal di testa al fatto di aver finito le *Chesterfield*; aveva sentito che l'astinenza da tabacco comportava simili disagi. Se la differenza di rango l'avesse consentito ne avrebbe chiesta una all'ammiraglio, ma era impensabile. Quindi restò seduto di fronte a lui, a osservarlo sbuffare fumo mentre snocciolava frasi, cercando di non pensare al fatto che Weidlich era ancora in albergo, e in qualunque momento avrebbe potuto spuntare con il silenziatore della *Nambu*, che in mancanza di un nascondiglio migliore aveva seppellito nel vaso di fiori della sua stanza.

Alle sette, quando la sessione si concluse, Lüttwitz e Kitamura tornarono dal loro mesto incarico. Con grande sollievo di Bora, si venne a sapere che già ore prima una telefonata dal quartier generale della polizia aveva bruscamente interrotto la perquisizione della stanza di Ikeda da parte di Weidlich.

– Nel frattempo sono arrivati questi, tenente.

Il concierge mise sul banco una manciata di programmi dell'Opera con la riproduzione in copertina della drammatica illustrazione che nel 1898 Hohenstein aveva fatto della sventurata Iris. Conoscendo parole e musica, Bora sfogliò il libretto. Era una buona cosa che la maggior parte dei melodrammi avesse un finale tragico, altrimenti quella storia di virtù giapponese violata e di suicidio indotto dalla vergogna quella sera avrebbe avuto un tono stridente.

Lüttwitz raccolse gli ospiti in sala riunioni per un austero e improvvisato discorso di conforto. La presenza allo spettacolo del ministro della Propaganda del Reich richiedeva una dimostrazione di forza d'animo da parte di tutti gli interessati; contava quindi su ciascuno di loro, e riteneva che un'opera italiana su un tema giapponese rappresentata in un teatro tedesco fosse un commiato consono e nobile dal compianto *Herr* Ikeda. Dopo qualche resistenza, tutti furono d'accordo a ritirarsi nelle loro stanze e a cambiarsi per la serata. Per coincidenza anche gli olandesi in luna di miele erano riusciti, tramite amici altolocati, a procurarsi dei biglietti, e avrebbero assistito all'opera. La sposa aveva già completato la sua toilette ed era seduta al caffè in un abito rosa acceso e con una tiara di zirconi fra i capelli biondi; sembrava in tutto e per tutto la principessa delle fate di un gioco infantile.

Quando Bora consegnò al generale gli appunti che aveva preso durante la sessione pomeridiana, Lüttwitz gli diede un'occhiata di disapprovazione.

– *Herr Oberleutnant*, mi sembra un po' malmesso. Cosa le ha detto l'ufficiale medico del suo problema d'insonnia?

– In sintesi mi ha detto che è un'assurdità, *Herr Generalmajor*.

– *Io* credo che sia perché ha iniziato a fumare.

Diario per il 17 aprile, lunedì, ore 20:18

Scritto prima di uscire per l'Opera. Dalle pillole rimaste e dal residuo sulla lingua del suicida, il dottor Kitamura ha identificato la sostanza come Samadhil, *il potente narcotico chirurgico e post-operatorio da lui sviluppato. Sembra che la dose massima giornaliera, anche nei pazienti neuropsichiatrici particolarmente resistenti, non debba eccedere mai il grammo e mezzo. A giudicare dal fatto che il tubetto era stato appena aperto (il sigillo l'ha rotto lui), Ikeda deve averne ingoiati 10-12 grammi, parecchie volte la dose mortale di 2-3 grammi.*

Che svolta inattesa! Mi sembra fuori di dubbio che Herr *Ikeda ha assassinato il generale Kobe e il capitano Nogi, e che il suo suicidio sia direttamente o indirettamente legato a quel crimine. Tenersi in camera l'arma del delitto è un gesto troppo eclatante per essere un errore, quindi si aspettava che qualcuno – io stesso, o la polizia – trovasse la* Nambu *e il silenziatore, con due proiettili in meno nel caricatore. Ma perché? Forse non gliene importava più. Ha messo lui le misteriose formiche sul collo di Kobe, e i chicchi di riso sulla mensola? Mi verrebbe da dire di sì, ma perché? È un enigma. Mi ha mandato di sopra a cercare i guanti per potersi suicidare, questo mi sembra pacifico. Si aspettava anche che trovassi il riso? E se io non lo avessi notato? Ikeda era consapevole del fatto che avevo visto le formiche nel sangue di Kobe? Non ho mai detto una parola in merito a nessuno, in albergo. E se si è lasciato dietro quelle prove, perché lo ha fatto? Ne sono io il destinatario? Se sì, a quale scopo? Non avrebbe sem-*

plicemente potuto dirmi: «Ho ucciso Kobe e Nogi perché... Ora mi tolgo la vita perché...»?

Oltretutto, non riesco a capire perché si è suicidato nel momento in cui lo ha fatto. All'inizio non sembrava eccessivamente colpito dalla morte dei due ufficiali. Solo sabato il suo comportamento è cambiato. Per quale motivo? È stato per l'ubriacatura? E perché alla mostra si è messo a piagnucolare davanti alla stampa dell'attore kabuki*?*

Inutile aggiungere che per la conferenza la sua morte è un disastro. Solo la presenza del dottor Goebbels stasera, oltre naturalmente al prossimo compleanno del Führer, *ha fatto prevalere il sangue freddo sull'impulso di abbandonare i colloqui e tornarsene tutti a casa. Il generale Lüttwitz ha svolto un lavoro eccellente per convincere l'ammiraglio Oi, che per rango è l'autorità indiscussa agli occhi degli altri ospiti giapponesi. In questo è stato aiutato dal professor Colloredo, la cui calma quasi eccede l'autocontrollo. A proposito, siamo certi che l'oscuro* Signore delle cento ossa *sia orientale? È vero, i giapponesi sono superbi a giocare a carte coperte. Tre di loro sono stati vittime di morti violente, e ufficialmente loro non si fanno alcuna domanda in proposito. Eppure sento di dover chiedere a qualcuno (al suddetto Colloredo, magari?) il significato dei numeri nella cultura nipponica. Quale potrebbe essere il messaggio dietro ai numeri 8-4-3? Quattro è la metà di otto, e tre è quattro meno uno. Allora? E non potrebbero leggersi al contrario, 3-4-8? Non cambia nulla. Quattro significa morte, ma otto e tre? E poi, e poi – se non ci fosse alcun legame fra il supposto intrigo interna-*

zionale e le tre morti? Potrei essere completamente fuori strada.

Se tutto questo non accelera l'attacco cardiaco del generale Lüttwitz, non so proprio cosa lo farà.

Una nota personale. Al di là dei drammatici eventi degli ultimi giorni, sto arrivando alla conclusione che anche quando sono circondato da persone, mi scopro appartato. Ho bisogno di tempo per me stesso, una necessità strana per uno che ha scelto di fare il soldato. Una carriera che ha tutto a che fare con il gruppo, i legami, l'interdipendenza, la sottomissione. La guerra – se ci sarà una guerra – mi darà, credo, uno spazio separato dagli altri, perché il conflitto di oggi non si combatterà più nelle trincee, dove la vicinanza si trasforma in malattia e disperazione.

Con grande delusione degli ospiti (specialmente di Dortmüller), il *Reichsminister* Joseph Goebbels non onorò l'opera della sua presenza. Non avrebbe dovuto stupire, visto che solo poche settimane prima aveva inaugurato la Fiera di Primavera ed era improbabile che si sobbarcasse un altro viaggio a Lipsia tanto presto. L'annuncio fu dato dal palco reale da un anonimo funzionario del Ministero della Propaganda, che spiegò come affari inattesi e urgenti avessero trattenuto il ministro a Berlino. Poi lesse una lunga nota di saluto da parte di Goebbels alla grande città di Lipsia e ai suoi amministratori, con un benvenuto speciale agli ospiti giapponesi, che il Reich apprezzava come «portatori della millenaria cultura e delle conoscenze scientifiche del *Dai Nippon*».

Fu la notizia che scacciò il mal di testa di Bora. Per tutta la sera una tempesta di timori, sospetti e conclusioni inevitabili l'avevano reso distratto come mai avrebbe pensato di poter essere in vita sua. Dopo l'esecuzione degli inni nazionali tedesco, giapponese e italiano furono ridistribuiti i posti a sedere degli ospiti speciali, e lui si trovò da solo nello spazio che fino a poco prima aveva diviso con Lüttwitz, Oi e Honda (andati a sedersi con il funzionario nel palco reale); dunque, era libero di agire. Aspettò che il primo atto arrivasse all'aria *Ho fatto un triste sogno pauroso* per lasciare il teatro e guidare a tutta velocità verso lo *Schlösschen*.

Piacevolmente aromatizzata dalle *Chesterfield*, la stanza di Oi, accanto a quella del generale Lüttwitz e diagonale rispetto a quella di Bora, sembrava ordinata come poteva essere solo l'alloggio di un ufficiale di Marina. Non un capo d'abbigliamento in vista, non un foglio di carta fuori posto. Anche il romanzo accanto al letto dell'ammiraglio, stampato in giapponese ma, a giudicare dalla copertina, dedicato alla Rivoluzione francese (o *La primula rossa*, pensò Bora, o *Le due città*), era equidistante e perfettamente in linea con i quattro spigoli esterni del comodino. L'armadio, la scrivania, il tavolino; tutto in ordine perfetto. Bora si cronometrò in modo da non far durare la sua perquisizione più di quindici minuti. Non che avesse un'idea di quel che avrebbe trovato (i documenti importanti, un uomo come Oi li avrebbe depositati presso il concierge, o li avrebbe portati sulla sua persona); stava semplicemente sfruttando la finestra di opportunità mentre erano tutti lontani.

Nel giro di dieci minuti, non avendo scoperto niente, Bora ebbe finito. Nella sua accuratezza, prima di uscire sfogliò il romanzo per vedere se fra le pagine fosse stato infilato qualcosa di interessante. Tutto ciò che trovò fu una fotografia in bianco e nero usata come segnalibro – Oi in uniforme invernale sullo sfondo di un porto, fra un giovane in divisa dell'aeronautica e una ragazza sorridente. Con ogni probabilità il giovane era il figlio dell'ammiraglio. La ragazza sorridente, con un cappello a tesa larga e gli occhiali da sole, sembrava una qualunque ragazza giapponese: solo, un po' più – no, parecchio di più – simile a Keiko Deshimaru. *È per questo che Oi si è schiarito la voce e ha alzato le sopracciglia quando Keiko mi ha rivolto l'attenzione? Perché è suo figlio, quello a cui è promessa in sposa? Perché lei non me lo ha detto, quando abbiamo parlato delle persone con cui facciamo l'amore?*

Era mera curiosità, in quel momento. Bora lasciò ogni cosa come l'aveva trovata. A rigor di logica a questo punto avrebbe dovuto ispezionare la stanza di Honda, ma sulla sua lista il tenente era agli ultimi posti; scelse invece di salire in quella di Kitamura.

Già dal corridoio, prima ancora di girare la chiave nella porta, sentì il profumo d'incenso. Quando entrò e si richiuse la porta alle spalle, il bastoncino speziato acceso sul *kamidana* si disintegrò in un impalpabile residuo di cenere grigia. La fragranza, nella stanza chiusa, dava alla testa, e avrebbe impregnato i vestiti nel giro di un minuto. Bora sbirciò il suo orologio da polso. Se le *geishe* dell'Opera valevano quanto si diceva, a quell'ora sarebbero state impegnate in un bis del coro della seduzione.

Al sicuro nelle loro scatole, i numerosi rullini fotografici che Kitamura aveva messo da parte per lo sviluppo erano maledettamente fuori portata, a meno di non far prendere loro luce, ma d'altro canto erano troppo scontati per contenere materiale segreto. In fretta, ma sistematicamente, Bora passò in rassegna cassetti e tasche, sfilò le sovraccoperte dei libri di filosofia per assicurarsi che dentro non ci fosse scritto o nascosto nulla, controllò le riviste scientifiche europee aperte sul tavolino. A perquisizione quasi ultimata si trovò ad affrontare l'altare shinto allestito sulla scrivania, esaminando a uno a uno i piccoli vasi e le figurine di ceramica su di esso.

Visti sottosopra, dei e geni pingui non rivelavano altro che la cavità vetrosa e grezza dello stampo. La penultima statuetta rappresentava una volpe dalla folta coda e le orecchie bordate d'oro, in piedi sulle zampe posteriori e china su qualcosa che somigliava a un portaincenso affusolato, o a una teiera. *Inari*, si disse Bora, *spirito guardiano dei campi e dei raccolti, se ben ricordo...* Quando sollevò la statuetta vuota per esaminarla sotto la base, scoprì una contromarca ripiegata e attaccata all'interno con nastro adesivo di carta; un contrassegno simile a quello che al deposito della Stazione Centrale gli era stato dato quando aveva affittato uno spazio per il bagaglio in eccesso di Keiko. Con due dita Bora lo sfilò e lesse il numero che riportava. E fu tutto quello che poté fare.

Luce della mia vita! / Pupilla dei miei occhi!

Sul palco, l'anziano padre disperato di Iris poteva cantare di luce finché voleva: era cieco. Il buio intorno a Bora era ugualmente ininterrotto, almeno finché non volse lo sguardo verso il lato della stanza in cui un pallido filamento luminoso, come la luna crescente in un clima nordico, indicava la base della porta.

Il colpo al lato del collo gli aveva interrotto la circolazione e fatto perdere i sensi, questo lo capiva. Quando sollevò il capo sbatté la nuca sotto il letto tanto forte da stordirsi di nuovo. Poi, strisciando all'indietro sul ventre, dalla lancetta fosforescente del suo orologio vide che erano passati appena due minuti da quando era caduto – una strana esperienza del nulla per chi non era mai svenuto in vita sua. Attento a non inciampare nella scrivania, la sedia o qualcosa di fragile, Bora si alzò in piedi, trovò la lampada sul comodino e l'accese.

Altri tre minuti – sul palco, la scena drammatica delle marionette, intesa ad attrarre la fanciulla innocente, doveva aver lasciato il posto alla maledizione del padre – dovettero passare prima che Bora si riavesse abbastanza da uscire dalla stanza di Kitamura e andare di sotto. Cercò di non apparire agitato, e di fatto il riflesso nello specchio sopra il banco del concierge era in tutto e per tutto quello di un ufficiale e gentiluomo. Solo il piccolo taglio sanguinante sul collo stonava con la dignità del resto.

Questa abrasione è come una firma, si disse irritato. *Che sia stata involontaria o intenzionale, so comunque chi c'è dietro.*

– Per caso il tenente Honda è rientrato?

Il concierge (quello dalla calvizie incipiente) rispose di sì, guardando Bora come se non avesse notato il sangue sul colletto. Il tenente Honda era arrivato poco dopo *Herr Oberleutnant*, e se ne era andato, oh, forse cinque minuti prima.

– Ha chiesto la chiave della sua stanza?

– No, signore.

– E se ne è andato a piedi?

– Lo aspettava un taxi, *Herr Oberleutnant.*

V

Triste notte! Anch'io trascorro la notte
come il mio maestro.

YOSA BUSON

Lunedì, 17 aprile

Mai come quella sera, con la lucidità ancora inibita, la Stazione Centrale di Lipsia gli era parsa come una riproduzione da incubo delle Terme di Caracalla. Bora lasciò la BMW nel primo posto libero ed entrò dall'ingresso dell'ala est. Dopo la rampa di scale sovrastata dall'impietoso orologio a muro, si affrettò sotto le immense volte a botte in vetro e acciaio. Oltre i giganteschi archi dall'ampiezza di arcobaleni, più larghi che alti, riconobbe l'odore di tutte le ferrovie. Massicciate e binari ingrassati, caffè caldo, bagagli e carburante: le narici colsero piccole sacche di sudore o profumo, qui e là, dove i passeggeri andavano di fretta, o sostavano sulle banchine in attesa dei treni della tarda sera. *Meglio non pensare che non ho la più pallida idea di quale aspetto abbia il bagaglio – dimensioni, forma, colore. Potrebbe essere di tutto, da un baule a una borsa portadocumenti. Ho visto la contromarca nella stanza di Kitamura, quindi il deposito deve essere stato effettuato a nome suo. Meglio non pensare che Honda ha avuto abbastanza vantaggio su di me per averlo già ritirato, visto che esibendo la contromarca non avrebbe dovuto identificarsi...*

Viaggiatori, facchini, personale della stazione; nessun'uniforme straniera in vista, nessun ufficiale della Marina giapponese. Uno squadrone bruno di allampanati ragazzi della *Hitlerjugend* con i loro vessilli salì cantando su un treno locale. Le pattuglie di poliziotti e guardie ferroviarie presenti, per non parlare dei funzionari dei trasporti nelle loro divise blu, suggerivano a Bora di nascondere la sua agitazione. Ma un militare in una stazione può avere tanti buoni motivi per correre quanto un civile che non voglia perdere il treno.

Do-mani il mon-do intero... cantavano i ragazzi. Senza deviazioni, Bora andò direttamente al deposito, dibattuto fra l'inventare una storia per la perdita della contromarca del bagaglio in questione e cercare prima di capire se qualcuno l'aveva preceduto.

– Martin! Che ci fai qui, pensavo fossi a Berlino... – La voce di Harald, un compagno di Accademia ora in forza ai Corpi motorizzati, fu come un amo improvviso che cercava di tirarlo da parte. Bora guardò il collega che gli faceva dei cenni da un gruppo di pari in camicia bruna. Resistette alla sollecitazione, rispondendo al saluto e aggiungendo una scusa per giustificare la fretta.

La ragazza in uniforme che badava al banco del deposito aveva uno sguardo intelligente e ironico, e le sopracciglia rasate e ridisegnate con una matita marrone creavano un angolo sbarazzino come un accento circonflesso. Mise da parte il taccuino dalle pagine intonse, che stava separando con un tagliacarte.

– Sì, tenente?

– Desidero sapere se qualcuno ha reclamato un certo bagaglio.

– Qual è il numero?

Bora le riferì il numero che aveva visto stampato sulla contromarca. Sugli scaffali visibili attraverso la porta aperta si discernevano valigie e cesti di vimini con i cartellini attaccati, borse di stoffa, cappelliere, bauli dagli spigoli d'ottone costellati di etichette di alberghi.

La ragazza lo guardò calma. Il livido sul collo e la macchietta di sangue sul colletto non sembrarono sconcertarla. – Posso vedere la contromarca?

– Dalla mia domanda avrà dedotto che non l'ho con me –. Essere sfacciato gli veniva facile quando era necessario. – Ma posso descriverla: ha una grinza al centro, dove è stata piegata, e potrebbe recare segni del nastro adesivo di carta. Ci sono anche tre cifre stampate sopra: 8, 4 e 3.

– Mi scusi: l'ha persa, è stata rubata...? Mi servirà un documento, in questo caso.

– Il deposito non è stato effettuato a mio nome.

La comprensione le svanì dagli occhi. – Sul serio? Allora non vedo come posso aiutarla.

– Signorina, è molto importante che io sappia se il bagaglio è stato reclamato. Uno straniero – un ufficiale giapponese – ha portato la contromarca al bancone pochi minuti fa? Il deposito è stato fatto con un cognome non tedesco. Kitamura, forse.

Dal modo in cui la ragazza diede un'occhiata al di là di lui, per vedere se a portata di mano ci fossero un funzionario delle Ferrovie o un poliziotto, Bora capì che si stava innervosendo. – Mi dispiace. Sono entrata in servizio un minuto prima che arrivasse lei, tenente. Non c'è nulla che io possa fare.

Non devo lasciare che si allontani dal bancone, perché chiamerebbe le guardie. Bora si fece sempre più impudente. – Almeno controlli il registro. Sono qui in veste ufficiale.

Esitando, e continuando a sbirciare dietro di lui, la giovane prese il registro. – Si renderà conto di quante persone hanno qui i loro bagagli e bauli, tenente. Può descrivere questo specifico collo?

– No.

– Almeno sa dirmi *quando* è stato depositato?

– Nel corso dell'ultima settimana –. Ogni momento che passava accresceva la distanza fra lui e Honda. Bora le prese il registro dalle mani. – Senta, lasci guardare me –. Per andare sul sicuro sfogliò le pagine fino alla domenica precedente, scorrendo con gli occhi la lista di nomi. Non dovette cercare a lungo. La sera del 9 aprile, per la precisione alle 23:07, un cittadino giapponese aveva lasciato in custodia una valigetta. Non Kitamura. Non Honda. Non Oi. Il nome era quello di Keiko Deshimaru.

– È questa – disse. – Presto, controlli se è stata presa in consegna.

La ragazza si ritirò il tempo necessario per guardare nel magazzino. Quando tornò al bancone, il suo contegno si fece all'improvviso più autoritario. – No, la valigetta è ancora lì. Ma mi dispiace molto, tenente, non posso consegnare gli effetti di un altro passeggero senza la contromarca. Dovrà tornare con la persona che ha fatto il deposito, o una specifica autorizzazione dello Stato.

Bora era stupito. Possibile che Honda non fosse ancora arrivato alla stazione? Se lo aspettava un taxi avrebbe dovuto essere lì ben prima di lui, e avere tutto il tempo di recuperare la valigetta. – Senta, signorina: è imperativo che io sappia se stasera la valigetta è stata aperta. Se il collega di cui ha preso il posto è ancora in stazione, può rintracciarlo per me?

Sembrava che l'avesse già fatto. Chiunque fosse che gli occhi della ragazza stavano cercando alle spalle di Bora, si materializzò con un accento sassone spesso e lento, in cui le T diventavano D. – È passa*d*o un ufficiale asiatico, dieci minu*d*i fa, aveva la con*d*romarca e ha chiesto di vedere la valige*dd*a. Di cosa si tra*dd*a, *d*enen*d*e?

Bora si voltò per trovarsi di fronte un solenne e butterato funzionario delle Ferrovie. – Ha visto cosa ne ha tirato fuori?

– Niende, per quando ne so. O forse qualcosa di piccolo. Il peso della valigedda sembrava lo sdesso dopo che me l'ha restiduida.

Qualche foglio di carta pesa meno di un sussurro. Bora non diede segno del suo profondo disagio quando un gendarme si unì al funzionario al bancone.

– C'è qualcosa che non va, qui?

Il biglietto da visita di Kinzel, l'ultima possibilità di cavarsi d'impaccio, passò ostentatamente dalle mani di Bora a quelle del gendarme. – Ho bisogno di esaminarne il contenuto *ora*.

Appena la valigetta (in robusto cinghialino opaco) fu adagiata sul bancone, Bora vide che aveva una chiusura a combinazione. Premette i pulsanti per aprirli, ma naturalmente non si mossero. Provò 8-4-3 e le altre cinque possibili sequenze con quelle cifre, una dopo l'altra, perdendo sempre più la pazienza. Alla fine, prima che qualcuno potesse fermarlo, infilò il tagliacarte della ragazza nella fessura fra i due bordi metallici e con una spinta decisa verso il basso aprì la valigetta. *Se Kinzel non è importante come sembra, passerò la notte in guardina.* Ma Kinzel doveva essere importante abbastanza, perché il gendarme si limitò a guardare.

Nella valigetta c'erano due dei cataloghi a tiratura limitata della mostra d'arte di Dresda, e nient'altro. Nulla fra le pagine, e la valigetta non aveva tasche, doppifondi o compartimenti. Dannato Honda, che doveva aver sottratto qualunque altra cosa ci fosse stata! I cataloghi erano serviti solo da zavorra; aveva preso ciò per cui era venuto e li aveva lasciati lì, inutili. Per pochi secondi Bora rimuginò su possibili alternative, nessuna delle quali aveva senso. Dissimulando la delusione si mise sottobraccio le pubblicazioni ben rilegate, e dopo aver dato il suo nome per esteso al gendarme, fu libero di andare.

Chiamò Kinzel da un telefono privato nella sala d'attesa di prima classe. Il colonnello versò una doccia fredda sui suoi bollori. Gli disse di evitare di affrontare Kitamura, Honda e Keiko, per il momento. Avrebbe dovuto ritornare all'Opera con una scusa per la sua assenza, in caso qualcuno l'avesse interrogato in merito, per poi «agire in modo naturale» quando, alla fine dello spettacolo, avrebbe dovuto rendersi disponibile per accompagnare il generale Lüttwitz al ristorante e di nuovo in albergo. – Le serrature della valigetta che tanto sventatamente ha forzato, saranno riparate prima di domattina. Quanto a lei, ci vediamo domani all'una dove ci siamo congedati l'ultima volta dopo la cavalcata.

Fuori dalla stazione, accanto alla BMW c'era un vigile. La giubba e i guanti bianchi, insieme al candido elmetto aderente, in quel buio umido rendevano visibile solo la sua metà superiore. – È in divieto, tenente. O crede di poter arrivare e lasciare l'auto dove le capita? Devo farle la multa.

– *Herr Hauptwachtmeister*, sono in veste ufficiale.

– Sì? Anch'io. E qui c'è la sua multa ufficiale.

Che un'auto parcheggiata vicino alle aiuole stesse aspettando che lui partisse era inequivocabile. Bora vide i fari che si accendevano appena si sedette dietro al volante; colse il movimento fluido del veicolo che usciva dal parcheggio per seguirlo, come un coccodrillo che scivoli in acqua. Questa volta non fece alcuno sforzo per accelerare, compiere svolte improvvise o dileguarsi nel traffico. A quell'ora non c'erano abbastanza macchine in strada per perdersi in mezzo a loro. Dal teatro dell'Opera in Augustusplatz lo separava comunque una distanza di cinquecento metri, quindi Bora guidò a velocità contenuta, con un occhio allo specchietto retrovisore, pronto a tutto; poco importava che avesse ancora la pistola di Ikeda nella fondina, e casomai avesse dovuto farne uso, ci sarebbe stato parecchio da spiegare riguardo alla sua detenzione. Quando svoltò dalla Goethestrasse sulla piazza in cui il teatro illuminato svettava sulla folla di auto di servizio, il suo pedinatore avrebbe avuto spazio in abbondanza per affiancarlo. Invece rimase dov'era, una sagoma delineata dalle luci del furgone in coda dietro a entrambi.

Bora inchiodò, deciso a scendere e ad andare verso il pedinatore per vederlo in faccia. Lo stridore penetrante dei freni dietro di lui fu coperto dai furibondi colpi di clacson del furgone, e quando Bora fece per aprire la portiera rischiò di essere falciato dal suo conducente, che aveva accelerato a tavoletta per superare entrambe le auto. Quando guardò di nuovo nello specchietto, il suo inseguitore aveva svoltato per chissà dove, e sulla via c'era solo la sequenza di buio e luce dei lampioni. Come ospiti architettonici intorno al tavolo della piazza più famosa di Lipsia, il museo, il teatro dell'Opera, l'università e la chiesa dei Paolini lo guardavano imparziali, immagine bella e cartolinesca quanto quelle sulle pareti dello *Schlösschen*.

Alla prima nota del terzo atto Bora era di nuovo nel suo palco. Dopo la rappresentazione inventò a beneficio del suo comandante un'emicrania che lo aveva costretto a fare una lunga passeggiata all'aperto. – Non ha l'aria di averne tratto giovamento – fu il commento del generale, e grazie al cielo le luci artificiali non rivelarono il taglio sul collo. Nel *foyer* affollato sia Honda che Oi lo evitarono, un dettaglio di cui Bora prese nota. A malapena parlò e mangiò qualcosa alla sontuosa cena che seguì, con i rappresentanti del Ministero della Propaganda seduti a capotavola.

Quella notte il sonno non riuscì ad arrivare, e stavolta la felicità non aveva nulla a che fare con la veglia. Cento preoccupazioni lo mantennero penosamente vigile malgrado il bagno caldo, il capitolo di Tolstoj e le sigarette fumate una dopo l'altra.

Diario per il 18 aprile, martedì, ore 01:43

Quasi quarantacinque minuti dopo l'una del mattino, troppo stanco per dormire, ma troppo nervoso per rilassarmi. Al buio sono andate e venute le sagome piatte, e l'oscurità stessa si contrae e si apre come l'otturatore di una macchina fotografica, come accadeva in Spagna. Ma queste immagini fluttuanti, simili a fogli di carta che navigano su un velo d'acqua, ben delineate sullo sfondo eppure prive di colore, non hanno niente in comune con la rete fantasma di grumi cellulari – o qualunque altra cosa sia secondo il medico dell'ospedale – che nuota nella retina quando si guarda una superficie neutra, o il cielo. Potrebbe essere un effetto collaterale di questa giornata folle, o di tutti gli inquietanti eventi degli ultimi giorni, combinati con le letture che sto facendo di filosofia e poesia orientale. Sono come schegge che si insinuano, queste idee straniere, in modo indolore, ma capaci di turbare chi come me ha studiato logica, benché con una punta di volontarismo schopenhaueriano (sto rileggendo il suo I due problemi fondamentali dell'etica *per controbilanciare il pensiero zen).*

Non posso levarmi di mente una poesia che accompagna un sansui-ga *di Hakuin. Recita:* Allo stesso modo sopra tutti / dovrebbe alzarsi un ponte stretto / così che il solo che possa attraversarlo sia colui / che bada alla purezza del suo cuore. *Si riferiva a questo l'ammiraglio Oi quando ha detto: «Che delusione che nessuno di voi sia puro di cuore riguardo alla vita militare»? La purezza ha un'accezione molto diversa in Giappone, dove il concetto di cattiva condotta come lo intendiamo noi non è affatto sviluppato, e la gente si sventra per aver commesso un'infrazione al protocollo! Cosa intendeva davvero Oi?*

Sono nelle preoccupazioni fin sopra la testa. In momenti come questi, inevitabilmente penso che sono troppo fortunato, che godo di troppe cose – e che mi verranno portate via. Ha a che fare con la mia educazione cattolica, o con il pessimismo tedesco, oppure è una sensazione di colpa perché non ho fatto nulla per meritarmi quello che ho, oltre a essere nato in una famiglia altolocata, in quest'epoca, in questo luogo? Certi giorni sospetto che non sarò mai davvero me stesso finché non rischierò di perdere i privilegi di cui usufruisco. Ma sono momenti. Altre volte credo di dover semplicemente provare gratitudine per la mia buona sorte fino a oggi. Da quelli cui è stato dato molto, molto ci si aspetta.

Sono coraggioso, vorrei dire, ma non ottimista. Le mie speranze per la madre patria, per il popolo tedesco, per me stesso, sono avviluppate in una sottile insicurezza. Non nella paura: nel nebuloso presentimento che le cose in qualche modo finiranno (potrebbero finire) *in nulla.*

Ora, se vedo giusto, quali conseguenze dovrei trarne? In realtà sono incapace di formulare alternative. Seguo la corrente, non come una foglia (leggera, staccata dalla pianta, dunque condannata), ma come qualcosa di agile e vivo, una radice che fluttua in cerca di un luogo in cui affondare per dare i suoi frutti. Esteriormente resto il giovane ufficiale sorridente che esegue gli ordini senza pensare; dentro, mi precipito verso un punto profondo in cui un gorgo, una curva, un'ansa nella corrente mi obblighino a fermarmi e a prendere una decisione.

Trascinato, sì: a volte credo sia l'unico modo in cui riesco a prendere delle decisioni. Se dovessi considerare tutto ciò che comporta ogni singola scelta (la strada che non *si prende, le opportunità che si barattano con altre*); *se dovessi considerarlo, rimarrei immobile. Quindi ho scelto la vita militare, un laureato in filosofia le cui teorie critiche devono essere sospese per funzionare. Ma lo sono? Sono sospese? Smanio per andare in guerra. La Spagna è stata come un gradino davanti a un ingresso. Ora devo attraversare il portone. Devo essere costretto a scegliere. E l'andare volontario, allora? Non mi sono forse offerto volontario per la Spagna? Forse non lo farò di nuovo? Sì, sì, e molte volte. Lo faccio perché solo offrendomi volontario, per paradosso, posso risparmiarmi delle scelte.*

Il sonno non arrivava, non arrivava. Dopo aver chiuso il diario, Bora camminò ancora un po' su e giù per la stanza, quindi si vestì e andò a fare una lunga passeggiata solitaria e insensata, fino al Gross Zschocher e ritorno. Erano sei chilometri in tutto, e aveva anche iniziato a piovere.

Al suo arrivo, Weidlich aspettava fuori dall'albergo, accanto alla BMW. Un impermeabile informe abbottonato fino al collo, la tesa del cappello sgocciolante, aveva l'aria (o voleva che Bora pensasse così) di un tutore dell'ordine che stava facendo il turno di notte e semplicemente era capitato nella sua direzione, spinto a verificare se il tenente ci fosse.

Seguì un saluto conciso da parte di entrambi: cos'altro poteva fare Bora in quelle circostanze, se non sembrare uno che, non riuscendo a prendere sonno, avesse fatto il giro dell'isolato?

Weidlich gli pose qualche domanda, ma non espresse apertamente dubbi sull'improbabilità di una passeggiata salutare con quel tempo e a quell'ora. Con le mani in tasca, spinte tanto in avanti da sembrare, alla luce dell'albergo, che da sotto la stoffa stesse puntando due pistole gemelle, disse: – Ho notato che ha lasciato la sua arma al banco del concierge.

– Proprio così.

– E al suo fianco porta una fondina vuota?

Prontamente Bora si slacciò la fondina. – Giudichi da sé. Non avrebbe senso portare un'arma scarica. Ma la cintura della fondina fa parte dell'uniforme.

– Vedo. D'accordo.

– Altro?

– Nient'altro. Buona notte, *Herr Oberleutnant*.

– Buon mattino, *Herr Inspektor.*

Nessuno dei due si sarebbe mosso per primo, così entrambi rimasero sul marciapiedi qualche altro momento, scambiandosi parole banali, finché la pioggia sempre più fitta convinse Weidlich a girare sui tacchi e arrancare via. Bora allentò un po' la sua rigidità, vergognandosi di ansimare. Aveva una gran voglia di aprire la sua auto e verificare se la *Nambu* e il silenziatore di Ikeda fossero ancora sotto il sedile del passeggero, dove li aveva nascosti prima della passeggiata notturna. Si sforzò di non farlo, perché probabilmente Weidlich lo stava scrutando nel buio.

Perché mi ha chiesto se non temessi le «mute di cani al vecchio cimitero di Klein-Zschocher» passeggiando solo di notte? Devo essergli apparso stupido o in cattiva fede, perché ho risposto di non aver mai sentito che i cani costituissero un problema da quelle parti. Mi ha detto acido che provava difficoltà a credere che non sapessi come, di questi tempi a Lipsia, per «mute di cani» non si intendono i barboncini che i vecchietti portano a passeggio nel quartiere di cui sopra. Il commento non mi aiuta affatto. Non ho insistito, ma domani chiederò lumi al colonnello Kinzel.

Il bar del giardino d'inverno dell'albergo era chiuso, ma Bora lo fece riaprire per ordinare qualcosa di forte.

Martedì, 18 aprile

– Sul serio, non ha mai sentito parlare delle «mute di cani» di Lipsia? Sono teppisti, giovani criminali che scorrazzano per la città di notte, specie per i quartieri periferici come il suo. Alcuni sono ex comunisti; altri, mele marce cacciate a pedate dalle nostre organizzazioni giovanili. Insozzano i muri con propaganda anti-tedesca, e sono arrivati al punto di spaccare le finestre decorate per il compleanno del *Führer*. In questi giorni il suo amico ispettore ne avrà le tasche piene, di queste merde di pollo.

– Non è affatto mio amico, *Herr Oberst*.

– Come le pare. Dunque ha messo la *Nambu* nella sua fondina, e il silenziatore nel vaso di fiori della sua stanza! – Al sole di mezzogiorno, Kinzel era sul prato del parco, senza ombra di rimorso per aver fatto saltare il pranzo a Bora dopo che aveva saltato la cena. Il dettaglio dei chicchi di riso nel bagno di Ikeda all'inizio lo aveva divertito («Ne controlleremo la provenienza»); la storia della pistola rimossa dall'armadio molto meno. Cirri lievi galleggiavano in cielo sopra la sua sagoma bruna, come filamenti di cotone. – E poi?

– La notte li ho nascosti nella BMW –. *La notte* significava prima della sua lunga passeggiata, ma Bora non parlò di aver girovagato fino alle ore piccole, perché gli sembrava un segno di debolezza essersi tanto innervosito. – Non potevo lasciare che l'ispettore Weidlich trovasse l'arma nella stanza di Ikeda, *Herr Oberst.* Sono certo che l'esame balistico proverà che è la pistola che ha ucciso Kobe e Nogi.

Non avendo più bisogno di fingere che l'arma del delitto fosse già stata trovata, ho pensato fosse meglio avere in mano quella vera, in caso la polizia insistesse nel volerla esaminare. Bora non le pronunciò, ma Kinzel capì che stava pensando quelle parole, o qualcosa di simile. Decise di stroncare ogni possibile autocompiacimento da parte del tenente. – E se l'avessero perquisita e le avessero trovato addosso la *Nambu*?

– Confido che mi avrebbe tirato fuori dai guai, *Herr Oberst*.

– Non ci conti. In effetti non conti mai su una cosa del genere. A ogni modo, anche se Ikeda fosse il nostro assassino, non ne consegue che sia stato il nostro *Signore delle cento ossa*. Viva o morta, non abbiamo ancora idea di quale sia l'identità della spia. E questi strani numeri che ritornano – le formiche, i chicchi di riso che mi ha appena mostrato, le cifre sulla contromarca – a cosa servono? Corrispondono a un codice noto? Portano da qualche parte?

Il verde del prato aveva uno splendore quasi allucinatorio. Bora si rendeva conto che la mancanza di sonno gli dava un'ipersensibilità alla luce e ai colori. Dopo la pioggia, nelle ore del mattino i germogli sugli alberi erano esplosi in una fioritura piena. A quel punto apparivano singolarmente giapponesi, nuvole bianche e rosacee sospese fra i tronchi e il cielo.

– Se posso, *Herr Oberst*: di *otto* ospiti giapponesi, almeno *quattro* sono coinvolti nella faccenda della valigetta, mentre *tre* sono morti di morte violenta. 8-4-3.

– Sì, e ci sono un assassino, due vittime d'omicidio, un suicidio. Oppure anche sette uomini e una donna. Oppure quattro militari e quattro civili. E per finire in bellezza, in tutto siamo in quindici, che è la somma di 8 + 4 + 3. Se comincia a giocare con la numerologia, non c'è fine alle combinazioni. Si comporti come se i numeri non c'entrassero niente con la faccenda dello spionaggio, che è la sua sola preoccupazione qui. Se il contenuto della valigetta non è di alcuna utilità, le consiglio di rimettere a posto i cataloghi, contando sul fatto che la signorina Deshimaru non ritirerà i suoi bagagli prima di lasciare Lipsia.

Camminare nell'erba bagnata aveva lasciato tracce scintillanti sul cuoio lucido dei suoi stivali da equitazione. Bora osservò le gocce che si univano e scorrevano verso l'esterno, nell'insostenibile verde.

– Beh, che abbia trovato la valigetta aperta o avesse la combinazione, e che stia agendo o meno per conto dell'ammiraglio Oi, il tenente Honda è coinvolto. Keiko Deshimaru è implicata perché ha depositato la valigetta prima che io andassi a prenderla alla stazione. C'è di mezzo anche il dottor Kitamura, oppure la sua stanza è stata usata solo per nascondere la contromarca? Non possono essere tutti spie degli americani.

– Per il momento non ha uno straccio di prova che lo sia nessuno di loro. E la conferenza chiude dopodomani.

– Se potessimo interrogarli direttamente...

– Non possiamo, quindi se lo scordi –. Kinzel cominciò a camminare con le mani dietro la schiena. Ogni suo passo produceva un fruscio esagerato, o forse era una reazione eccessiva dei sensi di Bora. – Una possibile ricostruzione degli eventi è questa: il generale Kobe è la spia, Ikeda in qualche modo lo scopre, e lo uccide insieme al suo aiutante Nogi. Poi, vergognandosi di essere in affari con il traditore, si suicida. Una variante di quanto esposto contempla lo spionaggio industriale (reale o supposto) da parte di Kobe, e la vendetta privata di Ikeda. La morte dell'industriale, in questo caso, dovrebbe essere letta come un modo per evitare la giustizia nel suo Paese.

Bora si obbligò a restare lucido. Fino al trillo della sveglia era rimasto a letto a sfogliare i cataloghi trovati nella valigetta di Keiko, confrontandoli con quelli che avevano ricevuto lui e gli altri. Non coglieva differenze. I numeri dei cataloghi erano alti, novantanove e cento, gli ultimi due della partita. Le scene riprodotte a colori erano identiche: il monte Fuji che spuntava fra pennellate di luci arancioni, *geishe* dai volti a mandorla, la scena degli aquiloni del Capodanno di Hiroshige...

– Ma, *Herr Oberst* – disse ad alta voce per non apparire distratto – la combinazione 8-4-3 deve avere un significato! Se *Herr* Ikeda si è lasciato alle spalle le formiche e il riso come rituale o messaggio, che cosa rappresentano? La prego di fare esaminare i chicchi di riso il più presto possibile. E perché gli stessi tre numeri dovrebbero essere riportati sulla contromarca di una valigetta depositata da qualcuno di completamente diverso – la signorina Deshimaru – e nascosti nella stanza di qualcun altro ancora, il dottor Kitamura?

– La fotografia che ha notato nel libro dell'ammiraglio Oi sembra indicare che Keiko è la fidanzata di suo figlio. Quindi c'è qualcosa che lega l'ammiraglio (e il suo aiutante) alla persona che ha depositato la valigetta.

– Esatto. Però non c'è nulla che leghi Oi alle morti.

– Ma lei non è qui per investigare su tre morti… o adesso sì, tenente? È quel che Honda ha trovato nella valigetta che dovrebbe interessarle. Se ci ha trovato qualcosa.

– Cosa vuol dire?

– Che, visto che l'ha preceduta, magari qualcuno ha preceduto *lui*. Oppure che nella valigetta non era conservato alcun segreto. Le nostre fonti al consolato americano non riferiscono di movimenti d'informazione dall'arrivo dei giapponesi. O il *Signore* è stato eliminato prima di poter portare a termine il suo compito, oppure non ha ancora agito: se fosse questo il caso, dovrà farlo nelle prossime quarantott'ore –. Kinzel batté le mani con impazienza per enfatizzare la sua ultima frase, o quella che seguì. – Sia come sia, ora lei ha messo in allerta gli ospiti perquisendo le loro stanze in violazione di tutte le norme di ospitalità.

Bora trasalì per il suono, fortissimo alle sue orecchie malgrado l'aria aperta, come lo schiocco di una frusta. Altro che il suono di una mano sola, come proponeva il *koan*… Si mostrò contrito, perché non aveva senso sfidare il suo superiore. – Eppure devo supporre che il tenente Honda non mi abbia visto perquisire la stanza dell'ammiraglio, altrimenti mi avrebbe tramortito lì, in quel momento. Quindi è probabile sappia solo che sono entrato nella camera del dottor Kitamura.

– In assenza del suo titolare. A proposito di Kitamura: come si è comportato con lei stamattina?

– È questa la parte bizzarra: con la sua usuale cortesia. Eccettuato Honda, che è sempre stato sgarbato con me, tutti gli altri, compresi Oi e Keiko Deshimaru, non hanno mostrato alcun cambiamento di condotta. Posso solo pensare che Honda abbia mantenuto il silenzio su ieri sera.

– Ma l'ha seguita dal teatro all'albergo, quindi ha in mente qualcosa. Potrebbe essere la sua controparte giapponese, tenente... oppure potrebbe essere il nostro maledetto *Signore* –. Kinzel si lisciò meditabondo i piccoli baffi sotto al naso. – A ogni modo, scommetto che tutte le persone coinvolte staranno attente ai loro movimenti nei prossimi due giorni: e più sono coinvolte, meno si comporteranno in modo sospetto –. Dopo aver sbirciato l'orologio, fece un cenno per indicare a Bora di seguirlo verso il sentiero che portava fuori dal parco.

– Weidlich deve smetterla di infastidirla. Ho ordinato che sia raccolto un dossier sulla sua carriera passata, la sua affidabilità, la sua lealtà politica: voglio che quello sbirro finisca nel fango. Ha nulla da aggiungere che possa contribuire alla mia indagine su di lui?

– No.

– Molto equanime da parte sua, visto quanto è stato impudente nei suoi confronti.

Bora sentiva ancora il disagio dell'incontro col poliziotto alle tre del mattino. Non ne fece parola con il colonnello, e tanto meno gli disse della compressa di *Samadhil* che Weidlich, ne era certo, aveva nascosto sul sedile posteriore della BMW. Distogliere lo sguardo dal suo superiore non era consigliabile, quindi si sforzò di dominare i muscoli del volto come aveva visto fare a Ikeda, quando il ricomporsi si era posto in modo imperativo. – Non ho nulla da aggiungere, *Herr Oberst* –. Ebbe l'impressione, in quel preciso istante, di aver infilato nel terreno una paletta, di quelle con cui i bambini si divertono sulla spiaggia, e di aver sollevato un pugno di terra. Fu solo il balenìo dell'immagine di una piccola buca; Dio sa perché, pensò che anche le tombe iniziano come piccole buche.

Gli occhi attenti di Kinzel lo fissarono da sotto la tesa del cappello civile. Dal taschino sul petto estrasse una piccola chiave – di certo quella della valigetta riparata di Keiko. – Bene, dunque. Ma quando inchioderemo il poliziotto, lei ne trarrà vantaggio.

Dopo essersi congedato da Kinzel, Bora tornò all'interno del parco, nel punto dove il bosco si apriva in una seconda radura. Mentre passava sotto gli alberi, un colpo di vento gli spruzzò addosso delle gocce d'acqua; alcuni rami ancora spogli gemettero urtandosi fra loro. Più avanti, i sempreverdi avevano il suono cupo della risacca, mentre più vicino, sul prato, la brezza mormorava come acqua tranquilla.

Davanti a lui, un gruppo di bambini faceva volare gli aquiloni. Fino a pochi anni prima suo fratello Peter era stato uno di loro. Il suo addestramento come pilota nei pressi di Dresda era la naturale conseguenza di quei pomeriggi trascorsi a correre con un aquilone teso verso l'alto finché non trovava l'angolo giusto per librarsi, sostenuto dalla corrente, nel suo progredire a strappi, picchiate, virate e voli liberi. Gli aquiloni che venivano lanciati, pensò Bora, non erano minimamente affascinanti quanto quelli già librati in aria, immobili e sicuri, che sembravano reggere la corda che li vincolava, come se essa derivasse naturalmente da loro e solo per coincidenza si trovasse nelle mani di qualcuno.

Un aquilone rosso a forma di rombo volava più alto degli altri. Difficile, da lì, distinguere il bambino che lo manovrava. Da lontano sembravano tutti ugualmente abili, ma solo uno di loro era davvero capace.

I bioccoli del cielo tigrato avevano dato luogo a nuvole alte e solenni, che si spostavano senza fretta malgrado la brezza vicino a terra. Quando una luccicante massa di vapore transitò al di sopra di esso, l'aquilone rosso acquisì contorni più netti, dolorosamente precisi, come una coltellata scarlatta nella neve.

Quell'immagine significava *qualcosa.* Il senso di aver quasi capito si impossessò di Bora, anche se non stava pensando ad alcunché in particolare, anzi, non stava pensando affatto. Per un momento tutto sembrò dipendere dalla presenza dell'aquilone rosso contro il corpo vaporoso della nuvola. Fu come sentire la risposta a una domanda non ancora formulata. Poi la mancanza di logica del processo lo scosse dalla contemplazione. Tutto tornò a essere banale e scontato, la scena di un parco dove non aveva senso cercare più di quanto non fosse immediatamente visibile: bambini e aquiloni.

Dato che per il pomeriggio erano in programma eventi culturali e artistici, il presidente della sessione odierna, il professor Fujiwara, condivise il ruolo con i direttori del Museo di Belle Arti e dell'Accademia di Arti Grafiche. Bora fece la spola fra il tavolo della conferenza e la saletta accanto, in cui il generale Lüttwitz e Kitamura discutevano della questione del rimpatrio del corpo di Ikeda. Al mattino un rappresentante del consolato giapponese avrebbe preso in carico i resti dell'industriale come pochi giorni prima aveva fatto con Kobe e Nogi. Grazie al cielo, sarebbe toccato al generale gestire quel mal di testa diplomatico.

Fino alle tre e mezza, la compromessa lucidità di Bora dovette sopportare il lungo dibattito sull'esposizione degli schizzi di Hokusai (completi dei disegni dettagliati di ragni e formiche) e le modalità della cremazione di Ikeda. Fu allora che Dortmüller, che aveva pranzato altrove, arrivò dalla sua residenza imperdonabilmente in ritardo. Tanto che Lüttwitz annunciò una pausa, perché voleva venisse convocato un medico per misurargli la pressione.

Il tempo mite e soleggiato spinse gli altri ad attraversare la strada per andare a passeggio nel parco; tutti tranne Colloredo, che accettò l'invito di Bora a prendere un caffè nel giardino d'inverno. Il motivo recondito del tedesco era informarsi sul ruolo dei numeri nella cultura giapponese, un compito vergognosamente facile con un orientalista appassionato.

Colloredo scivolò lieto nell'argomento. – Beh, i giapponesi hanno un loro sistema numerologico, ma anche delle superstizioni comuni, solitamente dovute al fatto che i nomi di certi numeri si pronunciano come alcune parole infauste. Prenda *ku,* nove, che indica anche «dolore» o «preoccupazione», *(i)shi*, quattro, che si potrebbe leggere come «morte», e ognuna delle loro combinazioni, come 14, 19, 49 e così via. Il numero otto, *hachi*, può significare anche «ape domestica», mentre uno dei termini per dire dieci si può leggere anche come «torre». È uno schema intricato di caratteri e suoni, a noi alieno. Ma, a meno che non sia stato un caso, ho notato lo scrupolo con cui qualcuno della vostra organizzazione ha assecondato questa sensibilità: la stanza numero quattro è andata a lei, tenente, e al signor De Dominicis è stata assegnata la numero nove. Naturalmente nessuno di voi due, in quanto occidentali, ha nulla contro il quattro e il nove.

*A parte il fatto che l'*Obergruppenführer *delle* SA *Adam si è impiccato alle travi della mia camera*, si disse Bora. – I numeri di stanza fortunati non hanno portato granché bene ai nostri compianti ospiti.

Colloredo misurò mezzo cucchiaino di zucchero e lo lasciò piovere nella sua tazzina. – Sono solo superstizioni.

Alla parete, un panorama dipinto del Giardino delle Palme di Lipsia offriva uno sfondo esotico alla figura composta dell'italiano. Era la timidezza a spingere l'accademico a non guardare mai negli occhi il suo interlocutore e a indossare sempre gli occhiali da sole quando si trovava all'esterno? Un punto a metà strada fra il mento e lo sterno dell'altro, ecco dove Colloredo dirigeva lo sguardo. Dietro di lui, la tempera vivace riproduceva una veduta d'inizio secolo in cui incongrue piante tropicali si riflettevano in uno stagno dall'aspetto decisamente tedesco e fanciulle con giacche alla marinara e cappelli di paglia affollavano un barcone. Così le città, pensò Bora, o intere nazioni riducono questo o quell'incantevole angolo a uno stereotipo, mutandolo in banalità. L'essenza di una cultura è altrove.

– In Oriente – continuava a dire Colloredo – come qui in Europa, i meno colti indulgono nella credulità, specialmente in tempi difficili. Per esempio, dicono che in Manciuria i fanti del corpo di spedizione giapponese portino con sé come amuleti monete da 5 e 10 sen – ovvero, di valore superiore a 4 e 9 sen – per poter affermare, con un gioco di parole legato alla grafia di quei numeri infausti, di essere più forti «della morte» e «delle pene di guerra».

Bora pendeva dalle sue labbra, sforzandosi di apparire solo superficialmente interessato. *Kobe e Nogi hanno prestato servizio nel Manchukuo. Si dice che durante quella campagna il generale abbia speculato a suo vantaggio economico. Chiacchierando, sia Oi che Keiko hanno alluso in separata sede a un comportamento poco onorevole da parte dei due ufficiali, mentre Kitamura ha parlato del successo sanguinario di Kobe sui banditi cinesi. Mi chiedo se la guerra di Manciuria abbia niente a che fare con queste morti, e se sì, come.* Rimuginando, Bora fissava il crudo verde Tiziano degli alberi dipinti e dei loro riflessi. Aspettò che Colloredo finisse il caffè e si accendesse un sigaro per portarsi una *Chesterfield* alle labbra. In quel momento, lanciandogli uno sguardo in tralice, De Dominicis entrò nel bar in compagnia di

Dortmüller. Quest'ultimo indossava una giacca di tweed dall'aspetto americano su un paio di pantaloni color tabacco, in netto contrasto con l'eleganza rigida dell'italiano.

Si scambiarono dei cenni di saluto. Vedendo Bora che seguiva De Dominicis con sguardo accigliato, Colloredo si sporse appena verso di lui. – Sua Eccellenza mi ha confidato di aver trascorso alcuni momenti sgradevoli con lei domenica sera, tenente.

Parole più inaspettate del completo informale di Dortmüller. Bora misurò la sorpresa. – Ma davvero?

– Ho saputo solo di un particolare della divergenza, ma, siamo pure onesti, Sua Eccellenza certe volte è insopportabile. È giusto dirle che si ritiene profondamente offeso, e ha giurato di farla punire per via disciplinare.

Sono certo che lo farà. O che ci proverà. Per darsi un contegno, freddamente Bora si lasciò scivolare il fumo della sigaretta fra le labbra. – Posso chiederle qual è il particolare di cui l'ha resa partecipe?

Colloredo si strinse nelle spalle. – Afferma una cosa troppo madornale per essere vera, tenente, che lei lo avrebbe accusato di trovarsi nella stanza del generale Kobe la notte delle due morti.

Che sfacciataggine. Bora rimase quasi senza parole. – Nientemeno.

– Sì, anch'io ho pensato fosse ridicolo. La storia della cenere al mentolo che lei avrebbe usato per diffamarlo suona fasulla, una di quelle che si leggono nei romanzetti gialli. E poi De Dominicis non è l'unico a fumare quelle sigarette.

– Nel mondo, nell'albergo, o fra noi? – Se Colloredo l'avesse guardato negli occhi, avrebbe solo incontrato un giovane volto imperscrutabile, al di là del lieve rossore di cui lo stesso Bora si accorse per l'eccesso di calore degli zigomi. Ma Colloredo non aveva alcuna ragione apparente per fissarlo.

– Mah – rispose – fra noi. Ieri sera, dopo che siamo tornati insieme dall'Opera e dalla cena, il mio compatriota è venuto qui al caffè per il bicchierino della staffa. Quando sono salito per andare in camera mia, lui era ancora qui, e chiunque mi avesse preceduto su per le scale, attimi prima, fumava sigarette al mentolo. L'odore era ancora nell'aria.

Bora si dimenticò di aspirare il suo tabacco, ma il toscano di Colloredo produsse abbastanza fumo acre da riempirgli i polmoni. Cercò di ricostruire a memoria i momenti dopo il ritorno allo *Schlösschen* quella sera. Al generale Lüttwitz erano cadute a terra le medicine quando era sceso dall'auto, quindi lui aveva passato diversi minuti a cercare sotto e intorno alla BMW con una torcia elettrica mentre gli altri entravano. Tutti, dunque, li avevano preceduti in albergo – e se Colloredo diceva la verità, uno degli ospiti giapponesi era passato da una normale marca di sigarette a quella al mentolo. La domanda era *chi*, e *da quando*. Le fanciulle in bianco navigavano verso le rive verde Tiziano, ma non ci sarebbero mai arrivate.

Bora, che non aveva difficoltà a sostenere l'attenzione di un civile, studiò Colloredo attraverso il fumo. – Il signor De Dominicis esaspera la natura della nostra divergenza, professore.

Forse. Comunque, quando Bora prese congedo dall'accademico, Dortmüller finì di bere in fretta e lasciò il bar per seguirlo fuori. Aspettò che il tenente ritirasse la valigetta portadocumenti dal concierge prima di avvicinarsi, e fece in modo di sbarrargli il passo verso la sala della conferenza.

Bora mantenne la calma. – *Herr* Dortmüller, ho delle carte da sistemare.

– Le sue scartoffie possono aspettare, tenente –. Capelli impomatati, mascella tesa, l'ingegnere dava l'impressione di un grosso, splendido cane che avesse preso la pioggia e fosse in cerca di zuffe. – Stiamo qui da giorni a cercare di stringere accordi con questi giapponesi, e ci mancava anche che l'amico di Ciano andasse a sparlare di noi con loro. Lei qui è un subalterno, cerchi di stare al suo posto. Qualunque sia la rogna che ha con De Dominicis, se la gratti un'altra volta.

Ancora? De Dominicis poteva rivelarsi un osso più duro di quel che aveva previsto. Bora assunse l'atteggiamento di chi ascolta, la valigetta a terra, fra le caviglie.

– Non riesco a immaginare quale possa essere stata la lamentela di Sua Eccellenza nei miei confronti.

Dortmüller parlò sottovoce, con rabbia. – Gli ha mancato di rispetto. Una cosa che difficilmente qualcuno di noi si può permettere, considerato che tre stranieri sono già stati vittime di morti violente in un albergo tedesco, in una città tedesca! Ieri sera, quando ho sentito De Dominicis lagnarsi con i rappresentanti del Ministero della Propaganda della sua impudenza e dell'assenza di sicurezza allo *Schlösschen*, mi è tornata in mente la mia proposta – ignorata – che questo incontro si tenesse a casa mia a Ehrenberg, o alla tenuta del *Gauleiter* Mutschmann. Per qualche motivo, dietro tutto questo sento puzza di *Abwehr*. Dal canto suo, lei può aspettarsi che il Ministero della Propaganda contatti il generale Lüttwitz a suo proposito.

Bora ingoiò il boccone amaro. – È tutto?

– Per il momento. Vada a pinzare i suoi fogli di carta, che è l'unico motivo per cui lei è qui.

L'ultima parte della sessione giornaliera si trascinò fin quasi alle sette. Bora ebbe modo di accorgersi come il bisogno di dormire, dopo una certa soglia, divenisse inquietudine fisica. Il battito cardiaco aumentava, il respiro si faceva rapido, doveva controllarsi per tenere il suo comandante e gli ospiti all'oscuro dei sintomi. L'ipocondria rendeva Lüttwitz cieco alla condizione degli altri, ma l'ammiraglio Oi teneva sul tenente tedesco un occhio severo, pronto al giudizio. Bora fu sollevato quando i lavori finirono e poté sottrarsi a quell'esame. Uscendo dalla stanza, Keiko Deshimaru si fermò per domandargli se stesse bene.

– Sì, grazie per l'interesse. Perché, ho l'aria di star male?

– Come se qualcuno le avesse dato una botta in testa.

La giovane sorrise senza dischiudere le labbra subito dopo averlo detto: nulla più di un'osservazione amichevole. In effetti la testa gli faceva male, nel punto in cui aveva urtato contro il letto di Kitamura. Fingendo di far suo il divertimento della ragazza, Bora ribadì di sentirsi benone e passò qualche momento a chiacchierare con lei in corridoio.

Quando arrivò nell'atrio, insieme alle chiavi della sua stanza il concierge gli consegnò una cartolina da Parigi inviata al suo indirizzo berlinese e inoltrata dal servizio postale dell'Esercito. Vergata da Dikta nell'elegante grafia della scuola svizzera, provocatoriamente recitava: *Posso averne ancora?* e nient'altro. Bora arrossì di piacere. Dietro il banco, il concierge dal volto impassibile, che senza dubbio aveva letto il messaggio, era intento a comunicare per telefono con una delle stanze. – Dottor Kitamura, il suo taxi l'aspetta...

Come la volta precedente il taxi si diresse a nord, superando il campo sportivo *Adolf Hitler* verso i quartieri settentrionali. Oltre i due ordini di binari arrivò di nuovo al vecchio quartiere della guarnigione di Gohlis. Bora non incontrò treni a sbarrargli la strada, e – una volta che entrambi i veicoli si trovarono lungo la Treitsch – si sentì certo che non avrebbe perso la sua preda.

Una schiera di caserme formava una monotona ala di mattoni sulla sinistra; in quella direzione solo la Danzigerstrasse si snodava fra quel punto e i confini della città. Sul lato opposto, le vie brevi e parallele intitolate ai corpi militari formavano una griglia divisa dalla Breitenfelder Strasse, oltre la quale si trovava il cimitero di Gohlis. A sinistra, ancora caserme con i festoni dei colori nazionali. Bora toccò il freno quanto necessario mentre il taxi rallentava e prendeva a costeggiare il marciapiedi destro, come se stesse cercando un dato indirizzo. Lì si trovavano l'ex scuola cattolica e la chiesa della guarnigione, intitolata a San Giorgio, che Bora aveva notato il sabato precedente: un edificio dall'architettura disadorna rifatto negli anni Venti, non proprio un capolavoro.

Nondimeno, il taxi si fermò di fronte a San Giorgio. Kitamura ne emerse senza aspettare che il conducente gli aprisse la portiera e coprì il tratto dal veicolo alla chiesa senza guardarsi intorno, con una certa fretta, sembrò a Bora. *Al tassista ha detto di aspettarlo,* ragionò, *quindi non si fermerà a lungo.* Superò il taxi in sosta senza rivolgergli nemmeno uno sguardo, svoltò l'angolo e andò a fermare la BMW sulla Jägerstrasse, in vista della piazzetta alberata di fronte alla chiesa. Di buon passo, poi, percorse il perimetro dell'isolato, per accertarsi che Kitamura non fosse uscito da una porta secondaria di San Giorgio, o avesse fatto il giro dell'edificio. Nessun segno dello scienziato; era decisamente entrato all'interno. Bora tornò all'auto, la parcheggiò in modo da avere una buona visuale sull'angolo e oltre, e rimase lì a fari spenti.

Passarono diciotto minuti, durante i quali il rischio peggiore per lui fu di addormentarsi. Le 20:01 segnarono la fine della visita. Bora si avvicinò a piedi alla chiesa, mentre il taxi faceva un'inversione a U per tornare allo *Schlösschen.* L'aria della sera era fresca, dalla piazza lo seguì il profumo di rami bagnati fin oltre la soglia.

Era entrato a San Giorgio una sola volta, e la ricordava altrettanto insignificante, una cappella militare dedicata a un santo combattente in cui il pezzo forte erano i *Te Deum* e i funerali – a seconda delle vittorie o delle sconfitte. Pareti severe, una navata maggiore spoglia. Non era in corso alcuna funzione religiosa, nessuno era seduto sulle panche. Bora avrebbe potuto pensare che Kitamura fosse venuto per ignote ragioni personali, non fosse stato per il cigolio della porta della sacrestia. Attraversò rapido la navata in quella direzione, e aprendo la porta quasi inciampò in un sacerdote che si stava sfilando la stola appesa al collo. Sorpresa anche da parte sua. Il prete – un ometto flaccido, dal collo tozzo e l'accento austriaco – borbottò che le confessioni si sarebbero tenute il mattino dopo, a meno che non si trattasse di un'urgenza.

Bora chiarì che non era lì per la confessione (l'ultima risaliva a Natale, e non aveva alcuna fretta di mettere scrupoli e pentimento fra sé e la prossima volta che avrebbe rivisto Dikta Coennewitz). Osservò il prete baciare la stola, ripiegarla, accennare a inginocchiarsi, farsi il segno della croce di fronte a un quadro scuro, e – dato che il visitatore non se ne andava – voltarsi con un'espressione fra il tollerante e l'allarmato.

– Dunque... cosa posso fare per lei, tenente?

Non c'era niente in sé che proibisse a un prete austriaco di lavorare per gli americani. Bora fece un passo avanti e posò il suo biglietto da visita sullo scaffale più vicino. Nella semioscurità della sacrestia, oltre il religioso, teneva d'occhio una seconda porta, che conduceva a un'altra stanzetta di servizio o a un corridoio, dove era accesa una lampada fioca. – Qual era il motivo della visita di quel signore giapponese, poco fa?

Di fronte a un potenziale pericolo, i codardi e gli impotenti – col tempo Bora avrebbe imparato la differenza – assumono l'aspetto di una creatura spaventata, irrigidita, con gli occhi sbarrati. Il prete sembrava una marmotta sotto il tiro del cacciatore. Senza aspettare risposta, Bora incalzò: – C'è qualcuno là dietro? – e la *Walther*, per quanto fosse scarica, scivolò fuori dalla fondina.

La replica venne inaspettatamente familiare, chiara e intrepida. – Riconosco questa voce... Non sarà uno dei miei studenti dell'ultimo anno?

Veder uscire dalla porta come un'ombra il vescovo Hohmann, suo ex professore di filosofia e amico di famiglia, costituì per Bora un'autentica sorpresa. – Eccellenza... – disse confuso. – Cosa ci fa qui Sua Eccellenza?

Hohmann stava fissando la pistola, che goffamente Bora rinfoderò. – Diciamo che ho più motivi per trovarmi in una chiesa di lei, tenente Bora –. Le ossa piccole, un giunco d'uomo, dominava il pur esiguo spazio che la sua persona occupava nella sacrestia. – Padre Kostner, qui, non ha nulla a che vedere con l'incontro di questa sera. Qualunque domanda lei debba porre, per qualunque incomprensibile ragione, sarà così cortese da rivolgerla a me.

Bora si riempì i polmoni con l'aroma di cera e d'incenso, pungente come quello di un unguento da tassidermia, inteso a disinfettare e conservare. Lo notò solo in quel momento, quindi forse prima aveva trattenuto il respiro. – Le mie attuali responsabilità, Eccellenza, richiedono che io sia edotto dei movimenti di alcuni cittadini stranieri; fra questi, la persona che ho appena visto entrare e poi uscire da San Giorgio. La prego di volermi comunicare la natura della sua visita qui, e a lei in particolare.

– Non è *ancora* contro la legge venire in chiesa, vero?

– No. Ma ho una ragione ufficiale per chiedere perché lo straniero è venuto a trovarla ora.

– È venuto a trovare Dio, non me. E per rendere la sua confessione.

Nella semplice veste talare, il vescovo Hohmann sembrava un Loyola in miniatura. L'età avanzata non mitigava lo sguardo con cui squadrava Bora da capo a piedi, proprio come faceva interrogando i suoi studenti di filosofia teoretica, anni prima, valutando la loro preparazione dall'atteggiamento. L'immagine davanti a cui il prete austriaco si era inginocchiato – riuscì solo allora a discernere Bora – era un vecchio dipinto di San Giorgio, annerito dal tempo e dal fumo delle candele; restavano in evidenza solo un vigoroso braccio armato di spada e i denti sfavillanti del drago. A Bora sembrò che il drago fosse come un enorme pesce pronto a inghiottire l'amo, e quella sera la sua simpatia non andava al santo.

– Matsuo Kitamura, tenente Bora – il suo nome da battezzato è Matthaeus – mi è noto fin dal 1928, quando entrambi vivevamo a Vienna. A quel tempo, conoscendo già le opere e la scelta del filosofo convertito Seiichi Hatano, dibatteva con me e con se stesso della sua decisione futura. Si è fatto cristiano l'anno dopo a Osaka, dove io lavoravo come segretario del nunzio apostolico. Per rispetto della sua famiglia, tradizionalmente shintoista, e per non offendere i suoi colleghi, ha ottenuto il permesso dalle gerarchie religiose di mantenere il segreto sulla sua conversione, una scelta non insolita per un *kirishitan*, allora come oggi, considerata la sensibilità giapponese. Infatti porta in viaggio perfino un altare shinto –. Era solo questione di tempo prima che Hohmann riuscisse a fargli abbassare lo sguardo, quindi Bora distribuì la sua attenzione fra il volto austero del vescovo e il dipinto fumoso alle sue spalle. – Le ragioni che l'hanno condotto qui questa sera, tenente, come negli scorsi giorni della sua permanenza a Lipsia, sono di natura spirituale, e non la riguardano.

Sulla tela oscura il dragone-pesce sembrava aver inghiottito il ferro che San Giorgio gli puntava contro. *Anche i cefali delle acque turbinose di Naruto*... Bora non abbassò lo sguardo. – Chiedo scusa, Eccellenza. Avevo il dovere di informarmi.

Hohmann si rivolse al prete, che sembrava essere silenziosamente sprofondato dallo sconcerto al malessere.

– Padre Kostner, vada a sedersi in un posto tranquillo, non si agiti. Andrà tutto bene –. Ma fu solo una breve pausa nell'esame che stava riservando a Bora. – Lei, piuttosto... non mi aspettavo certo che frequentasse la gente che frequenta, dopo i vergognosi eventi dello scorso novembre.

La notte dei cristalli, di nuovo. Bora avvertì come un tormento della pelle sotto un cilicio, un disagio fisico che lo irritava dal collo in giù. Distolse lo sguardo quando padre Kostner uscì dalla sacrestia con passo malfermo, cercando il sostegno prima di una sedia, poi della parete e del montante della porta. – Non è che un'infelice fase di disordini sociali, e passerà. La guerra farà emergere gli angeli migliori del popolo tedesco.

– Gli *angeli* migliori? Lei è blasfemo sapendo di esserlo! I peggiori demoni, vorrà dire. Lei non arriva in alcun modo a comprendere quanto mi avvilisca vederla in uniforme.

– In uniforme, Eccellenza, o in *questa* uniforme?

Hohmann levò la mano destra, un gesto che nell'aula universitaria imponeva immediatamente il silenzio. – Lasci le disquisizioni a miglior causa, tenente Bora. Il mio studente più brillante, e ora devo ascoltarla giocare con le parole su questioni di tale gravità! Lei mi delude.

– Non sto deludendo i miei comandanti, *Eure Exzellenz*, né la mia patria. Ora hanno bisogno di me.

– Fra tutti, proprio *lei* confonde lo stato di necessità con la brama di potere! Ed è tanto arrogante da pensare di poter servire due padroni.

Bora provò una pietà furente per il disgraziato drago infilzato da San Giorgio. – Con il dovuto rispetto, non ho interesse a servire due padroni. Quando ero in Spagna a combattere i bolscevichi, la Chiesa era contenta di vedermi nelle vesti di soldato: i preti ci impartivano la loro benedizione prima che andassimo a uccidere i «rossi senza Dio». Ora la Chiesa deve prenderci per come siamo.

– Ma lei sa quale dei suoi due padroni sta servendo? – Hohmann scosse amaramente il capo. – E quanto *sa*? Quella sciagurata notte d'autunno, sei mesi or sono, sua madre si è fatta carico di comprare tutte le pellicce del negozio di *Frau* Weiss prima che venissero rubate o distrutte, pagandole in contanti in modo che i coniugi Weiss avessero abbastanza denaro liquido per sfuggire alla morte o alla reclusione. Il generale in persona, il suo patrigno, la sera successiva ha accompagnato i Weiss al consolato polacco, e lì li ha affidati a un vecchio amico, l'*attaché militaire*. Nessuno ha osato fermare l'auto privata del *Generaloberst* Sickingen, ma oserei dire che qualcuno si è fatto delle domande su quel trasferimento in macchina a così tarda sera.

Era quel che gli aveva fatto capire Weidlich, solo peggio. Bora combatté qualcosa di vicino al panico, ma non abbassò gli occhi.

Il vescovo Hohmann indicò la porta. – Mi conosce troppo bene per pensare che mentirei, a lei o ad altri, o che avallerei qualunque tipo di intrigo politico. Lasci dunque questa sacrestia e questa chiesa, tenente, e mentre esce si scusi con quel povero prete malato, che i suoi stivali e le mostrine intimidiscono più di quanto non facciano con me.

Bora se ne andò senza scusarsi con il prete o anche solo considerare la sua presenza, ora accasciata sulla prima panca.

Quando tornò alla sua auto, un velo di sangue negli occhi gli faceva veder rosso, come un crepuscolo in fiamme. Si sedette al volante per calmarsi. Sciogliere il nodo nello stomaco facendo un respiro profondo lo portò quasi a una repulsione fisica, come era accaduto in Spagna quando aveva ucciso un «rosso senza Dio» che si era rivelato suo concittadino. Il risentimento gli rimescolava in gola preoccupazione, vergogna e rabbia, e il sudore freddo indotto dalla nausea gli scorreva sotto i vestiti. Pensare in maniera razionale era impossibile. Bora fissò il parabrezza, sentendo il sangue pulsare dietro al cranio e nel livido provocato dal colpo sferratogli sul collo da Honda. *Ci sono dentro in pieno. Fin sopra ai capelli, fin sopra ai capelli. Non so cosa sto facendo...*

Quando rimise a fuoco la vista, al chiarore del lampione il tergicristallo sul lato del guidatore sembrava un'incrinatura nera nel vetro. Bora lo guardò per distrarsi, fingendo che il tergicristallo fosse *davvero* una spaccatura, immaginando il parabrezza che gli esplodeva di fronte in una tempesta di frammenti acuti. Poi chiuse gli occhi. Riaprendoli, la frattura era di nuovo un tergicristallo. Ma non solo: se faceva attenzione, riusciva a vedere qualcosa infilato fra la spazzola e il vetro, un foglietto di carta o un cartoncino che fino a quel momento aveva ignorato.

Aprì la portiera per prenderlo. Piegato in quattro, il foglio di carta protocollo recava poche parole dattiloscritte in maiuscolo: *ZOO CITTADINO, 11, DOMANI, DAVANTI ALL'AFFENHAUS.*

Ogni senso di sconforto lo abbandonò. All'improvviso non gli parve rilevante nemmeno chiedersi chi l'avesse seguito per lasciargli il messaggio. Non era proprio così, dal nulla, che le prove arrivavano a chi le cercava? Lo spionaggio non era forse fatto di simili imprevisti avventurosi? L'aspetto grottesco di un appuntamento di fronte alla gabbia dei primati gli sfuggì, come ogni considerazione che potesse trattarsi di uno scherzo. Bora avviò il motore e tornò in albergo con la testa piena di aspettative; ciò che in tempi ordinari avrebbe giudicato un invito sinistro gli aveva dato un'iniezione di entusiasmo. L'accortezza di informare il colonnello Kinzel non gli sfiorò nemmeno il cervello, tanto impenetrabile a qualsiasi cautela si sentiva in quel momento.

Stava sorridendo fra sé e sé quando accostò al marciapiedi davanti allo *Schlösschen*; fu allora che vide Keiko Deshimaru in piedi sui gradini. Con un soprabito corto blu, sotto la tesa a forma di cuore del cappello in tinta, assomigliava a un incrocio fra un marinaio e una bambola. – Tenente Bora – gli disse appena la salutò – mi chiedevo se le andasse di darmi un passaggio alla Stazione Centrale.

L'esaltazione di Bora si affievolì leggermente. Deglutì un po' di saliva. Forse lei...? Perché avrebbe dovuto chiedere quel favore proprio in quel momento, e per giunta a *lui*? Per quanto stupida fosse la frase, la pronunciò. – Non ci starà mica lasciando!

– Oh, no. Devo solo ritirare una cosa.

Bene, se anche gli impiegati al deposito bagagli non avessero fatto la spia, c'era ancora la questione delle serrature forzate della valigetta della ragazza (che si sperava fossero state riparate bene come da ordini di

Kinzel), per non parlare dei cataloghi che ancora si trovavano nella sua stanza. Bora si spremette le meningi per elaborare una scusa diplomatica, senza riuscirci. La cena sarebbe iniziata di lì a poco, accennò, e il generale Lüttwitz avrebbe dovuto accordargli il permesso di non presentarsi.

– Glielo chiederebbe? – insistette lei. E siccome era ovvio che non avrebbe cambiato idea sulla gita in stazione, alle nove Bora si ritrovò a guidare verso il centro della città con la ragazza al suo fianco. *Potrebbe essere una scusa per parlarmi in privato; per spiegare la faccenda della contromarca, dei numeri su di essa, della condotta di Honda. Vorrà che anch'io parli, e se non fossi così confuso saprei cosa risponderle... Dio santo, questa giornata è interminabile.*

Nella sua agitazione, a quel punto Bora non sapeva cosa pensare di Keiko. Nel grazioso soprabito blu, se ne stava composta a guardare fuori dal finestrino, verso il centro scintillante di luci. La poca conversazione che fece fu superficiale, se non frivola. Era ugualmente possibile che fosse estranea a tutte le macchinazioni o che fosse dietro a ognuna di esse, che il misterioso appuntamento per il giorno dopo fosse solo un'esca per indurlo ad abbassare la guardia quella sera. Keiko avrebbe potuto fargli una scenata, scoprendo che il suo bagaglio era stato manomesso, che sospettasse o meno di lui. Quando la ragazza lanciò un'occhiata nella sua direzione, nella semioscurità dell'abitacolo, Bora gliela restituì.

Con Dikta, i percorsi serali in auto preludevano a cose decisamente migliori. La sua vicinanza era come una carica elettrica, la lunghezza atletica del suo corpo, a prescindere da quello che indossava, era evidente sotto la stoffa. Una sera si era sfilata la biancheria intima sul sedile, mentre tornavano da un ballo al circolo degli ufficiali, e Bora aveva dovuto fare di tutto per impedirsi di fermare la macchina e possederla lì, subito. Aveva prevalso la sua educazione prussiana, e avevano raggiunto i suoi alloggi; ed era tutto ciò che ricordava, perché fare l'amore con Dikta faceva venir meno per la passione. Trovava irresistibile la sua impudenza nello scrivere *Posso averne ancora?* su una cartolina.

– A cosa pensa?

Forse perché la stava guardando, Keiko parlò con una punta di risentimento, o almeno così sembrò a Bora. In realtà stava pensando a come il suo attendente il mattino dopo avesse trovato quel nonnulla di seta e pizzo francese nell'auto di servizio, e l'avesse ordinatamente ripiegato nel cruscotto. – Cerco di immaginare l'aspetto del suo fidanzato – mentì.

– Perché?

– Non saprei. Forse perché mi ha detto che le piacciono gli uomini occidentali.

Erano arrivati all'affollata piazza di fronte alla Stazione Centrale. Bora decise di affrontare quel che lo attendeva, e si offrì di scortare Keiko Deshimaru all'interno. Lei disse: – Non ci vorrà molto – ma non rifiutò la sua compagnia.

Honda le avrà restituito la contromarca? Deve averlo fatto, altrimenti lei non potrebbe reclamare la valigetta. Camminò teso accanto alla ragazza, aspettando che si dirigesse verso il deposito bagagli. Keiko non lo fece. Lo superò, stringendosi la borsa al fianco, e con grande sorpresa di Bora andò all'edicola per comprare tre copie del *Tokyo Shimbun*.

– Roald Johanssen ha scritto una pagina intera sulla mostra di Dresda –. Gli mostrò con orgoglio diverse colonne di una scrittura incomprensibile, e un ritratto ufficiale del professor Fujiwara in tutta la sua gloria accademica.

Non erano nemmeno le dieci quando il tenente Bora riportò Keiko in albergo: ma dopo averla lasciata ed essersi congratulato con Fujiwara, ansioso di vedere il suo nome esaltato dalla stampa, andò di sopra e si schiantò sul letto senza preoccuparsi di mangiare, o anche solo di sfilarsi gli stivali.

VI

Una spada si mostra,
terribilmente lunga.

BASHO

Diario per il 19 aprile, mercoledì, ore 8:45

Scrivo dopo colazione, la terzultima che il nostro gruppo consumerà insieme qui in albergo. In ordine cronologico, non di importanza, ecco gli eventi emersi fra ieri sera e mezz'ora fa.

Le sagome piatte che tanto hanno incuriosito l'ufficiale medico finalmente non mi fluttuano più davanti agli occhi, ma c'è poco da stare allegri. Il dottore non saprà mai che ho cominciato a vedere scene più dettagliate, sia quando tengo gli occhi chiusi, sia quando fisso il buio. Ieri notte erano stanze, luoghi piccoli. Una situazione di alloggiamento di cui io sono responsabile. Non so dire dove sia. Non è la Spagna, in ogni caso; della Spagna ho ricordi chiari. Potrebbe essere ovunque, dal Mediterraneo alle steppe: dalla finestra o dalla porta – dipende da dove guardo – scorgo un orizzonte assolato, e un senso di re-

sponsabilità opprimente, come se tutto, dentro e fuori quelle stanze, dipendesse da me. Siamo in guerra, è tutto quel che so.

Appena prima di svegliarmi, alle due e mezza, era una sterrata che partiva dal letto e attraversava il muro, dritta come una freccia, bianca di sabbia o di neve, non ne sono certo. «Devo», sembrava che continuassi a ripetere a me stesso; oppure qualcun altro, una voce esterna, scandiva quella parola per me. Un'esperienza fra il sogno e la fantasia, voglio dire, perché non sono pronto ad ammettere di avere le allucinazioni. A ogni modo, almeno sono riuscito a dormire per quattro ore. Non sono ancora a pieno regime, ma la testa è più lucida di ventiquattr'ore fa.

Ai miei occhi questi laconici giapponesi restano un enigma. Se non sanno ancora che ho manomesso la valigetta di Keiko, resta il fatto che sono stato io *il primo a entrare nella stanza dove due di loro sono morti; Ikeda ufficialmente si è ucciso dopo che* io *l'ho accompagnato lontano dall'albergo; mi hanno sorpreso a perquisire una delle loro camere (il cui ospite ho anche pedinato per le strade della città), e per essere un tenente ho fatto una gran quantità di domande. Forse il dottor Kitamura non ha ancora guardato sotto la statuetta di Inari e ignora che la contromarca è sparita. Keiko gliel'ha data perché la conservasse al sicuro, o magari Kitamura non sapeva nemmeno che fosse lì (e, in questo caso, chi l'ha nascosta nella sua stanza)?*

Pochi minuti fa, mentre ritornavo dalla mia cavalcata nel parco, dopo aver affidato Turnus al mio attendente ho visto l'ammiraglio Oi camminare avanti e indietro sul marciapiedi di fronte allo Schlösschen, *sprigionando fumo di sigaretta come una locomotiva. Quella dannata sequenza numerica – 8-4-3, un indizio reiterato, frutto di una mente perversa o solo contorta (o da più menti dello stesso stampo) – mi stava ancora girando in testa.*

L'ammiraglio mi aspettava? Di certo si è inchiodato dritto davanti a me, con le mani giunte dietro la schiena, a gambe larghe, come si vedono ritratti i comandanti navali nelle vecchie stampe. La mia esperienza a San Giorgio con il vescovo Hohmann aveva segnato il limite della mia sopportazione degli sguardi di rimprovero da parte dei vecchi, così ho deciso di gettare la prudenza al vento. Un saluto da manuale, e poi – in violazione degli ammonimenti del colonnello K. – di punto in bianco gli ho chiesto se la combinazione 8-4-3 per lui significasse qualcosa. Oi non ha trasalito, non ha battuto ciglio, non ha dato segno di sorpresa (lo fa mai?). Ha pronunciato asciutto le seguenti parole: «Quel numero non significa nulla per me». Il numero, *al singolare, non i numeri. La sua padronanza della lingua tedesca è superba, non commetterebbe mai un simile errore grammaticale. Gli è sfuggito, dunque? O devo arguire che il numero in questione, qualunque cosa esso significhi, sia ottocentoquarantatré? Avrei fatto un passo avanti, anche se non so in quale direzione.*

È stato quanto l'ammiraglio ha detto in proposito. Poi però ha dimostrato di sapere esattamente perché l'ho chiesto, e tutto ciò che è successo durante la mia assenza dall'Opera. Ha grugnito: «Come sa che è stato il tenente Honda a colpirla?».

Da questo ho dedotto che i miei sentimenti nei confronti del suo aiutante devono essere stati leggibili nel giorno e nella serata trascorsi nel frattempo. Male; devo controllarmi meglio. «Per il taglio che l'anello con rubino di Honda mi ha lasciato sul collo», ho risposto, e sfacciatamente ho aggiunto della mia scoperta di un legame fra suo figlio e la signorina Deshimaru. Gli angoli della bocca di Oi hanno assunto l'esagerata piega all'ingiù che si vede negli attori di teatro giapponesi. Poi ha parlato col tono di una lavata di capo. «Ha interpretato in maniera errata la fotografia che ha esaminato senza il mio consenso nella mia stanza, in cui senza il mio permesso è entrato! La signorina Deshimaru è la figlia di mia sorella, non la fidanzata di mio figlio».

Keiko nipote di Oi. Ora sì che stavo andando da qualche parte! Ho preso a chiedere se facesse differenza per la faccenda in questione. «La faccenda in questione!» è sbottato lui, e (cito abbastanza fedelmente) «lei è un giovane ufficiale in salute e privilegiato, che vive felicemente fra i suoi pari: posso predirle che entro poco tempo soffrirà fame, sete e ferite, e si ritroverà solo. Lo stesso accadrà a mio figlio, e grandi sono la vergogna e il disastro, poiché sono i più anziani, è la mia generazione, che sta portando tutto questo sulle vostre teste. Invece di rincorrere la faccenda in questione, ci fermi finché è in tempo!».

In tempo? Fermare cosa? Ma se suo figlio e io preghiamo per la guerra!

A ogni modo, ora so che l'ammiraglio è consapevole della «faccenda in questione», se non direttamente coinvolto. Non mi avrebbe già fatto uccidere, se fosse lui il *nostro oscuro* Signore*? Non ha aggiunto altro, ma se il generale Lüttwitz non fosse apparso sulla scalinata dell'albergo con stampata in volto la promessa di un altro rimprovero, sarei corso dietro a Oi per metterlo sotto pressione. Purtroppo sembra che i rappresentanti del Ministero della Propaganda siano più veloci del fulmine. Da Berlino, il Ministero ha comunicato al generale che «il giovane ufficiale a lei assegnato deve trasmettere agli ospiti stranieri un'immagine del Reich più rispettosa, affidabile e amichevole»; ufficiale che fortunatamente – la burocrazia è quel che è, malgrado la sua rapidità – nel telegramma risponde al nome di Büren, invece che di Bora.*

«Parlano comunque di lei», ha aggiunto il mio comandante. «Lei deve alleggerire il mio carico, Herr Oberleutnant, *non appesantirlo. Veda di darsi una regolata».* Darsi una regolata *è la soluzione a tutto anche per mio padre, come se uno se ne andasse in giro fuori registro. Insieme a* Essere, non apparire, *a casa nostra veniva usata in continuazione con noi ragazzi. Uno dei suoi «Regno di Dio!» e anche il* Generalmajor *Lüttwitz se ne è andato.*

Domani è il compleanno del Führer, *grande festa nazionale e tutto. Gli ospiti della conferenza dovrebbero partire il 21; gli italiani volano a Roma per celebrare la fondazione della Città eterna e allo stesso tempo la Giornata del lavoro fascista, e per prepararsi alla mostra che si terrà lì; lo stesso faranno Keiko e il professor Fujiwara. Il dottor Kitamura dovrebbe tornare in Giappone per occuparsi dei suoi affari, perché dopo la scomparsa di Ikeda dovrà essere nominato un nuovo capo del consiglio di amministrazione;*

gli ufficiali di Marina sono diretti a Berlino per continuare i colloqui militari. Il colonnello K., chissà che farà. Il Generalmajor *Lüttwitz completerà i suoi due mesi di comando in città e il tenente Bora tornerà a Berlino, dove sperabilmente Dikta lo raggiungerà per un paio di giorni a maggio, quando i tigli sono in fiore. In realtà, il tenente Bora sta ancora annaspando nel buio. Chiunque mi abbia lasciato il messaggio sul parabrezza deve essere lo stesso uomo che mi ha pedinato: un informatore, un possibile alleato? Qualcuno che conosco? A ogni modo, a meno che fra un paio d'ore al giardino zoologico non ci sia una rivelazione, il* Signore *probabilmente vincerà la partita contro di noi, per non parlare di quel che succederà alla mia promozione, se non alla mia carriera.*

È ora di tornare ai miei compiti, e di starmene zitto. Credo di aver trovato una scusa per allontanarmi dalla sessione mattutina prima delle 11, ma prima di allora, in qualche modo, dovrò inserire un caricatore pieno nella mia pistola.

Alle 9:00 pioveva a catinelle. Procurarsi delle munizioni supplementari rispetto alla propria dotazione era difficile, anzi, con la città nella morsa di una sicurezza senza precedenti dovuta alle imminenti celebrazioni, quasi impossibile. Bora si sarebbe preso a calci per non aver portato delle scorte da Berlino e non aver pensato di recuperare il suo caricatore pieno dal colonnello Kinzel. Il suo piano di passare di corsa dal quartier generale dei Corpi motorizzati per prendere in prestito delle munizioni da Harald – il collega d'Accademia incontrato alla stazione – fu frustrato da Lüttwitz. Il generale gli ordinò di restare a portata di mano per tentare una volta all'ora di rintracciare telefonicamente il suo cardiologo personale. Naturalmente questo vanificò anche la sua prima e principale menzogna: la pretesa di doversi recare in ospedale per una visita di controllo riguardo alla sua insonnia.

Avesse informato Kinzel del suo appuntamento allo zoo, il fantasioso ufficiale dell'*Abwehr* si sarebbe inventato un pretesto; lasciar fuori Kinzel, comunque, era esattamente ciò che Bora intendeva fare. Si lambiccò il cervello mentre il vecchio Fujiwara elencava monocorde i templi shintoisti che sarebbero stati presentati in una serie di conferenze in varie città tedesche.

Alle 10:05, dopo l'ennesimo tentativo fallito di raggiungere il medico del generale presso la sua clinica, il fato volle che una telefonata arrivasse proprio per il tenente. Era dell'ispettore Weidlich, ma non era il caso di sottilizzare. Il poliziotto non rivelò a Bora il motivo della sua richiesta di raggiungerlo presso il suo ufficio a mezzogiorno. Si limitò a replicare alla domanda del giovane con un conciso: – Lo saprà quando sarà qui.

– Devo preoccuparmi? – disse Bora, cercando di far sembrare che la stesse buttando sul ridere. Effettivamente non sapeva se la vaghezza di Weidlich gli stesse provocando alcun'emozione; la finta lucidità sperimentata dopo quattro ore di sonno non aveva retto oltre la colazione. La stanchezza andava e veniva. In certi momenti il suo stato d'allerta era esasperato, e l'attimo dopo era di nuovo troppo intorpidito per provare alcunché.

– Suvvia, tenente. Nel Reich tedesco solo i colpevoli hanno da temere.

Quelle parole asciutte avrebbero dato una punta di disagio a chiunque, ma era una reazione cui Bora non aveva il tempo di abbandonarsi. Nella riservatezza della cabina telefonica degli ospiti promise che sarebbe arrivato a mezzogiorno in punto, e proseguì la serie di mancate verità facendo credere al generale Lüttwitz di essere stato convocato alla stazione di polizia alle 10:45. In questo modo avrebbe potuto uscire abbastanza presto per correre da Harald prima di andare allo zoo. Inghiottendo una pillola gessosa con una smorfia, Lüttwitz gli disse: – Tutto ciò è molto seccante, *Herr Oberleutnant*. Ci vedremo a pranzo, allora, o alla ripresa dei lavori, dipende. Ma informi l'ispettore che non apprezzo questi contrattempi nel programma del mio aiutante.

Alle 10:30, quando la seduta fu aggiornata per la solita pausa di metà mattina, Bora si congedò sotto gli sguardi impassibili dei giapponesi. Keiko, che indossava lo stesso abito azzurro della sera prima, ma con un colletto di pizzo diverso, lo seguì con gli occhi fino alla porta. Anche lei aveva quella piega delle labbra composta e compressa, ma lo sguardo a Bora sembrò apprensivo. Non era proprio il caso di pensare che tenesse a lui: tutto ciò che riuscì a cogliere fu una tensione interiore sotto la pelle di quel piccolo volto a forma di cuore. Guardando ostentatamente altrove, Dortmüller e De Dominicis si scambiavano fogli di carta, godendo nel loro intimo – Bora ci avrebbe scommesso – della lavata di capo che ben presto avrebbe ricevuto dalla polizia dopo quella riservatagli dal Ministero della Propaganda attraverso Lüttwitz. Scartando un sigaro, Colloredo uscì con lui dalla stanza. – Ancora la polizia, tenente? Perché? – chiese con sollecitudine.

– Lo ignoro, signor professore – rispose Bora in italiano.

Quella, almeno, era la verità.

La sede della Brigata motorizzata di Lipsia sorgeva di fronte al Tribunale statale della Wächterstrasse, sul lato opposto del parco rispetto all'hotel. Un cantiere aperto accanto al Comando rendeva impossibile parcheggiare negli immediati dintorni. Bora fu contento di aver indossato il pastrano militare di cuoio. Lo metteva al riparo dall'acqua fino alle caviglie, a loro volta protette dagli stivali, così evitò di inzupparsi negli scrosci di pioggia che spazzavano il marciapiede fra la sua auto parcheggiata e il portone del quartier generale.

10:38. Bora incrociò il suo vecchio compagno per puro caso, mentre usciva dall'ufficio per andare a prendere un caffè. Ancor prima di declinare il suo invito a seguirlo in mensa, dovette mettere insieme una storia credibile per la sua presenza in città, quando avrebbe dovuto trovarsi a Berlino. Fatto ciò, per una volta fu lieto dell'imbarazzo che gli si leggeva in volto. – Senti, Harald – mentì – sono andato al poligono senza permesso, e adesso sono in difficoltà perché non ho giustificazioni per le cartucce mancanti. Lo so che è un fastidio, ma...

Harald lo fissò cinque secondi o giù di lì. Sotto la bustina nera che tradiva le origini del corpo come branca delle SA, la sua espressione era sospesa fra lo stupore e il divertimento. – Ragazzi, è la seconda volta che lo fai da quando ti conosco, Martin. È così che vinci le gare di tiro, esercitandoti di nascosto? – Ma non si mostrò sospettoso, e – portandosi l'indice alle labbra – tornò in ufficio, aprì il cassetto della scrivania e gli diede un caricatore pieno. – Se non ne parli tu, non lo farò nemmeno io. Comunque mi devi un favore.

Bora non ricordava di aver già usato quella scusa, e ancor meno di essere andato a sparare senza autorizzazione. Probabilmente era successo prima della partenza per la Spagna, quando il rispetto dovuto alle regole si era scontrato con la sua voglia di guerra in paesi lontani. *Devo essere veramente stanco. Mi sento parlare come se non avessi niente a che fare con le parole che pronuncio.*

Accompagnò Harald fino alla soglia della mensa, dove lo ringraziò di nuovo e aspettò di vederlo sedere a tavola prima di correre via. A quel punto aveva sedici minuti per guidare fino all'entrata della Pfaffendorfer Strasse e raggiungere l'*Affenhaus*, la «casa delle scimmie», ben all'interno dello zoo. Per fortuna in una giornata come quella non ci sarebbero stati visitatori lungo i sentieri del giardino. Mentre indugiava nel traffico – composto in gran parte da mezzi pubblici e rallentato dalla pioggia – non riuscì più a far finta che la convocazione di Weidlich non lo preoccupasse. Qualunque cosa, *chiunque* lo aspettasse alla gabbia dei primati, veniva prima; ma una volta che se ne fosse occupato, l'ispettore l'avrebbe avuto in pugno. Perché? *Preferirei che mi accusasse di essere coinvolto nella morte di Ikeda piuttosto che stare a sentire altri particolari della mia famiglia e della «Kristallnacht».* La notte di novembre era il suo punto dolente. Era furibondo con i suoi genitori, non per quello che avevano fatto – non era lontano dall'ammettere che avrebbe fatto lo stesso – ma per averglielo nascosto. Quell'immaginaria manciata di terra venuta fuori durante l'ultimo colloquio con Kinzel, a quel punto veniva seguita da un'altra, più pesante e meno giocosa. Gli *angeli migliori* della Germania avrebbero fatto bene a dargli ragione in fretta, altrimenti... Non c'era alcun *altrimenti*.

Quando finalmente il traffico intorno a lui si mosse, Bora passò rapidamente dalla prima alla seconda per riprendere velocità. L'inatteso sbandamento della BMW al principio gli fece pensare di aver dato troppo gas, ma un attimo dopo gli fu chiaro che aveva una gomma a terra. Un chiodo del cantiere vicino al Comando di Harald, non c'era dubbio. Alle sue spalle le auto strombazzavano, in coda dietro il paraurti della BMW. Una Mercedes di servizio, che ostentava minacciosa le insegne da generale, lo superò lentamente, consentendo a un uomo con il monocolo e un'espressione astiosa di dargli una lunga occhiata. L'ufficiale scandì delle parole perfettamente leggibili anche attraverso i finestrini bagnati di pioggia: «Giovane i-di-o-ta».

Bora si innervosì. Aprì la portiera del guidatore per guardare la ruota sgonfia (altri irritanti suoni di clacson), poi manovrò come il capitano di un vascello inclinato, prossimo ad affondare nel mare del traffico, fino alla stazione di benzina dell'*Aral*, che lo invitava come un faro verso la svolta successiva. Lasciare l'auto ai meccanici all'incrocio fra la Hindenburg e la Martin Luther significava un chilometro e mezzo di distanza dal suo obiettivo, nove minuti prima delle undici. Fece cenno a un taxi nello stesso momento in cui dal marciapiedi lo stava chiamando un civile – probabilmente un impiegato di alto livello del vicino Municipio. Si scontrarono su chi dovesse avere la precedenza, venti secondi di arroventato scambio prima che Bora spintonasse di lato il civile per salire sulla macchina. – È l'assistente del sindaco quello che ha appena spinto – osservò il conducente togliendo le mani dal volante. – Io guai col Comune non ne voglio.

Prima di riuscire a prendere il taxi successivo, Bora dovette aspettare due minuti imprecando nella pioggia battente.

Paragonate all'ingresso grandioso della villa del giardino zoologico di Roma, uno dei suoi rifugi quando era ragazzo, le fantasiose arcate che conducevano allo zoo di Lipsia erano un capolavoro provinciale di cattivo gusto. Bora si affrettò a comprare un biglietto da un incaricato piuttosto stupito e si accinse a passare il cancello, solo per tornare subito indietro.

– È entrato qualcuno prima di me?

Il bigliettaio, un veterano della Grande Guerra con un occhio solo, che era lì da anni, fece scorrere la sua unica iride azzurra sulle spalline dell'ufficiale, i soli indici di grado sul severo pastrano dell'Esercito. – Con questo tempo? No, *Herr Oberleutnant.* Ma se la signorina arriva, dove devo dirle di raggiungerla?

Devo ricordarmi di non incontrare mai ragazze in luoghi pubblici nelle giornate di pioggia: salta troppo all'occhio. Bora si accigliò. – Ma cosa va pensando! Sono entrati altri visitatori questa mattina?

– Beh, no. Riferirò alla signorina che lei è già entrato, a ogni modo.

La vecchia «casa delle scimmie» era un edificio pretenzioso e turrito a metà strada fra un chiostro gotico e un'*hacienda* spagnola, con grandi gabbie coperte. Bora la raggiunse quando le lancette del suo orologio segnavano le 11 in punto, ma una volta arrivato si trovò da solo. Lì, come altrove lungo il tortuoso itinerario attraverso lo zoo, gli animali si celavano agli sguardi e al maltempo. Solo gli elefanti, avrebbe scommesso, si sarebbero spostati con piacere in quell'umidità.

Chiunque gli avesse dato questo appuntamento, o aveva scelto di osservarlo da un punto nascosto, oppure doveva ancora arrivare. Dopotutto, considerata la sua abitudine di mettere l'orologio sempre un paio di minuti avanti, le 11 non erano ancora scoccate. Bora buttò giù in un respiro il freddo nebbioso ed espirò lentamente. Era strano come da tutte le parti, nella pioggia implacabile, l'odore di bestie e alberi esotici – l'estraneità di quel mondo fittizio, rinchiuso, ingabbiato, controllato – lo colpisse in maniera sgradevole, quasi deprimendolo. No, non era poi *così* strano, in fondo. Che cosa avevano da spartire pitoni e tigri, orsi polari e uccelli della giungla con quegli stagni artificiali e quelle finte distese di roccia?

Esausto per la veglia e più sensibile agli stimoli, gli sembrò di poter avvertire solitudine e avvilimento sotto le pellicce e i manti, lungo i piumaggi lisci e risplendenti; era, pensò, un luogo di prigionia, di parassiti e malattie nei polmoni. I cespugli lussureggianti non potevano metterci riparo, non più delle migliori intenzioni dei funzionari cittadini che avevano portato la fauna dei cinque continenti nel cuore di Lipsia.

Se il giorno prima era stato ipersensibile ai colori, stamane erano i suoni, anche i più lievi, a sembrargli insopportabili. Il picchiare martellante della pioggia sulla copertura metallica dell'*Affenhaus* diveniva un impietoso *cla-cla-cla-clack* dal ritmo frenetico; battute dallo scroscio, le foglie piatte emettevano un'eco sorda e profonda; sotto le suole rinforzate d'acciaio degli stivali, la frizione della ghiaia levava un coro di piccole voci irate. Bora rimase immobile per tenere sotto controllo almeno quello stridore.

Chiunque fosse lì per incontrarlo – ormai era passato un minuto dall'ora pattuita – con la pioggia sarebbe stato notato dal bigliettaio, come era successo con lui. *Fa differenza, ed è questo il motivo per cui è in ritardo?* Bora diede le spalle alla gabbia delle scimmie, chiedendosi se fosse il caso di slacciarsi il pastrano per avere la fondina a portata di mano. *A meno che, natu-*

ralmente, non sia già entrato, e mi tenga sotto tiro da qualche parte dopo essere sgattaiolato fin qui dal parco Rosenthal, o aver nuotato come un'anguilla nel ruscello Pleisse.

L'idea lo fece sorridere, e poi preoccupare. Due gesti rapidi ed ebbe slacciato il pastrano per estrarre la *Walther* e infilarla nella tasca destra. Anche il fruscio del cuoio sfiorato gli faceva male ai timpani. I borbottii rochi, gli *hu-hu-hu* degli uccelli in una gabbia distante lo fecero trasalire, ma, quasi fossero un segnale, subito dopo ogni suono riacquistò la sua normale intensità, sortendo l'effetto di un momentaneo silenzio – una giornata di pioggia in uno zoo senza visitatori.

Mi sono ostinato a non fare ipotesi su chi abbia voluto un incontro qui e ora – uno dei nostri o l'avversario, o qualcuno di neutrale; magari un informatore, con un po' di fortuna. Come reagirà il colonnello Kinzel quando saprà che ho agito in maniera così indipendente? All'improvviso l'enormità della sua arroganza sgomentò Bora, quasi si svegliasse in quell'istante da un episodio di sonnambulismo in cui aveva mentito al suo comandante e a un collega, oltre ad aver gettato al vento ogni tipo di precauzione. *Cosa dirà il generale Lüttwitz*? Osservò impensierito l'acqua cadere insistente, verticale come i monsoni nelle antiche xilografie giapponesi.

Finalmente lungo il sentiero, emergendo dalla pioggia, si rese visibile un uomo, solo, con le mani affondate nelle tasche di un impermeabile color camoscio. Taglia e postura, per quanto riuscisse a vedere Bora, tradivano un occidentale, se non addirittura un tedesco, con un cappello dalla tesa abbassata come quello del dio viandante Odino. Anche lo sconosciuto lo vide, e si fermò nel punto in cui era arrivato, a una trentina di passi dall'*Affenhaus*. Che fosse lì per incontrare Bora era indubbio. Lo osservò da lontano, senza sfilare le mani dalle tasche, non indeciso, ma come senza interesse o volontà di avvicinarsi. Da parte sua Bora non si faceva scrupolo di prendere l'iniziativa; aspettava solo un qualunque segno di riconoscimento – ce ne fosse stato uno – da parte dell'estraneo.

Lo sconosciuto non ne fece. Attento a non muovere la testa, Bora guardò a destra e a sinistra per controllare se si avvicinasse qualcun altro; aveva le spalle coperte, la gabbia degli animali gli faceva da scudo, ma se si trattava di una trappola doveva prestare attenzione ai lati. I suoni si fecero di nuovo forti e distinti: vicino e lontano la pioggia batteva, scorreva, gorgogliava e spazzava superfici diverse. Come pochi momenti prima, immaginò di riuscire a cogliere i toni più sommessi: una zebra che sbadigliava all'altro capo dello zoo sarebbe rientrata nelle sue capacità d'ascolto; aveva i sensi così acuti da provare dolore fisico. Quando lo sconosciuto spostò il peso da un piede all'altro, Bora fu certo di sentire lo scricchiolio della ghiaia sotto le suole delle sue scarpe. Il suo stesso respiro lento gli sembrava fragoroso come un tuono.

La distanza fra normalità e stranezza, pensò, era così tenue che al suo confronto un velo di cipolla sarebbe sembrato corteccia. Questa, almeno nominalmente, era la sua città, le macchie verdi e le aiuole intorno a lui erano familiari e innocue: eppure l'estraneo a trenta passi di distanza, rivelatosi solo attraverso il messaggio che gli aveva lasciato sul parabrezza, era sufficiente per distorcere un mondo. E se questa non era Lipsia nel 1939, lui poteva anche non essere più Martin Bora. Qual era il nome dell'eroe su cui il gigantesco scheletro strappava il sipario nella stampa giapponese? Mitsukami, principe Mitsukami...

Lo sconosciuto fece dietrofront. Con la testa e le spalle abbozzò un cenno per invitare Bora a seguirlo, poi prese ad allontanarsi. Bora gli andò dietro. Dato che l'altro non accelerava il passo, mantenne la distanza che li separava, ripercorrendo i suoi passi da una gabbia all'altra, fra i gruppi fitti di bambù, oltre l'acquario e fino all'ingresso principale. Laggiù l'estraneo – bavero alzato, mani in tasca, smilzo e dall'incedere non militaresco – fece strada passando davanti al bigliettaio, e senza girarsi a vedere se l'ufficiale lo seguisse, si fermò perché potesse raggiungerlo. Nessun altro segnale. E nessuna esitazione quando prese a sinistra sul marciapiedi e a passo misurato si avviò verso l'entrata più vicina del parco Rosenthal, non lontano dal ponte che Kinzel aveva attraversato con Bora e il cadavere di Ikeda. *Quindi l'*Affenhaus *era semplicemente un luogo dove incontrarci, e siamo diretti a un posto più riservato. Ha senso. Ma non dovrei chiedermi di che cosa si tratta?*

Come per tacito accordo, lungo la strada i due si sforzarono di procedere con indifferenza, per non allarmare i gendarmi e i poliziotti in borghese che avevano occhi dappertutto, in quella vigilia di festa. Sempre in vantaggio di una trentina di passi, ben presto l'estraneo svoltò a destra, sul ponte di Zöllner. Poco dopo cespugli, erba e alberi in boccio presero il posto di passanti e automobili; qui e là creavano isole fresche e profumate, che i due raggiungevano e superavano. Il laghetto era butterato dalle gocce di pioggia come un calderone ribollente.

Subito oltre c'era il prato detto *Grosse Wiese*, basso e saturo d'acqua nella nebbia che si levava con la pioggia. Ovunque i crocus spuntavano gialli e viola in macchie di brillantezza delicata. Lo sconosciuto rasentò la radura seguendo il sentiero, ma a un certo punto lo abbandonò per i boschi che costeggiavano il parco a sud-ovest. Bora lo seguì – *come un topo dietro il pifferaio di Hamelin*, si disse acritico.

In più di un senso il tempo era diventato immateriale. Bora aveva tenuto d'occhio l'orologio finché l'estraneo era entrato al parco Rosenthal, ma a quel punto andò semplicemente avanti, senza considerare che aveva un appuntamento all'ufficio di Weidlich mezz'ora dopo. Anche il pranzo e la ripresa pomeridiana dei lavori allo *Schlösschen* potevano ben appartenere a un altro pianeta. Non pensare era un sollievo. Forse. Era come se la sua vita fino a quel momento l'avesse portato lì; avrebbe appreso, compreso tutto, se solo avesse raggiunto lo sconosciuto, che forse dirigeva il grande gioco o forse, invece, non ne sapeva più di lui. Era improbabile che il *Signore delle cento ossa* si lasciasse pedinare; la sua grandezza spionistica, per come la immaginava Bora, avrebbe perso valore in quell'inseguimento apparentemente insensato. Non si sarebbe mai avventurato a casaccio nei boschi, come un cervo in attesa di essere abbattuto nella tenuta del *Gauleiter* Mutschmann. Ma chi, allora...?

In quell'angolo selvatico del parco la pioggia si faceva più rada o intensa al ritmo della diversa densità delle frasche che si protendevano sopra di loro. Scavalcando un ramo caduto, Bora inciampò fino alle caviglie in una trappola di fango e radici e dovette districarsene prima di proseguire. Poi accelerò il passo, perché l'impermeabile color camoscio davanti a lui, fra gli alberi, appariva e spariva dalla vista. La corda invisibile che fino a quel momento si era tesa fra loro, ora rischiava di aggrovigliarsi e spezzarsi. Procedere in una data direzione era già impossibile nei punti dove la crescita era più intricata; un ritardo avrebbe complicato le cose. In realtà, appena Bora si decise a ridurre le distanze, si rese conto di aver perso del tutto di vista lo sconosciuto. L'impermeabile non si scorgeva più, e non c'era modo di dire se per raggiungerlo bisognasse svoltare a destra o a sinistra. *Se ha una pistola*, il dubbio affiorò come una bolla oziosa nella mente di Bora, *può spararmi quando vuole; con questi scrosci d'acqua nessuno sentirebbe. Sai a cosa mi serve un caricatore pieno, se non distinguo il mio bersaglio.*

Ma nessuno gli sparò, nessuno chiamò, nessuno mostrò il viso... era semplicemente stato seminato. Come espulso da un incantesimo, Bora ruzzolò fuori dall'apparente assenza di tempo. Cosa faceva fra gli alberi, santo Dio? Era a Lipsia, era il 1939. Nel bel mezzo di un parco. Tecnicamente si era assentato dal suo dovere senza permesso. Il sipario strappato si chiuse di fronte allo scheletro minaccioso, e il principe Mitsukami non ebbe più nemici con cui confrontarsi.

Bora si ricordò di Weidlich, Lüttwitz, dei suoi doveri pomeridiani, delle celebrazioni del giorno dopo: una fretta vigile di recuperare il tempo perduto si impadronì di lui, ma era difficile assecondarla dal folto del bosco. Nel giorno bigio in cui le ombre perdevano i contorni, calcolare se stesse ancora dirigendosi verso est era al massimo una congettura. Bora continuò a camminare, con la rabbia che aumentava a ogni passo. Querce, rododendri, crocus se ne stavano lì come seccanti macchie di colore di nessuna utilità. I rami lo impedivano. Finalmente, oltre una barriera di tronchi curati e cespugli coperti di gemme, il bosco si faceva meno fitto e si apriva su una seconda radura - no, non una seconda radura: il margine del parco, e un'ampia strada trafficata. Doveva essere la Ludendorffstrasse, pensò Bora, che divideva in due il parco da nord a sud. Un sentiero per cavalli costeggiava la strada carrabile, e di sotto il fiume cingeva i boschi. Lo sconosciuto non si vedeva da nessuna parte.

Con chi me la devo prendere? Qualunque cosa, chiunque fosse, per qualunque incomprensibile ragione volesse incontrarmi, posso solo assumermi la responsabilità di essergli andato dietro. L'idea lo imbestialiva. Nel giro di quindici minuti avrebbe dovuto essere alla stazione di polizia.

Gli sembrava più vicina la Luna che la Rochlitzstrasse. Bora si orientò grazie alla disposizione dei sentieri per cavalli e pedoni che fiancheggiavano la strada. Da dove si trovava, l'unico modo pratico per tornare indietro era tagliare fino al ponte più vicino, quello di fronte alla Sedanstrasse, dove Kinzel gli aveva detto che stazionavano i taxi.

... *Un ponte stretto / così che il solo che possa attraversarlo sia colui / che bada alla purezza del suo cuore.* I versi giapponesi vennero in mente a Bora mentre raggiungeva la testa del ponte. Sull'altra sponda la città si estendeva ignara. Nella pioggia più rada, ridotta a un'acquerugiola, poche auto svoltavano con i fari accesi, i passanti correvano a pranzo sotto i loro ombrelli. Uno striscione appeso da palazzo a palazzo sulla König Johann Strasse, fra i simboli con la doppia M angolosa della *Reichs-Messestadt*, recitava: *Lipsia saluta il compleanno del suo* Führer*!* L'ammiraglio Oi, ricordò, aveva commentato che simboli analoghi a quelli fieristici, sovrapposti e ondulati, in Giappone indicavano convenzionalmente la «giurisdizione navale».

Le sole parti di lui non protette dalla pioggia, il viso e la nuca, erano intirizzite per il freddo e l'umidità. Bora esaminò con lo sguardo i marciapiedi lontani. C'era un viavai di ombrelli dall'avanzare ondeggiante, copricapi, mantelli e indumenti impermeabili. Sull'angolo, nel punto più lontano, gli parve di riconoscere l'indumento color camoscio che aveva seguito fino ad ora. Sì, sì, era *lui*: lo stesso cappello appesantito dalla pioggia, lo stesso bavero alzato, le mani in tasca... Lo sconosciuto stava guardando nella sua direzione, immobile. *Che diavolo, come ha fatto ad arrivare lì prima di me?* Bora si fermò per restituirgli lo sguardo, ansimando d'impazienza e irritazione.

Alla sua destra, a un paio di passi sull'arco del ponte, un civile oziosamente appoggiato al parapetto si voltò per lanciargli un'occhiata; sembrava incuriosito dall'aspetto arruffato dell'ufficiale – un agente in borghese, forse? Con la coda dell'occhio, Bora decise che ne aveva tutta l'aria, e provò imbarazzo al pensiero del suo palese nervosismo e degli stivali infangati.

Senza fretta il civile estrasse un pacchetto di sigarette e se ne infilò una in bocca; poi si frugò in tasca. Bora si sforzò di nascondere la sua ansia; era ancora dibattuto fra la prosecuzione del pedinamento e la ricerca del taxi più vicino.

Il civile disse: – Scusi, tenente, ha da accendere?

Grazie a Dio, nessuna domanda imbarazzante. Si rilassò un po'. Dall'altra parte della strada, l'estraneo con l'impermeabile sembrava non avere fretta di fuggire, quindi Bora si voltò amichevolmente verso il civile. – Sì, ce l'ho –. Avendo appena iniziato a fumare, non possedeva ancora un accendino, quindi attraverso il pastrano infilò una mano nel taschino sul petto dell'uniforme, dove teneva i fiammiferi.

In quel momento sulla spalla gli scese una presa brutale, come una morsa invalidante. Continuava a pensare che l'altro fosse un agente in borghese, quindi da parte sua quel che seguì fu puro istinto, che lo spinse a reagire con un passo indietro e uno di lato.

Non – abbastanza – in fretta.

Il coltello a serramanico trovò il cuoio del pastrano slacciato, affondò e scivolò verso l'alto, in un brutto movimento teso a tagliare e sventrare. Bora sentì l'urto dell'acciaio come un pugno contro il diaframma, la sua mente elaborò una serie fulminea di pensieri nel preciso istante in cui veniva colpito. Nessun dolore, solo il colpo. Non avvertire dolore, aveva letto da qualche parte, non significava nulla. Le ferite mortali possono non provocare sofferenza, al principio, anche quando l'intestino viene strappato dal ventre. Nella convulsa frazione di secondi in cui si irrigidì contro lo shock, una scintilla di dolore segnò la risalita della lama nello spazio fra i bordi del pastrano. L'acciaio riemerse davanti ai suoi occhi senza traccia di sangue, obliquo. Tagliato di netto, crudelmente tranciato dal gambo, un bottone volò via al rallentatore dal cuoio morbido, roteò verso l'alto, stallò e ricadde di lato.

Non sono puro di cuore abbastanza per attraversare il ponte? Devo averlo sognato, che non ci fosse sangue sulla lama. Bora sentì le parole incredule echeggiargli in testa, eppure la disperata possibilità che la fibbia della cintura avesse fermato l'affondo divenne furia di sopravvivere. Così cercò di far inciampare l'altro mentre si faceva scudo con l'avambraccio, lottando per il controllo dell'arma. Corpo a corpo, senza una parola, dalla testa del ponte avanzarono barcollando verso il margine verde del parco, e il marciapiede sotto le suole si mutò in erba, poi di nuovo in asfalto. *Sarà anche Lipsia nel 1939, ma io sto sognando. La tensione dei muscoli, il rischio di morire – è tutto nella mia testa. Il viso di questo assassino è immateriale, vedo i suoi tratti ma non saprei descriverli, è ridotto all'unico elemento del coltello contro cui lotto nel sogno...*

Sopra di loro, tremando nel pugno dell'uomo, la lama baluginò appena nella pioggia leggera. *Anche i cefali delle acque turbinose di Naruto alla vista degli ami scintillanti...* Bora gettò il peso in avanti. I suoi polsi da cavaliere avevano forza in abbondanza per infliggere una torsione decisa al braccio dell'altro, se solo fosse riuscito a usare la giusta presa. Lottarono ferocemente passando dal vialetto al prato scivoloso di pioggia, sempre più vicini al punto inclinato in cui l'erba digradava verso la riva del fiume. Un passo falso, un calcolo sbagliato, e la lama gli sarebbe affondata dentro fino all'impugnatura. Bora combatteva per non scivolare. Sempre più, il panico si trasformava in rabbia. La brutalità che aveva usato in Spagna, battendosi per Remedios contro il suo rivale americano, affiorò di nuovo; una sorta di cieca furia mascolina e invincibile, che scalcia e tira pugni per vedere il sangue. La terra del cimitero aragonese in cui si erano rotolati nel 1937, sferrando e incassando colpi, gli era presente quanto il muschio verde che lo circondava al momento, e il principio – la predominanza sessuale allora, la sopravvivenza fisica questa volta – aveva lo stesso primitivo sapore di inesorabilità. Per nessun motivo al mondo, anche se in gioco non ci fosse stata la vita, avrebbe lasciato che l'avversario avesse la meglio su di lui. Eppure, nella follia delle circostanze, nel momento in cui fece per conquistare la mano dell'altro, gli atti e le motivazioni divennero luoghi comuni; come da una distanza filosofica, Bora osservò il suo risentimento trasformarsi in quello di un ufficiale dell'Esercito costretto a un contegno tanto inappropriato in un parco cittadino, una grottesca lotta per il possesso di un coltello. L'intenzione omicida dell'aggressore e il suo legame con lo sconosciuto che l'aveva condotto nella trappola divennero irrilevanti per la rabbia metodica che gradualmente forzò il polso a lasciar cadere l'arma.

Dai fianchi del ponte e dal declivio erboso finirono per scivolare sulla riva del fiume. Gonfio di pioggia, l'Elster sembrava una corrente di fango disseminata di foglie e diretta verso nord. In qualche modo Bora si ancorò al declivio con lo sperone del tallone destro, irrigidendo i lombi per mantenere l'equilibrio. Una frustata gli attraversò i muscoli come un fuoco. Quanto più piacevolmente li aveva usati fino alla soglia del dolore, steso sopra Dikta e su Remedios prima di lei! Eppure la tensione del movimento gli fece bene anche in quel frangente. Spinse l'uomo indietro con lo stivale sinistro, lo guardò vacillare agitando le braccia e piombare di lato nelle acque color piombo, sollevando una corona disordinata di schizzi di fango. La corrente lenta lo imprigionò. Spararagli mentre si lasciava andare a valle senza opporre resistenza fu una tentazione, ma Bora scelse di non cedervi.

Riguadagnò la cima della riva. Quanto al coltello, lo raccolse dall'erba nelle pieghe del fazzoletto, lo richiuse e se lo mise in tasca. L'aggressore aveva i guanti, quindi non ci sarebbero state impronte, ma non si poteva mai dire. Dall'altra parte della Liviastrasse, ovviamente, l'impermeabile color camoscio era sparito dal marciapiedi. Ignari che sul loro itinerario era appena stato tentato un omicidio, due gendarmi camminavano nel punto in cui aveva sostato lo sconosciuto; sotto i loro képi con la coccarda, erano il ritratto della vigilanza prefestiva. Bora si sistemò l'uniforme, lasciando aperto il pastrano per via del bottone saltato. Tenendo la mano verticale davanti al viso, fra il naso e la fronte, si accertò che il berretto fosse ben centrato. Era strano che la pioggia lieve, fastidiosa fino a pochi istanti prima, a quel punto fosse piacevole. Tornò sul ponte consapevole della sua euforia, un libidinoso formicolio risvegliato da capo a piedi dal fatto di essersi battuto vittoriosamente con un altro maschio. I muscoli abbandonavano la tensione senza tremiti.

Un'occhiata all'orologio lo scosse bruscamente dalla soddisfazione. Era mezzogiorno. Avrebbe dovuto essere seduto di fronte a Weidlich, in quel momento. La sua BMW, che la ruota fosse stata o meno sostituita, era parcheggiata troppo lontano. Qualunque cosa avesse detto il colonnello Kinzel a proposito della disponibilità di taxi, dopo aver attraversato il ponte per tutta la sua lunghezza Bora non vide alcun'auto pubblica, mentre la fermata dell'autobus più vicina era almeno a mezzo chilometro di distanza.

Perché i contrattempi quotidiani tornano a infastidirci quando si sopravvive a un pericolo? Bora ebbe alcuni attimi frenetici mentre si lanciava di corsa a prendere il tram numero 3, che fortunatamente era diretto verso sud, a Schleussig.

Arrivò alla stazione di polizia tredici minuti dopo l'orario convenuto, e c'era solo da sperare che Weidlich non avesse telefonato in albergo per informarsi sul suo ritardo. Ma Bora era all'oscuro di molte cose. L'ispettore aveva chiamato alle 10:52 per rimandare l'appuntamento alle 12:15, e così il generale Lüttwitz aveva scoperto che non solo non c'era alcun appuntamento alle 10:45, ma anche che il suo aiutante in quel momento non era affatto nell'ufficio dell'ispettore.

Così Bora, di fatto, si trovò in anticipo di due minuti, ma i guai della giornata erano ben lungi dall'essere finiti.

– L'ispettore Weidlich non c'è – gli disse il gendarme di guardia. Con una totale assenza di interesse, per informarlo sollevò gli occhi da una pila di carte. Accantonati il pastrano e il berretto fradicio, Bora rimase severamente in piedi di fronte alla scrivania, nella gloria incipiente delle sue decorazioni della campagna spagnola. Avesse conosciuto i dettagli dello scambio telefonico fra Weidlich e Lüttwitz, sarebbe sprofondato sottoterra. Invece si limitò a chiedere brusco se l'ispettore fosse atteso a breve.

– Se vuole può aspettare – fu la non-risposta che ricevette.

Bora fissò il gendarme. Diveniva confusamente consapevole del dolore al diaframma e alle spalle; gli faceva male anche il polso. La tensione che tanto l'aveva eccitato dopo la lotta si stava dipanando in fili di stanchezza fisica. Se solo avesse trovato una superficie moderatamente comoda per sedersi, l'agitazione non gli avrebbe impedito di cedere al sonno. Bora decise di restare in piedi nel corridoio fuori dalla porta a vetri dell'ufficio di Weidlich. A due isolati di distanza, allo *Schlösschen,* la seduta pomeridiana – quella conclusiva – non sarebbe iniziata prima delle 14:00, quindi si sarebbe potuto permettere di restare alla stazione di polizia fino alle 13:45.

Diversi minuti d'attesa dopo, cominciò a prestare un'attenzione oziosa a quanto veniva detto nelle stanze; per lo più comunicazioni di servizio legate alle celebrazioni dell'indomani, la risposta a questa o a quella telefonata. Nomi e indirizzi ignoti gli entravano e uscivano dalla mente. Si era fermato di fronte a un brutto calendario che pubblicizzava la Fiera del Libro, quando – dopo la rumorosa cacofonia di una macchina da scrivere – una sequenza di parole gli sembrò più comprensibile del resto.

– Di fronte a casi del genere, ti chiedi a che servono gli arresti preventivi durante le feste nazionali – stava mugugnando qualcuno.

– Perché?

– Come, perché? Non hai sentito del prete austriaco a Gohlis?

– Sì, ma non è di nostra competenza.

– Questo lo dici tu. Nella sacrestia in cui è stato ucciso, i colleghi della Beaumontstrasse hanno trovato un biglietto da visita, e per qualche motivo l'hanno mandato a noi.

Bora si sentì come se gli fosse stata versata in testa una secchiata d'acqua più fredda della pioggia. Il *suo* biglietto da visita. Il gesto noncurante di posarlo su una mensola sotto la tela ammuffita di San Giorgio gli balenò davanti agli occhi. Il prete con la faccia da marmotta non l'aveva nemmeno toccato, ma se era stato ucciso – ucciso? da chi, perché? – quel cartoncino sottile con il suo nome lo collocava sulla scena del delitto. Bora restò con il fiato sospeso, aspettando di captare altro, ma il poliziotto non aveva nulla da aggiungere alla conversazione. Il rumore della macchina da scrivere riprese. In fondo al corridoio semibuio, il pannello della porta di Weidlich – vetro opalino con un motivo geometrico – all'improvviso sembrò una ragnatela vischiosa, pronta a intrappolarlo. Era per quello che Weidlich l'aveva convocato? E perché non era nel suo ufficio? Era andato dai suoi colleghi a Gohlis a causa del biglietto da visita, e in quel momento era chino sul corpo di padre Kostner?

La padronanza di sé divenne difficile da conservare. Bora cercò di mettere quel tanto di dignità nel recupero alla chetichella di pastrano e berretto dall'appendiabiti, e nell'allontanarsi dalla stazione di polizia. Il passo successivo fu trovare un telefono pubblico, e grazie a Dio il colonnello Kinzel era nella sua stanza d'albergo.

Gli ci vollero alcuni secondi per rendersi conto che gli strani suoni nasali che sentiva dall'altro capo della linea erano risate crudeli di Kinzel.

– Mi piacerebbe dirle di bere il suo amaro calice fino alla feccia, tenente, ma non posso lasciarla sbattere in galera per aver ammazzato un prete. Mi aspetti all'angolo della Brockhausstrasse.

– E il mio appuntamento con l'ispettore Weidlich?

– Credo che Weidlich lo rimanderà.

Kinzel arrivò con la stessa auto anonima che lo aveva condotto allo *Schlösschen* la mattina successiva alla morte di Kobe. Dal sedile posteriore, dov'era seduto, fece cenno a Bora di raggiungerlo. Poi, senza una parola, indicò all'autista di proseguire. A capo scoperto, con i corti capelli a spazzola rasati sulle tempie alla maniera di Himmler, ghignò sotto i baffetti. Visto di lato, il suo naso era superbo e gibboso, come nei ritratti dei nobiluomini italiani dei medaglioni di Donatello.

– *Il soldo del peccato* – sentenziò. – Sarei molto interessato a sapere cosa stava facendo lei ieri sera a San Giorgio. Meglio ancora, apprezzerei grandemente se mi raccontasse che cosa è successo da quando ci siamo incontrati ieri a mezzogiorno.

Una coltellata nello stomaco, pensò per assurdo Bora, gli avrebbe risparmiato la difficoltà di spiegare le iniziative che aveva preso da quando aveva fatto rapporto al colonnello Kinzel. Sembravano essere passati secoli dalle valutazioni errate e dalle menzogne della mattina. Riferì della sua visita alla chiesa per pedinare Kitamura (mantenendo il silenzio sul rimbrotto di Hohmann), del foglio infilato sotto il suo tergicristalli, di tutto quel che era accaduto fino al momento in cui il colonnello l'aveva raccolto all'angolo della strada. Kinzel ascoltava tenendo gli occhi fissi davanti a sé, muto come una tomba. Il sogghigno gli era sparito dal volto. Alla fine della via fece segno al conducente di prendere prima a destra, poi a sinistra dopo il fiume, dirigendosi verso nord.

Era il modo del suo superiore di mantenere la tensione, lasciare che qualcuno parlasse e allo stesso tempo si ponesse delle domande. Bora non riusciva a capire dove Kinzel lo stesse portando, e perché. Bandiere e striscioni, pennoni, ghirlande di nastri formavano una geometria di rosso, bianco e nero nel grigiore della giornata, ma non si sentiva granché d'umore celebrativo. Il suo disagio si fece acuto quando il colonnello ruppe il silenzio per dire: «È un brutto affare» e peggiorare le cose informando Bora che il generale Lüttwitz era a conoscenza del vero orario del suo appuntamento con Weidlich.

– Controllare i telefoni dell'albergo è alquanto pratico. Così abbiamo saputo che a metà mattina sia la polizia, *sia* l'Esercito, nelle persone di Weidlich e Lüttwitz, si stavano chiedendo dove lei fosse finito. Be', lo zoo non sarebbe venuto loro in mente nemmeno in un milione di anni! Comunque non farò nulla per toglierle le castagne dal fuoco con il suo comandante: lei si è messo nei guai, lei se ne tirerà fuori.

– Sì, *Herr Oberst*.

– E sappia che i chicchi di riso sono cinesi.

– Ah.

Continuando a guardare dritto avanti a sé, Kinzel si aggiustò il nodo della cravatta. Bora immaginò che si stesse osservando nello specchietto retrovisore, a meno che non fosse un pretesto per tenerlo d'occhio in modo indiretto. In effetti, subito dopo il colonnello disse: – La faccia che voialtri giovani subalterni fate quando vi si castiga è impagabile. Non c'è traccia di espressione, come se foste fatti di cera, anche se dentro dovete essere furibondi.

– Non sono furibondo, *Herr Oberst*.

Per motivi che Bora non poteva discernere, l'auto si stava avvicinando alla Karl-Heine Strasse, dove Weidlich gli aveva detto che prendeva il tram insieme a *Herr* Weiss. Lentamente si lasciò alle spalle il letto profondo del canale, oltre il quale si trovava il quartiere di Lindenau.

Kinzel teneva lo sguardo altrove. Bora notò che le vene gli sporgevano sulle tempie rasate, e che si era fatto la barba con tanta forza da escoriarsi la pelle sulla mandibola. – Il suo aggressore non era un assassino professionista, tenente, oppure lei, per quanto possa essere fiero di sé, non sarebbe sopravvissuto per raccontarlo. Considerata la stretta sorveglianza sulla città per il compleanno del *Führer*, chiunque l'abbia mandato ha dovuto accontentarsi di un dilettante. Scommetto che lo ripescheranno dove il fiume curva sotto il ponte Leutzscher, o nell'ansa al prato di Stax. Morto ammazzato, così che non possa parlare –. Il colonnello soppesò il coltello a serramanico che Bora aveva estratto dalla tasca. – Questo avrebbe potuto procurarle un bel *seppuku* da manuale, se quell'individuo avesse saputo il fatto suo.

Bora sospirò. Non aveva dubbi che sotto la sua compostezza un occhio esperto avrebbe potuto cogliere i segni del suo avvilimento. Non che gli importasse molto. Non riusciva a pensare ad altro che al rapporto che presto avrebbe dovuto fare al generale Lüttwitz. Su richiesta, meccanicamente, descrisse meglio che poteva l'aspetto dell'aggressore: un civile di classe medio bassa, sulla quarantina, sassone ma non del luogo, a giudicare dall'accento. – Può immaginare, *Herr Oberst*, il mio imbarazzo per essere venuto alle mani mentre ero in uniforme...

– Imbarazzo un corno. Scommetto che le brillavano gli occhi. Era euforico e soddisfatto come dovrebbe essere ogni bravo nazionalsocialista. È ancor più divertente quando si versa del sangue –. Kinzel si mordicchiò il labbro superiore mentre con l'indice dava istruzioni al suo autista perché girasse a destra sulla Aurelienstrasse. – Questa mattina, d'altro canto, padre Kostner è stato rinvenuto cadavere dal suo sacrestano. Qualcuno l'ha colpito alla testa e ha accelerato il suo ritorno all'Onnipotente. È accaduto attorno alle 20:30, ieri sera. Non sembra che manchi alcunché di valore, quindi non si è trattato di omicidio a scopo di rapina.

Quando imboccarono la strada in fondo alla quale correva la Birken, dove abitavano i suoi genitori, Bora sentì sapore di preoccupazione in bocca. La paura che non aveva vissuto alla testa del ponte gli salì in gola come un'ondata amara di bile. L'auto manteneva un passo più lento di quello di un uomo a piedi, mentre Kinzel diceva: – Sono certo che era vivo quando l'ha lasciato ed è uscito dalla chiesa. Intorno alle 20:20, ha detto? Questo riduce la finestra temporale della morte di Kostner dalle 20:30 alle 21:30. Forse anche a meno, visto che secondo il sacrestano raramente rimaneva in sacrestia oltre le 21:00, e che è stato trovato morto sulla soglia.

Bora restava in silenzio per uno sforzo eroico della mente e del corpo. *Se ordina all'autista di fermarsi davanti a casa nostra, se chiede dell'assenza dei miei dalla Germania durante questi festeggiamenti, se fa domande sullo scorso novembre...*

Kinzel non chiese nulla del genere.

– Avremmo già interrogato il suo vescovo Hohmann sull'ora in cui se ne è andato *lui* da San Giorgio, ma stamattina presto è saltato su un treno per Roma. Appena lo rintracceremo in Italia, glielo domanderemo. In base alla sua risposta potremo ridurre ulteriormente la finestra temporale entro la quale è morto Kostner.

– E l'uomo che mi ha seguito fino a San Giorgio per lasciarmi il biglietto? – Bora pronunciò le parole tanto per dire qualcosa, mentre la macchina sfilava lenta davanti alle case d'inizio secolo, approssimandosi in modo preoccupante al vicinato dei suoi. – Potrebbe essere stato lui a uccidere padre Kostner.

– Crede? E perché?

– Per la stessa ragione per cui ho presunto che il sacerdote fosse... non saprei... in qualche modo *coinvolto*.

Kinzel girò la testa verso il finestrino, come se cercasse un indirizzo specifico. – Se lei non avesse lasciato in sacrestia il suo biglietto da visita, tenente, la morte di quel sacerdote non ci preoccuperebbe affatto. Attualmente stiamo verificando la vita privata di Kostner, e potrebbe esserci ogni sorta di motivo per toglierlo di mezzo. Non ha mai messo piede fuori dall'Europa, e tantomeno in Oriente. Il vescovo Hohmann non le ha forse detto che il dottor Kitamura è un convertito? Non c'è nulla di strano nel fatto che abbia cercato un prete cattolico mentre si trovava qui. Perché proprio a San Giorgio, questo non lo sappiamo ancora.

Bora avrebbe voluto poter chiudere gli occhi e non veder apparire la Birkenstrasse. Si obbligò a parlare. – Non è difficile da spiegare, *Herr Oberst*. Il vescovo Hohmann, che è stato il direttore spirituale di Kitamura sia a Vienna sia in Giappone, ha la casa di famiglia non lontano dalle caserme di Gohlis. Suo padre era comandante della guarnigione di Lipsia durante la Guerra delle sette settimane.

– Uhmm. Deve aver distrutto il vecchio, avere un figlio prete –. Kinzel distolse lo sguardo dal finestrino e lo puntò su di lui. – Bene, questo sembra proprio un vicolo cieco. Ma non si abbatta, anche il bracco più zelante ogni tanto perde la traccia. Comunque è interessante che il segugio sia stato pedinato fino a San Giorgio, al punto che le hanno lasciato un *billet doux* sul parabrezza. Ce l'ha con sé? Vediamolo.

L'auto si muoveva senza fare rumore, quasi in folle, lungo la Aurelienstrasse. Bora consegnò il foglio ripiegato. Kinzel lo tenne contro il finestrino, anche se la giornata piovosa difficilmente avrebbe consentito alla grana di trasparire.

– Non c'è filigrana, *Herr Oberst*, ho già controllato io.

– Non ho chiesto una sua opinione, tenente. Sa, il suo pallino per l'iniziativa accelererà notevolmente la sua carriera, a meno che non la uccida o le faccia perdere i gradi. Questo, almeno, è quel che ho sentito dire dai colleghi in Aragona. Autista, giri a sinistra sulla Birken, qui...

Colleghi in Aragona significava l'onnipresente *Herr* Cziffra, che aveva premiato i successi professionali di Bora spedendolo a rischiare la vita nell'assedio di Belchite. Appena apparvero la casa e il giardino dei suoi genitori, a cinquanta metri di distanza, sul lato sinistro della strada, lo stomaco di Bora si strinse come un pugno. Pensò al quadro che si vedeva all'ingresso, un olio che il suo padre naturale aveva ricevuto dal vecchio Böcklin dopo un'esecuzione particolarmente applaudita de *La morte e la fanciulla* in un programma dedicato a Schubert. Rappresentava un fauno accucciato in un boschetto di canne alte, scuro e demoniaco. Doveva assolvere alla funzione dei doccioni mostruosi delle vecchie cattedrali, che tenevano alla larga il male con il male. Si sentì preso dal panico, confuso, non all'altezza.

– Le aggressioni fisiche nel nostro lavoro sono previste, tenente: a volte servono soltanto a ricordarci che abbiamo una controparte. Per quanto riguarda altre faccende, la consolerà sapere che stiamo facendo progressi nella nostra amichevole inchiesta sull'affidabilità politica dell'ispettore Weidlich.

Bora deglutì. La grande casa di famiglia si avvicinava, torretta e spioventi d'ardesia, finestre lustre, un progetto di Jan Kotěra la cui facciata e i volumi avevano un'originalità solida e pacata, all'interno del muro con le tegole gialle in cima. Attraverso il cancello del giardino vide la macchina del suo patrigno, una venerabile *Stuttgart* del 1928, che come ogni mercoledì veniva lucidata dal vecchio attendente del generale, ancora al suo servizio. Nessuna bandiera nazionale alle finestre, e nemmeno al sostegno sopra la porta di vetro colorato. Ebbe un tuffo al cuore.

Mi chiedo se sarebbe credibile, in caso mi interrogasse sul fatto, sostenere che forse i miei genitori hanno rinunciato a decorare le finestre a causa delle «mute di cani». Dopotutto, è stato lui a dirmi che hanno un rifugio sulla strada delle birrerie qui a Lindenau. Ma no, non mi crederebbe. Le «mute di cani» non riuscirebbero facilmente a scavalcare il muro e ad avvicinarsi alla casa, sia pure in assenza dei miei.

– Ma, *Herr Oberst* – Bora sentì se stesso fare un'inutile obiezione a voce alta – può un poliziotto essere meno che politicamente affidabile nella Germania di oggi?

Kinzel si limitò a guardare la casa per un istante, anche se ci si fermarono proprio davanti. Si voltò verso Bora, che alla casa non aveva rivolto nemmeno un'occhiata. – Eccome. Potenzialmente tutti possono essere inaffidabili. Pensi soltanto che potremmo riuscire a levarglielo dai piedi, tenente.

Il bisogno di abbassare il finestrino per respirare l'aria esterna carica di pioggia, il profumo degli alberi nel giardino di famiglia, in quel momento dovette essere controllato. Bora era certo di essere bianco in volto. In gola, l'ansia assomigliava all'amo luccicante cui nemmeno i fieri cefali giapponesi sembravano capaci di sfuggire.

Si rimisero in moto a un cenno impercettibile del capo di Kinzel, passando lentamente davanti alla schiera di dimore eleganti. Al grande incrocio con la Lützner, che segnava la fine della strada, ordinò: – Torniamo indietro.

Tornare indietro implicò una bizzarra deviazione che da Lindenau li portò al consolato della Polonia sulla Wächterstrasse. Era l'itinerario che il suo patrigno aveva senza dubbio seguito nottetempo per accompagnare i coniugi Weiss al loro rifugio temporaneo. Bora trattenne il respiro per non ansimare. Anche deglutire la saliva avrebbe tradito la sua tensione.

Dalla tasca Kinzel estrasse il portasigarette. – Ha mai sentito parlare di un individuo a nome Smodlibowski, tenente?

– No, *Herr Oberst*.

– Il *colonnello* Anton Smodlibowski?

– Non ho mai sentito questo nome.

Probabilmente è il nome dell'addetto militare polacco cui mio padre ha affidato i Weiss. Buon Dio, mi chiedo cos'altro sappia, e come l'abbia scoperto. Il sospetto che l'ispettore Weidlich fosse stato convocato dall'*Abwehr* per svolgere delle indagini in proposito, e per quel motivo non fosse alla stazione di polizia, calò come un sasso alla bocca dello stomaco di Bora. Quando si vide porgere l'astuccio screziato giallo e marrone, accettò una sigaretta malgrado non avesse alcun desiderio di fumare.

Come erano arrivati fin lì, così cambiarono direzione, e ben presto la macchina stava percorrendo la strada per Schleussig, lungo la König Albert. Sull'orizzonte occidentale le nuvole di pioggia si accumulavano e si dissipavano in masse di consistenza più indistinta; forse stava già schiarendo sulle rive lontane del Saale.

Kinzel aveva usato un accendino di tartaruga chiaro, non il suo modello americano, per accendere entrambe le sigarette. Lo tenne in mano giocherellando con il meccanismo, facendo eruttare ed estinguere la fiammella. Bora finse di essere completamente assorbito dal trionfo di bandiere lungo i viali della città.

In una nuvola di fumo bluastro, Kinzel continuava a tormentare la rotellina di selce dell'accendino. – Mi rammarico che il suo dovere le impedisca di marciare nella grande parata a Berlino, tenente, perché sarà un'esperienza quasi irripetibile. Solo fra un quarto di secolo, per i settantacinque anni del *Führer*, le celebrazioni saranno altrettanto grandiose. Per come stanno le cose, dovrà rassegnarsi a non partecipare nemmeno ai festeggiamenti di Lipsia. Poche ore ci separano da quando i nostri ospiti lasceranno la città, e tutto ci porta a credere che la nostra spia presto consegnerà le sue informazioni agli americani. Parto per la capitale fra un'ora, quindi si lanci a testa bassa nel lavoro, e veda di non deludermi.

– Sì, *Herr Oberst* –. Bora si scosse abbastanza dal suo avvilimento da aggiungere che la parata militare di Berlino, in effetti, era un'occasione che aspettava da mesi: guardarla nei cinegiornali sarebbe stata una magra consolazione.

– Considerato che la sua ragazza volerà da Parigi per vederla sfilare a cavallo sotto la Porta di Brandeburgo, posso capire. Ma dovrà abituarsi ad anteporre il dovere al piacere, e se vuole essere la sua donna, la signorina Coennewitz farà lo stesso.

Bora non sapeva niente del ritorno di Dikta per le celebrazioni, ma era possibile. Lo avrebbe cercato, e lui sarebbe stato altrove. Fu preso da un egoistico bisogno fisico di lei, del tutto inappropriato in quel momento, una pulsione sorprendentemente primitiva di acquietare le preoccupazioni possedendola. *Posso averne ancora*? Aveva scritto quella spudorata cartolina perché si sentiva allo stesso modo. Fare l'amore con lui, per Dikta era un motivo di rientro a Berlino valido quanto qualunque compleanno di Adolf Hitler. *Quest'estate le chiederò di sposarmi, e farà bene a rispondermi di sì.*

Kinzel mise via l'accendino. – Oh, che coincidenza – osservò guardando fuori dal finestrino.

Erano arrivati all'angolo fra Ney e Könneritz. Emil Weidlich, lì, stava scendendo dal tram. Senza cappotto né cappello a ripararlo dalla pioggia, prese subito a camminare pesantemente lungo il marciapiede, l'andatura a testa in avanti e piedi divergenti tipica degli uomini obesi.

– Si fermi – ordinò Kinzel all'autista. – Bene, tenente, voleva vedere l'ispettore, e da questo punto nessuno dei due è lontano dalla sua destinazione. Che ne dice se la lascio qui?

Weidlich poteva aver visto Bora scendere dall'auto, oppure no. Di certo lo vide quando gli si avvicinò, perché si fermò con una strana espressione sulla faccia larga, a metà strada fra il cipiglio di un fuggitivo e lo sguardo furbo di un commesso viaggiatore.

Bora lo salutò e, non invitato, prese a camminargli accanto.

Weidlich non disse una parola. Sembrava più vecchio e meno in salute; sotto gli occhi, alla luce del giorno, le borse di carne che al coperto sembravano grasso prosperoso apparivano sottili e gonfie di liquido. La vivacità delle bretelle rosse non riusciva a compensare la natura anonima della dozzinale camicia a righe. Lanciandogli un'occhiata discreta, Bora notò che le scarpe di vacchetta erano consumate, e che la stoffa molle e lucida sulle ginocchia tradiva il logorio e lavaggi continui.

– Mi ha cercato in ufficio?

Il viaggio con Kinzel aveva quasi fatto dimenticare a Bora che i poliziotti di Gohlis avevano mandato il suo biglietto da visita alla stazione di Schleussig. Era solo che l'aspetto di Weidlich l'aveva sorpreso. Avrebbe avuto tempo di imparare, nei mesi a venire, quali sembianze si assumono dopo un interrogatorio. Al momento era solo sconcertato dall'alterazione. – Sì – rispose. E si rese conto che nessuno dei due si stava rivolgendo all'altro usando il suo titolo.

– Mi dispiace di non esserci stato. È successo qualcosa.

Non si dissero altro, mentre procedevano lungo il marciapiedi, dove un odore aspro di corteccia e foglie bagnate fluttuava fin lì dal parco, oltre le case che lo costeggiavano e il cortile della scuola in cui pochi giorni prima Weidlich gli aveva chiesto del sangue sulla camicia. Giunti finalmente davanti allo *Schlösschen*, Bora prese il coraggio a due mani al pensiero di dover affrontare il generale Lüttwitz.

– Se mi dà un momento per informare il mio comandante – disse – la seguirò alla stazione di polizia.

Weidlich sollevò la destra, distrattamente. Era un gesto generico, indecifrabile per Bora. Esitò a salire sul primo gradino dell'albergo, chiedendosi se significasse che doveva seguirlo subito o che altro. L'ispettore rimase lì con le gambe divaricate, il capo chino, infilandosi una mano nella giacca. Un gesto analogamente disattento un paio d'ore prima gli era quasi costato la vita, pensò Bora. E: *Sì, porta una fondina ascellare come i poliziotti dei film.*

– Ecco.

Nella mano di Weidlich c'era il biglietto da visita che Bora aveva lasciato nella sacrestia di San Giorgio. Fece in tempo a essere centrato da alcune gocce di pioggia prima che il tenente lo prendesse. Senza aggiungere spiegazioni, Weidlich riprese a camminare e svoltò l'angolo per ritornare da solo al suo ufficio.

Il *Generalmajor* Lüttwitz stava marciando avanti e indietro nell'atrio, quando Bora entrò in albergo. Smise di pestare i piedi alla maniera militare, unendo insieme i talloni, e tutta l'attenzione che riservò al nuovo arrivato fu uno scatto della testa. La curvatura delle spalle, il contegno da maggiordomo erano spariti nell'atteggiamento di disprezzo verso il suo sottoposto.

Bora si mise sull'attenti, comprendendo per un tempestoso istante come potessero urinarsi addosso le reclute in momenti del genere.

– Non ho alcuna scusa da sottoporre a *Herr Generalmajor*, *Herr Generalmajor*.

Rivolgersi a un granello di polvere non avrebbe richiesto più empatia di quella che Lüttwitz gli concesse.

– La seduta pomeridiana comincia fra sei minuti, *Herr Oberleutnant*. Vada a controllare che sia tutto a posto.

Tutto qui. Nessun «mi accerterò personalmente che *Herr Oberleutnant* non abbia mai la promozione a capitano», e nemmeno «ci sarà tempo a sufficienza questa sera per vagliare la sua sconsiderata condotta». Bora si sentì ancor più minacciato dalla concisione del generale.

Honda, Oi e Keiko erano già seduti al tavolo. Dietro una nuvola di fumo, Oi gli lanciò un'occhiata. Che fosse o meno una reazione al ritorno di Bora, un nonnulla di cenere tremò e cadde dalla punta della sua *Chesterfield* per posarsi sulla superficie lustra del tavolo. Immediatamente Honda spazzò via la cenere con un fazzoletto inamidato, come se il suo compito principale fosse assicurarsi che l'ammiraglio non esibisse alcun segno di trascuratezza. Keiko abbassò gli occhi – non sul tavolo, in grembo – tenendo il piccolo mento vicino al petto. In quella posizione, il suo volto sembrava tutto zigomi.

Dortmüller entrò rumoroso, discutendo con De Dominicis dei posti alla parata che aveva assicurato per entrambi nel palco del *Gauleiter* Mutschmann. Afferrò il foglio che Bora stava per posare di fronte alla sua sedia, ma Bora non lo lasciò andare, così la carta si strappò in un angolo. Si fissarono con ferocia al di sopra dei frammenti di carta che tenevano in mano, come se fra di loro fosse finito a pezzi un prezioso recipiente. – *Entschuldigen Sie* – si scusò Bora, facendo attenzione a spremere abbastanza bile nel tono.

Poi arrivò Colloredo. Portava, disse, le scuse del professor Fujiwara. – Gli fa male la gola, dopo aver parlato per tutta la mattina e a pranzo. Si unirà a noi fra mezz'ora –. Con un cenno accolse cortese la presenza di Bora. Kitamura entrò con il generale Lüttwitz e prese posto con la solita espressione da maestro di scuola in vacanza.

Ma guardali... pensò amaramente Bora. *Chiunque di loro potrebbe aver ucciso o aiutato a uccidere, e potrebbe aver tradito o aiutato a tradire, nessuno escluso. Fra trentasei ore al più tardi i documenti che il* Signore *ha portato con sé cambieranno di mano. Finora ho solo un numero, o meglio le tre cifre che lo compongono, per raccapezzarmi. Ed è perfettamente possibile che fra stasera e domani il generale Lüttwitz pretenda la mia pelle, se non lo fa prima la polizia di Lipsia. Vorrei non essere mai stato convocato. Vorrei essere a Berlino, o due metri sotto terra, in Spagna.*

VII

Raccogli ramoscelli e legali. Una capanna.
Slegali. Ramoscelli come prima.

citato da JUNICHIRO TANIZAKI

Mercoledì, 19 aprile, sera

A Dio piacendo, si avvicinava la fine della conferenza. Scambiate le ultime parole di circostanza, l'appuntamento era alla chiesa di San Tommaso per un recital di *Lieder* tedeschi e poi al Municipio per una cena di gala, tesa a celebrare l'occasione e allo stesso tempo la vigilia della festa nazionale. Bora ebbe tempo, mentre si occupava degli incarichi affidatigli dal generale Lüttwitz, di aggiungere ai timori per la sua carriera il dubbio (no, la probabilità) che Weidlich fosse stato interrogato nel quadro dell'indagine di Kinzel sulla sua affidabilità politica. Per quale altro motivo sarebbe apparso intimidito, e gli avrebbe restituito senza una parola il biglietto da visita che voleva usare come strumento vessatorio?

Bora non riusciva a scrollarsi di dosso l'impressione che fosse stato messo in moto un gioco perverso di scopi incrociati, in cui Weidlich gli era stato sguinzagliato contro per garantire la sua ansiosa meticolosità, mentre l'ispettore, per lo stesso motivo, era finito sotto inchiesta. Appianare le cose con il poliziotto sarebbe stato pressoché impossibile, ora che entrambi conoscevano la rispettiva fragilità, diretta o indiretta. *E se il servizio di sicurezza o l'*Abwehr *oseranno presentarsi a brutto muso dal mio patrigno, al suo rientro a Lipsia, è probabile che lui li cacci pistola alla mano, a meno che non ci sia Nina a fermarlo.*

Per quanto fosse frastornato – l'assenza di sonno si stava trasformando in uno stato prossimo all'ubriachezza – Bora non smise di osservare chi aveva intorno. Keiko, in particolare, sembrava sottoposta a una pressione che la faceva ritirare in un contegno silenzioso, cerimonioso, squisitamente orientale. La *mogà* che si faceva la permanente, giocava a tennis e aveva rapporti intimi col suo fidanzato era rientrata nei panni dell'assistente di un esperto d'arte con il colletto ricamato e la riverenza pronta. Era stanca delle sedute o si trattava solo di quegli umori mensili di cui soffrono le donne, divenendo piagnucolose o irritabili? Fujiwara, che si curava il mal di gola divorando cioccolatini (li estraeva dalle ampie maniche del *kimono*, in cui riponeva anche gli involucri), sembrava al di là delle preoccupazioni. Come idea finale propose che in uno dei tanti parchi di Lipsia fosse eretto un *tori-i* a imperitura memoria dell'amicizia fra la Germania e il Giappone e come simbolico passaggio da est a ovest.

Fino all'ultimo, a dispetto del programma ufficiale, fra Dortmüller e gli esponenti delle forze armate continuarono a girare calcoli sulla produzione d'acciaio e cannoni da portare a Berlino nei giorni a venire. Perché Kinzel era così sicuro che il *Signore delle cento ossa* avrebbe agito a Lipsia? Bora osservò gli uomini della Marina giapponese lasciare la stanza con l'industriale, presi da una conversazione fitta e complice; se era fuori questione, se non impensabile, che *Herr 75 millimetri* fosse una spia, Oi e Honda non erano affatto al di sopra di ogni sospetto.

Gli italiani – beh, sugli italiani avrebbe potuto sbagliarsi del tutto. De Dominicis stava invitando Kitamura a visitare nel prossimo futuro la *Manzoni Farmaceutica* a Milano. Era il genere di politico affamato di denaro che può essere convinto ad appoggiare traffici di qualunque tipo per conto di clienti facoltosi. Non avrebbe potuto il *Signore* affidargli il compito di effettuare lo scambio? Sarebbe stata una mossa astuta, mentre l'attenzione si concentrava su un possibile agente giapponese.

Colloredo lasciò la sedia senza fretta, mentre per l'ultima volta Bora raccoglieva cartelle e fogli dal tavolo. L'italiano lo aveva tenuto d'occhio, Bora ne era certo, fin dalla conversazione sulla filosofia giapponese che avevano avuto passeggiando nel parco. Era solo curiosità per avere scoperto un giovane erudito sotto l'uniforme? Quanto era soddisfatto dalla ricerca accademica il brillante studioso? La sua facilità con le lingue era a esclusivo servizio della cultura? Più prosaicamente, quanto guadagnava, in un paese di manica larga con gli elogi pubblici ma assai stretta con gli stipendi? Colloredo probabilmente conosceva il Giappone meglio di chi ci era nato.

– Mi perdoni la domanda, tenente, ma mi chiedevo come fosse andata a finire con la polizia.

Alti com'erano, si trovarono l'uno di fronte all'altro, a guardarsi negli occhi. Bora non sapeva se rispondere con una generica rassicurazione o aggiungere che si era trattato di un mero errore. Colloredo colse l'esitazione e lo prevenne. – Mi scusi. È ovvio che nella sua posizione lei deve rendere conto di quanto accade qui. Non avrei dovuto chiedere.

C'erano state poche volte in cui l'alcol gli aveva dato alla testa – poche, perché raramente eccedeva, e reggeva bene i liquori. Bora in quel momento si sentì ubriaco; anche stare in piedi costituiva uno sforzo. Non trovò nulla di meglio da replicare all'orientalista che: – Proprio così.

Il generale Lüttwitz era uscito dalla sala prima degli altri, per farsi misurare la pressione da un'infermiera appositamente mandata in albergo dall'ospedale delle Diaconesse. Aspettava Bora al banco del concierge, disseminato di programmi delle celebrazioni dell'indomani.

– Fra un'ora esatta – gli disse – il gruppo si ritroverà alla *Thomaskirche* per il recital, *Herr Oberleutnant*.

Bora sentì le parole come attraverso dei tappi di cotone. Per fortuna il meccanico gli aveva riportato la BMW dopo aver riparato la gomma. – Fra mezz'ora avrò l'automobile pronta per il generale, *Herr Generalmajor*.

Lüttwitz lo fissò con la severità di poche ore prima; anche la misura di disprezzo era la stessa.

– *No*. Lei starà qui e dormirà esattamente tre ore, dopodiché andrà ad aspettarmi all'ingresso del Municipio per la cena di gala. Vorrei mi fosse risparmiato l'imbarazzo del mio subalterno che si appisola durante i *Vier ernste Gesänge* di Brahms.

– *Zu Befehl, Herr Generalmajor.*

Bora fece esattamente quello che gli aveva ordinato il general maggiore.

Tre ore di sonno divennero meno di due. Poi, nella semioscurità della stanza, l'aquilone rosso che aveva visto al parco il giorno prima continuò a sobbalzare, navigare, imitare i movimenti di un cavallo che scarta l'ostacolo per poi lanciarsi oltre di esso; ora aveva la forma di un rombo, ora quella buffa a *yakko* di un *kimono* corto, come una piccola camicia inamidata strappata dalla corda del bucato dalla tramontana. Che tenesse gli occhi chiusi o no, Bora lo vedeva muoversi chiaramente.

Dopo fece una doccia fredda. Il getto dell'acqua gli risvegliava crudeli punture di spillo sul collo e sulle spalle indolenzite; scoprì, insaponandosi il torace e l'addome, un livido che dallo stomaco scendeva alla piccola fessura piatta dell'ombelico. Considerato che avrebbe potuto essere uno squarcio altrettanto lungo, ringraziò la sua buona sorte. La fibbia della cintura, che controllò di seguito, mostrava la scalfittura dell'impatto con il coltello a serramanico.

E pensare che altrimenti a quest'ora sarebbe stato al più vicino obitorio militare; si vide lungo disteso, con le viscere ricacciate in corpo così che il suo patrigno – richiamato in Germania in tutta fretta – potesse decentemente riconoscerlo. *Morto, mi sarei perso la guerra che è alle porte, e avendo deluso il colonnello Kinzel, sulla mia lapide sarei rimasto per sempre tenente.* Non pensò, dapprima, alla *vita* di cui sarebbe stato derubato, fosse stato ucciso a mezzogiorno – amore, esperienze, crescita intellettuale e spirituale. Ma un attimo dopo provò disgusto per la meschinità di quella prima reazione. *Dio santo, non sono così superficiale, così ottusamente ingenuo. Farei bene a ricominciare a pensare.*

Il resto della serata trascorse come da programma. Il professor Fujiwara non mancò di addormentarsi durante il programma di Brahms, come ebbe modo di lagnarsi Lüttwitz con Bora. La cena in Municipio fu un portento di cucina teutonica. Keiko spiccava fra le dame locali nel suo bizzarro ma elegante abito da sera parigino dalla forma e dal colore di una seppia; gli ospiti della conferenza dimostrarono in ogni modo di gradire l'accoglienza di Lipsia.

Bora sedeva nel posto che gli spettava per grado, fra due signore – conoscenti di sua madre – che lo imbarazzarono descrivendolo ai commensali come «il nostro giovane crociato spagnolo» e «il bel ragazzo di Nina von Bora».

– Non dovrebbe essere nella capitale per la parata? – domandò un assessore meno amichevole, con le labbra sul bicchiere di vino.

– Sono qui di servizio.

– Beh, farebbe meglio a rappresentare Lipsia alla parata di Berlino.

Andò così. Bora passò dall'agitazione alla stanchezza dolorante che precede il torpore, perché non aveva nemmeno lontanamente dormito abbastanza. Alla fine della cena – l'eccesso di patriottismo può dare sui nervi anche all'ufficiale più entusiasta, e Bora non ne poteva più di fanfare e brindisi – le auto degli ospiti dovettero essere scortate da gendarmi motorizzati per la città, già in parte chiusa o transennata per le imminenti celebrazioni. Unità militari si stavano preparando in caserma o affluendo da fuori Lipsia su camion e motociclette, accelerando nelle tenebre umide per prendere il loro posto prima dell'alba.

Nella sua stanza d'albergo Bora cercò di chiamare il sonno leggendo, e poi sfogliando ancora una volta uno dei cataloghi della valigetta di Keiko. Le immagini delle stampe *ukiyo-e* di attori, danzatori e cortigiane del distretto di Yoshiwara si alternavano sulle pagine spesse con le linee nitide di paesaggi rigorosi; altrove, arancioni e verdi carichi sembravano scorrere fuori dal foglio, sfociando in rossi liquidi e passaggi traslucidi tra una sfumatura e l'altra. Se chiudeva gli occhi tenendo in mano il catalogo, le sagome piatte tornavano nel buio. Immagini di aquiloni, le sagome piatte divenivano aquiloni...

Sfiorando le pagine con i polpastrelli sensibili, nella sua mente anche la trama di carta prendeva forma. Ora somigliava ai rombi dipinti color cobalto sulla parete delle scale di casa, che incorniciavano porte moderniste di legno biondo, ora agli abiti stampati delle opere erotiche di Hokusai, con i lembi sollevati a mostrare l'atto della penetrazione. Era così che i ciechi riuscivano a immaginare i colori? Bora faceva scorrere le mani sopra ogni foglio, cercando l'angolo superiore per voltare pagina. La carta di riso era fibrosa e liscia, fibrosa e liscia, ogni angolo tagliato a mano identico al successivo.

Il catalogo che teneva in grembo mentre sfogliava il suo gemello emise un tonfo sordo cadendo a terra, e non perché Bora si fosse addormentato: perché si era messo a sedere tanto bruscamente da far sussultare il letto.

Diario per il 20 aprile, giovedì, ore 00:43

Una scoperta sconvolgente, *giunta quando non ci speravo quasi più!*

Le pagine dell'edizione speciale del catalogo hanno una trama spessa per sostenere le riproduzioni a colori incollate su di esse, ma non mi ero reso conto che potesse servire anche a un altro scopo. È stato solo perché l'angolo di una stampa di Hiroshige (gli aquiloni in volo a Capodanno) si è arricciato mentre giravo pagina, che mi è venuta un'idea. Quale? Che qualcosa di molto leggero potesse essere contenuto nello spessore della pagina come in una tasca.

La pagina in questione, appartenente al catalogo 99, era un po' più rigida, un po' diversa dalle altre. Tenerla davanti alla lampada del comodino non è servito; dapprima ho pensato di aprirla con il vapore, come facevo da piccolo per togliere i francobolli dalle buste, ma temevo che la grana della carta di riso si sarebbe ridotta in poltiglia danneggiando qualunque cosa ci fosse dentro. Allora ho preso una lametta da rasoio e ho attentamente seguito il bordo della pagina, partendo dall'angolo che si era arricciato.

L'eccitazione in questi casi non è utile. Contrariamente alle mie abitudini, ho chiamato di sotto per ordinare un bicchierino di gin, e l'ho buttato giù in un sol colpo per calmarmi i nervi senza arrivare a ostacolare la mia destrezza. Le fibre delicate, eppure resistenti, hanno ceduto sotto la pressione uniforme del taglio lungo i margini superiore e laterale della pagina. Avrei potuto estrarre facilmente ciò che c'era all'interno, ma non volevo strapparlo, in caso fosse incollato al fondo. Quindi ho tagliato anche il margine inferiore della pagina.

Il foglio di carta velina, appena più piccolo del suo astuto contenitore, l'ho davanti in questo momento. Sembra la copia carbone di un documento ufficiale, dattiloscritto in caratteri giapponesi. Nulla che io possa leggere o anche lontanamente capire. Ogni nome, addirittura ogni data mi risulta misteriosa quanto un geroglifico egizio; forse di più. Il pensiero che potrebbe trattarsi (di sicuro è così!) del materiale destinato agli americani mi mozza il fiato. Toccando a occhi chiusi le altre pagine del catalogo, mi sono convinto che non contengono alcunché. Il secondo catalogo, invece – che porta il numero 100, lo stesso delle ossa che secondo la leggenda compongono il corpo umano – potrebbe contenere un foglio rinchiuso fra i due strati della stessa pagina, dietro la stessa illustrazione degli aquiloni che volano sulla baia. Mi sto preparando ad aprirla.

Scritto pochi minuti più tardi. Mi sono fatto un bel taglio, e mi sono dovuto allontanare di scatto dalla scrivania per evitare di sporcare di sangue la carta. Ho lasciato scorrere acqua fredda sul pollice, ma le dita sanguinano tanto che sto ancora aspettando di poterci mettere un cerotto.

Scritto cinque minuti dopo. Il pollice ha smesso di sanguinare. Ho ripreso il lavoro e sono stato ricompensato: ora ho davanti un secondo foglio di carta velina, per molti versi simile all'altro. Potrebbero formare un insieme complementare di due documenti, o dispacci, o chissà che altro. Il tenente Honda è riuscito a precedermi al deposito bagagli, ma non è stato abbastanza acuto da scoprire il segreto nei cataloghi. Fujiwara aveva affidato la loro produzione alla sua assistente mogà, *quindi... Ma prima di rimuginare sul ruolo che Keiko, Oi e Kitamura (senza escludere gli altri ospiti giapponesi, vivi e morti) possono aver avuto nel nascondere e trasportare questa documentazione, devo appurarne i contenuti. Considerato che lo scambio con gli americani dovrebbe avvenire a Lipsia, ho forse ventiquattr'ore di tempo prima che il* Signore, *ancora misterioso, provi a far passare di mano i cataloghi e i segreti che essi contengono. La mia convinzione è che avverrà domani, mentre le celebrazioni terranno impegnata la polizia lungo il percorso della parata e i punti a maggior rischio. Lui – o lei – allora raggiungeranno la Stazione Centrale, recupereranno i cataloghi e cercheranno di con-*

durre in porto il tradimento. Fra ora e allora devo scoprire cosa dicono i fogli e rincollare le pagine, in modo da rimpiazzare i cataloghi vuoti nella valigetta di Keiko.

Fino a poco tempo prima Stötteritz era stata una comunità autonoma rispetto a Lipsia, tra i campi e le vallette boscose dove era stata vinta la grande battaglia contro Napoleone, di cui il Memoriale edificato a mo' di fortezza restituiva l'imperitura memoria. Il console von Bora e la sua consorte scozzese abitavano in una villa stile Secessione nota come *Rittergut,* al centro della grande proprietà terriera senza mura perimetrali che si estendeva fino ai limiti cittadini di Probst-Heida.

Raggiungerla, in una notte in cui tutti gli angoli delle strade erano pattugliati e i convogli dell'Esercito provenienti da Chemnitz si schieravano lungo la Preussenstrasse, presentava molti problemi. Il magico biglietto da visita di Kinzel li risolse subito, o al massimo dopo qualche trattativa e telefonata. Bora arrivò dalla Connewitzer. Alla sua destra, il grande cimitero militare intorno al Memoriale protendeva una ragnatela di sentieri oscuri verso la massa illuminata del *Denkmal*, con i suoi giganteschi e tetri angeli armati in pietra che vigilavano in ogni direzione. *Se la mia generazione si farà massacrare nella prossima guerra,* si disse Bora, *monumenti del genere non le mancheranno di certo. Sarà a nostra immagine che saranno scolpite o fuse le statue dei guerrieri.* L'idea avrebbe dovuto consolarlo, ma al buio gli spazi vuoti in attesa delle tombe intorno alla cappella sembravano sinistri, oltre il cerchio luminoso del grande mausoleo.

Il sentiero per la proprietà dei nonni partiva dall'Augustiner Strasse, all'altezza del piccolo cimitero civile fra Probst-Heida e Stötteritz. Non c'erano cancelli, ma i cani nelle casette dei custodi presero subito ad abbaiare, e le luci a destra e a sinistra della stradina di ghiaia si accesero quasi nello stesso istante. Bora si fermò alla casa più vicina al parco interno, per rassicurare il guardiano semisvestito sulla porta.

– Vuole che telefoni a casa, *Herr Baron*? – chiese l'uomo. I suoi occhi, indecifrabili per via della luce alle spalle, probabilmente gli stavano studiando l'espressione, quindi Bora rispose sorridendo:

– No. Salti in macchina: voglio che sia lei a suonare alla governante, così i miei nonni non si preoccuperanno. Sono di ritorno da un ricevimento, ho pensato di passare a salutare.

Alle due meno un quarto del mattino una visita di cortesia era poco credibile, ma il guardiano si ficcò prontamente la giacca del pigiama nei pantaloni. – Il console è partito per Dresda, signore – disse agguantando un giaccone da un piolo accanto alla porta.

– Ah. E la nonna?

– È a casa, *Herr Baron*.

Grazie a Dio. Era sua nonna che leggeva e parlava il giapponese. Bora aspettò che l'uomo si sedesse al suo fianco e guidò fino alla porta della governante.

Quando Marina Ashworth-Douglas era giovane, i

familiari la stuzzicavano dicendo che somigliava alla bajadera della pubblicità del tabacco turco *Murad*, la bella dalla chioma corvina che reggeva su un vassoio la latta di sigarette *Anargyros*. Ora aveva i capelli molto corti, completamente grigi. Non portava gioielli, né trucco. Parlava tedesco di rado (mai, con i nipoti), anche se quando lo faceva non aveva alcun accento.

Si sedette con Bora in un salottino dai pannelli di legno, gradevolmente funzionalista, i cui scaffali avevano riquadri di vetro e inserti di bronzo lontani dagli eccessi dello *Jugendstil*. Un ritratto a olio dei ragazzi in *kilt* aveva trovato rifugio qui, dato che il generale Sickingen ruggiva di non volere «immagini dei miei figli in sottana» a casa *sua*. Le severe stanze zen della villa erano altrove, ma dopotutto la faccenda in questione non aveva nulla a che vedere con lo spirito zen. Marina ricevette dalle mani del nipote le veline, e siccome lui si limitò a dire di aver bisogno di una traduzione, non fece domande riguardo alla loro provenienza. L'ansioso desiderio di sapere di Bora era percepibile in misura del suo autocontrollo. Quando Marina alzava lo sguardo dalle veline, ogni tratto del volto di suo nipote le era noto come se fosse sempre rimasto sotto i suoi occhi, come se fosse cresciuta con lui invece di averlo visto nascere. I caratteri giapponesi le scorrevano davanti rivelando il proprio significato. La serietà di Martin non mutava man mano che gli leggeva le frasi. Aveva il bell'aspetto di entrambe le famiglie e le razze, pensò, il contegno tipico di esse, e un'impalpabile, squisita inclinazione al silenzio che fino a quel momento lei aveva attribuito alla malinconia, ma che quella sera riconobbe come qualcosa di terribilmente diverso.

Bora la guardava, comprendendo ogni parola tradotta, eppure pensando a qualcosa d'altro.

Mentre guidavo fin qui ho sognato a occhi aperti un uomo che diceva Ja stary, *che in russo significa «sono vecchio», come fosse una scusa. Ho sognato a occhi aperti una donna che strofinava la ruggine dalla cancellata intorno a una tomba in Russia, o in un altro luogo in cui si usi l'alfabeto cirillico. Ho sognato a occhi aperti strade e piccoli ambienti, porte tanto basse da dover chinare il capo. Le sagome piatte sono porte, stanze, campi, letti d'ospedale, aquiloni, i rombi color cobalto sul muro della scala dei miei genitori.*

Dai documenti giapponesi sua nonna estraeva nomi intelligibili, date e circostanze, eppure Bora continuava a essere diviso fra un'attenzione concentrata e i suoi pensieri.

Alla nostra ultima colazione insieme, l'ammiraglio Oi ha detto a Dortmüller che la mia è una generazione maleducata, di certo perché voleva che io lo sentissi (Dortmüller ha almeno dodici anni più di me). Non può riferirsi alle maniere, almeno per quanto mi riguarda. A cosa, allora? Al nostro modo schietto di parlare? Al nostro essere soldati politicizzati?

Non essendo stato interpellato direttamente, ho creduto di non dover intervenire, anche se mi sono offeso. Poi ho pensato, fra me e me: «Non uso forse espressioni come 'Li butteremo a gambe all'aria', 'Li stenderemo', o 'Ne faremo carne trita'?». Lo facciamo tutti, anche se il «loro» cui ci riferiamo è un rinvio a un nemico indistinto, e le nostre famiglie biasimerebbero l'uso di un simile linguaggio a tavola. Ma non abbiamo nulla in comune con i nostri genitori, niente in comune con il mondo com'è stato fino a ora, oso dire.

– Questo è quanto è scritto qui – gli disse Marina alla fine. La carriera diplomatica di suo marito, la sua vita con lui alla *Bora Verlag*, l'avevano abituata molto tempo prima della sua scelta filosofica all'estrema importanza di ogni parola. Aggiungere commenti a quello che aveva appena tradotto sarebbe stato inutile, qualunque significato ulteriore vi avesse scoperto suo nipote.

Bora si sentì deluso e allo stesso tempo ricompensato, come davanti a una spina con un minuscolo bocciolo attaccato. La donna snella che prima di riceverlo aveva indossato abiti da mattina gli sedeva davanti su uno sfondo di scaffali carichi di libri, e lo guardava. Quel che aveva letto, il nome di Kobe, il nome di Ikeda, il nome di una società farmaceutica svizzera, era contenuto nei grovigli di linee che formavano i caratteri giapponesi. Un rapporto accusatorio datato 28 marzo 1939, e una negazione precipitosa – ma evidentemente non abbastanza – dello stesso rapporto, datata tre giorni più tardi. L'autorità che aveva redatto il documento era un'agenzia governativa di controspionaggio industriale.

– Una tazza di tè, Martin?

Era una domanda attesa, da una generazione che curava i mali del mondo con le foglie essiccate. Bora abbassò lo sguardo prima di far cenno di no. La stanchezza in quel momento era il pericolo maggiore, e certo non sarebbe stato il tè a tenerla a bada. Le foto di famiglia sugli scaffali, a destra e a sinistra, aprivano finestre incorniciate in argento e cuoio su tranquilli mondi vittoriani e guglielmini. Anche quelle erano sagome piatte. Il suo legame con quelle foto era più sottile della corda di un aquilone. Per un attimo la stanza silenziosa sembrò riempirsi di un vortice d'aria fredda.

Dev'essere stato così (sembra un'eresia ideologica, ma tant'è) per la generazione della Rivoluzione d'Ottobre. Un taglio così netto con il passato da non poter riannodare i fili per molto tempo, forse mai più. Il mio padre naturale è nato nel 1863, il mio patrigno cinque anni più tardi; Oi appartiene alla fascia d'età successiva. Potrebbero risalire al Medioevo, per quanto mi riguarda. Nel 1963 avrò solo cinquant'anni, ancora ventuno anni meno di quanti il mio patrigno ne ha ora.

Il nostro canto tedesco recita: Erwache! *Un'altra voce mi sussurra il contrario: «Va' a dormire, va' a dormire». È tempo di svegliarsi ed essere vigili, ed è tempo di lasciar dormire qualche parte di noi.*

Il taglio netto di forbici su un filo, non un vortice d'aria, fu quanto Marina Ashworth-Douglas percepì nella stanza quieta. L'autocontrollo di Bora, il suo silenzio, non erano indici di malinconia. In essi la donna lesse, inequivocabili, i segni del dolore a venire, suo e degli altri.

Alla fine lo accompagnò alla porta. Bora, che avrebbe voluto informarsi anche sui suoi genitori nella *Kristall-*

nacht, decise di non correre rischi coinvolgendo il resto della famiglia. Salutandolo, sua nonna gli cinse i polsi – avrebbe abbracciato Peter; lui, mai.

– Il giorno in cui nascesti prematuro al nostro consolato di Edimburgo, Martin, per quanto convocassimo urgentemente il medico, al principio sono rimasta solo io ad aiutare il travaglio di tua madre. Quando è arrivato il medico la tua testa era già emersa, e posso dirti che sei venuto al mondo con gli occhi ben aperti. Ricordalo. È per questo che non puoi vivere a lungo la tua vita a occhi chiusi. Guardavi il mondo *così com'è* appena lasciati i lombi di tua madre.

– Lei mi lusinga, nonna.

– No –. Marina aprì la porta. Oltre uno spazio d'ombra, a nord-ovest, la pietra illuminata del Memoriale sembrava avvolta da una corona di fiamme. – Non ti lusingo affatto.

C'erano tempi morti persino in una stazione ferroviaria del Reich, ma quella sera in Centrale, a Lipsia, le attività fervevano. Treni speciali stavano portando gente dalla campagna e veterani della Grande Guerra in divise grigio acciaio. Sulle banchine, un gregge di contadini con i cappelli pavesati di bandierine e ragazze in ridicoli costumi regionali si preparavano a bivaccare alla meglio, in attesa degli autobus che li avrebbero raccolti e distribuiti lungo il percorso della parata. Bora poteva solo immaginare che cosa doveva essere Berlino in quelle ore. Con o senza suo padre, Dikta sarebbe arrivata in aereo, per scendere, naturalmente, all'*Adlon*, da dove avrebbe inutilmente telefonato al suo alloggio di servizio nella capitale.

Si premunì ingaggiando l'appoggio del gendarme più alto in grado per avere accesso al bagaglio di Keiko Deshimaru. La ragazza dagli occhi ironici non era al banco; c'era un tipo corpulento del doppio dei suoi anni, con una faccia stropicciata dal sonno e priva di qualunque interesse a discutere con due uniformi. Sfogliando il registro Bora si accertò che nessuno avesse reclamato la valigetta dalla sua visita, vi ripose i due cataloghi – aveva ripiegato delle veline bianche entro le pagine, incollandole ragionevolmente bene – e la fece risistemare sullo scaffale.

Fu un atto dovuto, ormai convinto com'era che il *vero* materiale cui anelava non fosse mai stato nella valigetta, ma doveva avvertire Kinzel, in modo che nelle prossime ore qualcuno tenesse sotto controllo i movimenti intorno al deposito. Bora lasciò la stazione.

Alle 3:28 del mattino fu di ritorno a Schleussig. Invece di parcheggiare in albergo, percorse altri due isolati, fino all'ufficio di Weidlich. Anche i distretti di polizia conoscevano l'indolenza di certe ore, ma all'alba di quel gran giorno la maggior parte sembrava un alveare a pieno ritmo. Quel che lo spinse a credere che l'ispettore fosse presente a un'ora tanto impossibile fu l'intuizione: non un'impressione raffinata; qualcosa di più basilare, come il fremito nelle narici che fa trotterellare il cane da caccia in una direzione invece che un'altra.

– Non ho niente da dirle, tenente.

Weidlich pronunciò le parole attraverso la porta aperta (quella con la ragnatela di vetro opalino), quando l'ufficiale si trovava ancora a metà del corridoio.

Bora fece un cenno al gendarme di guardia, spuntato dal suo angolo, e si avvicinò per non alzare la voce. – Invece pensavo di sì, *Herr Inspektor* –. Quando si richiuse la porta alle spalle, il poliziotto non mosse alcuna obiezione. – Ieri lei mi ha convocato in quest'ufficio per discutere qualcosa di cui non voleva parlare al telefono.

Incuneato nella sua sedia, Weidlich si raddrizzò quel tanto necessario a non accasciarsi. Sia pure con una cravatta pulita, indossava la stessa camicia a righe del giorno prima. Nel suo ufficio certo non faceva caldo, ma due mezzelune di sudore gli segnavano le ascelle. L'aspetto malsano di qualche ora prima, comunque, era sparito. Sembrava vigile, annoiato e soprattutto cinico.

– Reich nazionalsocialista o meno – disse senza invitare Bora a sedersi – voialtri ricchi siete tutti uguali.

Fu un inizio inatteso, mentre Bora si aspettava un commento su una visita così tardi – o così presto. Ebbe uno dei suoi momenti di risveglio, come se fino ad allora, da quando aveva lasciato l'albergo, avesse sognato ogni cosa. – In che senso? Vivo del mio stipendio di ufficiale da quando ho finito l'Accademia.

– Certo, e il papà Generale si accertava che voi ragazzi andaste a scuola a piedi o col tram. È facile giocare alla classe media, coi soldi di famiglia alle spalle. Nel vostro intimo, vi credete al di sopra delle regole.

Weidlich poteva riferirsi alla maledetta *Notte dei cristalli*, dunque Bora tenne la bocca chiusa. L'ispettore gli era sembrato un eccentrico, un libero pensatore con idee pericolosamente indipendenti, che non si sarebbe fatto scrupolo di ricattare moralmente dei testimoni per avere le informazioni che gli servivano. Ora lo giudicava con meno indulgenza. Poteva essere soltanto uno sbirro bilioso che viaggia in tram e osserva con invidia amara le case più belle, e in fondo parteggia per il ladro che le svaligia e che deve arrestare. Scontrosamente, senza guardarlo, Weidlich stava dicendo: – Perché ha chiesto che io le stessi fuori dai piedi?

– Non ho chiesto a nessuno di tenerla fuori dai piedi.

Davanti all'ispettore c'era un calendario da tavolo con i foglietti strappati e accartocciati tutto intorno. O era uno di quegli impiegati che solo periodicamente aggiornano la data, oppure aveva annullato i giorni fra quello e le prossime vacanze, o qualche altra scadenza.

– Il prete a Gohlis – aggiunse trascinando le parole – l'austriaco... non credo affatto che sia stato assassinato. Gli è venuto un colpo, o qualche altro accidente, e si è rotto la testa sbattendola contro il fonte battesimale. Questo è l'*unico* motivo per cui le ho restituito il suo biglietto da visita.

Bora non era certo di sentirsi sollevato dalla notizia. *Spero di non aver accelerato la fine del vecchio col mio comportamento*, pensò. *E gli ho anche puntato la pistola contro.*

– Se è per questo che è venuto a un'ora tanto irragionevole, tenente, è tutto.

– Sono qui per un altro motivo, ispettore.

Fra questo momento e quello in cui finirò di portare a termine la missione, devo restare sveglio. Devo. Devo. Se Weidlich mi dice quel che voglio sentire, allora posso tornare indietro e stendermi fino alle sei. No, alle sette. Lascerò un messaggio per il mio attendente al concierge. Niente cavalcata mattutina. Tre ore di sonno sono tutto quel che mi serve. Sempre più, nascondere la stanchezza per Bora assomigliava a costruire con la sabbia. – È stato ripescato un corpo nell'Elster, qui in città, da ieri a mezzogiorno?

– No.

– No?

Weidlich strappò un altro foglio del calendario e lo accartocciò. – Ne sono stati ripescati *due*.

Diario per il 20 aprile, giovedì, ore 7:04

Mi sento come un motore riparato col fil di ferro, ma che gira.

Cosa dire? I documenti giapponesi sono parte di un dossier legato allo spionaggio industriale, e la mia confusione è totale. Il primo rapporto – datato ventitré giorni fa – porta le prove della vendita da parte del generale Kobe della formula del Samadhil *(attraverso suo fratello) a un emissario della* Société Gehrig-Bouvier, *azienda farmaceutica di Ginevra, per un'imprecisata somma in franchi svizzeri. Il secondo è una* correzione *al primo rapporto, datata 31 marzo; sostiene l'erronea interpretazione di un'intercettazione telefonica fra Kobe e l'emissario della* Gehrig-Bouvier *e suggerisce estrema cautela prima di qualunque azione contro il generale. Sono copie carbone, quindi gli originali – devo dedurre – sono stati mandati nei giorni passati al loro destinatario uno dopo l'altro.*

Il destinatario può essere stato solo Ikeda. Ora, è possibile che costui avesse iniziato un'indagine su Kobe? Magari prendendo le mosse dallo stesso deposito in una banca svizzera che ha spinto il nostro governo, per motivi diversi, a sospettare del generale? Ed è per questo che Ikeda è venuto in Germania con una pistola nel bagaglio?

Qui in albergo, nella sua casella è apparsa almeno una busta consegnata a mano, che il concierge non ha contrassegnato con l'orario del ricevimento. Non è stato quest'ultimo dettaglio, ma il contenuto del messaggio a sconcertarlo! Sono certo che entrambi i documenti gli siano arrivati qui, e che lui abbia reagito di conseguenza. Si mormora che la formula del Samadhil *valga una discreta fortuna: anche un uomo meno sanguigno di Ikeda avrebbe voluto poter punire il ladro con la morte. Ma è arrivato un secondo documento (a smentita del primo), che salvava dall'infamia il generale Kobe e rendeva ancor più imperdonabile la morte accidentale del capitano Nogi. L'agitazione di Ikeda, l'abuso di alcol, il suo comportamento bizzarro nelle ore che hanno preceduto il suo suicidio si attagliano perfettamente allo scenario di un uomo piegato dalla vergogna, oltre ogni salvezza, per l'errore commesso (posto che la parola* errore *sia la più adatta a definire un duplice omicidio).*

Tutto ciò ha una sua logica, eppure non chiarisce molti aspetti della faccenda. Potenzialmente spiega le tre morti –

Ikeda, fuorviato dal primo rapporto, ammazza Kobe e Nogi, poi, resosi conto dello sbaglio grazie al secondo rapporto, si toglie la vita – ma non la ragione per nascondere i documenti nei cataloghi, e questi all'interno della valigetta. Non spiega il significato delle cifre 8, 4 e 3 (843?). Ancor meno mi aiuta a comprendere quale segreto militare si appresti a cambiare di mano, e le mani di chi debbano consegnarlo.

Una variazione dello scenario che ho tracciato è la seguente: qualcuno ha incastrato Kobe, e anche Ikeda. Potrebbe esserci l'ammiraglio Oi dietro tutto questo? Keiko è sua nipote, la valigetta è la sua... Ma perché? *Cosa lega Oi a quei due uomini? C'è qualche possibilità che credesse Kobe e/o Ikeda spie degli americani?*

«I segreti militari pagano meglio dei saccheggi», mi ha detto il colonnello K. al principio, parlando di Kobe. Un riferimento alla campagna del Manchukuo. Keiko ha detto qualcosa riguardo ai santuari, che sarebbero fatti per «uomini migliori del capitano Nogi»: un'altra allusione alla campagna cinese, come la provenienza del riso nel bagno di Ikeda? L'ammiraglio Oi non fa mistero di detestare Kobe per la sua condotta in quella guerra. Anche il posato dottor Kitamura ha proferito un commento sull'azione del generale contro «i trecentomila banditi del Manchukuo». Ma Kobe è morto per ragioni apparentemente non collegate alla Cina, e il contatto con gli americani non ha ancora avuto luogo: non avrebbero aspettato fino a ieri per cercare di uccidermi, altrimenti.

Non riesco a capire chi ha nascosto le copie dei due documenti all'interno dei cataloghi. E a chi erano diretti, visto che gli originali avevano già raggiunto il loro destinatario? La contromarca della valigetta, come le formiche e i chicchi di riso (cinese!) nelle stanze di Kobe e Ikeda, recava le cifre 8-4-3, un messaggio, o una firma. Perché? I tre numeri mi si dispiegano davanti come il filo di Arianna, come se qualcuno volesse farmi trovare un legame fra queste morti apparentemente inesplicabili e qualcosa d'altro, che potrebbe essere la posta davvero in gioco, la ragione per cui sono qui fin dal principio.

Quanto ai due corpi ripescati dal fiume sotto il ponte Leutzscher (il colonnello K. è stato buon profeta), secondo Weidlich appartengono a perfetti sconosciuti, strana circostanza nella Germania di oggi, alla vigilia di una festa nazionale. Dalla sua descrizione – per quanto di seconda mano essa sia, visto che sono stati i gendarmi di Gohlis a tirarli fuori – corrispondono al tipo che mi ha aggredito e all'altro, lo sfuggente impermeabile color camoscio. Il primo è affogato (possibile, se non sapeva nuotare); il secondo è stato strangolato ed era già morto quando è stato gettato in acqua.

Sei ore di differenza, più o meno, fra le due morti, ma è sensato pensare che abbiano buttato in acqua il secondo uomo da un punto nascosto del parco Rosenthal. Nessuno dei due era un professionista, il colonnello K. aveva ragione anche in questo: solo due reclute di cui potersi disfare se le cose fossero andate storte. Ma oso dire che nessuno d'ora in poi mi seguirà in macchina o a piedi.

Non ho detto a Weidlich come sapevo di una possibile vittima nel fiume, e perché avessi posto la domanda. Se anche l'ispettore avesse scambiato la mia sicurezza per ar-

roganza, perché «tutti i ricchi sono uguali», comunque si è comportato da piccolo borghese che non insiste. La verità è che entrambi siamo intimoriti. *Lui ne è imbarazzato. Io me ne vergogno troppo per sapere cosa provo.*

A ogni modo, qualunque sia il segreto militare, chiunque siano gli attori, lo scambio di informazioni avverrà all'ultimo minuto della presenza a Lipsia degli ospiti, lo sento. Mancano poche ore, e mentre la città si gode il clima della festa, io corro contro il tempo per passare il mio esame.

Il fatto è che ho bisogno di contattare delle fonti affidabili direttamente in Giappone, ed entro oggi. Chi conosco, al di là di quelli che ho intorno (tutti sospetti), che potrebbe indirizzarmi alla fonte giusta? Non i miei nonni, rientrati dal Giappone ormai nel 1925. Il colonnello K. è fuori città. E chi, dal Giappone, potrebbe entro oggi mandarmi risposte attendibili alle domande che devo porre?

Quando Bora uscì dalla sua stanza per andare a fare colazione, mise il diario nella valigetta portacarte invece di lasciarlo in camera. Era la prima volta che accadeva.

– La signorina Deshimaru è indisposta?

La domanda che fece al professor Fujiwara rimase senza risposta. L'anziano studioso – il primo alla tavola della colazione tutte le mattine, pronto ad attaccare una cioccolata calda con doppia panna montata – sollevò il labbro sporco di cacao dalla tazza e si strinse nelle spalle. Gli altri (fatta eccezione per Dortmüller, che a volte faceva tardi arrivando da casa sua) Bora li aveva visti nell'atrio, al banco del concierge, dove venivano distribuiti i programmi per le svariate attività del giorno. Il dottor Kitamura aveva due macchine fotografiche appese al collo e le tasche gonfie di pellicole; il tenente Honda portava il binocolo da Marina di Oi, e Colloredo aveva infilato dei binocoli da teatro nel taschino.

Quando la colazione cominciò, Keiko mancava ancora. Nel giro di pochi istanti, Bora passò dal pensare che fosse stata sedotta dal biondo *Herr 75 millimetri* al temere il peggio. Il generale Lüttwitz, che lo teneva d'occhio come si osserva un puledro inaffidabile, ingoiò una manciata di pillole prima di ordinargli di far squillare il telefono nella stanza della signorina Deshimaru.

De Dominicis – in un'uniforme fascista piuttosto elegante e mai vista prima, indossata per l'occasione – parlò davanti al suo espresso fumante:

– Non è necessario, generale. Ho visto la signorina uscire dall'albergo una mezz'ora fa, quando ho aperto la finestra della mia stanza per respirare una boccata d'aria fresca. Un'auto privata la stava aspettando di sotto, in folle davanti alla BMW del tenente Bora.

I giapponesi si guardarono l'un l'altro. Oi mugugnò qualche parola sottovoce al suo aiutante, e il tenente Honda replicò con uno di quegli inimitabili, baritonali grugniti d'assenso. La risposta fu tutta lì. Anche l'assenza di Dortmüller si fece notare, naturalmente; il posto fra De Dominicis e Kitamura sembrava orfano, con il tovagliolo inamidato ancora ripiegato sul piatto. Lüttwitz parve combattuto fra il rispetto della riservatezza di un'ospite e la necessità di accertare che non ci fossero inconvenienti in un giorno in cui tutto doveva filare liscio.

– *Herr Oberleutnant*, veda se la signorina Deshimaru ha lasciato detto qualcosa al concierge...

Bora era già in piedi. Il concierge – quello con l'aria più contenta fra i due – smise di compulsare *dépliant* e programmi per ascoltarlo. Sì, aveva visto la signorina Deshimaru uscire una mezz'oretta prima, con il soprabito blu a bordi bianchi. – Se è venuta a prenderla un'auto, *Herr Oberleutnant*? Sì, l'autista l'ha aspettata al volante, senza entrare in albergo. No, la signorina non ha parlato di commissioni da svolgere questa mattina, né ha fatto o ricevuto telefonate prima di uscire.

– D'accordo. Nel frattempo potrebbe farmi quest'interurbana e informarmi quando ha la linea?

Di sua iniziativa, poi, Bora chiese di usare la cabina telefonica degli ospiti, e chiamò la residenza di Dortmüller. Un domestico dalla voce funerea rispose che *Herr Hauptingenieur* aveva lasciato Ehrenberg alla volta dell'albergo prima della solita ora, aggiungendo che il ritardo forse era imputabile alle deviazioni del traffico lungo il percorso della parata.

Mentre riagganciava la cornetta, attraverso la porta a vetri della cabina telefonica Bora vide il soggetto in questione entrare in albergo come una furia, con la fretta infastidita di un uomo vessato dai contrattempi, gli occhi fissi sull'orologio da polso. Un attimo dopo furono faccia a faccia e, dall'espressione di Bora, Dortmüller comprese di essere stato cercato.

– Stava telefonando a casa mia? – chiese stizzito. – Non si rende conto di quale infernale labirinto siano le strade di Lipsia questa mattina?

Bora guardò fuori, oltre le spalle di Dortmüller. Davanti ai gradini c'era parcheggiata una Opel Olympia. Keiko era sul sedile del passeggero, intenta, sembrava, a raccogliere la sua borsa e qualunque altra cosa avesse con sé, mentre l'autista le teneva aperta la portiera.

– Beh, perché quella faccia, Bora? – Dortmüller si sfilò brusco i guanti. – A cena, ieri sera, mi ha chiesto di portarla in stazione stamattina, e io l'ho accontentata. Sì, sì, sono venuto qui presto, l'ho raccolta, l'ho portata alla Stazione Centrale e di nuovo qui. Abbiamo dovuto aspettare che una banda dell'Esercito e un branco di contadini sassoni in ridicoli berretti di lana e pipe di coccio passasse prima di attraversare la Tauchnitzstrasse, così abbiamo perso tempo –. Seguì lo sguardo del tenente verso l'esterno. – Che c'è, è l'unico che può portare la ragazza in giro per la città?

Bora ignorò il commento. Keiko aveva tirato fuori le gambe dalla macchina e si stava allacciando il cappotto. – Il suo treno non partirà prima di domani. Perché è andata alla stazione?

– È una domanda stupida. Cosa vuole che ne sappia? – Dortmüller gettò guanti e soprabito a un cameriere in livrea, rispettosamente immobile a pochi passi di distanza. – Spero che stia controllando spostamenti e orari per conto del generale Lüttwitz, Bora. Altrimenti non sono certo che Benedikta apprezzerebbe il suo interesse nel piccolo muso giallo.

Bora osservò Keiko infilare il manico della borsetta nell'incavo del braccio e prendere qualcosa dal sedile posteriore.

– Figuriamoci. Ho pensato che forse aveva dato appuntamento alla signorina Deshimaru per mostrarle le *sue* stampe giapponesi.

Dortmüller rise all'idea, o forse perché stava aspettando un'occasione per colpire sotto la cintola. – Benedikta le ha mai raccontato del fine settimana che ha trascorso con il mio amico Willy di Amburgo due anni fa? Avevano fatto un viaggetto al *Bastei Fels*. Willy mi aveva confessato di essere un po' nervoso, perché non è tipo da preservativi, e sono sicuro che ha visto da sé che nemmeno Dikta ne va matta. *Lei* quanto diventa nervoso?

– Non molto. Sposerò Dikta quest'estate.

Stava solo millantando. Bora dovette lottare per non lasciar trasparire quanto lo incollerissero le parole dell'ingegnere. La bile, comunque, non lo distrasse da ciò che stava facendo Keiko. Si era posata la valigetta sulle ginocchia, l'aveva aperta con una chiavetta e sfogliava lenta i cataloghi d'arte. Il suo contegno non indicava in alcun modo che avesse trovato qualcosa fuori posto.

– Ma davvero – sghignazzò Dortmüller. – E Willy e i suoi genitori lo sanno?

Keiko Deshimaru abbassò il coperchio della valigetta e la chiuse, salì la scalinata dell'albergo ed entrò.

Salutò Bora con un piccolo inchino lievemente imbarazzato del capo: – Buon giorno, *Chu-i* Bora-san – e proseguì verso la sala della colazione a piccoli passi.

Gli olandesi in luna di miele, nel frattempo, si stavano impossessando di un carico di *dépliant* illustrativi e andarono alle porte girevoli. Il marito stava fumando e, incrociandolo, Bora non mancò di inalare l'aria per verificare se ci fosse odore di mentolo. Non c'era.

Durante la colazione Keiko lasciò la valigetta dove l'aveva posata accanto alla sua sedia. Scusatasi con tutti per il suo ritardo e per aver provocato anche quello «dell'onorevole *Herr* Dortmüller», bevve il suo tè e imburrò il pane con un'espressione non apprezzabilmente diversa da qualunque altra mattina. Commentò «l'aspetto gioioso» delle strade e delle piazze e mostrò una sgargiante spilletta da bavero comprata alla stazione da una ragazzina del *Bund Deutscher Mädel.*

Bora non sapeva cosa pensare. *Il lavoro sulle serrature è stato accurato, quindi Keiko non deve essersi accorta della loro manomissione. Ha sfogliato i cataloghi e saggiato le pagine per accertarsi che le veline fossero ancora all'interno... ma perché ha aspettato di farlo proprio davanti all'albergo? Forse invece ha notato qualcosa, e voleva che la vedessi.*

Il general maggiore Lüttwitz finì il suo caffelatte. – Cortesi ospiti – annunciò alzandosi in piedi – fra meno di quindici minuti avrò il privilegio di accompagnarvi a una speciale conferenza stampa per corrispondenti stranieri presso la Biblioteca dell'Università. Da lì procederemo...

Quel giorno, in cui cedere alle cattive abitudini dei visitatori sembrava non essere più necessario, aveva fatto togliere tutti i posacenere dal tavolo della colazione, obbligando i fumatori ad astenersi dal vizio. Aveva predisposto per le ore successive un *tour de force* che contemplava parata, discorsi dal vivo, trasmissioni radio e un programma musicale, e che oltretutto avrebbe tenuto insieme gli ospiti fino a metà pomeriggio. Bora, il cui nome non era ancora stato fatto in riferimento a incarichi speciali, mandò giù la retorica incerata del vecchio ufficiale dicendosi che era il tipico ipocondriaco destinato a seppellire tutti quelli che ha intorno. Non era chiaro quanto inconsapevole o disinteressato fosse delle strane attività dei giorni precedenti. *Conta i giorni fino alla pensione,* pensò Bora, *e al diavolo il resto.*

Si alzarono da tavola. De Dominicis, cui Colloredo aveva fatto i complimenti per l'uniforme (sa Dio se con sincerità o ironia), si lisciò le basette corvine e sorrise. Oi si infilò in bocca una *Chesterfield* che Honda si affrettò ad accendergli. Il dottor Kitamura aprì il quotidiano locale, che fino a quel momento aveva rigorosamente tenuto chiuso, e scorse i titoli con lo sguardo mentre usciva dalla stanza. *Non è uscita alcuna notizia sulla morte di padre Kostner. Se va a San Giorgio per una benedizione prima di lasciare Lipsia, lo aspetta una brutta sorpresa.* Bora arrivò alla soglia della sala della colazione nello stesso momento di Dortmüller. Con un eccesso di formalità diede la precedenza all'ingegnere, battendo anche i tacchi.

Guardandolo uscire con la sua camminata dinoccolata da casanova, Bora si sentì più divertito che arrabbiato. *Due anni fa ero in Spagna, dove – a parte le ragazze che mi sono portato a letto a Bilbao – Remedios mi ha insegnato cose che ho appena iniziato a sperimentare con Dikta. Perché lei non avrebbe dovuto trascorrere un fine settimana al* Bastei *con il suo spasimante di Amburgo? Io non le ho detto di Remedios, meno ancora di Ines e delle altre. Ma ora dovrà scegliere, e vale anche per me. Sessualmente, almeno, siamo fatti l'uno per l'altra. Non credo esistano altri due corpi fatti per coincidere perfettamente come il suo e il mio.* Passare tutta la vita a fare l'amore con te, *recita la canzone di Cole Porter che abbiamo ballato quella sera d'aprile del '37. Dodici ore più tardi eravamo a letto insieme, e lei era entusiasta quanto lo ero io, e quanto lo sono ancora, del nostro glorioso incontro.*

Quel cascamorto di Dortmüller. Non sa quanto apprezzo che Dikta non ami i profilattici, e come spero che resti incinta? Così almeno Nina non potrà più obiettare, e dovremo sposarci di corsa.

Il fattorino mandato dal concierge lo intercettò quando si fermò ad accendere una sigaretta fra il corridoio e l'atrio.

– *Herr Oberleutnant*, l'interurbana che ha chiesto è pronta.

– Arrivo.

La telefonata aveva formalmente lo scopo di tirare su di morale suo fratello Peter, che era di turno come ufficiale di giornata presso la sua attuale destinazione all'aeroporto di Klotzsche, e privato quanto lui delle gioie della celebrazione.

Fu una chiacchierata breve. Si scambiarono le solite bonarie battute da fratelli, e alla fine Bora apprese quel che aveva sperato di sentire: che il tenente colonnello della *Luftwaffe* Habermehl, ex *attaché militaire* a Tokyo, era ancora assegnato alla Scuola aeronautica di Klotzsche, a nord di Dresda. Un viaggio di quattro ore, andata e ritorno. Se il suo comandante l'avesse permesso, avrebbe significato assentarsi dalla città con una delle migliori scuse al mondo.

Il generale Lüttwitz, in alta uniforme e pronto a condurre il gruppo fuori dall'albergo, mostrò una magnanimità insperata, date le circostanze dell'ultima assenza di Bora.

– È un bene per un confratello ufficiale, *Herr Oberleutnant*, e un fratello di sangue, per giunta, alleviare camaratescamente i compiti dell'altro. Non ho obiezioni se vuole tenere compagnia al sottotenente Sickingen durante una festa nazionale. Potrete ascoltare insieme alla radio la voce del *Führer*, e unirvi nello spirito ai milioni che celebrano la giornata di oggi in tutto il Reich.

Bora, che stava aspettando una reazione fin da quando era andato allo zoo con un falso pretesto, provava quasi dolore per il ritardo nella lavata di capo di Lüttwitz. Ma i generali tedeschi sono come Dio, e i debiti che non riscuotono il sabato li esigono inevitabilmente la domenica. Avrebbe solo dovuto aspettare ancora un po'.

– Ringrazio, *Herr Generalmajor*.

Lüttwitz increspò le sopracciglia in un'espressione che significava: *Sparisca dalla mia vista*.

C'era poco da discutere. L'energia fittizia evocata a forza di docce fredde ogni mattina della settimana passata stava già iniziando a svanire. Bora si sforzò con tutto se stesso di prolungarla, per via dei compiti che sperava di portare a termine prima del tramonto. Per evitare il traffico del centro cittadino e ulteriori controlli attraversò in auto il parco verso la Kaiserin-Augusta-Strasse, una deviazione che lo condusse a zig-zag verso i quartieri di Thonberg e Reudnitz. Sulla Breite Strasse, quando arrivò in vista del grande viale che portava all'autostrada, dovette aspettare che una banda di riservisti dell'Esercito marciasse in buon ordine dalla chiesa alla vicina piazza, sotto una nuvola tempestosa di bandiere rosse, bianche e nere. Da lì prese la Torgauer, dritto verso l'autostrada per Dresda.

Il tempo era mutevole, freddo quando le nuvole si chiudevano, quasi caldo quando il vento le spazzava via. Al di là dei veicoli militari che correvano verso questa o quella cerimonia, per strada incontrò poche auto. Per quasi un chilometro, prima di Wachau, una convertibile Škoda lo seguì da vicino. Appena Bora rallentò, l'auto lo sorpassò. Sul sedile posteriore c'erano festanti funzionari di partito che cantavano a squarciagola. Il conducente salutò e suonò il clacson in segno di patriottica allegria, e Bora replicò con il saluto militare.

La *Luftkriegsschule* di Dresda, a meno di mezz'ora a nord della città, era nuovissima. Moderna ed efficiente nel disegno architettonico, nei dettagli rendeva onore alla tradizione, con i suoi archi, le facciate di granito e i tetti rossi.

– Appena passato il cancello, Martin – si era raccomandato Peter – *devi* andare a vedere la facciata della sala per le conferenze. Dai un'occhiata al bassorilievo di Brecker sul timpano. *L'aviatore*... secondo me, è straordinario.

Dieci minuti con il suo affabile fratellastro («Allora, ti è piaciuto *L'aviatore*?». «Sembra un angelo che ha fatto sollevamento pesi, ma non è male») furono sufficienti per dare un fondo di verità al motivo che Bora aveva usato con il generale Lüttwitz per spiegare la trasferta a Klotzsche. In realtà, Peter non aveva bisogno di alcun conforto. Appena nominato ufficiale pilota, accettava volentieri di essere incatenato alla scrivania dall'impietoso dovere della celebrazione, «felice di fare un piccolo sacrificio», come diceva lui. Quattro anni dopo, senza aver perso il suo idealismo, avrebbe sacrificato la vita in un solitario campo di girasoli della Russia centrale.

Disse: – Nemmeno *tu* hai bisogno di conforto, Martin. Venti minuti fa Dikta Coennewitz ha telefonato da Berlino per chiedermi dove fossi, e perché non rispondi ai messaggi che ti lascia lì. Siccome non so esattamente cosa tu stia facendo, non ho potuto aiutarla. A ogni modo, vuole che tu sappia che alloggerà nella suite della madre all'*Adlon* fino a domenica, e che la puoi raggiungere, se per allora sarai di ritorno in città –. Sorrise con ammirazione invidiosa. – Beato te. Margaretha mi costringe a fare i salti mortali per molto meno.

Bora restituì il sorriso. – Margaretha è cattolica. – *Già, nonché quella che i nostri genitori definirebbero una ragazza perbene, la cui madre non è divorziata, eccetera eccetera eccetera*... – Come sta il vecchio?

– Così così –. Peter capì che si parlava di Habermehl, e fece un gesto vago con la destra. – Sempre lo stesso problema. Qui non gli concedono nemmeno un goccio, ordini del general maggiore Kriegbaum. Onestamente, Martin, con tutto il rispetto dovuto ai nostri comandanti, ogni tanto gli passo una birra sottobanco. Credo sia una vergogna far soffrire il colonnello in quel modo. È una gloria dell'Aviazione tedesca.

– Andrò a trovarlo.

– Prova prima al circolo ufficiali. È l'edificio a due piani a metà strada fra gli uffici dell'amministrazione e gli impianti sportivi. Se non è lì, chiedi in infermeria. – Peter abbassò la voce. – Ci va per fare scorta di sciroppo per la tosse; è la cosa più vicina all'alcol che gli concedono.

Nel 1910, Frido Habermehl aveva iniziato la sua carriera sotto i migliori auspici. La leggenda voleva che una dolorosa ferita subìta nella Grande Guerra lo avesse spinto a bere, ma i suoi amici più stretti (fra cui il generale Sickingen) conoscevano un'altra versione. In realtà era stata la sconfitta della Germania a portarlo ai primi eccessi, anche se l'abilità nel volo e la fama residua di asso gli erano valsi incarichi di *attaché* militare qui e là. I consolati e le delegazioni, però, sono posti ideali per mantenere il vizio del bere. Per cinque anni, fra il 1931 e il 1936, era rimasto all'ambasciata tedesca di Tokyo, ed era andato come osservatore della *Luftwaffe* in Manchukuo. Laggiù, il suo alcolismo aveva raggiunto un livello imbarazzante. Era stato richiamato dopo una zuffa particolarmente sgradevole al circolo ufficiali giapponese di Nanchino. L'attesa promozione a colonnello era finita di nuovo in stallo, e solo grazie all'intervento di pezzi grossi dell'Esercito come il patrigno di Bora gli era stato concesso di vegetare in incarichi in patria, dove non poteva arrecare troppo danno.

Scapolo, sovrappeso e forzatamente su di giri, Bora trovò Habermehl seduto a un tavolo d'angolo del circolo ufficiali; non assomigliava affatto all'aviatore elegante del ritratto a olio sul muro alle sue spalle, le mani sui fianchi contro lo sfondo del cielo in fiamme solcato dai *Sopwith-Camels* nel 1917.

Peter aveva detto che il suo ufficio a Klotzsche era piccolo, e i suoi incarichi inesistenti. Che il tenente colonnello fosse alla Scuola d'aviazione in prova, per disintossicarsi, a Bora fu penosamente chiaro non appena si scambiarono la cortesia dei saluti formali. Eppure Habermehl manteneva un aspetto allegro:

– Non far caso a me. Tu e tuo fratello, invece... voi due vi somigliate sempre più, belli come vostra madre, come se i vostri padri non avessero niente a che vedere con la faccenda. *Mese della Cultura Giapponese,* eh? Buon per te, Martin. Io ho dovuto andare in nave fino a Hokkaido per lustrarmi gli occhi con le *geishe*!

Bora non voleva sembrare sbrigativo, ma non aveva molto tempo. – Posso chiedere al tenente colonnello il permesso di parlare in maniera franca, *senza domande* da parte sua?

– Ma naturale.

– Il tenente colonnello ha accesso a una telescrivente?

Il sorriso rimase sul volto di Habermehl come pura reazione fisica. – Abbiamo una ASR velocità 60. Oh, è molto sicura, ma l'accesso è ristretto. Perché?

– Mi occorrono alcune informazioni, e preferisco cercarle qui. Nulla di particolarmente delicato, ma ne ho bisogno con la massima urgenza.

– *Oggi?*

– Prima possibile –. Bora stava cercando di non fissare lo splendido aviatore che Habermehl era stato, e nemmeno gli altri ritratti dei suoi commilitoni della Grande Guerra, per non pensare ai dolorosi segni che la vita infligge agli esseri umani. *Pover'uomo, pover'uomo. Non sarebbe forse stato meglio per lui morire giovane, e restare per sempre nella nostra memoria con il suo ghigno ironico, come Bölcke e von Richthofen? E non sarebbe forse meglio anche per tutti quelli fra noi che oggi aspirano alla gloria?* Dulce et decorum... – E mi chiedo, colonnello, se ha mantenuto qualcuna delle sue buone conoscenze in Giappone.

Puntellandosi con i gomiti sul tavolo come aveva fatto fino ad allora, Habermehl sciolse la culla delle braccia incrociate. Il volto rubicondo stava lentamente perdendo il sorriso di circostanza. – Direi di sì. Alcuni sono i miei amici di Yoshiwara, altri sono colleghi che ho conosciuto *fuori* dal quartiere a luci rosse.

– Dubito che si tratti di materiale da Yoshiwara.

C'è sempre uno scarto fra il rendersi conto che una cosa non è come credevamo e l'ammetterlo ad alta voce. Prima di commentare, Habermehl si appoggiò meglio allo schienale per creare una certa distanza fra loro e usare qualunque autorità difensiva ciò potesse garantire. A quell'ora in sala non c'era nessuno, eppure la sua voce divenne uno strano sussurro sospeso fra la trepidazione e il risentimento.

– Sei a Lipsia in *servizio*, non per fare da balia a un manipolo di dignitari stranieri! Beh, non posso usare la telescrivente e non posso mandare o ricevere alcuna informazione per te, Martin.

Anche Bora abbassò la voce. – Abbiamo detto «niente domande», *Herr Oberstleutnant.* Peter è pronto a dichiarare che non sono mai venuto a trovarla. Al momento, ufficialmente lui e io stiamo ascoltando assieme la diretta radiofonica da Berlino.

– No, no –. Habermehl abbassò lo sguardo. La blusa grigio-azzurra, troppo stretta sul grosso torso, chiedeva di essere rassettata, ma lui la lasciava straripare, cupamente trincerato dietro al tavolo. – Se vuoi una telescrivente, vai da quelli della *Luftwaffe* al Quarto comando regionale.

Bora mantenne la calma perché non aveva altra scelta. Fosse come fosse, Habermehl rappresentava la sua occasione per entrare rapidamente in contatto con delle controparti affidabili in Giappone; se Habermehl diceva di no, non c'era alternativa. Se avesse potuto, avrebbe scosso il bolso veterano per le spalle.

– Nessuno al Quarto comando regionale è stato in Manchukuo, colonnello. Lei sì.

– Manchukuo? – Alzandosi dalla sedia, Habermehl fece il giro del tavolo per andarsene. – Cosa ha a che fare il Manchukuo con tutto questo? No. Non manderò alcun messaggio in Giappone o in Cina o in qualunque altro posto. Sono già abbastanza in disgrazia così. Non lo farei nemmeno per il tuo patrigno, figuriamoci per te.

Anche Bora si alzò. L'assenza di sonno a volte gli faceva perdere l'equilibrio, e in quel momento dovette recuperarlo irrigidendo le ginocchia.

– Credo che lei abbia trovato sgradevole quell'incarico all'estero, colonnello Habermehl.

– Tu non sai niente del Manchukuo, *oppure non faresti domande*.

Le ultime parole furono come una corda che gli veniva lanciata, troppo sottile per arrampicarcisi, ma intorno alla quale si sarebbe potuta intrecciare una fune più resistente. Habermehl era diretto alla porta. Bora afferrò il bandolo per tutto ciò che significava. – Allora imploro il tenente colonnello di illuminarmi.

– No. No.

Un passo rapido e Bora si trovò sulla soglia prima di Habermehl. – *Imploro* il tenente colonnello di illuminarmi.

– Che Dio mi fulmini, non qui!

Fuori, alle piste d'atterraggio, l'erba spazzata dal vento chiazzava di verde acceso la terra scura. Oltre gli hangar le nuvole la oscuravano, la rendevano bluastra, il sole l'accendeva di un bagliore estremo giallo cromo. Le maniche a vento sembravano aquiloni gonfi e ancorati che agognavano il volo. Intorno al campo, dove greggi di pecore venivano impiegate per brucare uniformemente l'erba, fattorie e fienili, punteggiati di colore laddove le bandiere sventolavano dai davanzali o garrivano sui pennoni, creavano un pacifico cerchio. Il dottor Kitamura, venne in mente a Bora, avrebbe amato cogliere sulla pellicola fotografica una tale quotidianità tedesca.

Habermehl avanzava pesante, la testa bassa, le mani incrociate dietro la schiena. Dovette essere sollecitato, anche se si erano allontanati tanto che nessuno li avrebbe potuti sentire. Gli edifici lunghi e bassi dell'aeroporto civile, dietro la pista d'atterraggio della *Luftwaffe*, brillavano come nuovi, al pari di ogni cosa in quel posto. In lontananza, oltre la recinzione, un paio di ufficiali a cavallo, diretti alle esercitazioni o a una gara, o di ritorno da esse, sembravano centauri grigio-blu.

– *Herr Oberstleutnant*, mi rendo conto che potrebbe non ricordarsene a memoria, ma ho bisogno di sapere se i nomi di persona giapponesi che le farò significano qualcosa, *qualunque cosa*, per lei, magari in rapporto alle operazioni belliche nella Cina continentale.

Sono le 10:20. Perché gli ubriachi fanno tanto i difficili, quando sanno benissimo di non saper resistere alle ciance? Dovrebbero cedere all'impulso, e non far aspettare e innervosire quelli che hanno intorno. Il contegno di Bora era troppo controllato perché Habermehl potesse coglierne l'impazienza, o forse l'aviatore stava prendendo tempo per ricordare. *A meno che non si vergogni di qualcosa che ha fatto, o non fatto, e stia cercando le parole...*

Infine Habermehl volse lo sguardo, non verso il volto di Bora, ma alla sua spalla. – Le cose che ho visto e sentito, Martin. Perché vuoi costringermi a parlarne?

Cose? Io ho chiesto di persone. Quali *cose*? Bora temeva una sconclusionata introduzione a un inutile vaneggiamento. Tenne il passo con l'aviatore, mordendo il freno.

– In Occidente continuiamo a riempirci la bocca con il fosgene e l'iprite, come se sapessimo. Non farmi parlare.

Habermehl sospirò come un vecchio, scuotendo il capo. Il disprezzo è più difficile da nascondere dell'impazienza. Dovette scorgere la reazione nella rigidità delle spalle di Bora, perché codardamente cercò di sviarla.

– Stanno succedendo cose anche qui…

– *Qui?*

– Voglio dire in Germania, nel Reich. Cose, *cose*. Hai trascorso nelle scuole militari il tempo che non hai passato all'estero… Non mi far parlare.

– Se si riferisce alla *Notte dei lunghi coltelli*, o alla *Notte dei cristalli*…

Camminando erano arrivati a un punto in cui il vento soffiava loro dritto in faccia. Habermehl aprì e chiuse la bocca come un pesce tirato fuori dall'acqua.

– Stavamo parlando del Giappone, non è così? Atteniamoci al Giappone. Quali sono questi nomi?

Bora respirò il vento. Veniva da sud-est, dai monti Sudeti, e spazzava il cielo delle celebrazioni. Qualunque speranza di trovare qualcosa di diverso da indizi e ricordi in frantumi minacciava di dissolversi come le nuvole. Si fermò per fronteggiare Habermehl, per rendere più difficile una sua ritirata.

– Kobe, *Sho-sho* Ishiro, comandante di brigata di fanteria e ufficiale in campo dell'Esercito del *Kwantung*. Nogi, *Tai-i* Tayama, comandante di compagnia di fanteria durante l'avanzata su Chia Sing. Oi, barone Tetsuro, grande ammiraglio, allora al comando della *Haruna Maru*, all'ancora nella baia di Hang Chou. Honda, *Chu-i* Nagisha, primo aiutante dell'ammiraglio Oi. Ikeda, Sozen, capo della *Società Farmaceutica Ikeda*, non si sa se legato – e se sì, con quale ruolo – alle forze di occupazione giapponesi nel Manchukuo...

Fu la volta di Habermehl di fissarlo, apparentemente incapace di battere gli occhi, o spostarli. Un barlume del giovane del ritratto affiorò e gli attraversò i lineamenti, spegnendosi subito. Pronunciò una frase che sembrò sconnessa, tanto che Bora si inalberò, credendolo testardamente omertoso, teso a creare confusione per non rispondere.

– I telefoni sono rari in Giappone, anche nelle istituzioni che si crederebbero ben servite, come gli ospedali. Nel Manchukuo, poi! Dove avrei potuto trovare i mezzi per chiamare? E chi avrei chiamato? A che scopo? Bere era fottutamente più facile.

Uno scampolo di suono venne col vento da un altoparlante. Dio sa quanto lontano, portò sul campo le parole – no, non le parole, impossibili da sentire da lì, ma le note che con le parole andavano: *Germania, sve-*

gliati / dal tuo incubo... Habermehl scandì il testo con le labbra. Ma all'accigliato tenente Bora disse: – Non hai mai sentito parlare di Ishii Shiro, e della sua Unità 731 di Purificazione dell'Acqua?

– No.

– Allora non hai mai sentito parlare nemmeno di Ishiro Kobe e della sua Unità 843.

Era la seconda volta nella vita che gli succedeva. Allontanatosi dal campo dell'aviazione senza nemmeno prendere congedo dal fratello, Bora guidò fin dove il malessere fisico glielo consentì, pochi chilometri nel cuore della campagna, poi dovette sterzare e fermare la BMW sul ciglio erboso della strada.

La nausea lo copriva di sudore appiccicoso, si trovò a tremare senza controllo sotto l'uniforme come per un accesso di febbre tropicale. Il bisogno di vomitare lo obbligò a spalancare la portiera e sporgersi per liberarsi, perché non sarebbe riuscito nemmeno ad aspettare di alzarsi dal sedile. Se la sua anima, se la sua coscienza avessero cercato di espellersi attraverso gli spasmi dello stomaco e della gola, non avrebbe avvertito uno strazio più lacerante. Le parole di Habermehl, sentite fin troppo bene, metaforicamente dovevano essere rigurgitate con ogni traccia di cibo, bile e saliva.

Bora restò piegato in due per il dolore fino alla fine, e in qualche modo riuscì a incespicare fuori dalla BMW; l'aria profumata dei prati gli fece sembrare il sudore come ghiaccio sul volto. Trovò un posto per sedersi e chiuse gli occhi. Nel buio rossastro delle palpebre non vedeva altro che cerchi evanescenti, pulsanti al ritmo del battito cardiaco.

Rimase seduto sul ciglio della strada per diversi minuti, prima di rendersi conto che aveva gli stivali immersi in un fosso fino a metà tallone. L'acqua creava graziosi mulinelli intorno al cuoio lustro. Quando tirò fuori i piedi per posarli oltre il canaletto, si accorse di quanto rigogliosa fosse l'erba lungo la riva. Era costellata di fiori bianchi e minuti, dagli steli esigui.

Il suo dovere, il suo compito, la ragione di entrambi, il segreto che gli americani stavano lottando per ottenere – ormai tutto gli era chiaro. Il povero Habermehl, senza saperlo, aveva lacerato il sipario e scoperto il mostro sul palcoscenico. Bora sentì di essere prossimo alla verità, ma al modo in cui un'allucinazione spalanca i cancelli della conoscenza. Non pensare, o pensare a cose innocenti come il nome di quei fiori, o il nome del fosso, se i fossi ne hanno uno, era tutto ciò che lo tratteneva dal vomitare di nuovo.

Non importava, a quel punto, chiedersi chi stesse seminando indizi a beneficio di chi, e perché. Sarebbe stato uno spreco di tempo ipotizzare se il tenente Honda intendesse impedirgli di andare al deposito della Stazione Centrale o avesse presunto che ci fosse già stato e stesse rimettendo la contromarca sotto la statuetta. Era vano anche interrogarsi sul ruolo di Oi in tutto ciò. *Una* persona era legata ai documenti nella valigetta, alle cifre 843 scritte sulla contromarca, e presumibilmente a tutte le altre prove: Keiko Deshimaru, che era arrivata a Lipsia dopo tutti gli altri. La signorina Deshimaru, *trattenuta a Dresda per l'installazione della mostra d'arte.*

Quando una formazione di caccia – senza dubbio di ritorno da questa o quella parata – rombò da destra, alzare lo sguardo per Bora fu naturale. Il gesto di sollevare la testa lo fece star male di nuovo, e dovette abbassarla in fretta sul fosso. Gli aerei passarono con fragore, diretti a Klotzsche o a qualunque altro luogo da cui fossero decollati quella mattina.

La chiarezza di quanto avrebbe dovuto impedire nelle poche ore a venire era pari solo alla disperata improbabilità di farcela. *Sono così vicino a Dresda, e per quel che vale... Pensavo di esserci dentro fin sopra i capelli? No, ci siamo* tutti *dentro fin sopra i capelli. Posso solo cercare di riguadagnare la superficie.*

Bora si chinò sul fosso per raccogliere un po' d'acqua fra le mani e sciacquarsi viso e bocca. Sapeva e odorava di fango pulito, il sapore e l'aroma di un pozzo profondo.

VIII

Bene e male non usciranno
dalla bocca, dal naso, dagli occhi?

SENGAI

Dresda, ore 11:00

L'indirizzo di Roald Johanssen, sull'elenco telefonico di Dresda, dava a Bora la speranza di poter fare una domanda o due su Keiko in via confidenziale. Aveva davvero incontrato *lui*, il giorno in cui aveva detto di aver rivisto una vecchia fiamma? E se sì, aveva detto o fatto qualcosa di insolito, era sembrata nervosa? Avrebbe trovato il modo di appellarsi ai sentimenti filo germanici dello svedese.

Johanssen abitava sulla Walpurgis Strasse, dietro l'isolato in cui il Partito aveva la sua sede locale, in un quartiere antico e lindo tradizionalmente ricco di pensioni e locande per l'accoglienza dei visitatori stranieri.

La dimora d'inizio secolo era una di quelle puntigliosamente descritte nelle vecchie guide turistiche come «casa germanica di prestigio, in cui si parla *Hoch-*

deutsch, il tedesco più forbito». Bora parcheggiò la BMW sulla Pragerstrasse e si recò a piedi all'indirizzo. Da ogni davanzale sulla facciata sventolavano bandiere – il genere di abitato che sceglierebbe un membro della *Lega Nazionale dei Giovani Svedesi.*

Gli interni, intuiti alle spalle della padrona di casa che venne ad aprire, avevano forse perso col tempo qualcuna delle amenità guglielmine, ma i vecchi tappeti e il legno dei rivestimenti continuavano ad avere una loro dignità. Tutti i residenti erano andati a questo o a quell'altro discorso patriottico, rispose la donna alla domanda di Bora, e, leggendo poi nella sua uniforme una sorta di rimprovero per essere rimasta a casa, aggiunse: – Qualcuno deve restare, lei capisce. *Herr* Johanssen è andato a una conferenza per la stampa estera a Lipsia. È partito stamattina presto con un collega di Dresda che gli ha dato un passaggio, *Herr* Zörner, sa, è parente del nostro sindaco.

La conferenza stampa per i corrispondenti stranieri alla Biblioteca dell'Università. Maledizione, avrebbe dovuto pensarci. E lui a perdere tempo a Dresda quando avrebbe dovuto tornare indietro e incontrare Johanssen laggiù. Tanto per chiedere, Bora pensò di approfondire: – Ha detto quando torna?

L'anziana signora – le facevano con lo stampino, queste garbate proprietarie di pensioni, dal girocollo di giaietto nero al collarino di pizzo – levò lo sguardo su di lui con le labbra un po' strette. – Non tornerà affatto, tenente. Se ne è andato con i suoi bagagli e tutto.

Ma davvero. Bora cercò di restare calmo e non anticipare troppo i pensieri. Con un passo cortese ma deciso varcò la soglia e si trovò sul parquet lucido come uno specchio. – Perché, deve rientrare in Svezia?

– Non saprei. Dopo due anni e niente da ridire, prende e se ne va senza preavviso. Questioni legate al giornale, immagino. Ha pagato fino alla fine del mese.

All'improvviso le cose si facevano più complicate di quanto avesse immaginato, o molto più semplici, ma in ogni caso dovevano essere risolte alla velocità della luce. Bora si tolse il berretto per non allarmare l'anziana signora con le sembianze dell'ufficialità militare. – Ancora un'informazione, prego. Di recente *Herr* Johanssen ha ricevuto visite da una signora straniera?

Qualunque cosa avesse letto nella domanda, non erano tempi in cui i civili discutessero le ragioni di un militare. – Ma come, tenente! Non lasciamo entrare estranei nell'edificio, siamo una casa germanica di prestigio.

Sì, e parlate «Hochdeutsch». Bora aveva una fretta dannata di tornare a Lipsia, ma il nuovo elemento di dubbio in cui era inciampato lo teneva lì a lambiccarsi il cervello. – *Herr* Johanssen aveva con sé molto bagaglio?

– Due valigie di cinghialino. Il mio tuttofare le ha portate giù dalle scale per lui –. Aveva smesso di cercare di capire di cosa si trattasse o all'improvviso era ansiosa di essere d'aiuto? L'anziana signora si rassettò il pizzo del colletto. – A pensarci, *Herr* Johanssen possedeva anche una di quelle valigette in cui i professionisti tengono i documenti. Nelle ultime due settimane non l'ho visto portarla con sé, e non ce l'aveva neppure questa mattina. Oh, mio Dio, spero solo che non l'abbia persa da qualche parte... Nella sua stanza non è rimasto nulla. Ma no, ce lo avrebbe detto se fosse andato perso qualcosa.

Bora si rimise il berretto. L'idea che Keiko potesse essersi fermata a Dresda *andando* a Lipsia e aver incontrato Johanssen quattro giorni *prima* del viaggio alla volta del museo con il professor Fujiwara gli si ergeva di fronte come un ostacolo troppo pesante per essere sollevato. Una parte di lui poneva domande prudenti: *Beh, cosa avrebbe a che fare Johanssen con dei documenti giapponesi di spionaggio industriale? Perché dovrebbe essere stato lui a darli a Keiko?* Un'altra parte di lui era andata oltre i dubbi e la prudenza, e stava precipitandosi, non senza panico, verso l'affermazione di diverse cose inquietanti. *Keiko ha ricevuto sia i documenti, sia la valigetta di cinghialino dallo svedese qui a Dresda; ha nascosto le copie carbone nei cataloghi d'arte e ha depositato il tutto alla Stazione Centrale di Lipsia, perché altrimenti i suoi connazionali – fatta eccezione per il suo complice! – si sarebbero chiesti da dove veniva la valigetta. Ha visto di nuovo Johanssen il giorno in cui è andata a Dresda con Fujiwara, o forse no. Suo zio sospetta il mio ruolo in questa faccenda, quindi lei potrebbe avermi fatto di proposito il nome della sua vecchia fiamma svedese, perché in questo modo non avrei sospettato né di lei, né di lui. Maledizione, è andata così di sicuro.*

Tecnicamente questo non aveva nulla a che fare con lo spionaggio per gli americani. Ma era una coincidenza che Johanssen lasciasse Dresda proprio quel giorno? E dov'era diretto? Alle spalle della signora, sulla parete sopra le scale, era appeso un panorama incorniciato come quelli allo *Schlösschen*, solo che si trattava di una veduta di Dresda. Bora la fissò, improvvisamente seccato: quelle stampe banali di panorami noti, come se Dresda, Lipsia o Berlino avessero bisogno di essere ricordate in futuro, come se dovessero sparire dalla faccia della terra!

– Sarei grato per la sua pazienza, signora, se potesse descrivermi l'aspetto fisico di *Herr* Johanssen.

Lungo la Pragerstrasse, quando tornò alla BMW, Bora notò un'agenzia di viaggi sull'angolo, distinta dal doppio cerchio e dalla sigla *MER*, per *Mitteleuropaischen Reisebuero*. In tali posti, come sapeva, si potevano acquistare con facilità biglietti aerei, navali e ferroviari. Le probabilità che Johanssen non fosse andato lontano da casa per organizzare il suo viaggio erano discretamente alte. In quel giorno di festa la saracinesca era abbassata, ma non del tutto. Per sua buona pace, Bora decise di non salire subito in auto, ma di andare a bussare all'agenzia.

– Siamo chiusi – disse una voce maschile dall'interno. – Non sto contravvenendo ad alcun'ordinanza, mi sto solo occupando di qualche scartoffia –. Gli stivali con gli speroni che spuntavano sotto la saracinesca, però, fecero il loro effetto. Otto dita agguantarono il bordo metallico e lo sollevarono quanto bastava perché il titolare dell'agenzia potesse rivolgere lo sguardo all'ufficiale. Sentita la domanda di Bora, sembrò spostare i pensieri nella mente come biglie di un abaco.

– No – rispose, e appena lasciato entrare Bora abbassò di nuovo la saracinesca. Sotto la luce al neon, vivaci manifesti di transatlantici con signore agitanti fazzoletti e di montagne impossibilmente verdi urlavano dalle pareti. – Mi spiace. Non è venuto nessuno di nome Johanssen, *con o senza* accento scandinavo, a comprare biglietti negli ultimi tre giorni.

– Ne è certo?

– Sono l'unico qui in agenzia, *Herr Oberleutnant*. Ne sono certo. Beh, non un biglietto di nave o di aeroplano, quantomeno. Se il signore è venuto per dei biglietti ferroviari, non avrei modo di saperlo, poiché le prenotazioni e i biglietti non sono nominali a meno che il treno non sia diretto all'estero. Per giunta la stazione principale è vicina, e molti viaggiatori vanno direttamente lì.

– Potrebbe guardare fra le prenotazioni per i treni diretti oltre frontiera?

L'agente mise da parte le scartoffie di cui aveva parlato – ricevute graffettate, conti e banconote – e frugò in un cassetto. – No, mi spiace, il nome non appare neanche qui. Se non c'è altro, tenente...

Bora diede un'occhiata all'orologio. Le 11:09. Riferì la descrizione di Johanssen avuta dalla padrona di casa a Walpurgis.

– Alto, biondo? Sembra un cliente su tre dei miei. – L'agente di viaggio si strinse nelle spalle della vistosa giacca a quadri. – Beh, un signore che corrisponde a questa descrizione è stato qui ieri pomeriggio. Non si chiamava Johanssen, però. Mi lasci verificare... – Sfogliò un piccolo registro. – Ecco, appunto, il nome è Bergman. Aveva tutti i documenti in regola, ha pagato in contanti. Ha comprato un biglietto aereo.

– Sì? Per quale città?

– Copenhagen, via Berlino e Amburgo.

Un nome falso... perché? E Copenhagen sorge su una penisola a venti chilometri dalla costa svedese. La mente di Bora macinava idee. – Da quale aeroporto partiva?

– Da qui, da Dresda/Klotzsche, alle cinque di stasera.

– *Festa nazionale! Sei sordo, cieco o comunista? Chiudi immediatamente!*

Il calcio e la voce di un gendarme si riconoscono dappertutto. La giacca a quadri prese ad agitarsi mentre sollecitava Bora ad andarsene, e si affrettò a eseguire l'ordine.

A braccia conserte, il gendarme sul marciapiedi non sembrò favorevolmente colpito dalla vista di un tenente insieme all'agente di viaggio. – Mi meraviglio di lei, signore; un ufficiale della *Wehrmacht* dovrebbe rispettare le ordinanze. Avrà tempo per pensare alle sue vacanze domani.

Bora evitò guai tenendo la bocca chiusa. Raggiunse la BMW e si sedette al volante. Nella sua agitazione non sapeva se sentirsi sollevato o deluso. Se Johanssen era coinvolto in qualcosa di più dello spionaggio industriale – se era la spia degli americani – avrebbe dovuto incontrare la sua controparte giapponese a Lipsia.

Perché allora rischiare un'ora e mezzo di viaggio di ritorno a Dresda per partire dall'aeroporto civile di Klotzsche, quando sarebbe stato più facile decollare da Lipsia/Halle dopo la transazione?

Sì, ma viaggia sotto falso nome, una precauzione difficilmente necessaria per una questione interna all'industria giapponese, irrilevante in Germania. Si è portato il bagaglio fino a Lipsia o no? Probabilmente no, a meno che non abbia in mente di rientrare con il suo collega di Dresda; ma d'altro canto non avrebbe avuto il tempo di lasciare le valigie all'aeroporto di Klotzsche, questa mattina. Forse non è affatto andato alla conferenza stampa. O al contrario ha pianificato di incontrare Keiko e il suo complice proprio lì. Il general maggiore Lüttwitz starà tenendo gli ospiti tutti insieme o avranno libertà di movimento? La conferenza stampa era prevista alle 11, ma conoscendo quelli dei giornali potrebbe andare avanti fino a mezzogiorno e oltre...

Ore 11:16. Non lontano dai Giardini, il quartier generale del NSDAP aveva più bandiere che finestre. I pochi membri del Partito di guardia all'edificio scrutarono il tenente come se avesse due teste. Con loro il biglietto da visita di Kinzel poteva sortire o meno un risultato positivo, essendo la competizione fra i sistemi nazisti quella che era, così Bora spiegò di avere un bisogno urgente di rintracciare il suo comandante a Lipsia, il general maggiore Ewald Lüttwitz, per questioni di sicurezza.

Le parole magiche furono «corrispondenti stranieri». Gli fu dato accesso a un telefono (senza dubbio sotto controllo, ma non era il caso di sottilizzare), da cui in un lasso di tempo ragionevole riuscì a collegarsi con la Biblioteca dell'Università di Lipsia. Apprese, in quest'ordine, che la conferenza stampa si era conclusa pochi minuti prima; che molti ospiti militari erano ancora sul posto, come pure un certo numero di giornalisti e visitatori stranieri; che nessun corrispondente di nome Johanssen *o* Bergman figurava nella lista dei partecipanti accreditati. Il segretario all'altro capo della linea parlava su uno sfondo di voci e rumori. – A ogni modo, tenente, gli invitati alla conferenza erano liberi di portare un ospite.

Bora fissò l'orologio come se farlo potesse rallentare le lancette che avanzavano sul quadrante. – Sulla sua lista c'è un giornalista di Dresda a nome Zörner?

– Vediamo... Sì, c'è. Però non sappiamo se ha portato un ospite –. Quanto a trovare il comandante di Bora fra quelli che ancora si aggiravano in sala, aggiunse l'impiegato, non sarebbe stato facile ma ci avrebbe provato.

– Non può sbagliarsi, è un generale tedesco con un gruppo di giapponesi. C'è qualche attività in programma per i giornalisti, in questo momento?

– Per quel che so pranzeranno all'*Auerbach,* ospiti del comitato organizzatore della Fiera del Libro.

Trascorsero cinque minuti buoni prima che la voce seccata di Lüttwitz passasse per la cornetta.

– A *Dresda*? – fu il suo primo commento a Bora. – Che diamine, non doveva trascorrere la festa con suo fratello? No, non avrò bisogno di lei, e neppure i nostri ospiti. Sono tutti ben assistiti.

Cosa significasse «assistiti» in quelle circostanze, Bora arrivò a capirlo con la combinazione di diplomazia e *nonchalance* necessaria a interrogare un generale tedesco su faccende in apparenza banali. Seppe che Fujiwara, Colloredo e Keiko avevano parlato di un concerto sinfonico, o qualcosa del genere, anche se non era chiaro se sarebbero rimasti insieme una volta usciti dalla Biblioteca. Il dottor Kitamura aveva appena lasciato la sala; De Dominicis e Dortmüller se ne erano andati insieme; Honda sembrava aver fatto colpo su una giornalista, con cui era andato al pranzo per la stampa. Dieci minuti prima della fine della conferenza – un dettaglio di cui Bora prese nota – l'ammiraglio Oi aveva chiesto di congedarsi.

– E *Herr Generalmajor*?

– Io pranzerò al mio quartier generale di divisione. *Lei*, piuttosto. È forse uscito di senno? Se non ha alcun compito da svolgere a Dresda, ritorni immediatamente a Lipsia.

Una distanza di oltre cento chilometri rendeva quantomeno fumosa la nozione di «immediatamente». Subito dopo, Bora telefonò al concierge dello *Schlösschen* per chiedere se qualcuno degli ospiti stranieri avesse fatto i bagagli. Le camere erano già state pulite, quindi non ci volle molto per avere la risposta che temeva. L'idea di un viaggio di ritorno a Lipsia di almeno novanta minuti, un pericoloso intervallo nella sua attività, lo rese impaziente di congelare il più possibile la scena fino al suo ritorno. Con Kinzel a Berlino, le probabilità erano scarse. Il terzo sulla sua lista di chiamate era

Peter, cui si rivolse per ottenere la lista dei passeggeri di tutti i voli in partenza da Dresda e Lipsia nelle ore successive.

Non fare domande a un fratello che lavorava per l'*Abwehr* era scontato. Comunque, il sottotenente Sickingen premise: – Anche in circostanze normali e con un'autorizzazione ufficiale ci vorrebbe tempo. È una richiesta inusuale, esigeranno chiarimenti; farei meglio ad avere un pretesto.

– Trovane uno, Peter. Sono le 11:36. Ti richiamo intorno alle 13:30.

– Non mi lasci un grande spazio di manovra. Fammi pensare. Avrei un amico che lavora qui alla torre di controllo civile. Ma devi tener conto che oggi sui voli di andata e ritorno ci saranno molti pezzi grossi del Partito. Non mi daranno le liste, nemmeno in via amichevole. Se stai cercando il nome di un passeggero in particolare, fai in modo di darmi *quello*: c'è qualche possibilità in più che il mio amico sia disposto a confermare che quella persona debba prendere un aereo da una delle due città. Non garantisco niente, però. Tutto quel che posso fare è vedere cosa posso fare, Martin.

– D'accordo. Puoi scoprire anche quanti voli giornalieri vanno da Berlino ad Amburgo, e quanto dura la tratta?

– Questo te lo posso dire subito. Ho il *Reichsluftkursbuch* in mano. Con i nuovi apparecchi civili, ci vogliono cinquanta minuti scarsi. E ci sono tre voli giornalieri da Berlino/Tempelhof.

Era meglio di niente, ma era come pescare in acque torbide senza margine di errore. Bora diede un cognome a Peter e si augurò il meglio. L'attesa e il bisogno di non correre avanti coi pensieri creavano la trazione alternata di un elastico; si attenne alla fisicità di ogni azione compiuta, attento a non cedere tensione o a consentire alla stanchezza di avere la meglio su di lui.

Alle 12:55, dopo un viaggio a dir poco spericolato, Bora arrivò a Lipsia, solo per perdere altro tempo nelle strade congestionate della città. Erano le 13:10 quando entrò allo *Schlösschen*. Il concierge non sapeva più di quanto aveva già detto al telefono: dopo aver lasciato l'hotel, l'ospite di cui Bora domandava aveva mandato a prendere i suoi bagagli verso metà mattina. C'erano state chiamate da *una qualunque* delle camere riguardanti delle prenotazioni di viaggio per la giornata? Nessuna. Per quanto probabilmente inutile, Bora salì al piano di sopra e guardò da sé. Entrambi i corridoi superiori erano deserti; senza i vasi di ciliegio, ormai sfiorito, sembravano più larghi. Il *passe-partout* girò nelle serrature senza far rumore.

Di tutte le stanze, una in effetti era tornata all'anonimato assoluto. Le altre – di scarso interesse per lui, a quel punto – avevano valigie e borse riempite solo in parte, vestiti ripiegati, i segni della preparazione alla partenza del giorno dopo. Bora contrastò un fugace desiderio di prendere a calci ogni cosa per la frustrazione.

All'ambasciata tedesca di Kyoto deridevano il grado e l'omosessualità di Kobe chiamandolo Cho-cho *invece di*

Sho-sho, *«farfalla» invece di «general maggiore». Così mi ha detto Habermehl per alleggerire le cose, come se a quel punto avessi potuto ridere. Sono in ritardo, sono in ritardo. Sono in ritardo pazzesco, oppure sto perdendo tempo prezioso. Se almeno Peter mi facesse sapere...*

Nella sua stanza, dove andò ad aspettare con un nodo allo stomaco fino alle 13:30, la prima luce pomeridiana faceva sembrare le travi del soffitto scarne forche in attesa di pendagli. Bora le fissò accigliato, chiedendosi se l'*Obergruppenführer* Adam delle SA cinque anni prima avesse scelto quella camera di proposito, per sfuggire all'epurazione impiccandosi. Si sarebbe sparato alla testa, se fosse stato in una stanza diversa? Nel mutamento dei piani anche più disperati, il fattore dell'opportunità spesso è incarnato dagli oggetti di uso quotidiano. Andò a riempire il lavandino del bagno con acqua fredda e ci immerse la testa per rimanere vigile.

La succinta conversazione telefonica con Peter, finalmente, sortì qualche effetto.

Dopo, Bora era troppo agitato persino per accendere la sigaretta che aveva fra le labbra. *Dunque è lo stesso aeroporto civile di Dresda/Klotzsche, alle 17:00. Almeno non dovrò andare avanti e indietro fra due aeroporti. Questo mi lascia meno di novanta minuti qui in città, se voglio essere all'aeroporto di Dresda in tempo per agire. Con quei politici a bordo non ci sarà modo di fermare il decollo. Che possibilità ho, per conto di quale autorità...?*

Se chiudeva gli occhi, riapparivano gli ufficiali in grigio-blu a cavallo sulla pista d'atterraggio, si moltiplicavano in una tranquilla carovana; e così le fattorie addobbate dalle bandiere ai margini dell'aeroporto, l'erba rigogliosa sul ciglio del fosso. Se solo si allontanava appena dal pensare ai compiti immediati, il bisogno di dormire lo assaliva come un'ubriacatura. Produceva esattamente lo stesso effetto, un'ottusa fuga della mente che nel complesso non era sgradevole, solo pericolosa.

Non volle lasciare l'albergo prima di aver fatto due brevi telefonate a casa di Dortmüller a Ehrenberg e alla tenuta di Mutschmann, dovute ma inutili: né l'ingegnere né De Dominicis erano attesi lì per l'intera giornata.

All'*Auerbach*, i singoli tavoli quadrati lungo le pareti affrescate erano stati uniti a formare un lungo ferro di cavallo. I giornalisti, intenti a bere in attesa di un pranzo molto ritardato, formavano un assembramento eterogeneo quanto quelli della Fiera del Libro. Gli stranieri – europei e non, alcuni evidentemente americani – si distinguevano dai tedeschi per taglio di capelli, stile dell'abbigliamento, contegno e livello della voce. Diversi fra i più anziani portavano colletti rigidi come il nonno di Bora, uno esibiva la catenella del monocolo appesa al taschino della giacca. Con le loro scarpe bicolori e camicie colorate, gli americani si mescolavano a spagnoli o italiani all'ultima moda. L'uniforme bianca del tenente Honda sarebbe di certo spiccata nella folla, ma di lui non c'era traccia, e neppure – ovviamente – della sua accompagnatrice.

Zörner, indicato a Bora da un fotografo che armeggiava col flash della sua Leica, era un lentigginoso trentenne col farfallino. Nel suo gruppo qualcuno stava raccontando barzellette, e lui rideva. Il baccano, sotto le volte basse, soffocava il suono della risata, facendo sembrare che spalancasse la bocca a vuoto.

Bora dovette ripetergli la domanda due volte per farsi sentire. Il giornalista agguantò un aperitivo dal vassoio di un cameriere.

– Roald è per conto suo, tenente, non so dove pranzi. L'ho solo portato qui in macchina da Dresda per la conferenza stampa. No, ha detto che per tornare in città avrebbe trovato un passaggio. Si tratta di una questione urgente? Se non è così, stasera dovrei cenare con lui; posso dirgli che lo sta cercando. Anzi, mi dia il suo numero di telefono: la faccio chiamare in serata, al più tardi domattina.

Siccome il cameriere e il suo vassoio restavano lì immobili, Bora scosse la testa per declinare l'offerta dell'aperitivo. – Non ha parlato di un viaggio?

– Un viaggio? – Zörner fece una smorfia. – Spero bene di no! Domenica lui e io dobbiamo intervistare Bruno Schestak dell'Orchestra Nazionalsocialista di Dresda. Dica un po', tenente, di che si tratta?

La curiosità di un giornalista in quel momento poteva essere molto fastidiosa e del tutto controproducente. Per fortuna l'interesse nell'assegnazione dei posti intorno al tavolo ebbe subito la meglio nella mente di Zörner. – Se vuole scusarmi –. Mise fine al dialogo e si fece strada a gomitate fra i colleghi per assicurarsi una sedia vicina al capo del ferro di cavallo, dove i dirigenti della Fiera del Libro erano intenti a spiegare i loro tovaglioli.

Ore 14:07. Fuori dal ristorante, la Grimmaische Strasse sembrava un fiume in piena. Qualunque fosse l'evento pubblico appena concluso nei dintorni, non c'era modo di evitare la folla che si spostava come una sterminata mandria verso «lo spuntino cortesemente offerto dai camerati del Partito di Lipsia» da qualche parte. Controcorrente, Bora si oppose alla marea con un nuovo apprezzamento per i gendarmi che durante le adunanze politiche creano cordoni per contenere le masse. Se da qualche parte all'imbocco della strada c'erano stati dei gendarmi, stavolta la diga aveva ceduto alla pressione.

Contrariamente all'estroverso Peter, Bora non amava le folle e l'eccessiva vicinanza del prossimo; gli assembramenti disordinati lo rendevano ostile e irritabile. Respinse la spinta dei civili, dei giovincelli sudati della *Hitlerjugend*, dei minatori nelle loro uniformi nere piene di bottoni, e delle donne sovreccitate con le trecce e i loro ridicoli cappelli. Più alto della media, riusciva almeno a mantenere testa e spalle fuori dalla mischia, resistendo alle ondate. E questo caotico fuggifuggi verso il pasto gratis era quel che i cinegiornali descrivevano come «manifestazione spontanea e contagiosa del purissimo entusiasmo del *Volk*»! Un esasperato Bora ne emerse aggiustandosi il cordone argentato sulla spalla sinistra, attraversando in fretta la strada per raggiungere la BMW. Recuperò la valigetta dal bagagliaio e scivolò dietro il volante. Solo spostando il polsino sinistro per controllare l'ora si accorse che nella confusione qualcuno gli aveva rubato l'orologio.

Alla faccia del purissimo entusiasmo del *Volk*. E per giunta era l'orologio che i suoi genitori gli avevano regalato per il suo ventunesimo compleanno; il suo preferito. Bora rimase a masticare disperatamente amaro e a vedere rosso, perché il furto dava un significato del tutto nuovo e molesto all'espressione «perdere tempo».

Lasciare la città alla volta dell'autostrada significava seguire questa o quella deviazione imposta dai festeggiamenti. Bora ignorò alcuni stop e prese contromano un senso unico per risparmiare qualche minuto.

Oltre la Società dei Telefoni sulla Volkmarsdorf, la Lilienstrasse era cosparsa di coriandoli, fiori e stelle filanti. Non c'erano automobili, ma lungo il marciapiedi un ragazzo della *Hitlerjugend* in braghe corte e calzettoni grigi arrotolati pedalava con vigore sollevando una tempesta di coriandoli. Al primo semaforo rosso, sia la BMW che la bicicletta dovettero fermarsi. Bora contava mentalmente i secondi. Guardando con impazienza alla sua destra, dove il ciclista aspettava con un piede puntato a terra, ebbe un'idea. Abbassò il finestrino e allungò fuori una banconota.

– Ho bisogno del tuo orologio, *Jungzugführer*. Vendimelo, presto.

Il ragazzo guardò il denaro. Sotto il berrettuccio, gli

occhi si sgranarono. – Ma *Herr Oberleutnant*, non ho il resto...

– Al diavolo il resto! È preciso?

– È preciso, *Herr Oberleutnant*. Solo non lo scuota troppo.

Lo scambio avvenne mentre il semaforo diventava verde. Bora accelerò e svanì in un vortice di minuzzoli brillanti. L'orologio aveva il cinturino di finta pelle e la cassa di latta, con il rombo della *Hitlerjugend* stampato sul quadrante. *Avrei dovuto chiedergli che succede se lo scuoto troppo*, pensò.

Lungo l'autostrada, nello specchietto retrovisore e poi alla sua destra, il sole aspro di primavera appariva e spariva dalla vista. Sfuggendo a una nuvola scura creava un bordo luminescente intorno alla massa vaporosa, quasi trasmettesse un calor bianco lungo quel perimetro gibboso e frastagliato. Bora dovette distogliere lo sguardo, e anche così immagini rosse e verdi degli orli accecanti della nuvola continuarono a galleggiargli davanti agli occhi.

La caratteristica del tempo di contrarsi o espandersi nella percezione, di comprimersi in una capsula rigida o scorrere con lentezza insostenibile, quel giorno sembrava trascesa. Il viaggio da Lipsia all'aeroporto di Dresda gli parve oltre i confini del tempo, oltre ogni computo. Le rivelazioni di Habermehl lo riempirono in parte, dando alla sua impazienza un retrogusto di panico; si sovrapposero altre immagini mentali alternate, benigne o inquietanti. Il tempo, la distanza e lo spazio divennero una cosa sola, e quell'unica cosa perse significato; viveva l'incalcolabile vuoto come un assaggio men che privilegiato di eternità. Glielo avessero chiesto, non sarebbe stato in grado di descrivere una singola città o punto di riferimento incontrato lungo la strada.

Dresda, aeroporto di Klotzsche

Come a schernire la sua fretta, gli ufficiali dell'Aeronautica cavalcavano lungo il perimetro dell'aeroporto civile con imperdonabile tranquillità. Fu il primo dettaglio a emergere dalla preoccupazione di Bora. Il lungo e luminoso edificio dell'Hansa Haus, su un rialzo del terreno, fu il secondo. Il cancello d'ingresso e le svettanti colonne razionaliste si trovavano più in alto rispetto al parcheggio. Bora frenò di colpo, abbandonò la macchina senza chiuderla e andò di corsa verso l'entrata; lì, levando gli occhi all'orologio sopra l'architrave, scoprì sgomento che l'orologio della *Hitlerjugend* si era fermato dieci minuti prima.

Dentro, certo a causa dei voli speciali contemplati per la festa, c'era una gran confusione di viaggiatori. Si trovò di fronte una congerie di suoni. I passeggeri che arrivavano dalla pista venivano spinti all'interno come un gregge, gruppi di amici e parenti si riunivano e si sfaldavano, i facchini spingevano cumuli di bagagli qui e là. Chi aspettava un volo se ne stava seduto o passeggiava, saliva o scendeva dal ristorante sulla terrazza all'ultimo piano. Bora si orientò cercando di non perdersi d'animo.

– Sì, mancano sette minuti alle cinque, tenente – confermò un impiegato. – L'ultima parte del gruppo diretto ad Amburgo via Berlino sta attraversando il cancello d'uscita proprio ora: vede?

Bora si precipitò in direzione del cancello. Attraverso la vetrata vide gli ultimi passeggeri che percorrevano la pista per raggiungere il quadrimotore FW 200. Snello, con il muso e i motori accentuati dalla vernice nera, l'aereo assomigliava a un elegante squalo. Le persone in cima alla coda – membri di Partito in uniforme e le loro mogli – stavano già mostrando i biglietti all'assistente di volo e salendo la breve scaletta.

Bora riconobbe la piccola sagoma di Kitamura da lontano, ma aveva una descrizione di Johanssen troppo lacunosa per distinguerlo fra gli altri. Si infilò nell'uscita ingombra di passeggeri in arrivo da un altro volo, provocando una tempesta di lamentele e commenti sulla maleducazione dei militari; finalmente corse fuori. Proprio alle sue spalle, col guizzo di una gorgiera a mezzaluna e di una divisa bigia, un ispettore del traffico aereo che aveva notato la confusione gli ordinò di fermarsi e identificarsi. Bora lo affrontò impaziente. Che altro? Non aveva tempo da perdere in spiegazioni. – Controspionaggio – decise di prendere il sopravvento.

– Ho bisogno di assistenza immediata per impedire a due cittadini stranieri di imbarcarsi su quell'aereo.

Matsuo Kitamura era l'ultimo passeggero maschio a mostrare i suoi documenti, in un crocchio di signore irte di pellicce e piume da cappello. Le piume vibravano nel vento che spazzava la pista, come se lo scienziato fosse imprigionato in un nido di uccelli multicolori. Era a capo nudo e aveva un ombrello nell'incavo del braccio; quando Bora arrivò, si volse calmo. I suoi occhi, dietro le lenti spesse degli occhiali rotondi, erano privi di sorpresa. Anche la macchina fotografica da turista che gli pendeva dal collo contribuiva all'innocuità del suo aspetto.

Bora aveva provato mentalmente l'approccio che avrebbe usato, le parole che avrebbe pronunciato: «Per cortesia mi segua, dottor Kitamura», oppure semplicemente: «Vuol venire con me, prego?» – la disagevole banalità necessaria a non fare scenate. Kitamura gli risparmiò l'imbarazzo della scelta prendendo l'iniziativa:

– Cominciavo a *temere* che non sarebbe arrivato, Bora-san –. Fece un inchino profondo e, senza essere invitato a farlo, docilmente allargò le braccia per lasciarsi perquisire. – Malauguratamente è in ritardo per l'uomo che cerca.

Era possibile. Più che possibile. Bora ebbe l'improvvisa, sinistra convinzione che Kitamura dicesse la verità, ma doveva accertarsi che Johanssen non fosse a bordo. Svolse una perquisizione veloce, quindi affidò il giapponese all'ispettore del traffico, di colpo zelante.

– Detenga quest'uomo fino al mio ritorno, *Flugmeister*, e non lo perda d'occhio.

Senza protestare, Kitamura si lasciò ricondurre verso l'edificio. – Perché? – sorrise all'indirizzo di Bora. – Non ho alcuna intenzione di farla finita, tenente. La mia religione lo vieta.

La cattura di un passeggero ai piedi della scaletta non fu nemmeno notata dalle volubili signore che lo precedevano. L'ultimo dei cappelli piumati salì ignaro a bordo. L'assistente di volo che controllava i nomi sulla sua lista, però, si volse verso Bora con una faccia che mescolava allarme e professionalità.

– Tenente, devo chiederle...

– Qualcuno di nome Bergman è appena salito a bordo?

Quando Bora fece per strappargli la lista dalle mani, l'assistente di volo la lasciò andare. – No, questi sono tutti i passeggeri che abbiamo fatto salire. Doveva esserci un *Herr* Bergman a bordo, ma di certo perderà il volo. Non riesco a immaginare dove sia finito, il bagaglio l'ha imbarcato. Temo che le sue valigie arriveranno a Copenhagen senza di lui –. Timore e senso del dovere gli si mescolavano anche nella voce, come fosse un'abitudine quando incappava in qualcosa che non capiva. – Come vede, tenente, stiamo per decollare. Il pilota darà l'ordine di chiudere i portelloni da un momento all'altro. Se fosse così cortese da allontanarsi... – Poi, dato l'arresto di Kitamura, sembrò rendersi conto dell'inadeguatezza della sua reazione alle circostanze. – Perché, ci sono problemi anche con *Herr* Bergman?

– Potrebbero, se ha imbarcato le sue valigie –. La mente di Bora stava girando a cento all'ora; non era pronto ad ammettere di aver perso Johanssen per sempre. Precipitosamente cercò di riorganizzare i suoi piani e pensare a delle alternative. Scartò immediatamente la possibilità che lo svedese fosse ancora all'interno dell'aeroporto: ma se non era lì, dove, allora...? La domanda dell'assistente di volo lo spinse a cogliere l'opportunità. – Ho motivo di credere che il bagaglio di *Herr* Bergman possa non essere sicuro. Sarebbe meglio scaricarlo prima del decollo.

– *Non essere sicuro*? Cosa intende? Tenente, si rende conto di chi abbiamo a bordo? Il *Gauleiter* Mutschmann in persona...

– È proprio per questo che le chiedo di scaricare il bagaglio di Bergman.

Non fu necessario specificare la possibile presenza di esplosivi per far sì che l'assistente di volo impallidisse, si voltasse di centottanta gradi e salisse la scaletta – pericolosamente in fase di distacco dall'apparecchio da parte dei meccanici – per conferire col pilota. Mentre i motori cominciavano a rombare, Bora gli andò dietro.

All'interno dell'aereo, i passeggeri – venti o poco più – stavano armeggiando con le borse, togliendosi il cappello e mettendosi genericamente a proprio agio. Solo pochi prestarono attenzione allo sguardo indagatore di Bora, ma un uomo incassato nel suo sedile, con l'uniforme kaki e le decorazioni a treccia d'oro da *Gauleiter* – Mutschmann, «Re *Mu*» in persona – rispose all'attenzione del tenente con una smorfia. – Beh, cos'ha da fissare con quell'aria idiota?

Bora percorse il corridoio fino alla coda dell'aereo, e tornando sui suoi passi quasi si scontrò con l'assistente di volo, la cui cortesia nei confronti dei passeggeri era visibilmente intaccata dalla possibilità che da un momento all'altro scoppiasse una catastrofe. – Come vede, tenente – sussurrò – *Herr* Bergman non è a bordo. Il comandante dice che l'aspetta immediatamente in cabina.

Due minuti dopo Bora aveva convinto il primo pilota a spegnere i motori, far riaprire la stiva e chiamare gli inservienti dell'aeroporto affinché scaricassero tutti i bagagli (due, secondo la lista) con il nome di Bergman sul cartellino. Ci sarebbero voluti diversi minuti, e quando Bora scese di nuovo la scaletta, all'interno dell'aereo rimbalzavano già le proteste. – Un *ritardo*? E si parla di precisione tedesca! – Da Mutschmann arrivò un arrogante: – Pretendo di sapere chi è l'imbecille che impedisce il decollo!

Il secondo pilota seguì fuori Bora per sovrintendere alla ricerca del bagaglio. – Va bene tutto, tenente, ma può mostrarmi degli ordini scritti?

L'onnipresente biglietto da visita di Kinzel era la cosa più vicina a un ordine scritto che Bora avesse a disposizione. – Le assicuro che è più prudente fare come dico –. E in effetti la possibilità che Johanssen avesse nascosto dell'esplosivo in una o entrambe le valigie non era affatto illogica. Avrebbe eliminato la sua controparte giapponese, non più utile, e, laddove le autorità avessero indagato sull'identità reale di Bergman, la lista ufficiale dei passeggeri avrebbe dimostrato che era perito insieme agli altri. – Ci sono altri modi di lasciare Dresda in aereo, a parte l'aeroporto militare?

– Beh, dipende dalla destinazione –. Il secondo pilota indicò alla sua destra. – C'è un piccolo aeroscalo privato a ovest di qui. Risale alla Grande Guerra, quindi la pista di decollo è troppo corta per i velivoli commerciali. Ora la usano i monomotori. Di tanto in tanto da lì partono degli industriali, soprattutto per i voli di collegamento con Lipsia/Halle.

– Dov'è con precisione?

Il pilota glielo spiegò. – È a pochi chilometri di distanza – aggiunse – ma la strada per arrivarci è piuttosto tortuosa. Non c'è una buona segnaletica a indicarla.

– Capisco –. Bora sentiva la speranza sfuggirgli fra le dita come sabbia. – Non c'è una strada alternativa, suppongo?

– No, a meno che non tagli per i campi, ma sono tutti prati e fossi, senza uno straccio di carrabile –. Il secondo pilota diede un'occhiata all'orologio, poi urlò agli inservienti di accelerare la ricerca delle valigie di Bergman.

Anche Bora, automaticamente, controllò le lancette immobili sul quadrante, ignorando lo sguardo perplesso dell'altro alla vista dell'orologio giocattolo al suo polso.

– Da quella pista civile potrebbero decollare voli per Amburgo?

– In teoria, prevedendo degli scali, per qualunque destinazione in Germania. Gli apparecchi monomotore hanno un'autonomia di 450 chilometri.

Nella direzione in cui aveva indicato il secondo pilota, a un centinaio di metri di distanza un ufficiale della *Luftwaffe* stava conducendo per le redini un cavallo sellato lungo la recinzione. Nell'ansia che gli montava dentro, Bora avrebbe potuto gridare d'impazienza alla vista del tranquillo incedere di uomo e animale. *Tutti prati e fossi, neanche uno straccio di carrabile...* Mentre il bagaglio di Johanssen veniva accuratamente cercato nel ventre dell'aeroplano, in un batter d'occhio passò dall'immobilità all'azione. Scattò verso la recinzione e – raggiuntala in una manciata di secondi – con gesto atletico ci si arrampicò, la scavalcò e atterrò in piedi. Cavallo e cavaliere si trovarono faccia a faccia con lui pochi istanti dopo. L'attenzione di Bora si rivolse al torace e alle zampe della giumenta. – È una saltatrice?

L'ufficiale della *Luftwaffe* fu preso in contropiede. – È un'ottima saltatrice. Ma che diavolo...?

– Massima priorità, questione di sicurezza nazionale. Col tuo permesso, collega! – Bora si sollevò e fu in sella in un solo movimento. Sgomento, l'altro lo guardò dirigersi verso la siepe oltre la quale si aprivano i campi e farla saltare alla cavalla – una visione confusa di zoccoli, coda e potenti muscoli animali.

Solo la scorciatoia faceva sperare a Bora che il vantaggio di Johanssen non vanificasse i suoi propositi. Se lo svedese aveva deciso di raggiungere la pista privata in auto, avrebbe dovuto affrontare i chilometri serpeggianti menzionati dal secondo pilota. Galoppando per i prati – e facendo in modo di schivare o saltare i cespugli e gli altri ostacoli – avrebbe potuto arrivare in tempo.

La giumenta era un buon animale da corsa, un po' piccola ma di struttura potente; nervosa per il tocco e il peso estranei con cui adesso aveva a che fare, ma controllabile. Si irrigidiva alla vista degli ostacoli, e ci voleva bravura per mantenerla concentrata e in equilibrio, per portarla a ritrarre le zampe nello slancio.

Bora non pensava ad altro che alla necessità di raggiungere la pista di decollo, perché se solo avesse ceduto un minimo di concentrazione, una settimana di assenza di sonno avrebbe rischiato di trasformare il bagliore verde intorno a lui in un barbaglio indistinto e vertiginoso. *Devo rimanere vigile finché non sarà tutto finito, non devo perdere un briciolo d'attenzione, devo mantenermi lucido, mantenermi lucido...*

Gli vennero incontro, e superò, cespugli, rami caduti, pozzanghere, un muretto di pietre accatastate, fossati. Governava la giumenta con la forza di mani e polsi, non dei gomiti o delle spalle, spostando il peso indietro quando lo faceva lei, consentendole di allungare il collo allentando le redini prima di ogni salto. La criniera ben intrecciata le brillava come una corda setosa sul collo pallido mentre avvicinava una pozza in apparenza troppo ampia, ma che pure fu superata con un balzo che lo soddisfece. Il tempo si ridusse a frammenti, schegge, una dissoluzione frenetica che era impossibile ricomporre.

Devo mantenermi lucido.

Di lì a poco, sotto la scacchiera di nuvole e sole una manica a vento segnalò l'esistenza della pista privata, in direzione nord-est. Bora strinse le ginocchia, toccando con gli speroni il sottopancia di cuoio; la giumenta prese il volo. Già da lontano riuscì a discernere un monomotore che iniziava a rollare a un capo della pista. Stava prendendo velocità quando arrivò a galoppare abbastanza vicino per vedere che la pista altro non era che un nastro sterrato, in cui l'erba era solo più corta e malconcia che tutto intorno.

All'ultimo minuto, i pochi metri che lo separavano dal suo obiettivo divennero i più difficili. Un canale d'irrigazione e un recinto di legno che correva lungo il suo corso impedivano il passaggio. Prima che la cavalla si fermasse di colpo, Bora la fece girare a sinistra. Il recinto era su un terrapieno più alto del fossato; sarebbe stato un salto difficile per qualunque cavallo. Calmò la giumenta parlandole, la fece tornare indietro al piccolo trotto, carezzandole il collo, la portò in posizione e la incitò a guadagnare la velocità necessaria a superare l'ostacolo. L'animale scattò in avanti, ma sul limite del canale recalcitrò, scartò, sgroppò, oppose resistenza. Bora ne sentì la paura. La guidò con fermezza in una terza rincorsa, e di nuovo avanti. Questa voltò spiccò il balzo. Lasciò morbide le redini, una volta in aria, per non farle male alla bocca, spostando il baricentro in avanti, insieme allo sforzo del cavallo. Sul doppio ostacolo si distese in maniera imperfetta, quasi sfiorando il bordo superiore dello steccato con gli zoccoli ferrati, e solo l'abilità del cavaliere la salvò dal precipitare col muso in avanti, disarcionandolo. Ginocchia, schiena, spalle rigide e allineate gli consentirono di mantenere l'equilibrio, e ben presto Bora le stava dando briglia sciolta per inseguire l'aeroplano in rollaggio, riducendo la distanza un po' per volta, al galoppo sulla fascia laterale, e poi superando il piccolo aereo. Aveva vinto trofei e campionati con meno bravura.

I due civili in cabina di pilotaggio l'avevano visto – Bora riusciva a distinguere la faccia del pilota, rivolta nella sua direzione – e dovevano chiedersi cosa stesse succedendo. Eppure l'aeroplano non rallentò la corsa: era la determinazione del pilota o il passeggero lo stava obbligando a proseguire? Sì, certo. Se a bordo c'era Johanssen, c'erano poche possibilità che viaggiasse disarmato. Bora continuò a spingere, guadagnò abbastanza vantaggio da superare l'aereo e arrivare al centro della pista in modo da fronteggiarne l'avanzata. Solo una secca frenata avrebbe potuto evitare un impatto disastroso.

Con la coda dell'occhio, come succede nei momenti di grande tensione, si rese vagamente conto di quanto gli accadeva intorno. Qualcosa – un veicolo, un'auto civile? – stava avanzando lungo la strada a curve verso la pista di decollo. Bora la ignorò. Saldo in sella, estrasse la pistola e la puntò contro l'aereo in pericoloso avvicinamento. *Sono lucido? La lunga ombra di questa giumenta sull'erba*, pensò, *potrebbe essere l'ultima cosa che vedo*.

Non fu così.

Il suono del motore cambiò mentre l'aereo virava repentinamente, invertiva direzione e, dopo una breve frenata con i deflettori alzati, si arrestava sul ciglio verde del campo. Bora venne al trotto. Dai propulsori si levò un fruscìo sempre più debole man mano che le eliche rallentavano. Si fermarono. L'aereo – Bora lo riconobbe dai resoconti entusiasti di Peter – era un *Fieseler* ultimo tipo, e assomigliava più a un insetto robusto che alla *cicogna* da cui prendeva il nome. Da una ventina di passi di distanza, all'interno della carlinga in plexiglass si intravedeva del movimento. Pochi secondi, e si alzò lo sportello di sinistra. Da esso saltò fuori il pilota spaventato, per accovacciarsi sull'erba con le mani alzate; quando Bora con la pistola gli fece segno di andarsene, si raggomitolò ancora di più.

In quel momento, da uno iato improvviso fra le nuvole saettò un raggio di sole contro la cabina di pilotaggio; una deflagrazione di luce, come se il pilota fosse balzato fuori da un guscio ardente. Bora fu accecato dal riverbero. Da quel bagliore tre colpi d'arma da fuoco esplosero in sequenza nella sua direzione, lo mancarono, seguiti da un altro che schivò per un soffio. La giumenta si imbizzarrì mentre Bora rispondeva al fuoco, sparando almeno un colpo senza mirare, nel tentativo di governare il cavallo e se stesso. Col braccio teso puntò a caso nel riflesso luminoso, un secondo breve e frenetico in cui la sua mente registrò un pensiero (*Non riesco a prendere la mira, ma nemmeno Johanssen, è completamente in controluce!*) e le nuvole in movimento gli resero la visuale, coprendo il sole.

Bora fece in tempo a vedere il suo secondo proiettile colpire la fiancata dell'aereo sotto la cabina, e il terzo mancarla di poco, sfiorando il bordo dello sportello, mentre la pallottola destinata a lui gli sibilava accanto, fin troppo vicina. La giumenta recalcitrava, avrebbe disarcionato un cavaliere meno esperto. Johanssen lo teneva sotto tiro; uno sparo ben mirato, e un altro ancora, lacerarono l'aria vicino al volto di Bora. Le frazioni di secondo si dilatarono tanto da sembrare capaci di inghiottirlo. Dalla pista dell'aeroporto di Klotzsche giunse un ronfare oscuro di motori, e Bora pensò che sarebbe stato l'ultimo, al massimo il penultimo suono che avrebbe sentito in vita sua. *Devo smontare di sella? Johanssen ha il vantaggio di trovarsi in un punto fermo, e probabilmente ha un altro caricatore. E se sparo tutte le mie cartucce e non lo prendo? Che succede allora? Devo restare lucido.* La velocità dei suoi stessi pensieri incollò insieme domande e risposte, accalcandole in una disperata necessità di prendere decisioni. Bora assecondò l'impaurito scarto laterale della cavalla. Per un istante, il braccio teso del tiratore e la sua sagoma apparvero fuori dallo sportello. *Ecco. Ecco. Più a destra, da dove non mi può centrare se vuole sottrarsi alla vista.* Bora sparò il suo quarto colpo. *Verso il ciglio del fossato, così che debba sporgersi per vedermi. Quanti colpi ha ancora a disposizione – sette, otto, di più?* Nella corsa delle nuvole, il tramonto affocato scivolava e svaniva sulla carlinga. Bora fece fuoco altre due volte, seguendo solo l'istinto.

Due secondi, tre. La pausa inattesa fece trattenere il fiato a Bora. *Maledizione, ha altre munizioni, sta ricaricando!* La giumenta si agitava nervosa sotto di lui, e nella frenesia Bora cercò di decidere se smontare di sella o meno. *Se non lo faccio, mi ucciderà la cavalla. Se lo faccio, lei scapperà via. E quando ho finito i colpi? Come lo fermo? Devo fare il giro dell'aereo, devo...? Devo restare lucido.* Il riflesso sul plexiglass assunse un bagliore accecante di specchio, poi si spense.

Come fosse stato espulso dall'angusto spazio dell'aereo, con un moto scomposto un uomo biondo a testa scoperta emerse dalla cabina, lasciando cadere la pistola. Piegato in due, si afferrava la gamba destra, poi precipitò pesantemente sull'erba. Nessun tentativo di mettere avanti le mani, solo un capitombolo a testa sotto, a corpo morto. Una volta a terra, cercò angosciosamente di trascinarsi sotto l'apparecchio, fuori tiro, ma non ci riuscì. Si rannicchiò in una disperata posizione fetale, le mani strette alla ferita, in piena vista.

Bora fu così sorpreso da non riuscire per due volte a trovare il fodero per riporre la pistola. *Può essere? Pura fortuna, l'ho preso alla rotula senza nemmeno accorgermene. Guarda come si raggomitola, il dolore deve essere insopportabile. Non so come ho fatto, ma ora è mio.*

Intorno a lui il tempo sembrò ripartire, caricato per scandire il tardo pomeriggio di un giorno di festa. L'unico rumore di fondo, il ronzio profondo che il vento portava dall'aeroporto civile, disse a Bora quanto velocemente fosse successa ogni cosa. Il rumore crebbe fino a farsi un rombo che riempì e scosse l'aria, mentre l'FW 200 divorava la pista per decollare. Con le eliche che a pieno regime emanavano lampi di luce tersa, l'aeroplano era arrivato al punto magico in cui sembrava esitare a raccogliere tutta l'energia prima di scattare in avanti per il distacco. Bora lo osservò avanzare in direzione della piccola pista su cui si trovava, sempre più grande, lucente come un agile pesce, prendendo velocità finché non si sollevò da terra con un movimento fluido e impeccabile, come il tratto di pennello di un maestro. Ogni cosa, nell'apparecchio che si alzava in volo, *era* potente, dava la sensazione di abbandonare ogni peso nell'atto poderoso del decollo. Ruggì a non più di quindici metri sopra le loro teste, corpo gigante che schiacciava il verde del campo nel frastuono e nell'ombra. Bora alzò lo sguardo al ventre dell'apparecchio che gli sfilava sopra. Ben presto, mentre il carrello rientrava, come un rapace che si appresti a librarsi descrisse un'ampia curva per allontanarsi dall'aeroporto. Colse i raggi del sole calante. I piccoli oblò scintillarono, alcuni con le tendine tirate, altri con i volti dei passeggeri come punti dietro il loro schermo. Anche dopo aver rivolto di nuovo l'attenzione all'uomo che aveva ferito, con l'occhio della mente Bora continuò a vedere l'aereo libero e brillante cercare il vapore della nuvola più vicina e salire alle sue spalle.

Fu la vista del colonnello Kinzel curvo sopra il prostrato Johanssen a stupirlo. Sembrava essersi materializzato dal nulla, ma di fatto era appena sceso dall'auto che aveva guidato fino alla pista, ed eccolo lì, a prendere il controllo.

Ignorando la presenza di Bora, cominciò a frugare nelle tasche dello svedese. Johanssen non oppose resistenza. Dal ginocchio maciullato il sangue era uscito a inzuppare la parte bassa dei pantaloni e scorreva nell'erba. Senza avvicinarsi Bora smontò da cavallo. Da dove si trovava si accorse che la difficoltà di respirazione del ferito era aggravata dal fatto che era steso a faccia in giù. Quando Kinzel lo voltò, emise un guaito pietoso.

La sagoma marrone del colonnello, mentre si chinava sullo svedese, ricordava un folletto o un'altra creatura fulva dei boschi. L'agitazione dei pochi minuti passati si stava cristallizzando in piccoli gesti prossimi all'immobilità – il sibilo travagliato di Johanssen, la perquisizione attenta delle mani di Kinzel. Inginocchiatosi a cavallo del prigioniero, il colonnello si stava arrotolando la manica destra del soprabito, ripiegando all'indietro anche i polsini della giacca e della camicia. Spinse la pistola sotto il mento di Johanssen e fece fuoco.

Bora lasciò andare le redini, e la cavalla trottò via da lui. Aveva visto la morte, in Spagna, ma mai inflitta senza alcuna passione o spinta ideologica apparenti. Kinzel aveva tirato il grilletto come fosse un gesto qualsiasi del suo lavoro, senza emozione, e con calma burocratica stava rimettendo la pistola nella fondina nascosta e controllando di avere i polsini puliti. *Anche questo*, si disse Bora, *farò meglio a ricordarmelo, e – Dio mi aiuti – a impararlo*. Rimase a osservare in preda a un'incapacità sorda di discernere i suoi stessi sentimenti, come se la scena che aveva di fronte si trovasse al di fuori del regno dell'etica. Che reazione si dovrebbe avere in presenza di un gesto neutrale, come l'apertura o la chiusura di una scatola? L'occhio registra la vista senza discriminazioni. La mente non afferra nulla che valga la pena rammentare al di là di una sequenza di movimenti. Aveva sparato a un uomo cui non aveva mai detto neppure una parola, e il colonnello l'aveva finito come un cavallo azzoppato: questo era tutto.

– Vieni – chiamò la giumenta, e la giumenta ombrosa tornò verso di lui.

Aveva immaginato che un momento del genere avrebbe avuto una sorta di centralità cosmica, che quella pista erbosa si sarebbe mutata in un ombelico nel grande corpo dell'etica. Un luogo in cui il bene della Germania avrebbe assunto la guisa di una necessaria punizione. Ma c'era solo un agente dell'*Abwehr* di mezza età chino a perquisire un cadavere ed estrarre ciò che sembrava stesse cercando, prima che lui – Bora – si avvicinasse portando per le redini la giumenta dagli occhi sgranati.

Qualunque cosa fosse che il colonnello stava cercando, l'aveva trovata. Una busta senza pretese, che aprì infilando l'indice sotto l'aletta nell'angolo e strappando il bordo. Gli occhi scorsero lungo il foglio, poi la busta e i suoi contenuti svanirono di nuovo nelle profondità delle sue tasche, un gesto di destrezza che sarebbe potuto sfuggire a un battito di ciglia.

Il volo Berlino-Amburgo, ormai alto, puntava a nord e perdeva splendore nella foschia leggera.

– In gamba –. Kinzel si alzò e guardò Bora. Un commento bizzarro, che trasudava una familiarità e una leggerezza fuori luogo in quelle circostanze. Si stava riferendo al modo in cui Bora era arrivato lì o alla relativa semplicità della sua operazione? Bora fissò la testa insanguinata dello svedese, paurosamente sgradevole nella sua condizione di contenitore infranto. *È andato oltre tutto questo, nulla significa più alcunché per lui. Se ne è andato in quel duplice istante in cui il piombo ha attraversato le ossa e i tessuti.* La giumenta temeva la presenza del cadavere, per tenerla dovette arrotolarsi le redini intorno al pugno.

In gamba? Davanti agli occhi gli scese qualcosa come un velo, una fantasticheria sovrapposta alla realtà. Gli permise di vedere attraverso gli occhi di Kinzel, gli occhi selvatici della cavalla, gli occhi senza vita di Johanssen. La scena si fece composita, rifrangendosi in prospettive, angolazioni, chiarezza, colore e assenza di colore, senziente e animale, vivo e morto. Il suo intelletto stranamente si rovesciò come per moltiplicare la sua capacità di vedere. Gli oggetti gli apparvero netti e contornati da un alone che li faceva brillare, un fosforescente fuoco di Sant'Elmo. La combinazione della mancanza di sonno e dello sforzo lo portò sull'orlo dell'allucinazione, mentre esternamente il suo controllo era assoluto. L'anonimo vestiario di Kinzel vibrava di luce come quello di un fantasma. Il *Fieseler* ricordava un abbagliante animale alato pronto a spiccare il volo. Solo il corpo di Johanssen non emetteva alcuna luminosità, restando incolore ed esanime ai suoi piedi. L'erba era un fuoco verde, e il cielo, il cielo: Bora non osava guardarlo per paura di restare accecato.

Il suono di una mano, gli venne in mente, è provocato dal lampo della sua aura animale, un baluginio effimero come sott'acqua la scia di un pesce. Cefali e carpe, cerchi che si allargano sempre più sulla superficie di acque tranquille. *Io devo essere qui, ma la mia mente può essere in dieci, cento, un miliardo di altri posti, multiformi e indivisi.*

Kinzel recuperò e mise in tasca la pistola di Johanssen. Disse: - Andiamo -. Aveva fatto definitivo ritorno alla concisione lapidaria. - Torniamo al *Wartburg*. Domani mattina, da lì a Berlino. Il nostro compito qui è finito.

Sì, e la sera tornava una sera qualunque.

- Il dottor Kitamura, *Herr Oberst*?

- Kitamura? Ah, sì, c'è anche lui. Il nostro dottorino ha fatto di tutto per liberarsi di quelli che potevano cercare di impedirgli il tradimento o batterlo sul tempo. Lo porti lei in auto a Lipsia. Io ho da fare.

- A Lipsia dove, *Herr Oberst*?

- L'edificio dell'Assicurazione contro gli Incendi sul Dittrichring.

Nel frattempo arrivò un'altra auto anonima. Frenò sull'erba, vicino al punto in cui il pilota sgomento era ancora accovacciato. Le portiere si aprirono in sincronia, apparvero due uomini in borghese. Avrebbero certo dato istruzioni e zittito il pilota, raccolto i resti di Johanssen, cancellato ogni segno di quanto era successo lì. Erano gli spazzini e i becchini dell'*Abwehr*, tutto in uno.

- Le 17:32 -. Kinzel sollevò lo sguardo dall'orologio. - Mutschmann sarà furibondo per il ritardo, ma direi che in mezz'ora abbiamo fatto un gran lavoro.

– Posso fare una domanda, *Herr Oberst*?

– Concesso.

Senza fretta, il colonnello ascoltò mentre camminava verso il suo veicolo. – *L'occhio del padrone ingrassa il cavallo* – decise di rispondere alla curiosità di Bora. – Ho imparato questo interessante proverbio sul fronte italiano, nel '17. Ed è vero, tenente, un supervisore dovrebbe tenere le cose sempre sotto controllo. Quindi, per quanto mi dispiaccia essermi perso la grande parata nella capitale, non ho mai lasciato Lipsia. Naturalmente ho seguito i suoi movimenti senza spostarmi mai dalla mia comoda stanza, intercettando le linee telefoniche dello *Schlösschen*. Dunque ero al corrente che lei, stamattina, era diretto alla scuola di volo. Alle 13:30 di questo pomeriggio, quando ha chiamato di nuovo Klotzsche, ho appreso l'esito della sua visita al suo fratellastro. Ma sorvegliamo anche le linee telefoniche del Partito, che senza dubbio ci restituisce la premura. Poco dopo le 11:00 – quando ha chiamato il suo comandante, la Biblioteca dell'Università e il sottotenente Sickingen dal quartier generale del *NSDAP* – ho avuto in mano tutte le tessere del mosaico. Di conseguenza, ho messo in programma di trovarmi all'aeroporto di Dresda per vedere come se la cavava.

Con un piede sul predellino, il colonnello osservò i suoi uomini caricare il cadavere di Johanssen nel bagagliaio dell'auto. – Avrei potuto essere qui ben prima di lei, Bora, ma ho perso tempo a raccogliere informazioni su tutti gli *altri* possibili mezzi e orari di partenza da Lipsia e da Dresda nelle prossime ore – aeroplani, treni, autobus turistici – e a metterli sotto sorveglianza in cerca di qualunque passeggero giapponese o scandinavo. Di fatto, sono arrivato a Klotzsche forse quindici minuti prima di lei. Quando, come lei, ho saputo che *Herr* Bergman era stato il primo a imbarcare il bagaglio, ma non aveva atteso con gli altri passeggeri, mi sono reso conto che aveva previsto un'ulteriore copertura per la sua fuga. Aveva comprato un biglietto aereo sotto falso nome. Aveva parlato della sua partecipazione alla conferenza stampa ed era andato a Lipsia con un amico: difficile immaginarlo precipitarsi di nuovo a Dresda per espatriare in aereo. In effetti scommetto che sia ritornato subito dopo la chiusura della conferenza, forse in un'auto privata messa a disposizione dai suoi committenti americani. Imbarcando il bagaglio ha dato l'impressione di voler partire con il volo di linea per Berlino-Amburgo, ma si era già assicurato un passaggio su un velivolo privato. La destinazione finale sarebbe stata la stessa città, sono certo che il pilota ingaggiato lo potrà confermare, poi Johanssen avrebbe proseguito per Copenhagen e per la Svezia –. Con il medio, puntigliosamente, Kinzel si lisciò lo spazzolino di peluria sopra il labbro. – Come sa, nel controspionaggio puntiamo al pesce grosso, quindi Johanssen mi competeva. Le ho lasciato Kitamura, ma è venuto fuori che lei ha ragionato su direttrici analoghe alle mie, con la sua spettacolare cavalcata fino a questa pista.

Bora batté le palpebre quando il bagagliaio si richiuse rumorosamente su Johanssen. A giudicare dall'indifferenza delle operazioni di carico, non era la prima volta che i due infilavano un cadavere in un'auto. Non poté non pensare alla freddezza di Kinzel, contrapposta alla sua trepidazione mentre trasportavano il corpo di Ikeda.

– Mi dica, tenente, come sapeva che Kitamura e Johanssen non avrebbero effettuato lo scambio a Lipsia?

– Non lo sapevo. Ma in una città tedesca, in un giorno di festa, essendo entrambi cittadini stranieri sarebbero stati sotto osservazione. In un trafficato aeroporto del Reich, a ogni modo, lo sarebbero stati meno. Avrebbero potuto facilmente incontrarsi alla toilette dopo che Johanssen aveva imbarcato i suoi bagagli in aereo, subito prima che se ne andasse alla volta della pista privata.

Kinzel salì in auto, aspettando, per chiudere la portiera, che Bora fosse rimontato sulla giumenta per tornare indietro. – Cominceremo il rapporto della missione domani mattina, quando lei e io torneremo a Berlino in aereo, *Herr Oberleutnant*. Potrei darle la domenica libera se sarò soddisfatto dei risultati, e in base alle raccomandazioni specifiche del generale Lüttwitz. Ora posso dirle che era perfettamente a conoscenza del suo ruolo nel controspionaggio, durante il suo incarico, in caso si stesse interrogando sulla sua indulgenza. L'avrebbe cacciata dieci volte a calci, altrimenti.

IX

Un segno sul cuore diviene passato, presente e futuro.
Il lucignolo di carta si spense e il diamante si fece polvere.

SENGAI

Dresda, aeroporto di Klotzsche

In un angusto ufficio senza finestre, Kitamura aveva atteso sotto lo stretto controllo delle guardie aeroportuali. Non aveva chiesto nulla, non aveva detto nulla. Spogliato della macchina fotografica, dei documenti, di tutto ciò che aveva in tasca, Bora lo trovò seduto con le mani sulle ginocchia aperte, come i *samurai* nelle vecchie fotografie. All'arrivo dell'ufficiale si alzò, e – informato del fatto che sarebbero tornati insieme in auto a Lipsia – chinò il capo in segno d'assenso. I suoi effetti personali gli furono restituiti, con l'eccezione della macchina fotografica.

La delusione era stampata tanto chiaramente sul volto di Bora che il giapponese fece un altro inchino di scuse.

– Animo, Bora-san. Pensi allo scienziato di Mary Shelley, o al rabbino di Praga creatore del Golem, pensi al Faust della sua città natale. Letteratura e leggenda ci tramandano una lunga tradizione di arroganza intellettuale. Come scienziati, pensiamo a noi stessi in termini moralmente neutri. Sta agli umanisti e ai poeti dipingerci per quello che siamo realmente. *Noi* ci facciamo beffe dell'immagine dello scienziato accademico come demiurgo che resta intrappolato nella sua stessa invenzione, lasciandosene distruggere insieme a ogni cosa e a ogni persona che ama. È tutto molto occidentale, non è vero?

Kitamura confondeva il disgusto nei suoi confronti con un segno di fallimento? Bora non aveva alcuna intenzione di condividere la notizia che anche Johanssen era stato fermato, e nel più definitivo dei modi. – Dubito sia più occidentale che orientale, dottore. La scienza moderna è ciò che è a prescindere dalla cultura in cui nasce e si sviluppa: è in questo che si distingue dalla speculazione filosofica. La natura esatta della scienza, però, finisce per conferirle una falsa apparenza di neutralità. E a ogni modo, *adesso*, elaborare teorie non ha molto senso.

– Ma abbiamo ancora un po' di tempo prima di tornare a Lipsia, tenente, quindi io...

Bora fece cenno al *Flugmeister* di aprire la porta e precedere il prigioniero fuori dall'ufficio. – Sia cortese, non chieda soste, deviazioni, o qualunque altra cosa. La porto dritto a Lipsia.

– Non stavo pensando in questi termini, Bora-san. *Isogaba maware*, diciamo in Giappone: se hai fretta, prendi la strada più lunga. Spiegare le ragioni del mio gesto in ultima istanza potrebbe essere importante per entrambi. Dopotutto lei, nel suo ambito professionale – se posso riferirmi con queste parole alla sua onorabile carriera – difficilmente potrebbe porsi come sostenitore della morale deontologica. Nelle faccende di guerra e omicidio, non può essere l'eticità *intrinseca* di un atto a sottendere le decisioni, ma la natura delle sue conseguenze.

A Bora venne spontaneo aggrondarsi. – Riconosco che per un soldato «Non uccidere» non è una legge universale. L'imperativo categorico di Kant non è valido. Ma non mi sembra che lei sia nella posizione di poter criticare i militari, dottor Kitamura.

Lasciarono l'edificio passando per un'uscita secondaria. Il crepuscolo avrebbe ben presto rimboccato gli angoli del cielo. Il vento era calato, le luci della vicina pista d'atterraggio lampeggiavano brillanti malgrado il sole non fosse ancora tramontato. *Al buio*, pensò Bora, *un bagliore come il sorgere della luna deve indicare dove si trova la metropoli di Dresda*. Disse al *Flugmeister* che da quel momento se ne sarebbe occupato lui.

L'uomo esitò. – E se cercasse di scappare, *Herr Oberleutnant*?

– Sono armato.

Attraversando il parcheggio pressoché deserto, Kitamura adattò il passo all'andatura del tedesco. Con tono lievemente querulo, da insegnante, insistette: – Mi consenta di dissentire riguardo alla mia posizione rispetto ai militari. Non era solo mia intenzione, ma mio *dovere* oppormi ad alcuni specifici esponenti dell'Esercito. È consapevole delle atrocità che Kobe, Nogi e Ikeda hanno commesso nel Manchukuo, come membri dell'Unità 843?

– Ne era membro anche lei –. L'auto di Bora, aperta come l'aveva lasciata, era rimasta sola in mezzo al parcheggio. Fece salire prima il giapponese, poi si mise al volante. – Se intende tenermi una lezione sugli esperimenti medici condotti su esseri umani viventi, le torture e la diffusione deliberata di infezioni in interi villaggi cinesi, sappia che non voglio saperne più di quanto non mi sia già stato detto. Ci vorrà più della morte dei suoi ex colleghi per ripulirle la coscienza.

– Crede che abbia fatto tutto questo per pulirmi la coscienza? – In uno scatto d'impazienza, lo scienziato gettò l'ombrello sul sedile posteriore. – Come se fosse *mai* possibile! Dovevo impedire che quegli uomini continuassero a vivere, così non avrebbero arrecato altro dolore.

Il viaggio sarebbe stato lungo, che Kitamura spiegasse o meno le sue ragioni.

Bora mise in moto. In realtà nutriva una curiosità morbosa per i dettagli delle tre morti. Difficilmente ci sarebbe stata un'altra occasione, una volta che il prigioniero fosse stato affidato alle persone indicate da Kinzel, quindi venne a più miti consigli: non incoraggiò direttamente Kitamura a parlare, ma restò in silenzio, in modo che potesse farlo.

– Posso abbassare il finestrino, tenente?

– Sì.

Kitamura lo fece, e inspirò profondamente l'aria fresca della sera. – Vede, importa davvero molto poco se al principio io stesso ho idealisticamente prestato il mio talento di ricercatore; Ikeda e i militari hanno semplicemente fatto un uso cinico delle formule che *io* avevo elaborato, delle scoperte biologiche che *io* avevo fatto. Malgrado il suo incarico di copertura – la purificazione dell'acqua da germi e batteri – l'Unità 843 era allo stesso tempo una *jodoku butai*, un'unità di decontaminazione chimica, e una *gasu butai*, un'unità di guerra chimica. Poi è andata oltre. Anche il più distaccato degli scienziati si tirerebbe indietro nel momento in cui le sue scoperte fossero usate per compiere una vivisezione umana, per estrarre organi pulsanti dai corpi coscienti di uomini e donne, o sfondare i loro crani per ricavarne tessuto cerebrale vivo. La guerra di trincea, le cariche contro il nemico... routine. Provi col vomito e la defecazione incontrollabili, col sangue che esce da ogni orifizio, con le convulsioni e la morte! Lei non immagina quali orrori possano essere inflitti agli esseri umani con certi mezzi, grazie alla scusa dell'esperimento scientifico. Io provengo da una cultura che insegna a tollerare la fuoriuscita degli intestini da un ventre squarciato, il rantolo dell'aria che sfugge da una gola recisa. I miei tre colleghi sono andati ben oltre quegli spaventosi confini. La formula del gas nervino che io ho elaborato va oltre *ogni cosa*.

Nonostante il finestrino fosse aperto, Bora trovava la macchina soffocante, anche una volta fuori dall'aeroporto. Non abbassò il vetro dal suo lato solo perché voleva cogliere tutto quel che diceva Kitamura. Per molto tempo, dopo, il suo ricordo delle vie imboccate quella notte verso l'autostrada, il viaggio in direzione nord-ovest e il calar del sole alla sua sinistra, divennero una cosa sola con le parole che aveva sentito, senza interrompere quasi mai.

Le mani giunte in grembo, Kitamura parlò guardando avanti a sé, come se si rivolgesse a un'entità fuori dall'auto e il tedesco ne fosse solo un rappresentante neutrale. – Era *necessario*, Bora-san, dopo che mi sono reso conto di tutto ciò che Kobe aveva fatto con l'aiuto di Ikeda, che costoro fossero puniti per i loro crimini. Il pensiero di vederli condurre lo sforzo bellico giapponese nel prossimo futuro mi riempiva d'orrore. In Giappone usiamo la parola *on* per indicare un obbligo assoluto, un debito morale: con i nostri genitori e maestri prima di tutto – impossibile da ripagare in pieno – ma anche con altri. Il mio era un obbligo imprescindibile. Quanto a quei tre, la popolarità di Kobe avrebbe garantito il rilievo del suo eventuale ruolo nelle forze armate, se fosse sopravvissuto. Nogi, volenteroso esecutore, ben istruito dal suo immediato superiore, avrebbe agito altrettanto mostruosamente, qualunque fosse stato l'incarico militare affidatogli. Per venire a Ikeda, infine, è stato lui a vendere la mia ricerca al nostro Alto Comando, ed era intento ad assicurarsi i servizi di altri scienziati esperti per continuare lungo la strada che disgraziatamente ho contribuito ad aprire. I miei colleghi sono stati spronati dal fanatismo e da un senso esasperato del destino egemone del nostro Paese in Asia. Posso solo sperare che non tradiranno mai il Giappone per denaro, per quanto gli Stati Uniti, o – mi perdoni – la

Germania gliene mettano sotto il naso per impadronirsi dei nostri segreti.

– Immagino che parli per esperienza, dottor Kitamura.

– Lei mi rimprovera. Ma ha mai considerato (no, sono certo di no, perché lei è un soldato leale) la quasi impossibilità di eliminare un uomo di potere che disonora il Paese al quale anche lei appartiene? Ogni cosa congiura contro le probabilità di riuscirci. Costui è ammirato, riverito, protetto, il Fato stesso sembra stare dalla sua parte. L'aeroplano su cui il generale Kobe è rientrato in Giappone dal Manchukuo si è schiantato durante un tifone. Sono morti tutti i passeggeri tranne lui, che dai rottami è uscito illeso e ancor più certo della sua statura di uomo del destino. I suoi soldati lo credevano protetto da *Shogun Jiro*, il divino guardiano degli eroi. Per quel che concerne Ikeda, i suoi discutibili contatti con la criminalità l'hanno esposto ripetutamente al rischio dell'eliminazione fisica: ciononostante anche lui ha disperso i suoi nemici ed è andato avanti a mietere successi. Lo stesso Nogi, *l'eroe di Chia Sing*, è sopravvissuto molte volte sul campo di battaglia; era il virgulto malefico, tanto vicino in tutti i sensi a Kobe da garantire il prolungamento dei suoi crimini nei decenni a venire –. Kitamura estrasse un fazzoletto dal taschino della giacca e lo usò per tamponarsi la bocca. – Ho fornito a prezzo della mia anima la mola che per le Sacre Scritture avrebbe fatto meglio a stare al collo di quei profanatori d'innocenza assetati di sangue.

La lucidità di Bora reggeva, anche se dominare le emozioni – crude, sì, confuse e crude – era quantomeno difficile. – Mi permetta di obiettare sul dettaglio teologico, dottore. Perché «a prezzo della sua anima», se considera atti morali quelle tre morti, comunque esse siano state provocate?

– Perché? – Kitamura si appallottolò il fazzoletto in pugno, e quello fu l'unico segno di angoscia che fu disposto a mostrare. – Il suo padre spirituale, il vescovo Hohmann, mi ha rifiutato l'assoluzione quando, dopo tanti anni dall'ultima volta che ci eravamo incontrati, mi ha rivisto a Lipsia. Oh, ho visto bene quanto fosse turbato dal dilemma che gli ho sottoposto. Oserei dire che era tormentato al punto da chiedersi se potesse giustificare eticamente il mio uso di Ikeda come arma di castigo. Quando in confessione gli ho detto del mio ruolo nella fine di Kobe e Nogi, credo che mi abbia negato il perdono perché sospettava sapessi che Ikeda si sarebbe suicidato per la vergogna – quella di aver ammazzato così *inutilmente*, così *stupidamente* due persone. Dopo che il suicidio c'è stato davvero, ancora una volta ho cercato di alleggerire il mio fardello, e ancora una volta non mi ha concesso l'assoluzione. Quando me ne sono andato da San Giorgio, giovedì sera, il vescovo stesso era inginocchiato nel confessionale di padre Kostner, senza dubbio per cercare la pace di Dio dopo avermi cacciato.

Il crepuscolo finalmente era sceso. I lineamenti degli uomini nell'auto presto si sarebbero dissolti, e le loro emozioni avrebbero trovato il rifugio del buio. Bora stava ripensando al momento in cui si era congedato da Kinzel sulla pista privata. La domanda sulla destinazione di Kitamura a Lipsia gli era sorta naturale, anche se in ritardo. – Perché il palazzo dell'Assicurazione contro gli Incendi, *Herr Oberst*?

– Non lo sa? La Gestapo ha degli uffici, laggiù. In fondo al corridoio, a sinistra.

Nemmeno questo avrebbe detto a Kitamura. Campagne aperte, campi, canali, la monotonia ordinaria della Sassonia correva ai lati dell'autostrada, e l'orizzonte era nitido come un nero foglio di carta ritagliato. *Se chiudo gli occhi, le sagome fluttuanti ritorneranno, o vedrò cose e luoghi ancora a venire? Voglio solo dormire.*

– È stato Hohmann, tenente Bora, che – appreso per caso, durante la nostra conversazione, della sua presenza fra noi – mi ha parlato di lei in termini entusiastici. Allora lui non lo sapeva, ma attraverso Keiko io mi ero già procurato da Johanssen i documenti falsi che avrebbero messo in moto la mia vendetta. Ikeda era talmente sospettoso di tutti che avrebbe creduto a qualunque notizia di macchinazione ai suoi danni, specialmente se avesse coinvolto un uomo ambizioso come Kobe. Ascoltare il buon vescovo parlare di lei con l'orgoglio del maestro, per quanto intristito dai timori legati alla sua scelta di carriera, mi ha dato l'idea. Dopotutto, la seconda sera a Lipsia, in privato, l'ammiraglio Oi aveva messo in guardia il nostro gruppo dicendo che probabilmente lei era un agente dell'*Abwehr*, mandato fra noi per tener d'occhio le cose. Per quanto mi riguardava, fino al momento in cui Hohmann l'ha menzionata lei era l'uomo da evitare, se volevo portare a termine il mio piano. Dopo aver sentito il vescovo parlare del suo acuto senso morale, della sua *natura tesa all'esame di coscienza*, come l'ha definita, ho cominciato a pensare che forse, grazie a lei, potevo alleviare la tremenda solitudine del mio compito.

– Davvero? – Era oltraggioso, ma Bora trovò che l'irritazione fosse un aiuto gradito per mantenersi vigile. – Non vedo come.

– Naturalmente non potevo contemplarla nel mio piano. Il suo stesso Paese stava già gareggiando per impossessarsi del segreto che gli americani erano certi di acquisire presto. L'infame progetto dell'Unità 843 era così segreto che le persone che ne erano a conoscenza al di fuori del Manchukuo si potevano contare sulle punte delle dita, ciononostante l'*Abwehr* era sulle nostre tracce. Per quanto ne sapevo, gli agenti tedeschi avrebbero presto provato ad avvicinare Kobe, Ikeda o me per interrogarci in proposito. Se il suo ruolo si inquadrava davvero nel controspionaggio, come minimo avrebbe cercato di sventare una transazione con gli americani, isolazionisti per il momento, ma entrambi sappiamo da che parte si schiereranno quando scoppierà la guerra. Ebbene, io avrei fatto l'impossibile per non essere fermato nella consegna della formula del gas nervino a Johanssen. Quanto lei sapesse, quanto le avessero detto, era un punto controverso. Era ragionevole pensare che le fosse stato dato il minimo indispensabile delle informazioni. A ogni modo, non c'è voluto molto perché fosse chiaro che la mia controparte era lei. Nel fortunato caso che non fosse a conoscenza della natura oscura del segreto, ho deciso di lasciare che questo giovane ufficiale curioso e sensibile trovasse indizi lungo la via di quello che c'era davvero in gioco. Forse non si sarebbe fatto domande sui numeri? Non avrebbe cercato di *capire*?

Bora sentiva crescere la rabbia. Lo feriva come se si fosse strappato dalla pelle una crosta fresca; una reazione fisica, più che della mente. – Non c'è alcuna differenza, se l'ho fatto. Nemmeno per alleviare il suo senso di colpa. È stato un gioco vuoto e inutile.

– Si sbaglia. In cambio della mia formula, dagli americani, attraverso Johanssen, ho ottenuto i falsi documenti che accusavano Kobe di spionaggio industriale ai danni di Ikeda.

– Mi perdoni se non plaudo allo scambio.

– Aspetti. Gli americani non erano sorpresi che non avessi chiesto del denaro? Hanno forse immaginato che la mia richiesta dipendesse da una faida fra veterani della stessa campagna? A ogni modo, non hanno fatto domande. Io ho avuto i miei documenti. Johanssen avrebbe preso in consegna la formula e con essa sarebbe tornato in Svezia, per affidarla alle mani di rappresentanti statunitensi. Io, dal canto mio, sarei tornato in Giappone con la piena coscienza di aver causato indirettamente la morte di tre uomini colpevoli, e di aver ufficialmente tradito la mia patria.

Bora dimenticò di aver deciso di non ammettere il suo successo. – Che cosa intende con *ufficialmente*? Se non fosse stato per il nostro intervento, *l'avrebbe fatto*! Se stasera noi non avessimo prevalso, quelle conoscenze che considerava tanto catastrofiche nelle mani dei suoi connazionali le avrebbe cedute ai futuri nemici del Giappone *e* della Germania. Io non la capisco, dottor Kitamura. E che senso aveva quella barocca messinscena degli indizi a mio beneficio; a cosa sarebbe servita, oltre che a metterle il cuore in pace? Mi offende che lei si sia arrogato la posizione di giudicare la mia moralità, specialmente quando l'oggetto del suo spionaggio era tanto meschino. E a ogni modo, a prescindere da quel che pensa del riarmo tedesco, i suoi timori sono infondati. Contrariamente al Giappone, la Germania ha firmato il Protocollo di Ginevra del 1925, che bandisce l'uso di gas venefici in guerra.

– Ovviamente i nuovi termini *tabun* e *sarin* non significano nulla per lei. Eppure, per quanto non le suonino familiari, sono parole tedesche.

– Il *Führer* è stato vittima in prima persona delle armi chimiche durante la Grande Guerra. Non ricorrerebbe mai a simili mezzi per intraprendere un conflitto.

– Ebbene, *Chu-i* Bora-san, non ero preparato a correre il rischio.

– Ma ha corso il rischio che io non mi accorgessi o non seguissi i suoi indizi.

– Non proprio. Consideri il primo atto della mia vendetta –. Kitamura si tolse gli occhiali. Lentamente prese a massaggiarsi le ali del naso, vicino agli occhi.

– Sapevo due cose: Nogi trascorreva le notti con Kobe, e lei sarebbe andato a cavallo con il generale di prima mattina. Era dunque probabile che lei fosse il primo a trovare i cadaveri nella stanza aperta del generale. Mettere le formiche nel sangue di Kobe sarà stato anche barocco, come dice lei, ma doveva esserlo: solo così un agente del controspionaggio si sarebbe fatto curioso e avrebbe indagato. Le formiche (insetti che uso normalmente nel mio laboratorio quando lavoro sui pesticidi) le avrebbero indicato il Giappone, mentre la cifra 843 avrebbe costituito la «firma», la ragione della morte di Kobe. Può star sicuro che la sera del duplice omicidio – Dio mi perdoni – ho ascoltato con molta attenzione i movimenti di Ikeda. Così mi sono infilato nella stanza di Kobe forse quindici minuti dopo la sua morte. Nel caso di Ikeda, accedere non è stato altrettanto semplice...

– ... così ha sottratto la chiave della sua stanza il primo giorno. Avrei dovuto sapere che non era stato un caso. È per questo che stava salendo le scale quando Ikeda e io siamo usciti il giorno della sua morte, e mi ha detto di non saltare il pranzo... stava andando a mettere i chicchi di riso nella sua stanza!

– Precisamente. Impossessarmi della chiave fin dal principio è stata una precauzione, poiché non sapevo se, dove e quando Ikeda si sarebbe suicidato. Ho interpretato gli abiti formali che indossava e l'insistenza con cui le ha chiesto di accompagnarlo fuori come segni del suo imminente sacrificio, e avevo ragione. Prima o poi, quel giorno, lei sarebbe entrato nella sua stanza per perquisirla. La provenienza del riso – la Cina – le avrebbe fornito un indizio ulteriore, mentre la cifra avrebbe «firmato» anche quest'esecuzione per procura.

– La signorina Deshimaru, com'è implicata in tutto questo?

La domanda di Bora sembrò interrompere il flusso di pensieri di Kitamura. – È in programma il suo arresto? – chiese a sua volta. Con ansia, stimò Bora.

– No, se non è coinvolta in modo diretto.

– Grazie a Dio. Avrei dovuto sposarla, Keiko Deshimaru, se le cose fossero andate in maniera diversa. Oh, sì, tenente, nonostante la differenza di età sono io il fidanzato giapponese di cui le ha detto. È sorpreso? Le ho dato ordine di agire senza fare domande, in virtù della sua devozione. Non sapeva *nulla* della mia intenzione di cedere informazioni agli americani, e ancor meno che Johanssen lavorava per gli Stati Uniti fin dai tempi delle Olimpiadi di Berlino. Stando alle informazioni che aveva, Johanssen agiva per conto della *Gehrig-Bouvier* di Ginevra, e i documenti con cui stava incastrando Kobe erano veri, destinati a me in quanto creatore del *Samadhil* e biologo capo della *Società Farmaceutica Ikeda.* In viaggio per Lipsia, doveva recuperarli a Dresda dal suo vecchio amico svedese, e incollare le loro copie carbone all'interno dei due cataloghi d'arte. Riposti quest'ultimi nella valigetta che le aveva dato Johanssen, doveva lasciarli al deposito bagagli della Stazione Centrale di Lipsia, dando a me gli originali e la contromarca. Pensavo di tenere le copie per me, ma per come si è sviluppato il mio piano ho pensato di farli trovare a lei, Bora-san. Così ci ho scritto sopra «843» e ho piazzato la contromarca sotto la statuetta di Inari, dove lei l'ha trovata la sera dell'Opera...

– ... immaginando che avrei perquisito la sua stanza.

– *Fiducioso* che l'avrebbe fatto. Il tenente Honda, che su ordine di Oi è sempre stato la sua ombra, ha quasi rovinato tutto togliendole la contromarca. Ma era all'oscuro del mio piano, e verificato che la valigetta di Keiko conteneva solo due cataloghi d'arte, le ha restituito la contromarca scusandosi goffamente. Deve sapere, se già non lo sa, che il disprezzo dell'ammiraglio per i criminali del Manchukuo è secondo solo al mio, ma la sua educazione militare gli ha impedito di agire. Si è limitato a farla tenere d'occhio mentre qualcun altro – Oi potrebbe anche sospettare di me – faceva giustizia di quei tre. Fortunatamente lei è stato più perspicace di Honda: ha scoperto le copie, le ha fatte tradurre e si è avvicinato alla verità.

– Cosa le ha fatto pensare che avrei capito il significato di 843? Di fatto è un miracolo se ho ottenuto quell'informazione. I documenti che accusavano e poi scagionavano Kobe avrebbero potuto confondermi irreparabilmente.

– Ma non l'hanno fatto, non a lungo, comunque. L'alta opinione che Hohmann ha del suo acume è davvero fondata.

– Immagino che non abbia avuto modo di sentire le sue ultime affermazioni sul mio conto. La cenere al mentolo nella stanza del generale Kobe, piuttosto: l'ha lasciata lei?

Kitamura emise un suono gutturale, come una risata repressa, o un verso per schiarirsi la gola.

– L'ho fatto. È il solo dettaglio del mio piano che considero lievemente sordido. Aveva lo scopo di destare perplessità nella polizia che di certo avrebbe indagato sui decessi, così che si concentrasse su un altro ospite, Sua Eccellenza De Dominicis, e finisse in un vicolo cieco. Non volevo che gli inquirenti si mettessero fra le mie prove e l'interpretazione che *lei* ne avrebbe dato. Di fatto, politicamente protetto com'è, nessuno l'ha nemmeno interrogato, De Dominicis.

Bora non disse di aver portato via la cenere dalla stanza di Kobe, né che la confusione era stata tutta sua.

– Dunque, era suo il fumo al mentolo che il professor Colloredo ha sentito sulle scale tornando dall'*Iris*.

– Sì. Un altro tocco barocco da parte mia. La marca non era italiana – era americana, anzi, la *Kool* – ma sapevo che gli aromi mentolati sono indistinguibili l'uno dall'altro –. Di nuovo quello schiarirsi di voce. – Sì, davvero. Trovo particolarmente congruo – mi piace, anche – il termine *barocco* per il mio elaborato piano. Se non mi sbaglio, l'aggettivo viene usato per descrivere una perla di forma irregolare. Deforme, anche bizzarra, ma pur sempre preziosa nel cuore.

– Dottor Kitamura, nel cuore della perla non c'è altro che un granello di sabbia.

Kitamura lo stava guardando. Bora avvertì la sagacia di quello sguardo nella semioscurità. Stavano arrivando al sobborgo di Paunsdorf. La via lattea delle luci cittadine di Lipsia e la massa imponente del Memoriale, illuminata come un astro in un segmento vuoto di cielo, sfilarono sulla sinistra dell'auto in corsa.

– Crede? E se le dicessi che la formula che ho dato a Johanssen è deliberatamente viziata: solo un contorto *bluff* biochimico, tanto letale in teoria quanto innocuo nei fatti, che non gioverà agli americani, così come *non gioverà al suo governo*?

Alla vista di Bora il Memoriale divenne per un momento una macchia indistinta, come se una caligine stesse cercando di dissolverlo, nascondendogli la sua gloria. Per contrasto, quando rivolse di nuovo gli occhi alla strada, gli parve che i fari dell'auto evidenziassero fin troppo il percorso per la città in cui avrebbe dovuto cercare gli angoli ornati del palazzo dell'Assicurazione contro gli Incendi. Presto sarebbero entrati a Lipsia e nelle sue celebrazioni. Visti dall'auto, muti in lontananza, fiorivano i fuochi d'artificio, sbocciando in corolle di scintille effimere su tutte le periferie, sempre più distanti, verso occidente, fino a Lindenau.

Anche Kitamura si era girato verso la luminosa effervescenza dell'aria.

– Non dice niente, Bora-san. Non dice niente perché dentro di sé sta lottando con l'incredulità, la sorpresa, il sollievo, la rabbia... e la paura, per il dilemma morale in cui è precipitato grazie alla mia rivelazione. Deve avvisare subito i suoi superiori che la mia formula è volutamente errata, o deve tenere la verità per sé? Qual è il prezzo di ognuna delle due scelte? *Yu-gen*, così chiamiamo la tristezza d'animo di chi è *cosciente*. La principessa Shitashira, che fu infermiera nella guerra fra la Russia e il Giappone, ha scritto un *tanka* che recita: *Stringendo queste bende sulle ferite / vorrei poterci stringere il mio cuore / e cercare di salvare / la vita di tutti gli uomini*... Ho stretto il mio cuore intorno alle ferite, tenente Bora, e anche il suo.

In volo verso Berlino
21 aprile 1939

Il colonnello Kinzel distolse lo sguardo dall'oblò mentre fra i sobbalzi guadagnavano quota attraverso le nuvole. – Quella carogna di uno svedese – disse a Bora. – Intendo enfatizzare nel mio rapporto che ha avuto agio di ordire un attentato contro un mio ufficiale su suolo germanico, in un parco pubblico: la polizia di Lipsia si merita una strigliata. Quanto a lei, tenente, al quartier generale si aggrotteranno molte sopracciglia per il modo in cui ha scansato la tecnologia a favore di un cavallo.

– Specialmente dal momento che il collega dell'Aeronautica mi ha confessato che la sua giumenta non era affatto una saltatrice. L'aveva detto solo perché «suonava meglio».

– Ah! Si sarebbe potuto rompere l'osso del collo.

– Questo, *Herr Oberst*, è fuori questione. Con un cavallo migliore, l'ultimo ostacolo l'avrei superato di una spanna buona.

– Hm –. Le vibrazioni facevano emettere preoccupanti scricchiolii alle invisibili giunture di tutta la carlinga. Kinzel tirò la tendina a metà dell'oblò. – Ieri i giapponesi hanno completato l'occupazione di Hainan – annunciò. – Non è una buona notizia? Da parte nostra, come ha sentito ieri dal discorso del *Führer*, la Germania aspira alla pace. Nessun popolo sulla terra desidera la pace più di quello tedesco –. Da un giornale ripiegato sulle ginocchia estrasse una guida illustrata di Varsavia, di quelle che si trovavano nelle agenzie di viaggio. La osservò gioviale, poi la passò a Bora. – E riguardo ai rapporti della madre patria con lo stimato alleato orientale, va da sé che eviteremo a tutti i costi un incidente diplomatico. Fortunatamente lo stesso dottor Kitamura ci ha fornito una ragione ufficiale per non riconsegnarlo al suo Paese.

Bora, in realtà, non aveva sentito il discorso di Hitler – in quel momento era disperatamente impegnato a ottenere informazioni dal colonnello Habermehl. A ogni modo ne aveva letto il testo sui giornali del mattino. Meccanicamente prese in mano la guida di Varsavia, anche se non aveva nulla a che fare con quel che stava dicendo Kinzel. Cosa *stava dicendo* Kinzel? La formula di Kitamura era viziata in maniera troppo sottile per essere smascherata in tempi brevi, e la Gestapo non poteva aver estorto la verità allo scienziato, semplicemente perché non la stava cercando. Scelse di non indagare, aprendo la mappa turistica della capitale polacca come se ne fosse effettivamente interessato.

– Il dottore è indubbiamente, per vicinanza, movente e mezzo, il responsabile della morte di padre Kostner a Gohlis –. Sorvegliando con la coda dell'occhio qualunque reazione da parte di Bora, con aria di trionfo Kinzel si mordicchiò i baffetti. – Quella sera Kitamura non è tornato in albergo prima delle 21:20. Lei non lo sapeva, perché la Deshimaru le aveva chiesto di portarla in stazione. C'è motivo di credere che abbia aspettato nei dintorni della chiesa durante il suo colloquio con il vescovo Hohmann, e abbia sorpreso Kostner da solo mentre usciva dalla sacrestia.

Bora girò la mappa. La legenda era scritta in polacco, ma la sua conoscenza del russo gli permise di discernere il significato di alcune parole. Diede un'occhiata a Kinzel, che dal giornale ripiegato stava estraendo altri opuscoli colorati – Cracovia, Leopoli, Lublino. – Questo conferma la prossimità di Kitamura alla scena del crimine, e forse anche i mezzi, qualunque sia ufficialmente l'arma del delitto. Però non riesco a vedere un movente, *Herr Oberst*.

– Oh, un movente salterà fuori, ne stia certo. I preti sono quel che sono, ragioni per sfondargli la testa non mancano mai. E un uomo che non ha esitato a tradire il suo Paese e provocare tre morti, come sappiamo che ha fatto Kitamura, non sarebbe stato riluttante a sporcarsi le mani con una quarta vittima. Non è d'accordo?

Lo strato di nuvole era spesso. Il vapore arrivava agli oblò in filamenti cotonosi, che l'aeroplano scrollava e sfilacciava nella sua ascesa. Bora si mise l'opuscolo sulle ginocchia. Le parole *tabun* e *sarin*, pronunciate da Kitamura, continuavano a girargli in testa. – Certo. Quindi devo presumere sia provato che la morte di padre Kostner è imputabile a un omicidio.

– Perché, qualcun altro le ha detto altrimenti?

Bora si rese conto del passo falso. Ciò che l'ispettore Weidlich gli aveva detto prima dell'alba di venerdì – *Non credo affatto che sia stato assassinato. Gli è venuto un colpo, o qualche altro accidente, e si è rotto la testa sbattendola contro il fonte battesimale...* – avrebbe fatto meglio a non arrivare al colonnello. In realtà era meglio che restasse segreto tutto ciò che riguardava Weidlich, e ciò che Weidlich sapeva della sua famiglia e dei Weiss. – Nossignore –. Un vuoto d'aria fece sprofondare sgradevolmente l'apparecchio, e le guide turistiche di Kinzel scivolarono sotto il sedile davanti a loro, nella sezione fumatori, in cui erano gli unici passeggeri. Bora si affrettò a raccoglierle. – Assolutamente no.

L'attenzione sospettosa del colonnello non venne meno. Bora sostenne lo sguardo perché c'era molto altro che intendeva far passare sotto silenzio, e il doloroso esercizio rende dolorosamente perfetti.

Una volta superate le nuvole tornò la stabilità. La luce del mattino che invadeva gli oblò a dritta aveva il colore del latte, un biancore lindo che lambiva la cabina e si spostava mentre l'aereo seguiva la sua rotta.

– A ogni modo – disse Kinzel – Kitamura non è più un problema. La Gestapo l'ha giustiziato al suo arrivo, cinque minuti dopo che lei l'ha affidato alla loro custodia. Una soluzione un po' precipitosa, ma ci ha risparmiato un mucchio di seccature: l'istruttoria, il dibattimento, tutti gli annessi e connessi della procedura... Non volevo dirglielo prima che lo portasse laggiù, perché sapevo che in macchina entrambi avreste agito in maniera più spontanea se lei avesse ignorato che stava conducendo un prigioniero dal suo carnefice. Un colpo solo alla tempia destra; un'esecuzione pulita. Morte istantanea. Alle autorità consolari nipponiche diremo che Kitamura prima ha ucciso padre Kostner e poi se stesso. Diremo che il prete austriaco lo ricattava minacciando di rivelare la sua conversione al cattolicesimo, che ne pensa? Forse questa ricostruzione non piacerà al governo giapponese – nonché al suo amico Hohmann, tenente Bora – ma al diavolo, ingoieranno il rospo –. Per quanto Kinzel cercasse, nessuna reazione visibile si manifestò nel giovane ufficiale, la cui postura attenta, disciplinatamente rivolta verso di lui, non mutò.

Dunque è questa la portata del disonore in cui mi ha coinvolto. Bora formulò il pensiero in un recesso duro e paurosamente freddo della mente, l'unico che in quel momento sembrava giovargli.

– Una volta a Berlino – proseguì Kinzel – stenderà un rapporto completo sul caso. Per ora mi faccia una sintesi di quel che ha scoperto dall'osservazione diretta e saputo da Kitamura nel viaggio da Klotzsche a Lipsia. Una sintesi, ho detto, ma non ometta alcun dettaglio significativo.

– *Zu Befehl, Herr Oberst.*

Ma deciderò io cosa non *dire.* Pur avendo dormito non più di tre ore – al *Wartburg*, poiché Kinzel voleva si tenesse lontano dagli ospiti stranieri dopo tutto quel che era successo – Bora aveva i sensi vigili, all'erta. La probabilità di compiere un altro passo falso con il colonnello dell'*Abwehr* era remota. *Hai messo la* Nambu *nel bagno di Kobe per evitare che la polizia si impicciasse nel primo omicidio. Se i tuoi uomini hanno trovato la vera arma di Ikeda, perquisendo le stanze quando siamo entrati, l'hanno lasciata lì, e tu non mi hai detto niente. Quando Ikeda si è ucciso, sei tornato indietro di proposito per mettere una pillola di* Samadhil *nella mia auto, così che Weidlich mi braccasse mentre veniva braccato a sua volta. Anche se ignoravi chi fosse il* Signore – *Kitamura, Ikeda, Kobe, Nogi, magari addirittura Oi – sapevi tutto dell'Unità 843 e del significato di quel numero. Mi hai lasciato brancolare nel buio, controllando le mie mosse, i miei spostamenti, le mie telefonate, nella speranza che scoprissi l'identità della spia e mi impadronissi della formula prima che ci arrivassero gli americani. E ora,* dopo tutto questo, *vuoi che ti dica quanto so davvero.*

Senza esitazioni Bora riferì la sua conversazione in auto, ma omettendo la parte finale del colloquio. Sulle ultime frasi di Kitamura mantenne il silenzio, come sulle parole *tabun* e *sarin*, nuovi termini tedeschi il cui significato sospettava fin troppo bene.

Kinzel annuì, rilassandosi nel momento in cui l'aeroplano ebbe raggiunto la sua quota di crociera. Diversamente da *Herr* Cziffra in Spagna, non cercava di essere socievole o falsamente simpatico. Se aveva trovato qualcosa di paradossale nella confessione di Kitamura, al massimo l'aveva manifestato aggrottando le sopracciglia.

– Bene – commentò alla fine – *io* credo che quell'arrogantello di uno scienziato abbia disseminato indizi per sfidare il controspionaggio tedesco a batterlo sul tempo. Ha solo cercato di lusingarla, dicendo di aver cercato di commuoverla per il suo pentimento e la sua vendetta dopo la campagna del Manchukuo. L'abbiamo sopravvalutato chiamandolo *Signore*; i signori sono fatti di una pasta più resistente. Le unità speciali in Cina hanno fatto quel che dovevano. Kitamura ci ha pianto sopra lacrime di coccodrillo, e questo è provato dal fatto che ha cercato di trasmettere informazioni preziose, dei cui dettagli non è necessario lei sia a conoscenza, agli Stati Uniti d'America.

Aperta di nuovo la tendina dell'oblò, Kinzel lanciò un'occhiata al tappeto irregolare di nuvole più in basso.

– Inoltre non credo che lei sia tanto speciale o sensibile quanto la faceva Kitamura. La signorina Coennewitz sarebbe d'accordo. Pare che lei perda del tutto la testa quando è con quella ragazza, quindi, dopotutto, sarebbe meglio se la sposasse. È più sicuro.

Bora restò in silenzio. *Quando verrà la guerra*, rimuginò (non *se* verrà la guerra: *quando*), *tutto ciò che ho imparato qui, da questi uomini che mi hanno usato, ognuno a suo modo, troverà il suo senso. Al momento fa solo male, ma non lascerò che faccia nemmeno questo. Il dettaglio più importante che tengo per me è che – per quanto mi accorga che il colonnello Kinzel pensa di meritare l'appellativo di* Signore delle cento ossa, *questo burattinaio in borghese – grazie all'astuzia di Kitamura, si sbaglia di grosso. In realtà, il vero concetto di Signore ci elude tutti, e nessuno di noi in questa faccenda ha conquistato un premio.*

La guerra è imminente, e sarà la Polonia. Ci entrerò con la coscienza che nessuno di noi, in ultima analisi, ha il controllo sulla vita e sulla morte: nemmeno uccidere migliaia di persone significa averlo. Solo Dio, come recita il nostro Memoriale, garantisce la vita e la vittoria – o sceglie di non farlo.

All'apice della parabola del breve volo cominciò la discesa verso Berlino: presto si sarebbero tuffati di nuovo nel turbolento strato di nuvole, un passaggio più che metaforico alla confusione e all'ombra. Si abbassarono, come le immagini galleggianti che Bora aveva visto notte dopo notte senza capirle. Non chiuse gli occhi solo perché il colonnello Kinzel lo stava osservando. *Cosa si prova a perdere la virtù? È come scendere un po' alla volta, in questo modo? E la caduta si attenua, se non guardi?*

Epilogo

Luna fredda: nel rumore del ponte
io vado solo.

TAN TAIGI

Due mesi più tardi, sorprendendo amici, collaboratori e sottoposti – e Bora più di tutti – il general maggiore Lüttwitz morì davvero per un attacco di cuore, il primo giorno della sua pensione, nella «casetta a Weiler Weidach, vicino a Nussdorf».

Quanto al colonnello Kinzel, continuò la sua carriera nell'*Abwehr* finché Canaris non uscì dalle grazie del regime, quindi trasferì disinvoltamente la sua devozione dal vecchio capo del controspionaggio al *Reichskommissar* e signore supremo delle SS Heinrich Himmler. La sua imponente autobiografia in tre volumi stava per essere pubblicata quando le bombe inglesi distrussero il furgone che trasportava l'unica copia esistente. Dato per disperso nel caos della resa tedesca dopo la caduta di Berlino, Kinzel rispuntò come comandante della *Stasi* nel 1952; molti monumenti all'Armata Rossa, in tutta l'Europa orientale, dovevano le loro iscrizioni al suo immutato gusto per l'aforisma.

Gli sposini in luna di miele olandesi erano solo sposini in luna di miele olandesi, e riuscirono a scampare alla guerra.

Per far felice suo zio, dopo due anni di lutto per Kitamura Keiko Deshimaru sposò il tenente Honda. L'ammiraglio Oi, contro la sua volontà, guidò una delle navi appoggio durante l'attacco a Pearl Harbor, e tre anni più tardi colò a picco insieme alla sua corazzata nel golfo di Leyte. Il suo unico figlio fu il primo aviatore a restare ucciso durante l'incursione aerea sul porto americano delle Hawaii.

Il professor Colloredo continuò a scrivere articoli sull'Oriente per l'*Enciclopedia Italiana*, mentre De Dominicis sopravvisse alla fine di Ciano, ebbe un clamoroso e pubblicizzato ripensamento interiore dopo il bombardamento di Cassino e si fece perfino terziario benedettino (circostanza che per combinazione aumentò le sue probabilità di entrare nel governo postbellico italiano).

A Lipsia, il *Polizei Inspektor* Weidlich rientrò nei ranghi, abbandonando poco per volta la volontà di compiere il suo dovere qualunque fosse il clima politico. Verso la fine della guerra era a capo del dipartimento di Stötteritz, e quando la Gestapo ordinò di confiscare ai nonni di Bora le chiavi dell'impresa di famiglia, furono i gendarmi al suo comando a mettere i sigilli alla casa editrice. Klaus Roland Dortmüller avanzò pretese sull'edificio con l'appoggio del *Gauleiter* Mutschmann, ma non visse abbastanza da goderlo: morì nel febbraio 1945 durante il bombardamento di Dresda, dove era andato per una visita galante alla sua ultima fiamma.

Martin Bora, concluso il corso con successo, ottenne la promozione a capitano poco prima dell'ottobre del 1939, quando fu alla guida delle sue truppe nella Polonia appena invasa. Aveva sposato Dikta con cerimonia civile un mese e mezzo prima, non perché *doveva*, ma perché *voleva*. Alla vigilia della dichiarazione di guerra, per soddisfare i genitori di lui, seguì il rito religioso, celebrato da un cappellano militare.

Tutti gli ammonimenti dei «vecchi» – Oi, Lüttwitz, il vescovo Hohmann, il suo patrigno – trovarono riscontro nella realtà, esigendo da lui un prezzo terribile, e prima di quanto avrebbe mai immaginato. E se il *Führer*, «lui stesso vittima delle armi chimiche durante la Grande Guerra», resistette alla tentazione di usarle contro i nemici dichiarati, non ebbe esitazioni a utilizzare gas venefici per commettere uno sterminio di massa.

E l'orologio rubato di Bora?

Gli fu restituito prima della fine dell'ultimo aprile di pace. Notato da un gendarme perspicace al polso di un residente di Lipsia che non aveva l'aria *di poter possedere legalmente un apparecchio Rolex in acciaio di alta qualità e precisione* (come scrisse nel suo rapporto), grazie alla dedica incisa sulla cassa fu riconsegnato all'ufficiale attraverso i suoi genitori. Bora lo portò nella buona e nella cattiva sorte, su due fronti di battaglia, fino alle 16:27 del pomeriggio del 9 settembre 1943, lungo una solitaria strada di campagna italiana.

Nota e ringraziamenti

Il Signore delle cento ossa è un'opera di fantasia. Ogni riferimento a fatti realmente accaduti, a persone realmente esistite, a prodotti, marchi e brevetti (farmaceutici e non) realmente in commercio, è da considerarsi del tutto casuale.

Nell'ideazione e nella stesura del romanzo ho contratto un grande debito di riconoscenza con i cittadini e gli enti locali di Lipsia, che mi hanno accolto con squisita cortesia e hanno agevolato in ogni modo le mie ricerche. *Dankeschön, meine Freunde!*

Per quanto riguarda l'edizione italiana del romanzo, un grazie dal più profondo del cuore a:

Luigi Sanvito, il mio editor storico in Italia, per aver seguito e commentato criticamente la stesura del testo dalla «scintilla» iniziale all'edizione definitiva;

Paola Bonini, per la dedizione, l'amicizia e la professionalità;

Lia Beretta, insigne orientalista che mi ha aiutato nell'ardua impresa di «tradurre» in parole occidentali ma con la necessaria fedeltà ai significati originali i modi d'essere, di comportarsi e di «sentire» dei giapponesi;

Cesare Carrà, per la sua generosità, la sua cultura e le nostre belle chiacchierate a tutto tondo sull'universo tedesco;

Giorgio Battisti, generale dell'Esercito italiano, *peacekeeper* sotto l'egida dell'Onu e vecchio caro amico, che ha gentilmente rivisto la traduzione del manoscritto sotto il profilo tecnico-militare;

Marco Patricelli, amico carissimo e brillante storico della Seconda Guerra Mondiale, per tutto l'appoggio e l'affetto che mi riversa senza sosta;

Last but non least, Piergiorgio Nicolazzini, per la sua infaticabile attività professionale in mio favore, la sua amicizia e il suo squisito gusto musicale. Martin Bora non avrebbe potuto incontrare un agente migliore *anche* sotto questo profilo.

B. P.

Glossario

ABWEHR (*Amt/Ausland Abwehr*): servizio di controspionaggio militare del Terzo Reich.

AFFENHAUS: la «Casa delle Scimmie», ampia costruzione per i primati nel famoso Zoo di Lipsia.

ANTI-COMINTERN, PATTO: firmato il 25 novembre 1936 dal Giappone e dalla Germania «per difesa comune contro l'Internazionale comunista»; fu base del seguente Patto d'Acciaio (1940), che includeva anche l'Italia.

BASTEI FELS: spettacolare rilievo roccioso a picco sull'Elba. È una delle più famose mete turistiche della Sassonia.

BATTAGLIA DELLE NAZIONI: combattuta e vinta a Lipsia il 18 ottobre 1813 da una coalizione russo-tedesca contro l'invasione napoleonica. Con 100.000 morti in un giorno, resta lo scontro più sanguinoso della Storia. Per commemorarne il centenario, nel 1913 furono costruiti un gigantesco memoriale (*Völkersschlachtdenkmal*) nel quartiere residenziale di Stötteritz, e una chiesa ortodossa a ricordo dei 22.000 caduti russi.

CENTO OSSA: «Cento ossa e nove buchi», espressione che indica il corpo umano, tratta da un testo taoista di Chuang-Tzu (369-286 a.C. circa).

CHU-I: in giapponese, tenente.

DIE NONNE: sezione occidentale del più grande parco di Lipsia.

DULCE ET DECORUM (est pro patria mori): *dolce e onorevole è morire per la patria* (Orazio, Odi, III, 2,13).

ERWACHE: déstati (Germania, sott.); ritornello di molte canzoni del primo periodo nazista.

FELDARZT: maggiore medico.

FLUGMEISTER: addetto alla sicurezza aeroportuale.

GAULEITER: capodistretto territoriale, alta carica regionale del Terzo Reich.

GESTAPO (*Geheime Staatspolizei*): polizia segreta di Stato nel Terzo Reich.

GUERRA DELLE SETTE SETTIMANE: conflitto armato tra Austria e Prussia per motivi territoriali. Si concluse nel 1866 con la sconfitta dell'Austria a Sadowa.

HAIKU: breve componimento poetico a metrica fissa (tre versi rispettivamente di 5, 7 e 5 sillabe). Frutto dell'influsso zen *(vedi)* sull'arte poetica, l'haiku esprime la quieta malinconia della condizione umana di fronte al carattere impermanente della realtà.

HITLERJUGEND: letteralmente «Gioventù hitleriana», organizzazione giovanile del Partito Nazionalsocialista.

INDUSTRIERITTER: capitano d'industria.

JUNGZUGFÜHRER: capofila della Gioventù Hitleriana.

HAUPTINGENIEUR: ingegnere capo.

ISMEO: Istituto per il Medio ed Estremo Oriente, diretto dal grande orientalista Giuseppe Tucci (1894-1984).

KIRISHITAN: in lingua giapponese, cristiano.

KOAN: nella dottrina zen (*vedi*), parola o frase senza senso apparente, questione aperta che permette di sospendere il pensiero logico per cercare un alto grado di consapevolezza spontanea.

KRISTALLNACHT: la cosiddetta «Notte dei cristalli» (in tragico riferimento alle vetrine infrante), tra il 9 e il 10 novembre 1938, quando sinagoghe e proprietà degli ebrei tedeschi furono incendiate e distrutte in tutta la Germania.

LUFTKRIEGSSCHULE: scuola di pilotaggio dell'Aviazione militare tedesca.

MANCHUKUO: Stato fantoccio (1932-1945) creato dopo la violenta invasione giapponese della Manciuria e della Mongolia interna.

MOGÀ: termine giapponese (dall'inglese «modern girl») per definire una ragazza sensibile ai costumi occidentali.

MUSCULAE VAGANTES: «moscerini», termine usato per indicare immagini fantasma create da gruppi di cellule fluttuanti nel contenuto gelatinoso della retina.

NSDAP (*Nationalsozialistische Deutsche Arbeiterpartei*): Partito Nazionalsocialista Tedesco dei Lavoratori, il movimento fondato da Adolf Hitler.

OBERGRUPPENFÜHRER: Generale nei Servizi di Sicurezza (SS) e Distaccamenti d'Assalto (SA).

PORTA SENZA PORTA: collezione di koan, ascritti a Ekai, detto Mumon (prima metà del XIII secolo). «La Grande Via non ha porta / Mille vie vi entrano. / Quando si passa per questa porta senza porta / si cammina liberamente tra cielo e terra».

PPK: ovvero *Polizeipistole Kriminalmodell*, pistola Walther a canna corta creata per la polizia criminale tedesca.

PURGA DI SANGUE, o «Notte dei lunghi coltelli»: purga interna al Partito Nazionalsocialista, eseguita durante la notte del 30 giugno 1934. Almeno 177 capi delle SA furono assassinati dalle SS su ordine di Hitler, ufficialmente per punire un tentativo di colpo di mano; in realtà si voleva stroncare il potere politico di Ernst Röhm e delle sue Camicie Brune.

REICHSLUFTKURSBUCH: manuale contenente rotte e orari dei voli commerciali e civili del Reich.

RITTERGUT: feudo, terra signorile.

RMVP (*Reichsministerium Für Volksaufklärung und Propaganda*): Ministero del Reich per l'Educazione Popolare e la Propaganda, diretto da Joseph Goebbels.

ROSHI: maestro zen.

SANSUI-GA: «pittura di monti e acque», paesaggio.

SARIN, TABUN: pericolosi gas nervini sviluppati (il primo incidentalmente, durante ricerche sugli insetticidi) da chimici tedeschi negli anni 1936-1938. Il sarin è stato recentemente usato a scopi terroristici durante l'attentato alla metropolitana di Tokyo del 1995 (come un anno prima a Matsumoto); anche l'attacco contro le popolazioni curde del 1988 fu a base di sarin.

SCOMMESSA DI PASCAL: argomento del filosofo francese secondo il quale è meglio puntare sull'esistenza piuttosto che la non-esistenza di Dio (se Dio esiste, il credente guadagna il Paradiso; se non esiste, non ha nulla da perdere).

SEPPUKU (erroneamente hara-kiri): suicidio rituale giapponese, di solito per motivi di onore; consiste nel taglio del ventre, occasionalmente accompagnato dalla decapitazione da parte di un compagno o assistente.

SOLDO DEL PECCATO: espressione mutuata dall'Epistola di San Paolo ai Romani: «Poiché il soldo del peccato è la morte, ma il dono di Dio è la vita eterna in Gesù Cristo, nostro Signore».

STASI (*Staatssicherheit*), polizia segreta della Repubblica Democratica Tedesca (DDR). A Lipsia ebbe sede nello stesso edificio già usato dalla Gestapo.

SUMI-E: stile pittorico monocromatico ad inchiostro.

TANKA: letteralmente «poesia breve». Antichissima forma poetica giapponese di 31 sillabe, dove i primi tre versi sono chiamati a produrre un «armonico contrasto» con gli ultimi due. Nel corso dei secoli, la prima sezione del tanka si trasformò in un modello poetico autonomo, l'haiku *(vedi)*.

TORI-I: in Giappone, porta d'accesso ad un santuario shintoista.

UNITÀ 731: unità militare giapponese (1936-1945), ufficialmente organizzata per la purificazione dell'acqua. In realtà studiava e sperimentava su individui e intere popolazioni della Manciuria occupata (ma non solo) armi chimiche e batteriologiche, con risultati devastanti.

VERLAG: casa editrice.

VOLK: letteralmente «popolo». Nella visione nazista il vocabolo designava una comunità nazionale unita da vincoli di «razza e sangue».

ZEN: dottrina buddhista di origine cinese che, trapiantata anticamente in Giappone, ha conosciuto uno straordinario sviluppo, permeando di sé non solo la spiritualità nipponica ma anche l'arte, l'estetica, la poesia, la pittura e la letteratura. Capisaldi dello Zen sono una severa pratica meditativa, la contemplazione del vuoto come sorgente di tutte le cose, l'accettazione filosofica dell'impermanenza di tutti i fenomeni, l'altruismo come caposaldo della moralità, e l'intenso quanto umile sforzo per raggiungere il SATORI, cioè lo stato d'illuminazione che permette di superare ogni dualismo e approdare alla libertà dell'Incondizionato.

ZEN-GA: pittura con significato filosofico, o che illustra massime dello Zen.

ZU BEFEHL: agli ordini.

Indice

Il Signore delle cento ossa

Questo volume è stato stampato
su carta Palatina
delle Cartiere di Fabriano
nel mese di luglio 2015

Stampa: Officine Grafiche soc. coop., Palermo

Legatura: LE.I.MA. s.r.l., Palermo

La memoria

Ultimi volumi pubblicati

401 Andrea Camilleri. La voce del violino
402 Goliarda Sapienza. Lettera aperta
403 Marisa Fenoglio. Vivere altrove
404 Luigi Filippo d'Amico. Il cappellino
405 Irvine Welsh. La casa di John il Sordo
406 Giovanni Ferrara. La visione
407 Andrea Camilleri. La concessione del telefono
408 Antonio Tabucchi. La gastrite di Platone
409 Giuseppe Pitrè, Leonardo Sciascia. Urla senza suono. Graffiti e disegni dei prigionieri dell'Inquisizione
410 Tullio Pinelli. La casa di Robespierre
411 Mathilde Mauté. Moglie di Verlaine
412 Maria Messina. Personcine
413 Pierluigi Celli. Addio al padre
414 Santo Piazzese. La doppia vita di M. Laurent
415 Luciano Canfora. La lista di Andocide
416 D. J. Taylor. L'accordo inglese
417 Roberto Bolaño. La letteratura nazista in America
418 Rodolfo Walsh. Variazioni in rosso
419 Penelope Fitzgerald. Il fiore azzurro
420 Gaston Leroux. La poltrona maledetta
421 Maria Messina. Dopo l'inverno
422 Maria Cristina Faraoni. I giorni delle bisce nere
423 Andrea Camilleri. Il corso delle cose
424 Anthelme Brillat-Savarin. Fisiologia del gusto
425 Friedrich Christian Delius. La passeggiata da Rostock a Siracusa
426 Penelope Fitzgerald. La libreria

427 Boris Vian. Autunno a Pechino
428 Marco Ferrari. Ti ricordi Glauber
429 Salvatore Nicosia. Peppe Radar
430 Sergej Dovlatov. Straniera
431 Marco Ferrari. I sogni di Tristan
432 Ignazio Buttitta. La mia vita vorrei scriverla cantando
433 Sergio Atzeni. Raccontar fole
434 Leonardo Sciascia. Fatti diversi di storia letteraria e civile
435 Luisa Adorno. Sebben che siamo donne...
436 Philip K. Dick. Le tre stimmate di Palmer Eldritch
437 Philip K. Dick. Tempo fuori luogo
438 Adriano Sofri. Piccola posta
439 Jorge Ibargüengoitia. Due delitti
440 Rex Stout. Il guanto
441 Marco Denevi. Assassini dei giorni di festa
442 Margaret Doody. Aristotele detective
443 Noël Calef. Ascensore per il patibolo
444 Marie Belloc Lowndes. Il pensionante
445 Celia Dale. In veste di agnello
446 Ugo Pirro. Figli di ferroviere
447 Penelope Fitzgerald. L'inizio della primavera
448 Giuseppe Pitrè. Goethe in Palermo
449 Sergej Dovlatov. La valigia
450 Giulia Alberico. Madrigale
451 Eduardo Rebulla. Sogni d'acqua
452 Maria Attanasio. Di Concetta e le sue donne
453 Giovanni Verga. Felis-Mulier
454 Friedrich Glauser. La negromante di Endor
455 Ana María Matute. Cavaliere senza ritorno
456 Roberto Bolaño. Stella distante
457 Ugo Cornia. Sulla felicità a oltranza
458 Maurizio Barbato. Thomas Jefferson o della felicità
459 Il compito di latino. Nove racconti e una modesta proposta
460 Giuliana Saladino. Romanzo civile
461 Madame d'Aulnoy. La Bella dai capelli d'oro e altre fiabe
462 Andrea Camilleri. La gita a Tindari
463 Sergej Dovlatov. Compromesso
464 Thomas Hardy. Piccole ironie della vita

465 Luciano Canfora. Un mestiere pericoloso
466 Gian Carlo Fusco. Le rose del ventennio
467 Nathaniel Hawthorne. Lo studente
468 Alberto Vigevani. La febbre dei libri
469 Dezső Kosztolányi. Allodola
470 Joan Lindsay. Picnic a Hanging Rock
471 Manuel Puig. Una frase, un rigo appena
472 Penelope Fitzgerald. Il cancello degli angeli
473 Marcello Sorgi. La testa ci fa dire. Dialogo con Andrea Camilleri
474 Pablo De Santis. Lettere e filosofia
475 Alessandro Perissinotto. La canzone di Colombano
476 Marta Franceschini. La discesa della paura
477 Margaret Doody. Aristotele e il giavellotto fatale
478 Osman Lins. L'isola nello spazio
479 Alicia Giménez-Bartlett. Giorno da cani
480 Josephine Tey. La figlia del tempo
481 Manuel Puig. The Buenos Aires Affair
482 Silvina Ocampo. Autobiografia di Irene
483 Louise de Vilmorin. La lettera in un taxi
484 Marinette Pendola. La riva lontana
485 Camilo Castelo Branco. Amore di perdizione
486 Pier Antonio Quarantotti Gambini. L'onda dell'incrociatore
487 Sergej Dovlatov. Noialtri
488 Ugo Pirro. Le soldatesse
489 Berkeley, Dorcey, Healy, Jordan, MacLaverty, McCabe, McGahern, Montague, Morrissy, Ó Cadhain, Ó Dúill, Park, Redmond. Irlandesi
490 Di Giacomo, Dossi, Moretti, Neera, Negri, Pariani, Pirandello, Prosperi, Scerbanenco, Serao, Tozzi. Maestrine. Dieci racconti e un ritratto
491 Margaret Doody. Aristotele e la giustizia poetica
492 Theodore Dreiser. Un caso di coscienza
493 Roberto Bolaño. Chiamate telefoniche
494 Aganoor, Bernardini, Contessa Lara, Guglielminetti, Jolanda, Prosperi, Regina di Luanto, Serao, Térésah, Vertua Gentile. Tra letti e salotti
495 Antonio Pizzuto. Si riparano bambole
496 Paola Pitagora. Fiato d'artista

497 Vernon Lee. Dionea e altre storie fantastiche
498 Ugo Cornia. Quasi amore
499 Luigi Settembrini. I Neoplatonici
500
501 Alessandra Lavagnino. Una granita di caffè con panna
502 Prosper Mérimée. Lettere a una sconosciuta
503 Le storie di Giufà
504 Giuliana Saladino. Terra di rapina
505 Guido Gozzano. La signorina Felicita e le poesie dei «Colloqui»
506 Ackworth, Forsyth, Harrington, Holding, Melyan, Moyes, Rendell, Stoker, Vickers, Wells, Woolf, Zuroy. Il gatto di miss Paisley. Dodici racconti gialli con animali
507 Andrea Camilleri. L'odore della notte
508 Dashiell Hammett. Un matrimonio d'amore
509 Augusto De Angelis. Il mistero delle tre orchidee
510 Wilkie Collins. La follia dei Monkton
511 Pablo De Santis. La traduzione
512 Alicia Giménez-Bartlett. Messaggeri dell'oscurità
513 Elisabeth Sanxay Holding. Una barriera di vuoto
514 Gian Mauro Costa. Yesterday
515 Renzo Segre. Venti mesi
516 Alberto Vigevani. Estate al lago
517 Luisa Adorno, Daniele Pecorini-Manzoni. Foglia d'acero
518 Gian Carlo Fusco. Guerra d'Albania
519 Alejo Carpentier. Il secolo dei lumi
520 Andrea Camilleri. Il re di Girgenti
521 Tullio Kezich. Il campeggio di Duttogliano
522 Lorenzo Magalotti. Saggi di naturali esperienze
523 Angeli, Bazzero, Contessa Lara, De Amicis, De Marchi, Deledda, Di Giacomo, Fleres, Fogazzaro, Ghislanzoni, Marchesa Colombi, Molineri, Pascoli, Pirandello, Tarchetti. Notti di dicembre. Racconti di Natale dell'Ottocento
524 Lionello Massobrio. Dimenticati
525 Vittorio Gassman. Intervista sul teatro
526 Gabriella Badalamenti. Come l'oleandro
527 La seduzione nel Celeste Impero
528 Alicia Giménez-Bartlett. Morti di carta
529 Margaret Doody. Gli alchimisti

530 Daria Galateria. Entre nous
531 Alessandra Lavagnino. Le bibliotecarie di Alessandria
532 Jorge Ibargüengoitia. I lampi di agosto
533 Carola Prosperi. Eva contro Eva
534 Viktor Šklovskij. Zoo o lettere non d'amore
535 Sergej Dovlatov. Regime speciale
536 Chiusole, Eco, Hugo, Nerval, Musil, Ortega y Gasset. Libri e biblioteche
537 Rodolfo Walsh. Operazione massacro
538 Turi Vasile. La valigia di fibra
539 Augusto De Angelis. L'Albergo delle Tre Rose
540 Franco Enna. L'occhio lungo
541 Alicia Giménez-Bartlett. Riti di morte
542 Anton Čechov. Il fiammifero svedese
543 Penelope Fitzgerald. Il Fanciullo d'oro
544 Giorgio Scerbanenco. Uccidere per amore
545 Margaret Doody. Aristotele e il mistero della vita
546 Gianrico Carofiglio. Testimone inconsapevole
547 Gilbert Keith Chesterton. Come si scrive un giallo
548 Giulia Alberico. Il gioco della sorte
549 Angelo Morino. In viaggio con Junior
550 Dorothy Wordsworth. I diari di Grasmere
551 Giles Lytton Strachey. Ritratti in miniatura
552 Luciano Canfora. Il copista come autore
553 Giuseppe Prezzolini. Storia tascabile della letteratura italiana
554 Gian Carlo Fusco. L'Italia al dente
555 Marcella Cioni. La porta tra i delfini
556 Marisa Fenoglio. Mai senza una donna
557 Ernesto Ferrero. Elisa
558 Santo Piazzese. Il soffio della valanga
559 Penelope Fitzgerald. Voci umane
560 Mary Cholmondeley. Il gradino più basso
561 Anthony Trollope. L'amministratore
562 Alberto Savinio. Dieci processi
563 Guido Nobili. Memorie lontane
564 Giuseppe Bonaviri. Il vicolo blu
565 Paolo D'Alessandro. Colloqui
566 Alessandra Lavagnino. I Daneu. Una famiglia di antiquari

567 Leonardo Sciascia scrittore editore ovvero La felicità di far libri
568 Alexandre Dumas. Ascanio
569 Mario Soldati. America primo amore
570 Andrea Camilleri. Il giro di boa
571 Anatole Le Braz. La leggenda della morte
572 Penelope Fitzgerald. La casa sull'acqua
573 Sergio Atzeni. Gli anni della grande peste
574 Roberto Bolaño. Notturno cileno
575 Alicia Giménez-Bartlett. Serpenti nel Paradiso
576 Alessandro Perissinotto. Treno 8017
577 Augusto De Angelis. Il mistero di Cinecittà
578 Françoise Sagan. La guardia del cuore
579 Gian Carlo Fusco. Gli indesiderabili
580 Pierre Boileau, Thomas Narcejac. La donna che visse due volte
581 John Mortimer. Avventure di un avvocato
582 François Fejtö. Viaggio sentimentale
583 Pietro Verri. A mia figlia
584 Toni Maraini. Ricordi d'arte e prigionia di Topazia Alliata
585 Andrea Camilleri. La presa di Macallè
586 Guillaume Prévost. I sette delitti di Roma
587 Margaret Doody. Aristotele e l'anello di bronzo
588 Guido Gozzano. Fiabe e novelline
589 Gaetano Savatteri. La ferita di Vishinskij
590 Gianrico Carofiglio. Ad occhi chiusi
591 Ana María Matute. Piccolo teatro
592 Mario Soldati. I racconti del Maresciallo
593 Benedetto Croce. Luisa Sanfelice e la congiura dei Baccher
594 Roberto Bolaño. Puttane assassine
595 Giorgio Scerbanenco. La mia ragazza di Magdalena
596 Elio Petri. Roma ore 11
597 Raymond Radiguet. Il ballo del conte d'Orgel
598 Penelope Fitzgerald. Da Freddie
599 Poesia dell'Islam
600
601 Augusto De Angelis. La barchetta di cristallo
602 Manuel Puig. Scende la notte tropicale
603 Gian Carlo Fusco. La lunga marcia
604 Ugo Cornia. Roma

605 Lisa Foa. È andata così
606 Vittorio Nisticò. L'Ora dei ricordi
607 Pablo De Santis. Il calligrafo di Voltaire
608 Anthony Trollope. Le torri di Barchester
609 Mario Soldati. La verità sul caso Motta
610 Jorge Ibargüengoitia. Le morte
611 Alicia Giménez-Bartlett. Un bastimento carico di riso
612 Luciano Folgore. La trappola colorata
613 Giorgio Scerbanenco. Rossa
614 Luciano Anselmi. Il palazzaccio
615 Guillaume Prévost. L'assassino e il profeta
616 John Ball. La calda notte dell'ispettore Tibbs
617 Michele Perriera. Finirà questa malìa?
618 Alexandre Dumas. I Cenci
619 Alexandre Dumas. I Borgia
620 Mario Specchio. Morte di un medico
621 Giorgio Frasca Polara. Cose di Sicilia e di siciliani
622 Sergej Dovlatov. Il Parco di Puškin
623 Andrea Camilleri. La pazienza del ragno
624 Pietro Pancrazi. Della tolleranza
625 Edith de la Héronnière. La ballata dei pellegrini
626 Roberto Bassi. Scaramucce sul lago Ladoga
627 Alexandre Dumas. Il grande dizionario di cucina
628 Eduardo Rebulla. Stati di sospensione
629 Roberto Bolaño. La pista di ghiaccio
630 Domenico Seminerio. Senza re né regno
631 Penelope Fitzgerald. Innocenza
632 Margaret Doody. Aristotele e i veleni di Atene
633 Salvo Licata. Il mondo è degli sconosciuti
634 Mario Soldati. Fuga in Italia
635 Alessandra Lavagnino. Via dei Serpenti
636 Roberto Bolaño. Un romanzetto canaglia
637 Emanuele Levi. Il giornale di Emanuele
638 Maj Sjöwall, Per Wahlöö. Roseanna
639 Anthony Trollope. Il Dottor Thorne
640 Studs Terkel. I giganti del jazz
641 Manuel Puig. Il tradimento di Rita Hayworth
642 Andrea Camilleri. Privo di titolo

643 Anonimo. Romanzo di Alessandro
644 Gian Carlo Fusco. A Roma con Bubù
645 Mario Soldati. La giacca verde
646 Luciano Canfora. La sentenza
647 Annie Vivanti. Racconti americani
648 Piero Calamandrei. Ada con gli occhi stellanti. Lettere 1908-1915
649 Budd Schulberg. Perché corre Sammy?
650 Alberto Vigevani. Lettera al signor Alzheryan
651 Isabelle de Charrière. Lettere da Losanna
652 Alexandre Dumas. La marchesa di Ganges
653 Alexandre Dumas. Murat
654 Constantin Photiadès. Le vite del conte di Cagliostro
655 Augusto De Angelis. Il candeliere a sette fiamme
656 Andrea Camilleri. La luna di carta
657 Alicia Giménez-Bartlett. Il caso del lituano
658 Jorge Ibargüengoitia. Ammazzate il leone
659 Thomas Hardy. Una romantica avventura
660 Paul Scarron. Romanzo buffo
661 Mario Soldati. La finestra
662 Roberto Bolaño. Monsieur Pain
663 Louis-Alexandre Andrault de Langeron. La battaglia di Austerlitz
664 William Riley Burnett. Giungla d'asfalto
665 Maj Sjöwall, Per Wahlöö. Un assassino di troppo
666 Guillaume Prévost. Jules Verne e il mistero della camera oscura
667 Honoré de Balzac. Massime e pensieri di Napoleone
668 Jules Michelet, Athénaïs Mialaret. Lettere d'amore
669 Gian Carlo Fusco. Mussolini e le donne
670 Pier Luigi Celli. Un anno nella vita
671 Margaret Doody. Aristotele e i Misteri di Eleusi
672 Mario Soldati. Il padre degli orfani
673 Alessandra Lavagnino. Un inverno. 1943-1944
674 Anthony Trollope. La Canonica di Framley
675 Domenico Seminerio. Il cammello e la corda
676 Annie Vivanti. Marion artista di caffè-concerto
677 Giuseppe Bonaviri. L'incredibile storia di un cranio
678 Andrea Camilleri. La vampa d'agosto
679 Mario Soldati. Cinematografo
680 Pierre Boileau, Thomas Narcejac. I vedovi

681 Honoré de Balzac. Il parroco di Tours
682 Béatrix Saule. La giornata di Luigi XIV. 16 novembre 1700
683 Roberto Bolaño. Il gaucho insostenibile
684 Giorgio Scerbanenco. Uomini ragno
685 William Riley Burnett. Piccolo Cesare
686 Maj Sjöwall, Per Wahlöö. L'uomo al balcone
687 Davide Camarrone. Lorenza e il commissario
688 Sergej Dovlatov. La marcia dei solitari
689 Mario Soldati. Un viaggio a Lourdes
690 Gianrico Carofiglio. Ragionevoli dubbi
691 Tullio Kezich. Una notte terribile e confusa
692 Alexandre Dumas. Maria Stuarda
693 Clemente Manenti. Ungheria 1956. Il cardinale e il suo custode
694 Andrea Camilleri. Le ali della sfinge
695 Gaetano Savatteri. Gli uomini che non si voltano
696 Giuseppe Bonaviri. Il sarto della stradalunga
697 Constant Wairy. Il valletto di Napoleone
698 Gian Carlo Fusco. Papa Giovanni
699 Luigi Capuana. Il Raccontafiabe
700
701 Angelo Morino. Rosso taranta
702 Michele Perriera. La casa
703 Ugo Cornia. Le pratiche del disgusto
704 Luigi Filippo d'Amico. L'uomo delle contraddizioni. Pirandello visto da vicino
705 Giuseppe Scaraffia. Dizionario del dandy
706 Enrico Micheli. Italo
707 Andrea Camilleri. Le pecore e il pastore
708 Maria Attanasio. Il falsario di Caltagirone
709 Roberto Bolaño. Anversa
710 John Mortimer. Nuovi casi per l'avvocato Rumpole
711 Alicia Giménez-Bartlett. Nido vuoto
712 Toni Maraini. La lettera da Benares
713 Maj Sjöwall, Per Wahlöö. Il poliziotto che ride
714 Budd Schulberg. I disincantati
715 Alda Bruno. Germani in bellavista
716 Marco Malvaldi. La briscola in cinque
717 Andrea Camilleri. La pista di sabbia

718 Stefano Vilardo. Tutti dicono Germania Germania
719 Marcello Venturi. L'ultimo veliero
720 Augusto De Angelis. L'impronta del gatto
721 Giorgio Scerbanenco. Annalisa e il passaggio a livello
722 Anthony Trollope. La Casetta ad Allington
723 Marco Santagata. Il salto degli Orlandi
724 Ruggero Cappuccio. La notte dei due silenzi
725 Sergej Dovlatov. Il libro invisibile
726 Giorgio Bassani. I Promessi Sposi. Un esperimento
727 Andrea Camilleri. Maruzza Musumeci
728 Furio Bordon. Il canto dell'orco
729 Francesco Laudadio. Scrivano Ingannamorte
730 Louise de Vilmorin. Coco Chanel
731 Alberto Vigevani. All'ombra di mio padre
732 Alexandre Dumas. Il cavaliere di Sainte-Hermine
733 Adriano Sofri. Chi è il mio prossimo
734 Gianrico Carofiglio. L'arte del dubbio
735 Jacques Boulenger. Il romanzo di Merlino
736 Annie Vivanti. I divoratori
737 Mario Soldati. L'amico gesuita
738 Umberto Domina. La moglie che ha sbagliato cugino
739 Maj Sjöwall, Per Wahlöö. L'autopompa fantasma
740 Alexandre Dumas. Il tulipano nero
741 Giorgio Scerbanenco. Sei giorni di preavviso
742 Domenico Seminerio. Il manoscritto di Shakespeare
743 André Gorz. Lettera a D. Storia di un amore
744 Andrea Camilleri. Il campo del vasaio
745 Adriano Sofri. Contro Giuliano. Noi uomini, le donne e l'aborto
746 Luisa Adorno. Tutti qui con me
747 Carlo Flamigni. Un tranquillo paese di Romagna
748 Teresa Solana. Delitto imperfetto
749 Penelope Fitzgerald. Strategie di fuga
750 Andrea Camilleri. Il casellante
751 Mario Soldati. ah! il Mundial!
752 Giuseppe Bonarivi. La divina foresta
753 Maria Savi-Lopez. Leggende del mare
754 Francisco García Pavón. Il regno di Witiza
755 Augusto De Angelis. Giobbe Tuama & C.

756 Eduardo Rebulla. La misura delle cose
757 Maj Sjöwall, Per Wahlöö. Omicidio al Savoy
758 Gaetano Savatteri. Uno per tutti
759 Eugenio Baroncelli. Libro di candele
760 Bill James. Protezione
761 Marco Malvaldi. Il gioco delle tre carte
762 Giorgio Scerbanenco. La bambola cieca
763 Danilo Dolci. Racconti siciliani
764 Andrea Camilleri. L'età del dubbio
765 Carmelo Samonà. Fratelli
766 Jacques Boulenger. Lancillotto del Lago
767 Hans Fallada. E adesso, pover'uomo?
768 Alda Bruno. Tacchino farcito
769 Gian Carlo Fusco. La Legione straniera
770 Piero Calamandrei. Per la scuola
771 Michèle Lesbre. Il canapé rosso
772 Adriano Sofri. La notte che Pinelli
773 Sergej Dovlatov. Il giornale invisibile
774 Tullio Kezich. Noi che abbiamo fatto La dolce vita
775 Mario Soldati. Corrispondenti di guerra
776 Maj Sjöwall, Per Wahlöö. L'uomo che andò in fumo
777 Andrea Camilleri. Il sonaglio
778 Michele Perriera. I nostri tempi
779 Alberto Vigevani. Il battello per Kew
780 Alicia Giménez-Bartlett. Il silenzio dei chiostri
781 Angelo Morino. Quando internet non c'era
782 Augusto De Angelis. Il banchiere assassinato
783 Michel Maffesoli. Icone d'oggi
784 Mehmet Murat Somer. Scandaloso omicidio a Istanbul
785 Francesco Recami. Il ragazzo che leggeva Maigret
786 Bill James. Confessione
787 Roberto Bolaño. I detective selvaggi
788 Giorgio Scerbanenco. Nessuno è colpevole
789 Andrea Camilleri. La danza del gabbiano
790 Giuseppe Bonaviri. Notti sull'altura
791 Giuseppe Tornatore. Baarìa
792 Alicia Giménez-Bartlett. Una stanza tutta per gli altri
793 Furio Bordon. A gentile richiesta

794 Davide Camarrone. Questo è un uomo
795 Andrea Camilleri. La rizzagliata
796 Jacques Bonnet. I fantasmi delle biblioteche
797 Marek Edelman. C'era l'amore nel ghetto
798 Danilo Dolci. Banditi a Partinico
799 Vicki Baum. Grand Hotel
800
801 Anthony Trollope. Le ultime cronache del Barset
802 Arnoldo Foà. Autobiografia di un artista burbero
803 Herta Müller. Lo sguardo estraneo
804 Gianrico Carofiglio. Le perfezioni provvisorie
805 Gian Mauro Costa. Il libro di legno
806 Carlo Flamigni. Circostanze casuali
807 Maj Sjöwall, Per Wahlöö. L'uomo sul tetto
808 Herta Müller. Cristina e il suo doppio
809 Martin Suter. L'ultimo dei Weynfeldt
810 Andrea Camilleri. Il nipote del Negus
811 Teresa Solana. Scorciatoia per il paradiso
812 Francesco M. Cataluccio. Vado a vedere se di là è meglio
813 Allen S. Weiss. Baudelaire cerca gloria
814 Thornton Wilder. Idi di marzo
815 Esmahan Aykol. Hotel Bosforo
816 Davide Enia. Italia-Brasile 3 a 2
817 Giorgio Scerbanenco. L'antro dei filosofi
818 Pietro Grossi. Martini
819 Budd Schulberg. Fronte del porto
820 Andrea Camilleri. La caccia al tesoro
821 Marco Malvaldi. Il re dei giochi
822 Francisco García Pavón. Le sorelle scarlatte
823 Colin Dexter. L'ultima corsa per Woodstock
824 Augusto De Angelis. Sei donne e un libro
825 Giuseppe Bonaviri. L'enorme tempo
826 Bill James. Club
827 Alicia Giménez-Bartlett. Vita sentimentale di un camionista
828 Maj Sjöwall, Per Wahlöö. La camera chiusa
829 Andrea Molesini. Non tutti i bastardi sono di Vienna
830 Michèle Lesbre. Nina per caso
831 Herta Müller. In trappola

832 Hans Fallada. Ognuno muore solo
833 Andrea Camilleri. Il sorriso di Angelica
834 Eugenio Baroncelli. Mosche d'inverno
835 Margaret Doody. Aristotele e i delitti d'Egitto
836 Sergej Dovlatov. La filiale
837 Anthony Trollope. La vita oggi
838 Martin Suter. Com'è piccolo il mondo!
839 Marco Malvaldi. Odore di chiuso
840 Giorgio Scerbanenco. Il cane che parla
841 Festa per Elsa
842 Paul Léautaud. Amori
843 Claudio Coletta. Viale del Policlinico
844 Luigi Pirandello. Racconti per una sera a teatro
845 Andrea Camilleri. Gran Circo Taddei e altre storie di Vigàta
846 Paolo Di Stefano. La catastròfa. Marcinelle 8 agosto 1956
847 Carlo Flamigni. Senso comune
848 Antonio Tabucchi. Racconti con figure
849 Esmahan Aykol. Appartamento a Istanbul
850 Francesco M. Cataluccio. Chernobyl
851 Colin Dexter. Al momento della scomparsa la ragazza indossava
852 Simonetta Agnello Hornby. Un filo d'olio
853 Lawrence Block. L'Ottavo Passo
854 Carlos María Domínguez. La casa di carta
855 Luciano Canfora. La meravigliosa storia del falso Artemidoro